Björn Berenz
FKK im Streichelzoo

Björn Berenz

FKK im Streichelzoo

Roman

LÜBBE

Dieser Titel ist auch als Hörbuch und E-Book erschienen

FSC
www.fsc.org
MIX
Papier aus verantwortungsvollen Quellen
FSC® C014496

Papier: holzfrei Schleipen-Werkdruck, der Cordier Spezialpapier GmbH

Originalausgabe

Dieses Werk wurde vermittelt durch die Literarische Agentur
Thomas Schlück GmbH, 30827 Garbsen

Textredaktion: Lisa Bitzer, Landau
Umschlaggestaltung: Christina Seitz, Berkheim
Umschlagmotiv: © shutterstock/Roman Samokhin
Illustrationen: Mario Jorge da Cunha Machado, Koblenz
Satz: Schaffer Grafik & Satz, Hofheim a. Ts.
Gesetzt aus der Janson Text LT
Druck und Einband: GGP Media GmbH, Pößneck

Printed in Germany
ISBN 978-3-7857-6098-7

5 4 3 2 1

Sie finden uns im Internet unter: www.luebbe.de
Bitte beachten Sie auch: www.lesejury.de

1

Das Männchen der australischen Breitfuß-Beutelmaus
begattet in bis zu zwölf Stunden dauernden Sexorgien
unzählige Weibchen. Nach diesem Kopulationsmarathon
fällt es einfach um – mausetot.

Mir ist kotzübel vor Angst. Das Hirn ist leer. Die Knie fühlen sich an wie aus Pudding. Das hier muss ein Albtraum sein. Wie sonst ist es zu erklären, dass ich in den Lauf einer Waffe starre, die ein Polizist auf mich richtet? Genauer gesagt: in drei Waffenläufe von drei Polizisten?

Mit zugeschnürter Kehle schaue ich zu, wie die Hände des Sprengstoffexperten vorsichtig in meinen Koffer abtauchen und in geradezu demütigender Sorgfalt dessen brisanten Inhalt ans Tageslicht befördern.

Die Handschellen.

Die angebrochene Magnum-Vorratspackung extrafeuchter Kondome.

Die halb aufgebrauchte 500-ml-Tube Gleitgel der Marke *Superflutschi.*

Und nicht zu vergessen den schwarzen Mundknebel mit dem roten Beißball voller tiefer – na ja – Bissspuren.

Der Experte hält kurz inne und schaut zu mir auf. Ich bin froh, dass ich durch das Schutzvisier des Helms seine Miene nicht erkennen kann.

Okay. Ganz ruhig, Quentin. Du hast dir nichts zuschulden

kommen lassen. Bleib einfach ganz cool und souverän. Cool und souverän. So wie immer …

»Ähm, also … Das ist jetzt nicht so, wie Sie vielleicht denken«, höre ich mich stammeln. Meine Stimme ist nicht mehr als ein heiseres Krächzen. Ich klinge jämmerlich. Überraschenderweise schenkt denn auch niemand meinen Worten Beachtung. Weder die mich flankierenden Polizisten mit den Waffen im Anschlag noch die Menschenmenge, die dicht gedrängt hinter dem rot-weißen Absperrflatterband steht und die Köpfe reckt.

Es riecht nach Schweiß und Adrenalin, und mich überkommt die dunkle Ahnung, dass *ich* die Quelle dieser olfaktorischen Zumutung bin.

Gaanz ruhig. Probier es einfach noch mal. Cool und souverän, das ist der Spirit!

»Sie sehen doch, dass da keine, ähm … Bombe drin ist.« Ich zwinge mich zu einem Lächeln und schlage einen unverbindlichen Ton an: »Vielleicht wollen wir es einfach dabei belassen, ja? Ich packe mein Zeug zusammen und bin in zwei Minuten weg. Mein Zug geht ohnehin gleich.«

Es grenzt an blanken Hohn, dass genau in diesem Moment der Sicherheitshinweis durch die Lautsprecher der Bahnhofshalle dröhnt, der die Passagiere dazu auffordert, ihr Gepäck nicht unbeaufsichtigt zu lassen. Erneut spüre ich den Blick des Sprengstoffexperten auf mir. Die schwere Montur, die ihm bis zu den Knien reicht, verleiht ihm die Anmut eines in die Schlacht ziehenden Weltraum-Samurai. Er hebt die massigen Schultern, nimmt den schweren Helm ab und lässt ein unverständliches Grunzen verlautbaren. Seine Stirn ist mit feinen Schweißperlen benetzt. Mit einer flüchtigen Geste gibt er den drei Uniformierten mit den Knarren in der Hand ein Zeichen, woraufhin sie die Waffen sinken lassen und sich von mir und meinem pikanten Kofferinhalt abwenden. Dann winkt er einen

Kollegen der Bundespolizei heran. Aus den Augenwinkeln sehe ich einen Hünen mit beeindruckendem Schnauzer im Gesicht und einem Schäferhund an der kurzen Leine auf mich zukommen. Als der grimmig dreinschauende Mann einen Blick in meinen Koffer wirft, stößt er ein kurzes Lachen aus, und auch der Hund bellt einmal laut auf. Ein beherzter Ruck an der Leine lässt den Köter jedoch sofort verstummen. Den Schnauzbart leider nicht.

»Ja, brunsverregg noch amol!«, flucht er entsetzt.

Der Weltraum-Samurai hat nun den Anflug eines zaghaften Lächelns auf den Lippen und macht sich erneut über meinen Koffer her. Wenngleich er genau weiß, dass von diesem Trolley keine unmittelbare Gefahr für den Nürnberger Hauptbahnhof und seine Passagiere ausgeht – es sei denn, er sieht davon die heilige fränkische Moral seiner Landsleute bedroht –, ist die Neugier wohl doch zu groß.

Mir bleibt also nichts weiter übrig, als tatenlos und elendig schwitzend mitanzusehen, wie weitere Insignien meiner Schmach ans Tageslicht befördert werden. Ich hoffe, dass das alles schnell an mir vorüberzieht und ich danach auf kürzestem Weg in ein Zeugenschutzprogramm komme.

Der Hundeführer, ein Endvierziger, dessen riesiger Bauch so aussieht, als würde *darin* eine Bombe auf ihren Einsatz warten, reckt seinen Hals über die Schulter des Kofferwühlers.

»Also, ich möcherd des ned ofassn!«, presst er angewidert hervor, als er dabei zusieht, wie sein Kollege meine schwarzen Lack-Chaps hervorzieht und in die Höhe hält. Er betrachtet die Beinkleider ohne Gesäß ausgiebig. »Du bisd wohl anner von denne Chipmunks?«, kläfft er.

»Chippendales«, verbessere ich ihn mit dünner Stimme, »und nein, bin ich nicht.«

In seinem ungläubigen Gesichtsausdruck mit der Tendenz ins Dümmliche lese ich völliges Unverständnis. Schließlich

entscheidet er sich dafür, meinen Einwand wegzuwedeln wie eine lästige Fliege. Stattdessen bestaunt er lieber die drei Gefrierbeutel mit Reißverschluss, die der Weltraum-Samurai just in diesem Moment aus dem Koffer zaubert.

Ungläubige Gesichter starren mich an. Mittlerweile haben sich alle Polizisten um uns herum versammelt. Wer auch immer mit dem Gedanken spielen mag, in Nürnberg eine Bank auszuräumen – jetzt wäre ein guter Zeitpunkt.

»Sin des gebrauchde Underhosen, odder was?« Der Schnauzbart mit seinem schwanzwedelnden Schäferhund macht einen entschiedenen Schritt von mir weg, als zöge er mich für all die Perversion und Unzüchtigkeit auf der Welt zur Rechenschaft. Zunächst mustert er die hermetisch verpackten Höschen, dann mich. Anklagende Augenpaare durchbohren mich.

Ich reagiere mit einem betretenen Blick zu Boden.

»Des is jetz scho a weng grank, odder?«

»Sie stehen auf meinen Lack-Chaps«, sage ich wimmernd und deute auf seinen schweren Springerstiefel.

Er hebt erschrocken den Fuß, als wäre er gerade in Hundekacke getreten.

»Danke.«

Die aufflackernden Blitzlichter unzähliger Fotohandys und Digicams tauchen diesen Bereich der riesigen Bahnhofshalle in ein surreales Weiß – derart grell, dass es mir in den Augen wehtut. Leider reicht die Intensität aber nicht aus, um mir die Netzhaut zu verbrennen. So muss ich mit ansehen, wie der vor dem Koffer kauernde Samurai den dreißig Zentimeter langen ebenholzschwarzen Riesendildo unter meinen Latex-Shortys hervorkramt und ihn zwischen Daumen und Zeigefinger an der überproportionierten Eichel hochhält.

Der Hund stellt die Ohren auf und bellt zweimal laut.

Mein Herz schlägt vor Aufregung und Scham bis zum Hals.

Die feuchte Hundeschnauze beginnt nervös zu zucken.

»Allmächd naa!«, nuschelt der Hundeführer in seinen Oberlippenbusch und bekreuzigt sich.

Angewidert legt der Samurai den Dildo neben die anderen Fundstücke aus meinem Koffer und wischt sich die Hand an seiner Schutzweste ab. Das schwarze Silikon-Monstrum liegt nun direkt vor der Schnauze des Hundes, der sich sofort daranmacht, an dem Teil zu schnüffeln und zu lecken. Eine Welle der Übelkeit schwappt von meinem Magen die Speiseröhre hinauf, und ich muss sauer aufstoßen.

»Pfui, Wasti, dess iss bäh!« Mit einem beherzten Ruck zieht der Schnauzbart seinen Köter von dem speichelnassen Dildo weg. Der Hund heult einmal leise auf, lässt das Objekt seiner Begierde aber nicht aus den Augen. »Blede Breisn. Ihr seids doch alle bervers!«

Ich fürchte, damit meint er nicht den Hund.

Da drückt sich ein spitzer Finger zwischen meine Schulterblätter. Aufgeschreckt wie eine Beutelmaus auf Koks fahre ich herum und denke instinktiv, was wahrscheinlich schon etliche Leute vor mir in solch absurden Situationen gedacht haben: Gott sei Dank, doch nur *Versteckte Kamera*!

Doch das Glück, mich auf Kosten der eigenen Person und Würde im Ersten Deutschen Fernsehen wiederzufinden (oder, besser noch, in irgendeiner Pannenshow des Privatfernsehens mit weitaus geringerer Einschaltquote), ist mir leider nicht vergönnt. Obwohl mich die vor mir stehende Gestalt irgendwie an *Verstehen Sie Spaß?* erinnert.

Der hochgeschossene schlaksige Mann sieht aus wie Paola und Kurt Felix. In einer Person. Kurts Hamsterbäckchen mitsamt treuherzigem Dackelblick in Kombination mit der graugesträhnten Bob-Frisur von Paola: der Pony kurz und wuschelig, der Rest länger und vermutlich in einer halbstündigen Föhn-Orgie zurechtvoluminiert. Gezupfte Augenbrauen. Drum herum sympathische Fältchen, die darauf hinweisen, dass ihr Besit-

zer gerne lächelt. Zumindest, wenn er nicht gerade potenzielle Terroristen wie mich vor sich hat.

»Würden Sie mir bitte mal folgen? Wir haben da noch ein paar Fragen, die geklärt werden müssen«, sagt er mit fisteliger Stimme. Er hält meinen Personalausweis in der Hand, den man mir vor wenigen Minuten abgenommen hat.

»Aber mein Zug geht … Ja, natürlich.«

Er drückt seinen Zeigefinger weiter in meinen Rücken, als befürchtete er, ich wolle weglaufen, und wendet sich seinen bewaffneten Kollegen zu: »Also, falscher Alarm. Absperrung aufheben und Leute wegscheuchen!«

Zwei der Polizisten, die unweit gewartet haben, setzen sich augenblicklich in Bewegung. Obwohl Paola-und-Kurt-Felix keine Uniform trägt, strahlt er eine natürliche Autorität aus, die keine Widerrede duldet.

Als wir ein paar Schritte vom Ort des Geschehens entfernt stehen bleiben, wendet er sich mir wieder zu und bringt einen kleinen Notizblock und einen Kugelschreiber aus seiner Hemdtasche zum Vorschein. »Wo kommen Sie denn her?«, will er wissen.

»So generell oder gerade jetzt?«

Statt auf meine Frage zu antworten, dreht er den Personalausweis um und liest laut vor: »Koblenz, steht hier.«

»Das stimmt.« Ich entscheide mich dazu, kooperativ zu sein. »Und dort will ich auch wieder hin. Ich komme gerade aus Tschechien, genauer gesagt Pilsen. Und muss hier in Nürnberg umsteigen.«

»Aha.« Er kritzelt etwas Unleserliches auf seinen Block.

Meine Nervosität steigt mit jedem dahingeschmierten Buchstaben. Ich werfe einen Seitenblick auf den Hund, der immer noch den Dildo hypnotisiert und leise winselt.

Nach einer Weile hebt der Mann mit dem Block seinen Kopf und betrachtet mich eingehend.

»Was haben Sie sich denn nur dabei gedacht, bitte schön?«, fragt er geradeheraus.

»Nun, Pilsen ist wirklich eine Reise wert, viel besser als sein Ruf.«

»Das meine ich nicht.«

»Ach so, Sie meinen wohl all diese Sachen – also die brauche ich für …«

»Nein, auch nicht das eklige Zeugs«, winkt er angewidert ab. »Ich meine, den Koffer da festzumachen!« Er deutet auf die Sitzbank, an der noch das Fahrradschloss hängt, mit dem ich meinen Trolley an der Verstrebung angeschlossen hatte.

»Oh, natürlich. Also, eigentlich nicht viel«, antworte ich wahrheitsgemäß. »Wissen Sie, ich warte hier ja nur auf meinen Anschlusszug.«

»Das sagten Sie bereits.«

»Außerdem hatte ich Hunger. Also habe ich mir da hinten am Stand eine Laugenbrezel und 'ne Cola gekauft.« Ich zeige in die ungefähre Richtung, als wäre damit meine Unschuld bewiesen.

»Und da haben Sie sich gedacht: ›Trag ich mal nicht die ganze Zeit den schweren Koffer mit mir rum, sondern lass den einfach da.‹« Er deutet erneut auf die verwaiste Sitzbank.

Ich nicke eifrig. »Ja, genau!« Auf die Idee mit dem Fahrradschloss bin ich ungemein stolz. Na gut, vielleicht nicht im Nachhinein.

Paola-und-Kurt-Felix sieht mich mit ausdruckslosen Augen an und macht sich kopfschüttelnd Notizen. Dann tritt er ein Stück näher an mich heran. »Sagen Sie mal, wo waren Sie eigentlich seit dem elften September? Haben Sie da irgendwas nicht mitbekommen?«

Ich bin mir nicht sicher, ob er diese Frage ernst meint, deshalb mache ich von meinem Recht zu schweigen Gebrauch.

»Ich sag es jetzt einfach mal freiheraus, Herr …«, er wirft

einen Blick auf meinen Personalausweis, »Bachmann. Auch wenn es eine zum Himmel schreiende Ungerechtigkeit ist, strafrechtlich haben Sie wenig zu befürchten. Leider. Das größere Problem für Sie werden da wohl zivilrechtliche Ansprüche der Bahnhofsgesellschaft sein. Und das kann schon teuer werden. Der ganze Einsatz hier will schließlich bezahlt werden – da es ein falscher Alarm war, geht das auch voll auf Ihre Kosten.« Jetzt ist es da, das sympathische Lächeln von Kurt.

»Aber das ist doch absurd«, widerspreche ich zaghaft und frage mich: Hätte ich etwa nichts zahlen müssen, wenn im Koffer tatsächlich eine Bombe gewesen wäre? So langsam nervt mich dieses ganze Getue, und ich will nur noch hier weg. »Was kann ich denn dafür, wenn hier wegen einer Kleinigkeit gleich so ein Fass aufgemacht wird?«, sage ich diesmal etwas ungehaltener. Ich bin direkt ganz erschrocken über mich selbst.

»Aber sonst geht's Ihnen noch gut?!«, motzt er zurück. Kurts Lächeln ist schon wieder Geschichte. »Was glauben Sie denn, was hier los wäre, wenn das jeder so machen würde, bitte schön? Sodom und Gomorrha hätten wir hier!«

Er knallt mir meinen Ausweis gegen die Brust und wendet sich von mir ab, vermutlich, um damit zum Ausdruck zu bringen, dass das Gespräch hiermit beendet ist, und gibt dem Weltraum-Samurai einen Wink, den Koffer wieder zu schließen.

Mit einem resignierten Seufzen stelle ich fest, dass er die Handschellen, das Gleitgel, die Lack-Chaps, die Beutel mit den G-Strings und die Kondome nicht wieder eingepackt hat, sondern in stoischer Gelassenheit in eine große Tragetasche mit der Aufschrift BUNDESPOLIZEI steckt.

»War's das?«, frage ich und stelle entzückt fest, dass ich mich ein wenig genervt anhöre. Entschuldigend füge ich hinzu: »Mein Zug geht nämlich gleich.«

»Wenn's recht ist! Sie hören dann von uns.«

*

In einem Punkt habe ich mich geirrt. Mein Zug geht nicht gleich, sondern genau in dem Augenblick, als ich die letzte Stufe zum Bahnsteig im Hechtsprung nehme. Oder besser: als ich es versuche. Tatsächlich bleibe ich mit der Schuhspitze an der Stufenkante hängen und mache einen unfreiwilligen Satz nach vorne. Es gelingt mir gerade noch, den Sturz mit meinen Händen abzufangen, um mir nicht die Nase auf den Bodenplatten von Gleis sechs aufzuschlagen. Dabei muss ich leider meinen gerade erst zurückeroberten Koffer loslassen, der hinter mir polternd die Treppenstufen hinabdonnert. Auf dem Bauch liegend kann ich zusehen, wie das Bordrestaurant, gefolgt von Wagen drei mit meinem reservierten Sitzplatz, an mir vorüberzieht.

Nürnberg und ich, das ist noch nicht die Harmonie in Reinkultur. Aber noch bin ich nicht bereit, die Niederlage anzunehmen. Nicht an diesem Tag. Nicht in dieser Stadt!

»Na, wohin denn so eilig, junger Mann?«

Dort, wo eben noch eine durchgehende rote Linie immer schneller an mir vorbeigerauscht ist, stehen nun zwei Beine in einer dunkelblauen Polyester-Stoffhose. Dankbar greife ich nach der Hand, die sich mir entgegenstreckt.

Kaum stehe ich wieder, blicke ich in ein hageres Gesicht, in das sich die Jahre des Dienstschiebens auf zugigen Bahnsteigen tief hineingefressen haben. Der Schaffner späht an mir vorbei in die Treppenschlucht, die zur Bahnhofshalle führt. Die Uniform ist ihm mindestens zwei Nummern zu groß. Er sieht fast so lächerlich aus, wie ich mich seit einer guten halben Stunde fühle. Oder genau genommen seit achtundzwanzig Jahren.

»Danke«, sage ich, aber das geht im Lärm des Bahnhofs unter.

»Ihr Koffer?«, fragt die kleine Gestalt über meine Schulter hinweg in Richtung Treppenabgang. Es klingt nicht wirklich

nach einer Frage, vielmehr nach einer Feststellung, für die es die letzte Bestätigung braucht.

Ich nicke stumm und muss mich nicht einmal umdrehen, um zu wissen, was sich hinter mir offenbart. Das anzügliche Grinsen des Schaffners sagt schon alles. Begleitet vom hysterisch-schockierten Gelächter aufgebrachter Stimmen hinter und neben mir weiß ich, dass mein Trolley den Treppensturz nicht verschlossen überstanden hat.

Da stehen wir nun am obersten Treppenabsatz und teilen die an uns vorbeiziehende Menschenmenge wie Moses das Meer.

»Zug verpasst, was?«, greift der Schaffner das Dienstgespräch wieder auf. Sein Blick gilt noch immer dem Szenario hinter mir.

Die Treppe hinabzusehen, in den Schlund meiner eigenen Demütigung, ist beileibe das Letzte, was ich will. Dennoch riskiere auch ich einen scheuen Blick über die Schulter und sehe weit aufgerissene Augenpaare, mir entgegenragende Zeigefinger und den dezimierten Inhalt meines Koffers, der auf dem Weg nach unten herausgeschleudert wurde und nun die Treppenstufen spickt wie Schokoladensplitter eine Kugel Stracciatella-Eis.

Ganz unten, wo die Treppe auf den schönen, glänzenden Platten des Nürnberger Hauptbahnhofs endet, liegt der Koffer, beide Schalenteile aufgeklappt, in einem traurigen Spagat. Ein Mann mit grauem Trenchcoat und jenseits des Rentenalters meint es gut und will offensichtlich beim Aufräumen helfen. Mit irritiertem Gesichtsausdruck wiegt er einen durchsichtigen Gegenstand in der Hand, der mit etwas gutem Willen auch als Sauerstoffmaske durchgehen könnte. Lediglich die Aufschrift auf der aufgerissenen Verpackung gibt Nichtkennern einen Hinweis auf den wahren Verwendungszweck der *Pussy Pump*.

Allem Anschein nach ist der freundliche Herr der englischen Sprache nicht mächtig.

»Na, dann zeigen Sie mal Ihr Ticket«, grinst der Schaffner, der sich ganz offensichtlich nur schwer von dem bizarren Anblick losreißen kann. Mit einer routinierten Bewegung nimmt er meine Fahrkarte an sich, die ich ihm entgegenhalte, schiebt seine Brille nach oben und hält das Papier dicht vor die Nase. Auf seiner Stirn bildet sich eine steile Falte, als er sagt: »Das ist nun aber wirklich Pech!«

Dieses Gefühl verfolgt mich schon seit einer Weile.

»Mit dem Ticket können Sie nicht so ohne Weiteres in den nächsten Zug steigen. Sie müssen zum Service-Point und die Fahrt umschreiben lassen.« Jetzt sieht er mich zum ersten Mal richtig an. Ich glaube, eine Spur Mitleid in seinem Blick zu erkennen. »Ich würde Ihnen ja helfen mit … dem Zusammenpacken … Aber ich bin im Dienst.«

»Schon klar.«

Er gibt mir die Fahrkarte zurück, tippt mit dem Zeigefinger an die Schirmmütze und macht auf dem Absatz kehrt, während ich mich langsam die Stufen hinunterarbeite, auf den älteren Herrn zu, der mir die Pussy Pump entgegenhält und mit zittriger Stimme sagt: »Wissen Sie, das mit der Schlafapnoe hat bei mir auch ganz schleichend angefangen – aber dass so ein junger Mann wie Sie … Also nein!«

2

Das achtarmige Männchen der Tintenfisch-Spezies *Taningia danae* reißt fünf Zentimeter tiefe Wunden in das Fleisch des Weibchens und legt seine Spermien dort hinein. Danach macht es den polnischen Abgang. Sehr charmant.

Etwa drei Stunden später und um neunundsiebzig Euro erleichtert befinde ich mich schließlich im ICE in Richtung Rheinland. Und auch wenn sich die Bahn noch so sehr bemüht, uns Bahnfahrern etwas anderes vorzugaukeln: Das kundenfreundliche und offene Design des Service-Points in hellem Holz und ganz ohne Panzerglas ist der reinste Hohn, wenn das menschliche Interieur Eiche rustikal ist. Eine zugeknöpfte Frau mit dem Charme einer Wohnzimmerschrankwand teilte mir in Nürnberg mit, dass der Frühbucherrabatt von ursprünglich neunundzwanzig Euro nicht mehr geltend gemacht werden könne und nun leider der gesamte Fahrpreis zu entrichten sei – zuzüglich der Gebühr für die Sitzplatzreservierung.

Nachdem ich meinen Trolley in die obere Gepäckablage bugsiert habe, lasse ich mich in meinen Sitz fallen und starre aus dem Fenster in die langsam vorüberziehende Gegend. Weit reicht die Sicht nicht. Alles verschwimmt in einer trist-trüben Nebelsuppe, und die nächste Baumreihe lässt sich gerade noch erahnen. Man könnte meinen, es sei November statt April. Und wenn schon. Ich bin ohnehin zu erschöpft, um mich an irgendwelchen Landschaften sattzusehen. Allmählich fordert das anstrengende Wochenende in Pilsen wohl doch seinen Tribut.

Das gleichmäßige Rattern der Schienen macht meine Augenlider schwer. Schließlich gebe ich nach und spüre, wie meine Gedanken immer wirrer werden und ich kurz davor bin, ins Reich der Träume abzugleit…

»Stückste mal 'n Rück?«

Jeder einzelne Nerv meinen Körpers zuckt vor Schreck zusammen. Auf meiner Augenhöhe kreist ein gigantisches Gesäß, das von einer eng sitzenden Jeans im Zaum gehalten wird. Dort, wo die Hose viel zu früh aufhört, blitzen die Ausläufer eines Dschungels aus schwarz gekräuselten Haaren hervor.

Begleitet von einem ergreifenden Ächzen nimmt das Etwas neben mir Platz und reißt damit nicht nur die Armlehne zwischen unseren Sitzen mit einer dreisten Selbstverständlichkeit an sich; seine wabbelige rechte Bauchseite geht den Weg des geringsten Widerstands und schafft es irgendwie, unter der Lehne hervorzuquellen und sich ungefragt auf meinen Platz auszudehnen.

»Geht doch nix über 'ne Sitzplatzreservierung«, brummt das Wesen in seinen ungepflegten Bart. »Ich bin übrigens der Rüdiger.«

Ich kann nicht anders, als ihn anzustarren. Mit seiner hohen Stirn und dem braunen fettigen Haar, das er sich zu einem Pferdeschwanz zusammengebunden hat, sieht er aus wie der zu Fleisch gewordene Comic-Händler von den *Simpsons*. Der Geruch seiner schwitzigen Füße, die trotz der herbstlichen Brühe draußen in offenen Sandalen stecken, steigt mir in die Nase und sorgt dafür, dass mir augenblicklich speiübel wird. Auf seinem verwaschenen schwarzen T-Shirt steht in großen weißen Buchstaben: *Ich bin mit der Gesamtsituation unzufrieden.*

Tja, wem sagt er das.

Verzweifelt lasse ich meinen Blick durch den Wagen schwei-

fen. Aber ich habe schlechte Karten, es ist kein anderer Sitzplatz mehr frei. An Schlaf ist neben diesem Monstrum auch nicht mehr zu denken. Also versuche ich Rüdiger auszublenden und widme mich dem, was sich nicht länger aufschieben lässt: meinem überfälligen Manuskript. Dafür aber brauche ich den Laptop, der zwischen meinen Füßen in meiner Umhängetasche steckt – und eingequetscht zwischen meinem Sitz und Rüdigers Beinen muss ich feststellen, dass es gar nicht so leicht ist, in einem Radius von wenigen Zentimetern herumzuhantieren. Zumal, wenn ich aufgrund der Nähe zu Rüdigers Füßen nicht in den nächsten Minuten an einer Gasvergiftung krepieren will.

Als ich den Rechner endlich nach oben gezerrt habe, tippe ich nervös auf der Tastatur herum, bis endlich der begrüßende Signal-Akkord über das monotone Scheppern des Zugs hinweg ertönt. Mit einem weiteren Klick öffne ich das Schreibprogramm, und jetzt kann es endlich losgehen.

Also … theoretisch.

Praktisch will mir einfach nichts einfallen, was ich schreiben könnte. So bleibt mir erst einmal nichts anderes übrig, als die letzten Buchstaben des bereits halb fertigen Kapitels eingehend zu betrachten, bis sie vor meinen Augen zu tanzen anfangen. Meine Gedanken driften ab in eine weit zurückliegende Vergangenheit. Dorthin, wo alles seinen Anfang nahm. Zur Büchse der Pandora – in Form des Schlafzimmerschranks meiner Eltern.

*

Die Science-Fiction hat mich von frühester Kindheit an in ihren Bann gezogen. *Star Wars*, *Captain Future*, *Star Trek* – alles, was auch nur im Entferntesten mit Raumschiffen und kulleräugigen Außerirdischen zu tun hatte, wurde schwammkopfmäßig von mir aufgesogen. Irgendwann stieß ich dann auf die *Jerry-Light-*

ning-Heftromane meines Vaters, die er in seinem Kleiderschrank rechts neben den lieblos unter einem Klamottenstapel versteckten und bereits vergilbten *Praline*-Ausgaben aufbewahrte. Noch immer frage ich mich, wofür er sich mehr schämte.

Doch damals, da war ich ungefähr neun, hatte ich noch keinen Sinn für die prallen Oberweiten und die lüstern dreinblickenden Nackten mit Neon-Lippenstift im linken Stapel. Vielmehr hatten es mir die kleinen Heftchen mit den knallbunten Titelbildern angetan. Es waren Hunderte! Jedes einzelne ein Meisterwerk für sich. Die Cover dieser Hefte zeigten ausgedehnte Mondlandschaften, dramatische Szenen im All mit nostalgisch wirkenden Raumschiffen im Vordergrund und fantasievolle Außerirdische, die sich in ihrem Aussehen nicht selten an der irdischen Tierwelt orientierten: raubtierartige Wesen in Weltraumanzügen, Riesenschnecken, die als Reittiere missbraucht wurden, Reptilien mit Laserblastern. Ich hatte wahrhaftig einen Schatz aufgestöbert!

Am Anfang begnügte ich mich mit dem Betrachten der Cover und malte mir meine eigenen Geschichten zu den abgebildeten Szenarien aus. Doch irgendwann packte mich die Neugier, und ich verschlang jeden einzelnen Roman dieser Weltraumoper. Ich verstand absolut gar nichts. Aber es war faszinierend. Und mit jedem weiteren Heft stieg ich mehr in die Materie ein – in rasanter Geschwindigkeit tat sich mir ein Universum der unendlichen Möglichkeiten auf.

Als ich die letzte Seite des untersten Hefts aus dem Stapel durchhatte, begann ich wieder von vorn. Schließlich, nach dem dritten oder vierten Durchgang, wollte ich Nachschub, neue Abenteuer meiner Weltraumhelden, die in fernen Galaxien für Recht und Ordnung sorgten. Zu meinem großen Erstaunen gab es die Serie noch immer am Kiosk um die Ecke. Allwöchentlich erschien ein neues Abenteuer meiner Space-Cowboys um den Haudegen *Jerry Lightning*, der es sich mit seiner Crew zum Ziel

gesetzt hatte, alle Völker der Galaxis zu vereinigen – koste es, was es wolle. Und auch wenn mein wissenschaftliches Interesse mit der Zeit zwar wieder zurück in den Kleiderschrank, allerdings weiter nach links zum *Praline*-Stapel, wanderte, kam ich doch nie wirklich von dieser Science-Fiction-Serie los, machte immer wieder einen Abstecher in die Zeitschriftenläden und Bahnhofsbuchhandlungen und besorgte mir die neueste Ausgabe.

Mit Wehmut denke ich an diese Zeit zurück. Eine Zeit geprägt von Idealen und Illusionen. Die Realität hingegen sieht reichlich trostlos aus, zumindest momentan. Gut, ich habe es tatsächlich geschafft, mir meinen Kleinjungentraum zu verwirklichen, und darf inzwischen selbst als Autor am Helden meiner Kindheit herumwerkeln. Aber mir geht eindeutig die Fähigkeit ab, mit dem bisschen Geld, das ich damit verdiene, über die Runden zu kommen.

Meinen daher dringend nötigen und leider ziemlich schlüpfrigen Zweitjob habe ich Menschen, genau genommen: Männern wie dem neben mir vor sich hin müffelnden Rüdiger zu verdanken. Und wenn ich die Sache ganz ungeschönt betrachte, weiß ich genau, dass die Schreiberei die *eigentliche* Nebensache ist – und allein mein verhasster Nebenjob als Schüttelwestern-Held dafür sorgt, dass ich mir die schriftstellerischen Ausflüge in die Welt von *Jerry Lightning* überhaupt leisten kann. Doch diesen Gedanken schiebe ich schnellstens wieder zurück in eine der hintersten Gehirnzellen und schließe die Tür mit einem massiven Vorhängeschloss ab. Denn all die Umstände, Mühen und Qualen bin ich gerne bereit auf mich zu nehmen – für meinen großen Traum, endlich ein anerkannter Autor zu werden. Und davon bin ich noch genauso weit entfernt wie vom Koblenzer Hauptbahnhof.

Genau genommen bin ich noch nicht mal Schriftsteller, von einem Autor ganz zu schweigen. *Jerry-Lightning*–Heftromane schaffen es noch nicht einmal in die Buchhandlungen. Und damit habe ich unter meinen Autorenkollegen in etwa den Status eines Putzerfisches im Süßwasserbecken des *Sealife* inne. Dennoch füllt mich diese Tätigkeit aus wie nichts anderes. Das Jonglieren mit Wörtern ist meine Passion, die ich tief in mir trage und die mir niemand nehmen kann. Auch wenn ich vielleicht nicht in einer Liga mit Hemingway, Irving oder von mir aus auch nur Tommy Jaud spielen kann, bin ich doch mit Feuereifer bei der Sache und punkte mit einer hohen Anschlagrate. Und das ist in diesem Genre beinahe wichtiger als kunstvoll verwobenes Erzählen.

Dumm nur, dass ausgerechnet dieser Feuereifer mich jetzt im Stich lässt.

Wieder überkommt mich die Deadline-Neurodermitis, wie ich diese körperliche Erscheinung liebevoll nenne. Ein vorwiegend auf der Kopfhaut, im Gesicht und an den Unterarmen auftretender Juckreiz, der durch nichts aufzuhalten ist; diesmal juckt es peinlicherweise sogar im Schritt. Dieses psychosomatische Krankheitsbild tritt immer dann in Erscheinung, wenn sich die Zeit bis zum Abgabetermin im umgekehrt proportionalen Verhältnis zu der noch zu schreibenden Zeichenanzahl befindet.

Ich stolpere über meinen eigenen Gedanken, und zwar nicht, weil er zu kompliziert ist, sondern weil diesmal irgendetwas anders ist: Es juckt mich *nur* im Schritt.

»Wat schreibst ’n da?«, durchbricht Rüdiger das gedämpfte Gemurmel des Großraumabteils. Sein Tonfall lässt nicht erkennen, ob er aus wirklichem Interesse oder nur aus Langeweile nachfragt.

Ich nehme den Blick von dem kleinen vertikalen Strich am Absatzbeginn, der mich höhnisch anblinkt. »Einen Roman.«

»Oh. Und wer ist Matt Rex?«

Zunächst bin ich verwirrt. Dann aber sehe ich, dass sein

Blick am unteren Rand der Fußzeile klebt. »Ich bin Matt Rex. Also, das ist mein Pseudonym.«

»Ach.«

Seine Augen wandern wieder nach vorne und saugen sich an einem Punkt auf der Kopfstütze seines Vordermannes fest. So recht weiß er die neue Information wohl nicht einzuordnen. Aber was kümmert mich das. Ich habe drei ganz andere Probleme: eine sich unaufhaltsam auf mich zu bewegende Deadline. Einen tyrannischen Exposé-Autor, der die Story geliefert hat. Und eine ausgewachsene Schreibblockade.

Mit meinen persönlichen Reitern der Apokalypse im Nacken scrolle ich zum Ende des Textdokuments und lese mir den letzten Abschnitt noch einmal durch:

»Hier spricht Jerry Lightning, ich rufe die Janus IV! Können Sie mich hören?«

»Ich verstehe Sie sehr gut«, antwortete der Androide in einem monotonen blechernen Singsang.

»Wir geben Ihnen Feuerschutz. Beenden Sie Ihre Mission.«

Mit einem kurzen Nicken gab Lightning den Befehl. Augenblicklich wurde der Sichtschirm der Kommandobrücke in ein hellrotes gleißendes Licht getaucht. Die gegnerischen Schiffe der Maruder vom Planeten Dystorbia wichen aus der unmittelbaren Zone der sonnenhellen Glut. Mit Lichtgeschwindigkeit flog die Janus IV in das Zentrum des Ringes hinein …

Ein abfälliges »Ts!« katapultiert mich aus dem Androbeta-Universum zurück ins Hier und Jetzt.

»Wer liest denn *so was* freiwillig?«

»Fans«, presse ich zwischen den Zähnen hervor. Ohne auch nur aufzublicken, widme ich mich wieder den Buchstaben, die sich einer fröhlichen Vermehrung einfach widersetzen. Es ist zum Marsmenschenmelken! Der kleine Strich blinkt mir weiterhin höhnisch entgegen und übt eine hypnotisierende Wirkung auf mich aus wie die Schlange Kaa im *Dschungelbuch*.

Doch dann fällt mir plötzlich etwas ein, und ich lasse meine Finger über die Tastatur gleiten:

Der sechsarmige Maruder manövrierte das Steuerelement mit seinem Ordinärgehirn und …

»Maruder«, brummt Rüdiger und glotzt unverhohlen auf meinen Monitor. »Wat soll'n dat sein?«

»Science-Fiction«, erwidere ich schmallippig. Ich presse meine Kiefer derart fest aufeinander, dass ein stechender Schmerz durch meine Schläfe fährt. So kann ich einfach nicht arbeiten! Nicht dass ich momentan überhaupt zu so etwas wie Produktivität fähig wäre, aber dank Rüdiger klappt ja nicht mal mehr die Selbstverarsche.

»Ssseiii-ääänß Fiiick-schnn.« Er zieht die beiden Worte wie Kaugummi in die Länge. Als liefe er allein dadurch, dass er die Silben in den Mund nimmt, Gefahr, von einer ansteckenden Krankheit befallen zu werden. Diese Reaktion erlebe ich häufig, wenn ich Menschen von meiner Schriftstellerei erzähle. Aber selten ist der Moment derart frustrierend wie jetzt.

»So wie *Raumschiff Entenscheiß*, he?« Rüdiger lacht laut und mit Auswurf über seinen eigenen Witz, der mindestens so alt ist wie die eingetrockneten Essenreste auf seinem T-Shirt.

»Ja. Genau so«, trotze ich zurück. Meine Laune ist nun endgültig am Nullpunkt angelangt. Nicht nur, dass ich nicht die leiseste Ahnung habe, wie ich den Plot mit einem cleveren Kniff voranbringen soll, ich muss mich auch noch akribisch an ein Datenblatt halten, das die Technik der Maruder zusammenfasst. Und in Sachen Technik habe ich von Tuten und Blasen keine Ahnung. Erst recht nicht, wenn es um den Fortschritt im Jahre 1250 neo-interstellarer Zeitrechnung geht, was in etwa

dem Erdenjahr 3555 entspricht. Textpassagen wie diese hasse ich mehr als Double-Penetration-Szenen, bei denen ich unten liege. Aber sie gehören nun mal in jedes dämliche Manuskript wie exotische Außerirdische und ausufernde Materialschlachten in einer fernen Galaxis.

Es ist eine Schande, dass eine derart fantastische Serie wie *Jerry Lightning* einen so unfähigen Exposé-Autor wie Doktor Eckard N. Bellinghausen an der Spitze hat. Dabei ist es nicht nur der Neid, der aus mir spricht. Ich würde lügen, wenn ich abstreiten würde, dass ich mir nichts sehnlicher wünsche, als seine Position zu besetzen. Der mächtigste Mann im Jerryversum zu sein, der sich nicht mehr die Mühe machen muss, Seite um Seite mit astrotechnischem Firlefanz, intergalaktischen Ränkespielen und extraterrestrischem Schlachtengetümmel zu füllen, sondern der nichts anderes tut, als die zu schreibende Geschichte des Heftromans auf ein paar Seiten grob zu skizzieren und das Exposé dann an einen seiner Handlanger weiterzugeben, der es in Reinform bringt. Das ist die Brücke, die Kommandozentrale, der fleischgewordene Todesstern im Jerryversum! Die Geschicke von *Jerry Lightning* in der Rolle des dunklen Imperators zu lenken, wie ein Puppenspieler an den Fäden der Handlungsstränge zu ziehen und der Serie die epische Tiefe zuteilwerden zu lassen, die sie so sehr verdient ... Das muss echtes Lebensglück bedeuten!

Doch von keinem Ziel könnte ich derzeit weiter entfernt sein. Der Doktor hasst mich seit dem ersten Tag, und noch mehr hasst er meine Manuskripte. Und er wird nicht müde, mir beides unter die Nase zu reiben. Aber davon lasse ich mich nicht beirren. Also Augen zu, Sitznachbarn ausblenden und durch:

Der sechsarmige Maruder manövrierte das Steuerelement mit seinem Ordinärgehirn, und kransingtikative Fluralkappen ...

Ehe ich den Satz zu Ende schreiben kann, wird der Bildschirm schwarz.

»Akku leer, he?«, stellt Rüdiger scharfsinnig fest.

Vielleicht ist es der Akku. Vielleicht aber auch nur mein beschissenes Karma, das mich durch halb Europa verfolgt wie ein Straßenköter eine läufige Hündin.

Ruhig bleiben, ermahne ich mich, und hole tief Luft. Keine gute Idee, wie sich bald herausstellt, denn der Geruch von Rüdigers Füßen zieht in meine Nasennebenhöhlen und ist drauf und dran, sich dort häuslich einzurichten. Mit angehaltenem Atem und Scheuklappenblick (Jetzt bloß nicht an die ungepflegten gelben Zehen in den offenen Sandalen denken!) bücke ich mich nach unten und krame das Netzkabel aus meiner Umhängetasche. Ich finde es sofort und halte es triumphierend in die Luft.

Dann lasse ich meinen Blick über meine nähere Umgebung wandern und lande wieder bei Rüdiger, der mir das breiteste Grinsen seit Bob Marley schenkt und den Kopf schüttelt. »Vergiss et, Alter. Die Steckdosen in der zweiten Klasse sind allesamt ausgefallen. Wegen dem Nebel. Hat der Schaffner vorhin schon gesagt, als du noch … überlegt hast.«

Ich sehe mich um. Tatsächlich. Im gesamten Abteil erspähe ich niemanden, der hochkonzentriert und superwichtig auf sein Notebook einhackt. Was der Steckdosenausfall aber mit dem Dunst vor dem Fenster zu tun haben soll … na ja. Die Bahn hat ja selbst bei siebenundzwanzig Grad Celsius und strahlend blauem Maihimmel Probleme mit der Witterung. Entnervt klappe ich das Powerbook wieder zu, lasse es aber als Zeichen meines grundsätzlich guten Willens auf dem Klapptischchen vor mir liegen.

Neben meiner anhaltenden schlechten Laune breitet sich ein zweites, immer stärker werdendes unangenehmes Gefühl in meiner Magengrube aus. Allmählich steigt die Nervosität in mir an wie der Pegel des Rheins in der Regenzeit. Das kurzfristig

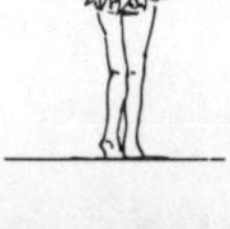

eingeschobene Wochenende in Tschechien hat mir nicht nur eine weitere peinliche Anekdote für meine Biografie eingebracht, sondern auch noch mein ohnehin schon knapp bemessenes Zeitfenster drastisch verkürzt.

Aber das Glück ist ja bekanntlich mit den Tüchtigen. Wenn ich schon meinen Mac nicht benutzen kann, so kann ich wenigstens einige grobe Ideen zum Handlungsverlauf zu Papier bringen. Ja, das könnte ich tun! Andererseits bin ich von Natur aus eher ein faules Stück und auch in diesem Moment bereit, die schicksalhafte Fügung widerstandslos hinzunehmen. Eine Mütze voll Schlaf ist auf jeden Fall eine verlockende Alternative.

Und überhaupt.

Ich packe den nutzlos gewordenen Laptop in die Tasche, knülle meine Jeansjacke zu einem Kissen zusammen und lehne mich gegen die kühle Fensterscheibe.

Durch die geschlossenen Augen hindurch spüre ich Rüdigers Blick auf mir ruhen. Vorsichtig lupfe ich ein Lid. Unsere Blicke treffen sich. Zum unauffälligen Weggucken ist es längst zu spät.

»Was?«, frage ich entnervt.

Als sich erst die eine, dann die andere Augenbraue in der haarigen Visage meines Gegenübers hebt, ahne ich es.

Und dann folgt, was diesen bis dato echt miesen Tag zum grausigsten Tiefpunkt in meiner bisherigen Karriere als Mensch adelt: »Du bist doch der Typ aus dem Porno!«

3

Bonobos nutzen Sex zur Streitschlichtung. Und auch sonst zu allem Möglichen. Sie treiben es unzählige Male am Tag. Dabei sind sie nicht wählerisch: Alter und Geschlecht spielen bei der Paarung keine Rolle. Wirklich, absolut gar keine.

Die Worte platzen förmlich aus ihm heraus, wie aus einem Vulkan, der Jahrhunderte über geschlafen hat und sich plötzlich dazu entschließt, einen kleinen südpazifischen Inselstaat in Schutt und Asche zu legen.

»Geht's noch lauter?« Zischend presse ich den Finger auf meine Lippen und starre ihn mahnend an.

Ja, das ist sie, meine Zielgruppe. Momente wie diese erlebe ich nicht täglich, aber unglücklicherweise hin und wieder. Und leider sehe ich mich stets in meinen schlimmsten Befürchtungen bestätigt, was die Klientel meiner Filme angeht. Nie sind es sexlüsterne gut aussehende Frauen, die mich auf meinen Nebenberuf ansprechen. Immer sind es ungewaschene fettleibige oder auch klapperdürre Männer jenseits der zwanzig, die jegliches Gefühl von Selbstkritik und Scham überwunden zu haben scheinen.

Solche Typen wie Rüdiger eben.

»Du hast doch in dem einen Film da mitgespielt.« Er ringt nach Worten und schnippt wild mit den Fingern. »Na, wie heißt et … der, wo der Typ von den beiden Miezen um die Ecke gebracht wird.«

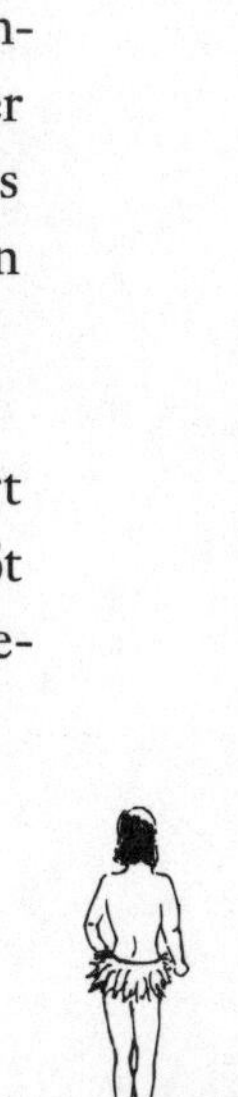

Ich nicke stumm und sehne mich in den Pazifik. Ach, was sag ich – ins Bermudadreieck.

Dabei hat er recht. Und ich habe in diesem Film nicht nur mitgespielt, ich bin zu allem Überfluss auch noch der Typ, der von den Miezen gemeuchelt wird.

Er klatscht sich begeistert auf die massigen Oberschenkel. »Warte, sach nix, ich habbet gleich. *Der Wichser*, nä?«

»Nein«, verbessere ich ihn, »das ist der mit Oliver Kalkofe und Bastian Pastewka.«

Sein Gesicht bleibt unbewegt.

»*Der Wixxer*«, helfe ich nach und lege eine besondere Betonung auf die beiden X.

Noch immer keine Regung in Rüdigers speckig glänzendem Gesicht.

»Der Film, den du meinst, heißt *Spermophilia*«, lasse ich die Katze aus dem Sack.

Jetzt senken sich die Augenbrauen wieder. »Doofer Name.«

Da bin ich anderer Meinung. Im Grunde ist es sogar das Beste am ganzen Film – dem Film, dem ich meine fünfzehn Minuten fragwürdigen Ruhmes zu verdanken habe.

Dennoch ist die Leere in den Augen meines modrigen Sitznachbarn einer funkelnden Begeisterung gewichen. »Saugeil, ich brauch 'n Autogramm von dir. Dat glaubt mir sonst nachher kein Mensch. Und kann ich auch 'n Foto von uns beiden machen?«

Ich lächele zäh, übe mich in der Gelassenheit eines buddhistischen Zen-Mönchs und zähle in Gedanken bis zehn.

Eins ...

Wie gesagt, es passiert mir äußerst selten, dass ich außerhalb von Erotikmessen, Sexshops und Pornofilm-Sets auf diesen Film angesprochen werde. Überhaupt hätte ich es niemals für möglich gehalten, dass dieser stümperhaft produzierte Streifen auch nach über einem Jahr noch im Fokus der pornokonsumierenden Öffentlichkeit stehen würde. Aus Videotheken hat man den Film längst verbannt, das Internet aber vergisst nichts. Dank einschlägiger Handentspannungs-Onlineplattformen kann man sich überall auf der Welt meinen Filmtod, in dem ich mich wie ein elektrisierender Aal im Todeskampf winde und dabei Unmengen von Kunstsperma verschleudere, immer und immer wieder betrachten.

... zwei ...

Dabei klang das Drehbuch sehr vielversprechend. Beim Casting war die Rede davon, dass ich einen unheilbar kranken Mann spielen sollte, der an etwas litt, das das Skript Spermophilie nannte. Dabei handelte es sich laut Regisseur um ein ähnliches Krankheitsbild wie bei der Hämophilie. Und hätte ich nur ein bisschen besser bei *Grey's Anatomy* aufgepasst, hätte ich vielleicht gewusst, dass dies das Fremdwort für die Bluterkrankheit war. Allerdings ging es hier nicht um unstoppbare Blutungen ...

... drei ...

Ursprünglich war *Spermophilia* als persiflierende Anklage an die kränkelnde Erotikbranche gedacht. Zumindest hatte ich das so interpretiert. Zuerst meinte ich, das große Los gezogen zu haben, eine Rolle mit Dialog und tiefgründiger Handlung spielen zu dürfen. Beides sehr untypisch für die Filmrollen, die mir sonst angeboten wurden. Mehr noch, ich durfte sogar Kleidung tragen. Einen schicken weißen Anzug mit schwarzem Hemd und eine cremefarbene schmale Seidenkrawatte. Die Farbe des Anzugs sollte die Reinheit meines Charakters und natürlich das Krankheitsbild symbolisieren. Ein grandioser Einfall.

... vier ...

»Weißt du was?«, unterbricht Rüdiger wispernd meinen meditativen Countdown. Er schafft es tatsächlich, noch ein Stück näher an mich heranzurutschen. Als er seinen Arm hebt, um ihn sich verschwörerisch vor den Mund zu halten, steigt von irgendwoher der Geruch von Zwiebeln auf.

... fünf ...

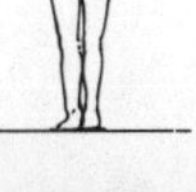

Er flüstert mir ins Ohr: »Ich hab auch schon mal mit dem Gedanken gespielt, in solchen Filmen mitzumachen.«

Das ist der Zeitpunkt, an dem ich das mit dem Zen-Mönch sein lasse. Ich weiß, dass das kommen musste. So kommt es immer. Dennoch kann ich nicht verhindern, dass mir ein herablassendes »Ach was« entgleitet. Ich hoffe inständig, dass er nicht den unkontrollierten Klang der Verachtung heraushört. Aber eigentlich tun sie das nie.

»Jau«, macht er. »Muss doch 'n echter Traumjob sein.« Er setzt einen verklärten Blick auf. »Sex immer und überall, mit den unglaublichsten Frauen. Hübsch und gut gebaut und zu allem bereit. Und jede Menge Kohle kann man dabei auch noch verdienen, stimmt doch, nä?« Er versetzt mir einen gut gemeinten Rempler in die Rippen. Mir bleibt kurz der Atem weg.

»Na ja«, keuche ich ausweichend.

»Wenn man's richtig anstellt, bestimmt!«

Leider hat mir bislang noch niemand verraten, wie man es denn nun *richtig* anstellt, und so sage ich: »Weißt du, Rüdiger, man sollte sich da nicht allzu großen Illusionen hingeben. Die Zeiten, in denen man sich als Erotikdarsteller eine goldene Nase verdienen konnte, sind seit dem Internet und dem immer größer werdenden Angebot an Amateurpornos vorbei.«

Das ist nett formuliert. Tatsächlich bin ich mittlerweile an einem Punkt angelangt, an dem ich felsenfest davon überzeugt bin, dass das Einzige, was es in diesem Business noch zu holen gibt, zweitklassige Jobs mit drittklassiger Bezahlung sind, mal ganz abgesehen von exotischen Geschlechtskrankheiten, von denen noch nicht einmal das Robert-Koch-Institut je gehört hat. Die Goldgräberstimmung in der Szene ist abgeklungen. Dafür erwarten den Pornodarsteller von morgen soziale Randgruppenakzeptanz und Hartz-IV-würdige Gehaltsschecks. In welcher Welt leben wir eigentlich?

Und überhaupt, was zum Teufel habe ich auf der dunklen

Seite der Macht zu suchen, auf der es zwar Kekse gibt, aber keine Riester-Renten-Zukunft? Wenn ich ehrlich bin, sollte ich mir endlich eingestehen, dass ich seit beachtlicher Zeit auf dem sozialen Abstellgleis herumlungere und neidisch auf das viel grüner wirkende Gras auf der anderen Seite glotze.

Dabei habe ich doch nie davon geträumt, Pornodarsteller zu werden. Natürlich stehe ich auf Sex und hatte nie ein Problem damit, mich in meiner ganzen Pracht vor laufender Kamera zu zeigen. Warum auch, ich muss mich nicht verstecken. Ich bin tageslichttauglich, gut gebaut und habe halbwegs volles Haar. Zugegebenermaßen ist meine Stirn vielleicht ein kleines bisschen zu hoch. Und natürlich glaubt mir auch kein Mensch, wenn ich sage, dass ich in die Branche reingerutscht bin – im Gegenteil, es sorgt meistens für ziemlich schlechte Altherrenwitze, manchmal sogar von Frauen. Bei denen ich ohnehin keinen besonders guten Schlag habe.

Deshalb wäre mir eine seriösere Tätigkeit lieber, mit der ich das Schreiben finanzieren kann. Es ist ja nicht so, dass ich nicht schon so einiges versucht hätte.

Unschöne Erinnerungen an meine ersten Gehversuche im Nebenerwerb werden wach. Allein der Gedanke lässt mich innerlich zusammenfahren.

*

Ich habe alles Mögliche und Unmögliche getan, um mit wenig Aufwand möglichst viel Geld zu verdienen, einzig und allein mit dem Ziel, mir die Zeit zum Schreiben freizuschaufeln. Für Männer im besten Alter und mit einer hohen Frustrationstoleranz in Bezug auf das eigene Selbstwertgefühl gibt es da quasi unendliche Möglichkeiten.

Ich habe Spam-Mails verfasst, war Unterschenkelmodel für orthopädische Strümpfe, stahl probehalber bei *ALDI* und

hüllte meinen Körper in diverse Walking-Act-Kostüme. Meine Berufung fand ich schließlich als sommersprossiges Plüschmaskottchen für die Turn- und Spielvereinigung Koblenz e.V. Aber als der Abstieg in die Regionalliga nicht mehr abzuwenden war, war auch meine Karriere bei der TuS vorbei.

Da kam das Angebot des Obstlieferanten gerade recht, der für eine Werbeaktion in Zusammenarbeit mit einem großen Südfruchtimporteur eine lebende Banane brauchte, die durch die Koblenzer Fußgängerzone lief und das Chiquita-Lied sang:

I'm chiquita banana and I've come to say
I came from little island down Equator Way.

Während ich den Song zum Besten gab, begleitete ich mich selbst auf einer Ukulele. Ich wurde geliebt von Kindern und Rentnern. Der Song war aber auch fantastisch. Noch heute kann ich jede einzelne Strophe im Schlaf:

When they are fleck'd with brown and have a golden hue
bananas taste the best and are the best for you.

Gut, ich war ein erwachsener Mann im Bananenkostüm. Dennoch nahm ich die Sache verdammt ernst. Um mich auf meine Rolle vorzubereiten, hatte ich sogar den Chiquita-Banana-Tanz der legendären *Terry Twins* einstudiert: Hüftschwung links, Hüftschwung rechts. Die Arme auf Brusthöhe zittern lassen, zwei Ausfallschritte nach hinten, Arme zittern lassen, zwei Ausfallschritte nach vorn, Hände in die Hüften stemmen, Brüste tanzen lassen, halbe Beckendrehung, und wieder von vorn. Das kriegte ich sogar mit Ukulele einigermaßen hin.

Ich war der perfekte Bananenbotschafter. Eigentlich kein schlechter Job mit guter Bezahlung. Schade nur, dass Koblenz noch nicht bereit war für derart ausgefallene Marketingaktionen.

Das Ganze ging so lange gut, bis ich auf eine Gruppe Halbwüchsiger stieß, die es auf den Versuch ankommen lassen wollte, ob sich das Bananenkostüm auch schälen ließ.

Die Antwort war leider ja.

Und dummerweise wirkt sich die Passform eines überlebensgroßen Bananenkostüms eher ungünstig auf die Fluchtmöglichkeiten seines Trägers aus. Als ich schließlich mit den geschälten Überresten des Plüschbananenkostüms vor meinem Boss stand, hatten wir beide gleichermaßen die Nase voll. Ich stand also wieder ohne Job da.

Schließlich nahm mein Schicksal eine interessante Wendung, als ich die Stellenangebote der Mittwochausgabe der *Rhein-Zeitung* studierte. Wie eine Lichterscheinung kam es mir vor, als ich die Anzeige erblickte:

> Traumjob zu vergeben! Renommierte Agentur sucht ausdrucksstarke Darstellerinnen und Darsteller jeglichen Alters für fantastische Filmaufnahmen. Gepflegtes Äußeres, Standfestigkeit und Ausdauer von Vorteil. Diskretion ist unser Geschäft.

»Die suchen Darsteller für einen Fantasy-Film«, schrie alles in mir auf. Fantastische Aufnahmen – da stand es, wortwörtlich! Das gesellschaftstaugliche Geschwisterchen der ungeliebten Science-Fiction. Warum nicht?

Natürlich hätten bei der Stellenanzeige alle Alarmsirenen aufheulen müssen, denn wenn etwas zu gut klingt, um wahr zu sein, dann ist es das mit großer Wahrscheinlichkeit auch. Doch selbst als ich das mit der Diskretion las, dachte ich wirklich, das bezöge sich maximal auf Rollenangebote für *Berlin Tag und Nacht*, Statistenjobs bei den *Wollnys* oder Scripted-Reality-Dramen vom Schlage *Frauentausch*. Ich konnte ja nicht ahnen, dass es noch schmutziger ging. Ich war ja so naiv.

Als Kontaktmöglichkeit war lediglich eine Telefonnummer angegeben, die ich bereits gewählt hatte, ehe ich den Anzeigentext zu Ende gelesen hatte. So lernte ich ihn kennen. Jean Karell. Meinen Agenten, der mich heute wie ein Stück Vieh durch tschechische Hinterhöfe treibt, um aus mir die männliche Gina Wild der Pornobranche zu machen.

Wäre ich doch nur bei der Banane geblieben.

4

Um die Königin nicht zu enttäuschen, verlagert das Honigbienenmännchen seine gesamte Körperflüssigkeit in den Penis. Nach dem Orgasmus knallt es gewaltig: Die Drohne explodiert.

Mit der Zeitungsanzeige in der Hand stand ich am nächsten Tag vor einem trostlosen grauen Hochhaus aus den frühen Jahren der Nachkriegszeit, wie sie in Koblenz zu Hunderten als stumme Mahnmale stehen.

Ein Mahnmal. Hätte ich doch damals schon die Zeichen richtig gedeutet …

Aber nichts da. Voller Euphorie stürmte ich durch das Treppenhaus des dreizehnstöckigen Plattenbaus und kam im obersten Stockwerk keuchend und japsend vor einer unscheinbaren Holztür zum Stehen. Neben der Tür war ein messingbeschlagenes Schild, vollgetatscht mit Fingerabdrücken, an der speckigen Wand angebracht. Darauf stand: *Cockbuster Casting Agency.*

Hier war ich richtig.

Eine Türklingel gab es nicht. Dafür einen Indianer, der mir nach meinem Klopfen breit grinsend die Tür öffnete und sich mit belegter Stimme als Jean Karell vorstellte.

Vermutlich müssen Agenten so aussehen, dachte ich und folgte ihm in die Agentur, in der es derart schummrig-dämmrig war, dass sich meine Augen erst einmal an das bedeutungs-

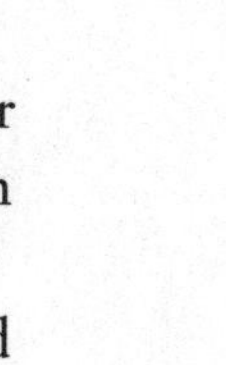

schwangere Zwielicht gewöhnen mussten. Auch das Atmen kam mehr und mehr einer sportlich anspruchsvollen Betätigung gleich, da irgendetwas Schweres die Luft schwängerte. Im Hintergrund erkannte ich auf der Fensterbank den Verursacher der trüben Atmosphäre, die man mit einem Messer hätte schneiden können: eine glimmende Räucherkerzen-Armada. Um die bösen Geister zu vertreiben, wie mir der Vorstadt-Indianer erklärte.

Mittlerweile weiß ich, dass das nichts als Humbug, fauler Zauber und Aberglaube ist. Ansonsten hätte sich Jean im gleichen Moment in Luft auflösen müssen.

Durch den Nebel hindurch registrierte ich seine eigentümliche Kleidung. Bislang kannte ich Agenten nur aus dem Fernsehen. Meist waren es fiese Gestalten von zweifelhaftem Ruf mit einem merkwürdigen Klamottengeschmack, schlechten Zähnen, schmierigem Haar und einer viel zu überspannten Gestik, der stets etwas Unseriöses anhaftete.

All das traf natürlich auch auf Jean Karell zu.

Er trug ein zu großes Fransenhemd aus Wildleder mit nicht minder wilden Kokopelli-Motiven. In Silber eingelassener türkisfarbener Schmuck bedeckte sämtliche Finger, Ohren, Handgelenke und den Hals.

Es gab eine Zeit, da fand ich dieses Auftreten noch sympathisch.

Ich war so ein Idiot.

Heute ist mir klar, dass sein extravagantes Äußeres nur der Ablenkung dient. So bekam ich zunächst gar nicht mit, dass die Agentur lediglich aus einem kleinen Vorzimmer ohne Vorzimmerdame und einem sich anschließenden winzigen Büro mit nur einem Agenten bestand. Dennoch sprach Jean Karell unablässig in der Wir-Form. Das tut er noch heute.

Es ist ein Wir, dass nicht mich – seinen einzigen Klienten – einbezieht oder seine imaginären Kollegen. Das Wir beansprucht sein Ego meist voll und ganz für sich allein und füllt es lückenlos aus. Spricht Jean von *wir*, meint er immer nur sich, allerdings nur, wenn es um gute Dinge geht. Ausdrücklich *mich* meint er, wenn es um nicht so gute Dinge geht. Zum Beispiel, wenn *wir* nach Tschechien fahren müssen, um *unsere* Karriere in Schwung zu kriegen. Das ist das auf mich bezogene *Wir*.

Geht es aber um höhere Agenturvergütungen bei Abschluss von Neuverträgen, profitieren stets *wir* davon – also *er*. Gerne kommt das ichbezogene *Wir* auch eingebettet im nachfolgenden Satz daher: »*Wir* können da gar nichts für.«

Das weiß ich heute. Damals aber dachte ich, dass er wirklich all seine zahlreichen Kollegen mitzählte und Jean lediglich die Spitze eines Agentur-Imperiums darstellte. Eines schrägen, zweifellos. Aber Imperium ist schließlich Imperium. Da wollte ich mich nicht an Kleinigkeiten festhalten und auf seinem bizarren Klamottengeschmack herumreiten, der ihm auch als traumfängerwedelnder Panflötenspieler in der Fußgängerzone gut zu Gesicht gestanden hätte. Zwei Jahre sind seitdem vergangen. Seit vierundzwanzig demütigenden Monaten lasse ich mich nun für ihn knechten.

Ich erinnere mich noch genau an unser erstes verheißungsvolles Gespräch. Mit schwitzigen Händen saß ich vor seinem imposanten Mahagonischreibtisch, auf dem sich nichts weiter befand als eine Klangschale, ein aufgeklappter Schreibblock und eine halb leer gefutterte Tüte Erdnussflips, von denen er mir nichts anbot.

»Ich suche junge, unverbrauchte Talente«, sagte er. »Für den ganz großen Sprung auf die Leinwand.«

Ich war ein Esel und glaubte ihm.

»Unsere Agentur pflegt engen Kontakt zu den größten Produktionsstudios in ganz Deutschland.«

Als ich ihn beiläufig fragte, ob er denn ausschließlich Kinoproduktionen bediene oder auch das Vorabendfernsehprogramm der privaten Sender, lachte er herzhaft.

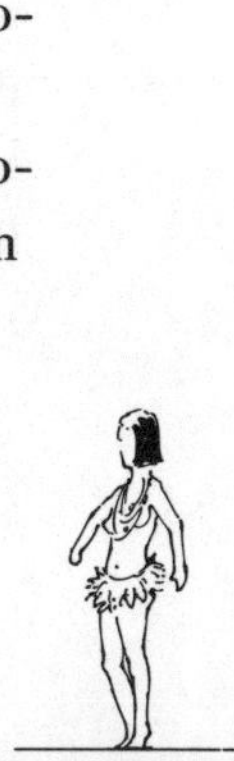

Der Höflichkeit halber lachte ich mit. Dann wurde er schlagartig ernst und erklärte mir, dass er hauptsächlich im Bereich der Videoproduktion tätig sei, sich auf Filme mit viel Action spezialisiert habe und es diese nicht selten auch in ausgesuchte Kinosäle schafften.

Ich sah mich Seite an Seite mit Dolph Lundgren und Michael Dudikoff in einer Uwe-Boll-Produktion.

Keine schlechte Vorstellung.

»Ein ganz großes Produktionslabel hat bei uns angeklopft und mich nach einem geeigneten Darsteller für eine Hauptrolle gefragt. Und jetzt halt dich fest ...«

Ich hielt mich fest.

»Die weibliche Hauptrolle besetzt niemand Geringeres als Sheera Gail!« Wie er den Namen aussprach, schien diesem etwas Magisches anzuhaften. Jeans starrender Blick ruhte auf mir und verlangte augenblicklich nach einer euphorischen Reaktion.

Und so grinste ich entzückt. »Ich, äh ...«

»Sheera Gail«, wiederholte er noch einmal. Sein Tonfall wurde etwas schriller. »Du kennst doch Sheera Gail. Die fantastische Sheera ...«

Ich dachte fieberhaft nach, zermarterte mir das Hirn ...

»Miss Universum!«

Ich hing an seinen Lippen ...

»Die ungekrönte Prinzessin von ...«

... und dann klingelte es endlich auch bei mir! »Aber ja, She-Ra, das ist ...«

»Genau die«, fiel er mir ins Wort. »Krass, ne?«

»Oberkrass.«

Das dachte ich wirklich: Oberkrass! Ich werde für eine Hauptrolle in der Neuverfilmung von *Masters of the Universe* besetzt! Der ultimativen Action-Figuren-Serie meiner Kindheit. Vor meinem geistigen Auge tauchten sie alle auf: der übermenschlich muskelbepackte He-Man, das blauböse Totenkopfgesicht Skeletor und natürlich She-Ra, die grazile Prinzessin der Macht.

Bei der Macht von Grayskull, das ging ja schon gut los!

»Echt oberkrass! Und ich soll He-Man …«

»Genau«, fiel er mir ins Wort. »Ihr Mann für die Double Pe…«

Ich unterbrach ihn in meiner grenzenlosen Aufregung rüde, denn ein Signalwort war gefallen: »Doppelrolle?! Absolut oberkrass!«

Spätestens hier gingen die Pferde mit mir durch. Ich sah mein schauspielerisches Talent bereits in der Doppelrolle aufblühen. Natürlich! He-Man war ja schließlich das Alter Ego des edlen Prinzen Adam, der sich mittels Zauberschwert und -spruch in den Barbarenanführer verwandeln konnte. Mit diesem Wissen wollte ich natürlich unbedingt bei dem Indianer glänzen, damit er auch ganz sicher sein konnte, dass ich der richtige Mann für diese Rolle war. *Ich war He-Man!* Das bislang nutzlos in meinem Gehirn verwahrte Wissen über *Masters of the Universe* blubberte nur so aus mir heraus. Und dabei hatte ich gedacht, es sei verlorene graue Masse, ähnlich wie mein jahrelanges Vokabeltraining in Klingonisch oder meine Kenntnisse über die religiösen Riten der Ewoks.

»Zauberschwert?«, fiel mir Jean ins Wort, als ich Luft holen musste. »Jetzt gib mal nicht so an!« Dann blätterte er in seinen Unterlagen und schüttelte den Kopf. »Und nö, von 'nem Prinz Albert steht hier nichts. Auch nichts von einem Magic Cross oder einem Dolphin … Aber eigentlich sind Piercings nie ein Problem.«

Was für ein komischer Kauz, dachte ich. Und dennoch musste ich in sein diabolisches Gelächter einsteigen.

»Also«, er beugte sich über den Mahagonitisch und sah mich eindringlich an. Eine intensive Geruchswelle von Daniel Hechters *Caractère* schwappte zu mir herüber: »Interesse?«

Mein Mund klappte auf, und ich rang wie ein Stockfisch nach Worten, bis ich schließlich ein brauchbares fand: »Klaro!«

»Turbo!«

»OBERKRASS!« Unglaublich, wie einfach das gewesen war.

Doch dann stutzte ich. He-Man war ein *muskelbepackter* Held ... Vorsichtig fragte ich den Indianer: »Das klingt ja alles wirklich toll, aber müsste ich für diese Rolle nicht etwas ... kräftiger gebaut sein? Muskulöser?« Zur Verdeutlichung spannte ich meinen zwar vorhandenen, aber nicht übermäßig ausgeprägten Bizeps an.

Sein Blick ruhte auf mir, während sein Zeigefinger seine obere Zahnreihe nach Erdnussflipresten absuchte. »Weiß nicht, schon möglich. Zieh dich doch mal aus.«

Das hätte mich vielleicht stutzig machen sollen. Aber zu diesem Zeitpunkt dachte ich wirklich, dass die Rolle das verlangte.

Gut, das tat sie ja in gewisser Weise auch.

Also zog ich blank und fragte mich nur still und leise, was ausgerechnet die Größe meines Penis mit meiner Rolle des He-Man zu tun haben sollte.

Aber hey, sagte ich mir damals: That's showbusiness!

5

Der winzige Igelwurm-Mann wandert durch den Mund
des zehn Zentimeter großen Weibchens
bis in dessen Unterleib. Dort kümmert er sich direkt
an Ort und Stelle um die Befruchtung der Eier –
in einer Art Männer-WG mit zwanzig Artgenossen.

Direkt am nächsten Tag rief Jean mich an und teilte mir äußerst gut gelaunt mit, dass er den ersten kleinen Dreh für mich an Land gezogen habe – eine gute Übung, bevor es zum *Masters-of-the-Universe*-Casting gehen sollte, dachte ich mir. Jeans gigantische Stimmung hielt auch an, als er mich nach einer ärztlichen Unbedenklichkeitserklärung und irgendeinem Wisch vom Gesundheitsamt fragte und ich wiederum von ihm wissen wollte, was er denn *genau* damit meinte.

»HIV, Tripper, Hepatitis A, B, C ... Die Standards eben«, war die Antwort, die aus seinem Mund absolut logisch klang.

Trotzdem war ich jetzt so langsam doch etwas verwirrt. Und noch während ich die Frage aussprach, was das denn mit meiner Rolle als He-Man zu tun habe, fiel langsam der Apfel der Erkenntnis. Sein Fall dauerte vielleicht zwei Sekunden.

Einundzwanzig.

Zweiundzwanzig.

Dann zog die linke Gehirnhälfte, die bei den meisten Menschen für das logische Denken verantwortlich ist, der rechten eins mit dem Vorschlaghammer über. Eine Milliarde Nerven-

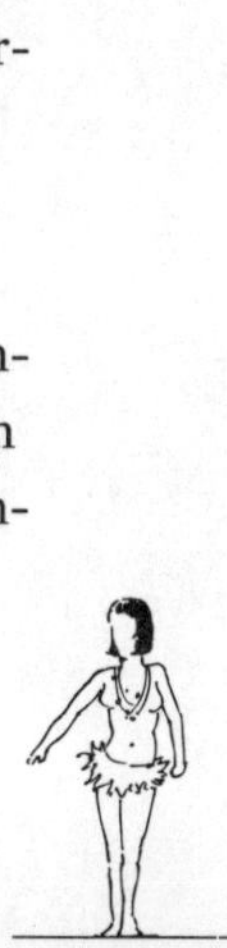

zellen schrien gleichzeitig auf. Und da wusste ich, wie Ben Kenobi sich gefühlt haben musste, als der friedliche Planet Alderaan vom Todesstern pulverisiert worden war und der alte Jedi die Schreie der sterbenden Seelen mit aller Macht spürte.

Ich Idiot! Dabei hatte die Wahrheit die ganze Zeit vor meinen Augen gestanden und verzweifelt mit den Armen gerudert, nur war ich zu doof, zu verblendet, zu eitel oder alles zusammen gewesen, um das wilde Winken zu erkennen.

Sheera Gail war natürlich nicht die Prinzessin der Macht, und ebenso wenig ging es bei der in Aussicht gestellten Rolle um He-Man, den stärksten Mann des Universums. Und schon gar nicht um eine Doppelrolle!

Noch mal: ICH IDIOT!

Von vornherein war es um Filme im horizontalen Gewerbe gegangen. Hoppelwestern. Pimmelkrimis. *Pornos!!!*

No way! Nicht mit mir! So verzweifelt war ich noch lange nicht!

Aber just in dem Moment, als ich Jean mitteilen wollte, wo er sich sein Casting hinstecken konnte, nannte er die Höhe der Gage – und ich verstummte ehrfurchtsvoll.

Nachdem die Karten nun endlich auf dem Tisch lagen, erfuhr ich, dass Jean selbst einmal eine große Nummer in der deutschen Pornoszene gewesen war. In den Achtzigern war er ebenfalls als Darsteller unterwegs gewesen. Laut eigenem Bekunden hatte er sie alle gehabt: Sibylle Rauch, Teresa Orlowski, Dolly Buster und wie sie alle hießen.

Ja, ja, die guten alten, goldenen Zeiten, in denen es noch haarig und silikonfrei zuging. Damals, so sagte er, sei er nur einen kleinen Schritt vom Sprung ins internationale Geschäft entfernt gewesen. Genau genommen waren es sogar nur fünf Zentimeter, wie ich mittlerweile weiß. Und so zeugen heute nur noch vergilbte Polaroids, die ihn Arm in Arm mit den einstigen Pornogrößen zeigen, und leiernde Betamax-Kassetten auf den

Ramschtischen der Sexshops vom Ruhm seiner glorreichen Vergangenheit.

Nun lag es an mir, meine Männlichkeit unter Beweis zu stellen, bevor ich auf die große Bühne gelassen wurde.

»Für die Karriere«, sagte Jean. »Da müssen wir jetzt durch.«

Da war es. Dieses *Wir*.

Spätestens hier hätte ich einen Schlussstrich ziehen und mir einen seriösen Job als Typ in einer Drückerkolonne oder Pfandflaschensammler am Bahnhof suchen sollen. Doch die Neugier und die Aussicht auf das schnelle Geld überwogen. Und schließlich kann man ja von manchen Dingen erst dann wirklich sagen, ob man sie nicht mag, wenn man sie einmal ausprobiert hat. (Diese Erfahrung habe ich in meiner Pornodarsteller-Karriere inzwischen übrigens schon oft gemacht. Und mittlerweile gibt es eine ansehnliche Liste von Dingen, über die ich bereits weiß, dass ich sie nicht mag. Gangbang gehört beispielsweise dazu. Und all diese skurrilen Sachen, die Ländernamen tragen. Also bis auf Französisch vielleicht. Aber von Albanisch oder Italienisch möchte ich an dieser Stelle dringend abraten – zumindest außerhalb der Volkshochschule.)

Noch heute klingen mir die Worte meines Agenten in den Ohren, als ich mich einige Tage später zierte, den warmen und tröstenden Kokon des nachtschwarzen Maserati Quattroporte zu verlassen, den wir, also in dem Fall: *ich*, durch die vierzig Prozent Agentengage pro Auftrag indirekt mitfinanzierten.

»Jetzt hör mal gut zu: Das ist ein angesehenes Label mit richtig großen Produktionen! Nicht irgendein Schmuddelporno, der in einer Containersiedlung in einer ostdeutschen Trabantenstadt abgedreht wird. Hier hat selbst Gangbang Niveau!«

»Ja, aber ...«

»Nichts ›ja, aber‹. Du gehst jetzt rein zu den Jungs und hilfst ihnen, wo du nur kannst, capiche? Wenn du das hier rockst, stehen die Chancen für den Dreh mit Sheera Gail hervorragend.«

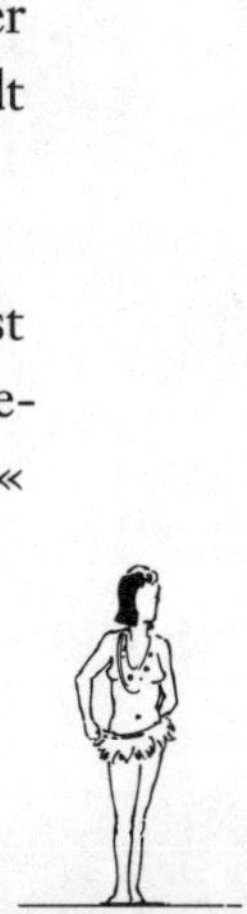

Was soll's, dachte ich mir. Schließlich mochte ich Filme mit einem Happy End. Und dieser hier würde gleich mehrere davon haben!

Ich streifte meine Vorurteile ab wie ein benutztes Kondom und gab der netten Herrenrunde eine Chance. Immerhin ging es hier um meine Karriere! Und ein Arnold Schwarzenegger hatte sich auch zunächst als Herkules durch New York kämpfen müssen, bevor er Gouverneur von Kalifornien geworden war.

Für meine erste Nacktszene hatte ich mich entsprechend vorbereitet. Meine Muskeln hatte ich mit unzähligen Liegestützen aufgepumpt, mich in den wenigen Tagen vom Kennenlerngespräch mit Jean bis heute weitestgehend gesund ernährt, sonnenbankgebräunt und jede Menge Vitamine zu mir genommen – was man eben so tut, wenn man in mangelhafter körperlicher Verfassung ist und bald vor versammelter Mannschaft die Hosen runterlassen soll. Da das Bräunungsergebnis der Klappkaribik jedoch eher unbefriedigend gewesen war, hatte ich mit einem intensiven Selbstbräuner nachgeholfen. Wie sich herausstellen sollte, ein Fehler, denn ich reagierte allergisch auf den Wirkstoff – mein gesamter Körper juckte höllisch, was mich fast wahnsinnig machte. Beim Dreh angekommen, fühlte ich mich folgerichtig furchtbar und hatte absolut keine Lust darauf, gleich die Hüllen fallen zu lassen. Vor ein paar Wochen noch war ich als bekannteste Banane der Stadt durch die Koblenzer Fußgängerzone getanzt, heute sah ich aus wie eine Möhre und würde in wenigen Minuten zu meiner ersten Massen-Sexszene aufbrechen. Mir war schlecht.

Aber für derlei Wehwehchen ist in der Pornoszene kein Platz. Jemand drückte mir ein Klamottenbündel in die Hand. »Das kannst du gleich überziehen. Bademantel und die Latschen sind freiwillig, das T-Shirt ist Pflicht.«

Ich schluckte also meine Angst und meine Selbstachtung hinunter und zog mich gehorsam aus. Dann streifte ich das grelle magentafarbene, etwas zu knapp geschnittene Shirt über und schlüpfte in die Flip-Flops, die bei jedem Schritt ein lustiges Flappen von sich gaben.

Das ist es also, dachte ich. Mein erstes Pornocasting. Es war ein beinahe beruhigendes Gefühl, nicht alleine sein zu müssen, sondern die Wartezeit mit siebendundzwanzig Kollegen verkürzen zu dürfen.

In dem geräumigen Zimmer mit schlechter Luft saßen bereits einige Männer auf den unbequemen Plastikstühlen. Die Hälfte von ihnen trug diese hellblau verwaschenen Bademäntel, wie man sie häufig in Hallenbädern sieht und die anscheinend jeder Teilnehmer ausgehändigt bekommen hatte. Darunter trugen alle die T-Shirts mit aufgedruckten Nummern drauf. Auf meinem prangte die glorreiche 27, da Jean sich leider in der Uhrzeit vertan hatte und ich eine Stunde zu spät dran war. Ich sparte mir das »Hallo« und pflanzte meinen nackten Hintern auf den letzten freien Plastikstuhl. Es war unbehaglich still im Raum. Jeder schien in seiner eigenen Gedankenwelt versunken zu sein. Eigentlich so wie in einer Sauna. Nur ohne Sauna. Ich vermisste schmerzlich den Geruch von Kiefernholz und Tannennadeln. Das Odeur dieses Wartesaals hatte so gar nichts Entspannendes an sich. Hier roch es nach Versagensangst und vorzeitiger Ejakulation.

Mein Magen rumorte vor Aufregung. Meine Haut brannte und juckte. Nie wieder Selbstbräuner, schwor ich mir. Kratzend blickte ich mich in der Hoffnung um, mich vielleicht doch in allem getäuscht zu haben. Aber tatsächlich sah niemand von uns wie He-Man aus. Resigniert schloss ich die Augen und schüttelte langsam den Kopf. Die Macht von Grayskull hatte mich an den Eiern gepackt und zog mich Stück für Stück in den Pornoschlund.

Als ich die Augen wieder öffnete, ruhten prüfende Blicke auf mir. Hier waren wir alle Konkurrenten und schenkten uns

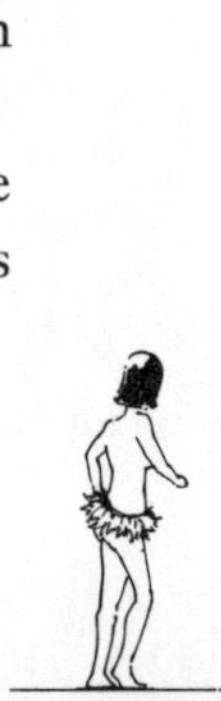

nichts. Aber ich war gewappnet, schließlich hatte ich alle Folgen von *Germany's Next Topmodel* gesehen.

Und dann lugte ein Kopf durch den Türrahmen. »Als Nächstes sind die Nummern zweiundzwanzig bis siebenundzwanzig dran!«

Ich blickte auf meinen Sitznachbarn, der die Zwölf trug, dann auf mein eigenes Shirt. »Tja, okay, dann – los geht's.«

Die Karriere fest im Blick, gesellte ich mich zu meinen neuen Intimfreunden, die alle schon fleißig schrubbend und wedelnd dabei waren, ihren besten Stücken das Stehen beizubringen. Wir waren sechs, und in einer anderen Situation hätte ich mich darüber dank meines infantilen Humors köstlich amüsieren können. Doch ein halbes Dutzend paarungswilliger Männer hat einen ganz eigenen Charme. Die konzentrierte Ausschüttung von Stress- und Sexualhormonen, gekoppelt mit weiteren undefinierbaren biochemischen Botenstoffen, hing im Raum wie eine unheilvolle Gewitterwolke. Man konnte das Testosteron förmlich greifen, und es stank unerträglich nach billigem Aftershave, Schweiß und WC-Reiniger. Eine Mischung, die selbst ein ausgewachsenes Flusspferd in die Flucht geschlagen hätte.

»Dann mal los«, sagte der Mann auf dem Regiestuhl, der tatsächlich der Regisseur war. »Und Action!«

Gedränge und Geschubse. Klar, jeder wollte der Erste sein.

Und bei mir verhielt es sich wie früher im Sportunterricht. Ich war ganz hinten in der Reihe. Meine Laune sank im gleichen Maße wie mein Stehvermögen. Anstellen für Sex war einfach nicht mein Ding. Ich zupfte an meiner ausbaufähigen Erektion herum und starrte Löcher in die Luft.

»Lasst den Kleinen mal nach vorn«, befahl der Regisseur plötzlich und läutete damit meinen ersten großen Auftritt vor der Kamera ein.

Der magentafarbene Vorhang aus muskelbepackten, hosenlosen Männerkörpern lichtete sich, sodass ich mich seitlich durchdrängeln konnte. Ich zwängte mich in die erste Reihe und betrachtete die wie ein lebendes Büfett aufgebahrte Darstellerin. Zumindest das, was inmitten des mehrgliedrigen Haufens, in den sich meine fünf Mitstreiter und das Objekt der Begierde verwandelt hatten, herausblitzte. Hier eine nackte Brust, dort ein Unterarm. Schwer zu sagen, welches Körperteil wirklich ihr gehörte. Dann sah ich Teile ihres Gesichts in meine Richtung blicken.

»Okay, dann soll die Siebenundzwanzig mal loslegen«, hörte ich den Regisseur hinter mir, und der menschliche Klumpen rund um den Tisch, auf dem die Frau lag, entwirrte sich.

Es war eine einfache Anweisung, die keine Fragen oder Unklarheiten offenließ. Eine Anweisung, bei der jeder Darsteller weiß, was von ihm verlangt wird. Genau hier trennt sich die Spreu vom Weizen. Davor hatte Jean mich gewarnt. Und doch wollte es bei mir nicht so recht klappen. Die Blicke der vor sich hin masturbierenden Männer machten mich noch nervöser und setzten mich unter einen Erfolgsdruck, der mich an das Elfmeterschießen in der C-Jugend beim Germania Metternich erinnerte.

Damals scheiterte ich kläglich.

Und sosehr ich mich auch anstrengte, es war mir auch in dieser Situation unmöglich, meinen Mann zu stehen. Was ich hier tat, war nicht okay. Schon allein aufgrund des Bildes der emanzipierten Frau, welches hier gründlich verzerrt wurde.

Während ich an mir rubbelte, kniff, zog und schrubbte, lächelte die Darstellerin mir aufmunternd zu. Zumindest glaubte ich das. Wenn ich beim Verzehr einer kompletten Banane versuchen würde zu lächeln, sähe das vermutlich genauso seltsam aus.

Auf Verdacht lächelte ich zurück, legte meinen Wird-schon-Blick auf und fluchte leise vor mich hin. In meinen Kniekehlen juckte und kratzte es wie verrückt. Ich warf ein schüchternes »Moment noch!« in die Richtung, in der ich hinter der mensch-

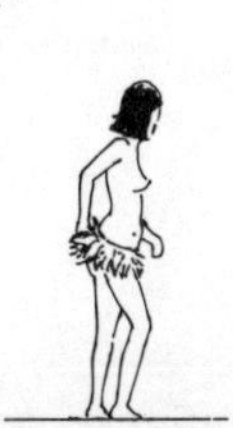

lichen Mauer den Regisseur vermutete. Das Jucken wurde immer schlimmer und machte mich wahnsinnig. Die allergische Reaktion auf die Selbstbräunungscreme schien ihren Höhepunkt erreicht zu haben. Wenigstens einer hier.

So war das Konzentrieren auf das Wesentliche schlicht unmöglich. Mit den Worten »Ich muss nur noch eben schnell …« verabschiedete ich mich aus dem Bildausschnitt, ging in die Hocke und kratzte mir die Kniekehlen blutig, bis das Kribbeln und Krabbeln aufhörte. Die reinste Wohltat. Von ganz weit weg nahm ich Gesprächsfetzen auf.

»Wir brauchen mehr Gleitgel!«, rief der Regisseur.

Plötzlich zerrte mich ein unmenschliches, qualvolles Brennen im rechten Auge in einen schmerzgrellen Abgrund, der mir alle Sinne raubte. Es fühlte sich an wie Säure – o Gott, ätzende Säure hatte sich in mein Auge hineingefressen und war im Begriff, meine Pupille aufzulösen!

Was in aller Welt war das?! Hatte sich etwa eine Frauenrechtlerin in die Y-Chromosom-Schlange geschmuggelt und wollte sich im Geschlechterdschihad der freien westlichen Zivilisation mit einem brutalen Säure-Anschlag ein Ticket ins Paradies erkaufen?

Die Panik riss an mir, als wäre sie ein Fallschirmspringer im Freiflug. Unvorstellbare Schmerzen hielten mich fest in ihrer Umklammerung.

»Mein Auge schmilzt!«, schrie ich.

Irgendjemand rief nach einem Tuch.

Himmel, was sollte ein Stück Stoff in meiner Situation bewirken – sofern es sich nicht um ein Leichentuch handelte?

»Es brennt so sehr«, stöhnte ich. »Macht, dass es aufhört! Einen Arzt!«

»Ja, das kenne ich«, hörte ich die wenig alarmierte Stimme des Kameramanns sagen. »Es gibt nichts, was schlimmer brennt, als Sperma ins Auge zu kriegen.«

»Sper…?«

Vorsichtig öffnete ich das andere Auge und schaute in ein breit grinsendes Gesicht, in dem noch der tiefe Abdruck der Kameralinse zu sehen war.

»Spermaspritzer«, sagte er trocken. Das breite Lächeln wollte das Gesicht des Kameramanns offensichtlich gar nicht mehr verlassen. Er zeigte auf einen Riesen mit goldbrauner Haut, auf dessen Leiste ein kanariengelber Tweety tätowiert war.

»Sorry, Mann, war echt keine Absicht.«

Wie eine terroristische Frauenrechtlerin sah Tweety nicht aus. Aber was wusste ich schon.

Unsere Blicke trafen sich. Dann musste ich mich übergeben.

*

Als Rüdiger neben mir lautstark einen fahren lässt, kehren meine Gedanken ins Hier und Jetzt zurück. Wenigstens hat er den Anstand, sich zu entschuldigen. Das ändert aber nichts an meiner depressiven Grundstimmung.

Wieder kommen Zweifel in mir auf, ob ich tatsächlich den richtigen Weg eingeschlagen habe. Alles, was ich will, ist ein sorgen- und stressfreies Leben mit gutem Auskommen, etwas Ruhm, Anerkennung und jeder Menge Spaß. Ist das denn zu viel verlangt? Und nun sitze ich hier in der Holzklasse eines ICE und verliere sogar den Kampf um die mir rechtmäßig zustehende Sitzlehne.

Schließlich zieht mich die Müdigkeit endgültig in das Reich der Träume. In Todesangst laufe ich nackt, meinen Koffer unter den Arm geklemmt, einen endlos verlaufenden schnurgeraden Schienenstrang entlang. Der Traum hat keine besondere Umgebung. Der Bereich hinter den Schienen liegt im Dunkeln wie die Schatten einer Wolkenkratzerschlucht. Ich laufe und laufe und werde verfolgt von laut bellenden Hunden mit gefletsch-

ten Zähnen, die allesamt große Dildos im Maul halten. Hinter ihnen versucht eine Horde Polizisten, bewaffnet mit schweren Maschinenpistolen und Lederpeitschen, Schritt zu halten. Direkt an den Gleisen stehen unzählige gesichtslose Menschen mit aufgemalten lachenden Clownsmündern. Sie zeigen mit dem Finger auf mich und werfen mit faulem Obst nach mir. Eine weiche Honigmelone trifft mich direkt am Knie und platzt auf, woraufhin ich ins Stolpern komme und auf die harten Schienen stürze. Das Hundegebell wird immer lauter. Die Leute um mich herum decken mich mit verdorbenem Gemüse in den unterschiedlichsten Größen ein. Jedes Mal, wenn ich versuche, wieder auf die Beine zu kommen, werde ich erneut getroffen. Schließlich sehe ich ein speicheltriefendes Hundemaul unmittelbar über mir. »Fass, Wasti, fass!« Die rasiermesserscharfen Zähne des Köters sind nur noch wenige Zentimeter von meinem Gesicht entfernt. Dann schnappt er zu.

»Hey du!«

Als ich erschrocken die Augen aufschlage, sehe ich zuerst Goethe – das Schaufelradschiff der Köln-Düsseldorfer Rheinschifffahrtsgesellschaft. Es befindet sich für einen kurzen Moment auf unserer Höhe und schaufelt sich mühsam den Rhein hinauf. Mittlerweile hat es aufgehört zu regnen. Kleine Nebelbänke haben sich in die Hänge der Weinberge eingenistet.

»Wir sind gleich in Koblenz – du musst doch hier raus, oder?«

Ich versuche meinen Kopf ein wenig zur Seite zu drehen, reibe aber mit der Stirn an etwas Kratzigem. Erschrocken fahre ich zurück und knalle unsanft mit dem Hinterkopf gegen die kalte Fensterscheibe.

Mein Sitznachbar mit dem Aroma einer Käsetheke grinst mich schief an. »Hömma, ich hab ja nix dagegen, dat du meine Schulter als Kopfkissen benutzt«, sagt er und grinst noch immer, »aber mich vollzusabbern stand nicht auf dem Plan!«

Mit dem Zeigefinger zeigt er auf einen feuchten Fleck auf seinem T-Shirt-Ärmel.

»'schuldigung«, nuschele ich kleinlaut.

»Nächster Halt Koblenz. Der Ausstieg befindet sich in Fahrtrichtung rechts«, dröhnt es scheppernd aus dem unsichtbaren Lautsprecher.

»Ich muss los!« Hektisch krame ich mein Zeug zusammen und zwänge mich mit meiner Tasche und dem BUNDESPOLIZEI-Beutel an meinem Sitznachbarn vorbei, der nicht einmal im Traum daran denkt aufzustehen. Dabei reiben unsere Körper derart aneinander, dass es in manchen islamischen Ländern ohne weiteres als sexueller Akt durchgehen würde.

»Und was ist jetzt mit dem Autogramm?«

Stift und Zettel klatschen gegen meine Brust.

Ich greife nach beidem: »Also schön, was soll ich schreiben?«

»Für Rüdiger. Danke für alles.«

Sein boshaftes Grinsen verfolgt mich noch, als ich den Zug bereits verlassen habe, mit der Zehenspitze zwischen Zug und Bahnsteig hängenbleibe und meinen Koffer weit von mir schleudere. Diesmal springt das Schloss bereits in der Luft auf.

6

Das knapp zwei Zentimeter große Anglerfisch-Männchen nistet sich als Parasit beim vierzig Zentimeter großen Weibchen ein. Hierzu beißt es sich am Bauch des Weibchens fest und verwächst mit ihm, bis es Teil seines Kreislaufs geworden ist. Pünktlich zur Eiablage kann es dann seinen Saft dazugeben.

Nils sitzt exakt in der Mitte unserer Couch, mit offen stehendem Bademantel, und holt sich einen runter. Eigentlich kein ungewöhnlicher Anblick. Diesmal aber überspannt er den Bogen und überschreitet eine unsichtbare moralische Grenze.

»Schon wieder zurück?«

Seine Stimme klingt nicht gehetzt, ertappt oder nervös. Vielmehr aufrichtig überrascht. Mit gutem Grund, denn was da im Fernseher läuft, kenne ich nur zu gut. Es ist einer meiner Pornos. Und damit meine ich nicht, dass es eine entwendete DVD aus meinem Filmregal ist. Wenn es doch nur so wäre. Nein, es ist ein Porno, in dem *ich* die Hauptrolle spiele.

Ich schlucke trocken. Live dabei zu sein, wie mich mein bester Kumpel als Wichsvorlage missbraucht, zählt nicht gerade zu den Top-Ten-Momenten meines Lebens.

»Nils!«, hebe ich vorwurfsvoll an.

»Sorry, hatte gerade keinen anderen zur Hand«, rechtfertigt sich mein Mitbewohner und Noch-bester-Kumpel. Dieser Heuchler! Dabei weiß ich genau, dass seine Pornosammlung größer ist als die von *Maxdome.*

»Was du zur Hand hast, ist mehr als deutlich. Kannst du dir jetzt bitte was überziehen?«

»Momentchen, gleich.« *Jetzt* klingt er gehetzt. Seine Bewegungen werden schneller. Ich honoriere, dass er wenigstens versucht, sich zu beeilen. Dennoch reißt etwas in mir. Explosionsartig. Ungefähr so, als hätte man eine Gitarrensaite überspannt. »NIIIILS!«

Der Schrei entfährt mir genau in dem Moment, als sich das bereitliegende Papiertaschentuch über sein Glied stülpt und Nils erleichtert aufstöhnt.

Auf dem Flachbildschirm sehe ich mein Film-Ego ebenfalls die finale Szene einläuten. Ja, das ist sie, die heile Pornowelt, in der es immer ein glückliches Ende gibt.

Ein wohliges Grinsen legt sich auf Nils' Gesicht und schreit danach, mit einem stumpfen Sparschäler heruntergeschabt zu werden. Ich zwinge mich zur Ruhe und bleibe starr vor Schreck im Türrahmen stehen. Nicht minder fassungslos schaue ich dabei zu, wie Nils die Spuren seiner Handentspannung sorgfältig wegwischt. Im Fernseher flimmert der Abspann, und mir wird bewusst, dass mein Name falsch geschrieben wurde.

Desillusioniert sacke ich in mich zusammen. Ein neuer Tiefpunkt an diesem schon völlig entgleisten Tag.

Zweifel keimen in mir auf. Warum nur habe ich mich zu einem WG-Projekt mit ihm überreden lassen?

»Es ist Post für dich gekommen.«

Ich muss gar nicht erst hinsehen, um zu wissen, um welche Art von Post es sich handelt: Rechnungen. Mahnungen. Protestschreiben. Hier wird einem das Grauen noch frei Haus zugestellt.

Nils schaut mich tiefenentspannt an. »Und«, fragt er ausdruckslos. »Wie war der Dreh? Hast du mir was mitgebracht?«

Mein imaginäres Ich zieht eine Bazooka hinter dem Rücken hervor, zielt exakt auf die Mitte der Couch und drückt ab.

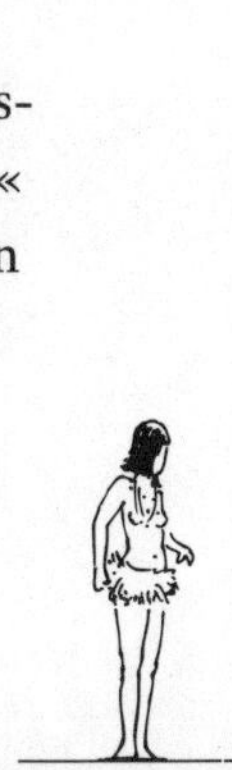

BOOOM!

Eine stickige Schmauchwolke steigt aus dem Lauf der Waffe auf und wirft mich in der Zeit zurück. Ausgerechnet zu dem Augenblick, als wir uns das erste Mal begegnet sind. Als das Unheil seinen Lauf nahm. Ich kann es förmlich fühlen. Wieder ist es heiß, staubig und traurig.

*

Als ich Nils das erste Mal traf, trug er ebenfalls einen Bademantel. Das dachte ich jedenfalls. Bei näherer Betrachtung stellte sich allerdings heraus, dass es das Kostüm eines Jediritters war, was in vielerlei Hinsicht absolut deplatziert wirkte. Zum einen, weil draußen über fünfunddreißig Grad im Schatten herrschten und wir in Tunesien waren. Zum anderen, weil er weit und breit der einzige Mensch in einem Kostüm war. Daran änderte auch nichts, dass unser erstes Aufeinandertreffen ausgerechnet in der sagenumwobenen Spelunke stattfand, die für den Science-Fiction-Film *Krieg der Sterne* als Kulisse der legendären Weltraumhafenbar *Cantina* gedient hatte.

Frustriert saß ich an der Theke und ertränkte meinen lähmenden Liebeskummer mit einem Glas Blauer Milch, die unangenehm stark nach Blue Curaçao und Essiggurkenwasser schmeckte. Als ich in meiner unendlichen Verzweiflung irgendwann dem Typen im Bademantel am anderen Ende des Tresens zuprostete, warf er mir ein geschmeidiges »Möge die Macht mit dir sein!« entgegen und lud mich auf ein Getränk ein. Damit war das Eis gebrochen. Zwei nach Wüstenfuchspisse schmeckende Biere später saß er neben mir, und ich erzählte ihm von meinem verkorksten Urlaub mit Sonja, meiner damaligen Freundin. Eigentlich sollte diese Reise unsere angeknackste Beziehung retten. Doch das Gegenteil war der Fall. Bei dem Versuch, doch noch Gemeinsamkeiten zu finden, die den Fortgang eines amourösen Verhältnisses rechtfertigten, entdeckte sie leider nur ihre Vorliebe für arabische Männer. Insbesondere für Kemal, den Hotel-Animateur, mit dem sie gerade auf Bananenboot-Spritztour war. Aus Frust hatte ich ihren Reiseführer durchforstet und war dahintergekommen, dass ausgerechnet hier, mitten in der Wüste von Tunesien, keine fünfzehn Kilometer von unserem fürchterlichen Pauschalhotel entfernt, Teile der *Star-Wars*-Saga gedreht worden waren. Als alter George-Lucas-Fan war es natürlich meine Pflicht, diese Location aufzusuchen. Hätte mir jemand gesagt, was das für mein Schicksal bedeutete, hätte ich den Reiseführer eigenhändig zur Buchhandlung zurückgetragen und gegen einen *Hunde-unter-Wasser*-Kalender eingetauscht.

Nils erzählte mir, dass er diese Reise schon lange geplant habe und das Land erst wieder verlassen werde, wenn er alle originalen Schauplätze von *Star Wars* gesehen haben würde. Akribisch habe er vor seiner Abfahrt in Deutschland das Internet durchforstet und alles zusammengetragen, was an Schauplätzen bekannt sei, erzählte er und präsentierte nicht ohne Stolz einen Schnellhefter mit zerfledderten Ausdrucken. Die *Cantina*, in der wir gerade saßen, war sein erster Anlaufpunkt.

Ein wenig machte mir die resolute Gestalt im Jedikostüm mit dem schütteren Haar und den dürren Ärmchen Angst. Gleichzeitig war ich fasziniert von seinen funkelnden Augen, die davon zeugten, dass er mit Leidenschaft bei der Sache war. Wenig später stellten wir fest, dass wir unfassbarerweise in derselben Stadt wohnten (und ich spreche hier von *Koblenz*!), was sich im Nachhinein als eine wirklich glückliche Fügung des Schicksals herausstellte …

Nils sprach derart laut und enthusiastisch von seinen Plänen, dass sich schon bald zwei Einheimische in das Gespräch einmischten. Schallend klingt mir noch heute das »Hi guys!« in den Ohren, mit dem uns ein großer Mann mit Bart, dunkler

Haut und grollender Stimme begrüßte. Hasan. Er grinste. Und wie er das tat. Ich kannte dieses Art Lächeln von Flohmarktbesuchen. Es bedeutete: »Ich hab da was ganz besonders Nutzloses, das musst du unbedingt kaufen!« In seinem sackbraunen Kaftan sah Hasan aus wie ein Riesen-Jawa und passte schon mal ganz gut hier rein.

Sein Kumpel Amil war einen halben Kopf kleiner, hellhäutiger und ohne Ziegenbärtchen. »May we have a seat?«

»Bitte«, sagte Nils.

»Ah, Allemagne, deutsch«, schlussfolgerte Amil erfreut. Nun war er es, der das Gespräch führte.

»*Star-Wars*-Fans, eh?«

Gut, schwer zu erraten war das jetzt nicht. Wir waren beide sehr blass, sahen sehr deutsch und verzweifelt (zumindest ich) aus, und einer von uns trug einen übergroßen braunen Bademantel und ein Laserschwert aus der Spielwarenabteilung.

»Ihr seht krass gut aus!« Hasans Kopf wippte im Takt des arabischen *Cantina*-Flötengedudels, das uns in einer Endlosschleife präsentiert wurde und mir todessterntödlich auf den Nerv ging.

Wie von selbst wanderte meine Hand zur Hosentasche und überprüfte die Position meines Portemonnaies. So unauffällig wie möglich rutschte ich ein paar Zentimeter von dem Großen weg, als er mit seinem befremdlichen Grinsen fragte: »Und, gefällt euch hier?«

Mir fiel auf, dass sein rechtes Auge unablässig zuckte.

»Weiß nicht«, sagte ich wahrheitsgemäß. Ohne dass ich einen Einfluss darauf hatte, schweiften meine Gedanken zu meiner Freundin, die sich vermutlich gerade mit Kemals Banane vergnügte.

»Und recht du hast! Das hier ist Kinderkacke. Touristenscheise für Möchtegernfans.« Er sah sich um und machte eine wegwerfende Bewegung mit seiner vor Silberringen funkelnden

Hand. »Eine Schlag in Gesicht für jede … echte Fan!« Während er das sagte, ließ er Nils keine Sekunde aus den Augen, der unablässig nickte.

»Absolut«, stimmte er begeistert zu.

Wie clever und durchtrieben die beiden doch waren. Ich entlarvte die Masche sofort. Sie sonderten das starke Tier – also mich – von dem Schwachen – also Nils – ab und machten sich wie ein Rudel Hyänen über die wehrlose Beute her. Und es funktionierte. Nils hing bereits an den Lippen der tunesischen Touri-Seelenfänger.

»Wir können euch zeigen the real hot stuff«, schleimbeutelte Hasan in einem Touristen-Kauderwelsch.

Amir nickte verschwörerisch. »Oh ja, richtig scharfe Sache. Wir könne euch zeigen alles. Wir könne euch zeige Zuhause von Luke. Hütte von Obi-Wan …«

»Wie viel?«, rief Nils, bevor ich über einen bissigen Einwurf auch nur nachdenken konnte.

»Stopp!« Jetzt war es an mir, die Reißleine zu ziehen. »Dürfte ich bitte mal eure Tourist Guide Licence sehen?«

»Eine Preis, der wert sein wird«, flüsterte Hasan über mich hinweg.

Als er die Summe nannte, stockte mir der Atem. Ich rief mir den aktuellen Wechselkurs des Dinars ins Gedächtnis und rechnete den Betrag in Euro um.

»Dollar, versteht sich«, fügte Hasan leise hinzu.

Ich lachte laut auf. »Das ist Wucher!«

»Abgemacht«, sagte Nils. »Wann können wir los?« Etwas Endgültiges schwang in seiner Stimme mit.

»Kann losgehe sofort. Wagen ist bereit.«

Nils griff in seinen Jedi-Umhang und zog ein zusammengerolltes Geldbündel heraus. Davon zählte er einige Hunderter ab und gab sie Hasan, der das Grinsen nicht mehr aus dem Gesicht bekam.

»Das ist keine gute Idee!«, zischte ich.

Die Blicke der beiden skurrilen Gestalten ließen das Geldbündel nicht aus den Augen.

»Komm mit«, sagte Nils unbekümmert. »Ich lade dich ein! Zusammen macht das bestimmt mehr Spaß.«

Mir behagte der Gedanke nicht, gemeinsam mit den beiden Verbrechern in die Wüste zu fahren. Also schüttelte ich vehement den Kopf. »Ich trau den Typen nicht. Das sind bestimmt Organräuber oder Schlimmeres!«

»Wie du meinst.«

Die frisch angeheuerten tunesischen Sherpas erhoben sich und bewegten sich zielstrebig auf den Ausgang zu.

Nils stand ebenfalls auf.

»Also dann«, sagte er. »War nett dich kennenzulernen.«

»Also dann«, murrte ich. »Möge die Macht mit dir sein.«

Über seine schmächtigen Schultern hinweg sah ich, wie die beiden Touristenfänger sich etwas zuflüsterten. Nils musterten sie dabei wie eine mit K.-o.-Tropfen willig gemachte Bauchtänzerin. Kaum hatte er sich den beiden genähert, nahmen sie ihn in die Mitte und geleiteten ihn nach draußen.

Mit einem unguten Gefühl in der Magengegend war ich nun ganz allein an der Bar. Ich schüttelte den Kopf darüber, wie dieser Idiot mit offenen Armen in sein Verderben rannte. Augenblicklich verspürte ich Mitleid mit dem sympathisch durchgeknallten *Star-Wars*-Fan mit seinem Gottvertrauen in die Menschheit. Das konnte ja nur schiefgehen.

»Scheiße«, dachte ich laut, sprang vom Hocker auf und lief Nils hinterher. »Ich komme mit!«

Von diesem Moment an hatten es unsere Reiseführer plötzlich eilig.

»Yalla, yalla«, forderte uns Hasan auf. »Nicht viel Zeit, schnell dunkel in Wüste. Und dann bitterkalt. Aber gut, dass Auto nicht weit weg, gleich um Ecke.«

Nachdem wir durch die halbe Stadt gescheucht wurden, vorbei an wimmelnden Souks, unbeampelte Stadtautobahnen überquerten und Hinterhöfe passierten, die noch nie ein Tourist zuvor gesehen hatte, folgte eine nervenaufreibend lange Fahrt in einem betagten Geländewagen über eine holprige Schotterpiste, die uns fernab jeglicher Zivilisation führte. Die steigende Entfernung von der Großstadt spiegelte sich in der sinkenden Zahl von Empfangsbalken auf meinem Handy wider.

Schließlich, als sich auch der letzte Strich in die Wüste verabschiedet hatte, wurden wir langsamer.

»Jetzt kommt erste Höhepunkt«, heizte Hasan die Vorfreude an. »Jetzt geht zu Skywalker-Farm. Sieht noch alles original aus, wie in Film, ich schwör! Ist altes Berberdorf, gebaut in große Erdloch. Okay, boys, here we go.«

Hasan versprach nicht zu viel. Es sah zwar alles etwas heruntergekommen und verwahrlost aus, dennoch erkannten wir sie eindeutig: die Wasserfarm der Familie Skywalker. Der Esprit des *Kriegs der Sterne* war allgegenwärtig. In einem Anflug von Melancholie konnte ich förmlich sehen, wie Luke mit seinem Landspeeder über die endlose Weite der Wüstenlandschaft preschte und Wompratten abknallte.

»Siehst du«, zischte mir Nils gut gelaunt zu. »Wusste ich doch gleich, dass man sich auf die Jungs verlassen kann!«

»Schaut euch in Ruhe um und macht pictures«, schlug Hasan vor. »Wir bereite alles vor für Lunch.«

Derweil machte Amil sich an der verzogenen Heckklappe des Geländewagens zu schaffen und brachte schließlich eine betagte Kühltasche zum Vorschein. Unsere *Star-Wars*-Sherpas waren hervorragend ausgerüstet. Ein wenig nagte das schlechte Gewissen an mir. Vermutlich hatte ich ihnen doch unrecht getan. Während sie unser Abendessen vorbereiteten, kamen Nils und ich aus dem Fotografieren nicht mehr raus. Jeden noch so kleinen Stein hielten wir mit unseren Digicams und Smartphones

fest, fotografierten uns aus jedem Winkel vor dem Dorf und stellten die Szene nach, in der Onkel Owen Luke eine Standpauke darüber hält, dass er vor dem Abendessen gefälligst die Druiden zu reinigen habe.

Es war traumhaft, genau so, wie ich es mir immer vorgestellt hatte. Sonja und Bananenboot-Kemal waren für eine Weile vergessen.

Zum Abendessen saßen wir auf behelfsmäßigen Campingstühlen, genau an der Stelle, an der Luke mit Tante Beru und Onkel Owen im Film gesessen hatte. Es gab undefinierbares, aber lecker schmeckendes Fingerfood mit Fladenbrot und Pfefferminztee. Es herrschte eine ausgelassene Stimmung unter uns vieren, beinahe so wie beim Zelten mit den Pfadfindern. Dass ich auch hier keinen Handyempfang hatte, scherte mich kaum mehr – Sonja konnte sich ruhig mal Sorgen um mich machen.

Draußen war es bereits stockdunkel, aber das kümmerte uns nicht. Mittlerweile waren wir an einem Punkt angelangt, an dem wir Hasan und Amil, unseren neuen besten Freunden, blind vertrauten. Wir stießen immer und immer wieder mit dem frisch zubereiteten Pfefferminztee auf die beiden an. Das Zeug war aber auch lecker. Irgendwann hörten wir auf zu reden und beließen es beim glückseligen Grinsen. Hier war es aber auch schön.

Dann kippte Nils zur Seite weg.

*

Extremsituationen können tiefe Männerfreundschaften entstehen lassen. Mittellos ausgesetzt in der nordafrikanischen Wüste ohne Wasser, Orientierung und Sonnencreme mit Lichtschutzfaktor zweitausend kann durchaus so eine Situation sein.

Als wir am nächsten Morgen im Nirgendwo und bis auf die

Unterhose ausgeraubt aufwachten und uns gemeinsam durch die staubtrockenen Sandhügel schlugen, um zurück ins Land der Hotelanlagen und Schatten spendenden Palmen zu kommen, war ich um zwei Erfahrungen reicher: Eigenurin löscht keinen Durst, und echte Freundschaft gibt es nur unter Männern.

Letzteres wurde mir klar, als ich dehydriert und vollkommen ausgelaugt vor Sonja stand. Anstatt mir krank vor Sorge um den Hals zu fallen, teilte sie mir nüchtern mit, dass Kemal nun das Hotelzimmer mit ihr teile. Und selbst da glaubte ich immer noch an eine zeitlich begrenzte schlechte Phase, die ganz bestimmt bald vorübergehen würde.

Nils war so nett und ließ mich bis zum Rückflug in seinem Hotelzimmer wohnen. Neben meiner sich nach einem flächendeckenden Sonnenbrand abschälenden Haut verabschiedete sich Sonja auf dem Rückflug dann endgültig von mir und quartierte mich, zurück in Koblenz, aus unserer gemeinsamen Wohnung aus. Glücklicherweise hatte Nils nichts dagegen, dass ich für den Übergang zu ihm zog, bis ich etwas Neues gefunden hatte. Das war vor zweieinhalb Jahren.

Zweieinhalb Jahre, in denen Nils bislang den Großteil der Miete bezahlt hat. Da kann ich es ihm wohl schlecht verübeln, wenn er sich mal einen meiner Pornos ausleiht. Außerdem verdient er als Sicherheitsbeauftragter am Flughafen Köln/Bonn vermutlich das Dreifache von dem, was ich mit *zwei* Jobs verdiene. Dafür hat er Schichtdienst und ist selten zu Hause. Punkte, die eindeutig für ihn als WG-Genossen sprechen, wie ich mir erneut klarmache.

»Hast du mir denn jetzt was mitgebracht oder nicht?«, reißt mich seine quietschige Stimme aus dem tunesischen Tagtraum.

»Wiebittewas?«

»Na, die Ware!«

»Ach so, ja, klar.« Ich bücke mich hinunter zum Koffer, lasse den Verschlussmechanismus aufschnappen und wühle mich

durch den dezimierten Inhalt. Zielsicher werfe ich ihm die Klarsichtbeutel mit den Slips zu.

Etwas linkisch fängt er einen der Beutel auf. Die anderen beiden landen auf dem benutzten Taschentuch.

»Boah, wie geil, ey, gleich drei Stück!«

Ein breites Lächeln umspielt seine Lippen. Die Wut auf ihn fällt von mir ab wie das Eis eines schmelzenden Gletschers. Ich mag es, ihn so glücklich zu sehen.

»Danke, bist echt ein Kumpel.«

Unangenehm berührt winke ich ab. »Ach was, hab ich doch gern gemacht.«

In diesem Moment ist sie in weite Ferne gerückt, die Schmach, von fränkischen Polizisten bloßgestellt worden zu sein. Für sie bin ich auf immer und ewig der Perversling. Eine Anekdote, die fortan alljährlich auf der Weihnachtsfeier des Polizeipräsidiums zum Besten gegeben wird. Damit muss ich nun leben. Aber für Nils bin ich der Größte.

»Also, 'n Fuffi pro Stöffchen, ja? Ich habe nur gerade kein Geld zur Hand, wie du siehst.« Er grinst.

Ich nicht.

»Verrechnen wir einfach mit der Miete, okay?«

»Aber …«

»Bist ja ohnehin im Rückstand.«

Zähneknirschend sehe ihm dabei zu, wie er den Reißverschluss des Beutels mit dem bordeauxfarbenen Slip aufschiebt, den glatten Stoff mit seiner Hand befühlt und anschließend seine Nase darin vergräbt. Ein glückseliger Gesichtsausdruck zeichnet sich um seine Mundwinkel, als würde er an frisch gemahlenem Kaffee schnuppern.

»Ist er von *ihr*?«

Ich nicke. Steht es mir zu, ihn für seinen Fetisch zu verurteilen? Er verurteilt mich ja auch nicht für die Art und Weise, wie ich mein Geld verdiene. Und ich weiß nur zu gut, was er von all den Schundheften hält, die allwöchentlich die Kioske wie ein hungriger Heuschreckenschwarm heimsuchen. Und damit meine ich nicht etwa Pornos, sondern meine *Jerry-Lightning*-Werke.

»Du hast so ein Glück!«, findet er. »Ich würde sonst was drum geben, es einmal mit Katynka Nofák treiben zu dürfen. Und du wirst sogar bezahlt dafür!«

»Na ja, so wild war das jetzt nicht«, sage ich und denke: *Insbesondere, was die Bezahlung angeht.*

Tatsächlich habe ich vor diesem Wochenende noch nie etwas von einer Katynka Nofák gehört. Man muss wohl ganz tief in der Materie drin sein, um selbst die unzähligen Darsteller aus den Ostblockländern namentlich benennen und anhand grobpixeliger Internetfilmchen auseinanderhalten zu können.

»Übrigens hat Jean heute mehrmals für dich angerufen. Du sollst heute Nachmittag unbedingt noch bei ihm vorbeischauen.«

»Warum?«

»Das hat er nicht gesagt, es klang aber dringend.«

Und ob ich bei ihm vorbeischauen werde!

»Alles okay bei dir?«, höre ich Nils' dumpfe Stimme aus dem Beutel.

»Klar, warum nicht?«

Er lässt den Plastikbeutel sinken und sieht mich zweifelnd an. »Weil du dich wie ein läufiger Cockerspaniel am Türrahmen reibst.«

Tatsächlich? Ist mir gar nicht aufgefallen. Aber dieses verdammte Jucken will einfach nicht aufhören. Im Gegenteil, seitdem ich den Zug verlassen habe, ist es schlimmer geworden. Es hat diesmal nichts mit irgendeiner Bräunungslotion zu tun – das Zeug verwende ich seit meinem folgenschweren ersten Dreh nicht mehr. Und ich fürchte, das Jucken kommt auch nicht von dem immer näher rückenden Abgabetermin meines nächsten Manuskripts. Ich ahne inzwischen, was der wahre Grund für

meinen infernalischen Juckreiz ist, und dennoch dürstet es mich nach Gewissheit.

»Bin mal auf dem Klo.«

»Passt gut«, entgegnet Nils. »Ich hätte auch nichts dagegen, jetzt ein bisschen alleine zu sein.« Während er spricht, greift er zur Taschentuchpackung und zupft ein weiteres Blatt heraus. Auf dem Weg zur Toilette höre ich aus dem Wohnzimmer das Aufratschen eines weiteren Reißverschlusses – und danach mein eigenes Stöhnen aus dem Fernseher.

Im Bad angekommen, reiße ich mir die Hose herunter und inspiziere mein Arbeitsgerät. Auf den ersten Blick ist nichts zu erkennen. Die Eichel ist lediglich ein wenig gerötet. Vorsichtig schiebe ich die Vorhaut zurück – und jaule laut auf. Es brennt und kitzelt gleichzeitig. Der Juckreiz verstärkt sich urplötzlich um ein Vielfaches. Und wie das aussieht! Vor Entsetzen habe ich einen Moment lang Sterne vor den Augen. Als ich sie wieder öffne, muss ich mich zusammenreißen, um hinabzublicken. Im kalten Neonlicht der Toilettenbeleuchtung springt mir eine feuerrote Kuppe entgegen. Meine Eichel sieht aus, als hätte man die erste Hautschicht von ihr abgezogen. Anstelle einer glatten, gut durchbluteten Oberfläche entdecke ich Dutzende roter Pickelchen, von denen manche kleine weiße Punkte haben. Einige sind bereits aufgeplatzt und sondern eine gelblich weiße, streng riechende Flüssigkeit ab. Das sieht nicht gesund aus.

Berufsrisiko, denke ich und fange an zu weinen.

7

Gelingt es dem Männchen nicht, sich während des Akts auf dem Rücken der Gottesanbeterinnen-Heuschrecke festzuhalten, beißt sie ihm mit ihren scharfen Mundwerkzeugen den Kopf ab. Da die so durchgetrennten Nervenbahnen keinen Kopulationsstopp auslösen, hat das Weibchen nun beides: eine leckere Zwischenmahlzeit und eine Befruchtung.

Über den Anmeldetresen hinweg entfaltet sich der mir so vertraute Geruch von Desinfektionsmitteln. Ein hübsches Gesicht mit stark geschminkten Lidern inklusive dickem Amy-Winehouse-Lidstrich und mit einem braunen Wuschelkopf sieht zu mir auf und strahlt mich an. Angela, die Arzthelferin meines Vertrauens. Sie ist ein interessanter Typ und ziemlich niedlich – abgesehen davon, dass sie immer so aussieht, als wäre sie gerade in einen Koffer mit Buntstiften gefallen. Ihr grelles Make-up und die hochtoupierten Haare verleihen ihr die Anmut eines Sechzigerjahre-Drogen-Starlets.

»Hallo, Quentin.« Sie grinst über die Theke hinweg. »Schön, dich mal wieder zu sehen.«

Unwillkürlich grinse ich zurück. Es tut gut zu spüren, dass es Orte gibt, an denen man willkommen ist. Würde ich mich doch überall so gut umsorgt fühlen wie bei meinem Urologen.

»Lass mich raten«, sagt sie. »Du warst ohnehin gerade in der Gegend und dachtest, du bringst deiner Lieblingsarzthelferin einfach mal einen Strauß Blumen vorbei, stimmt's?«

»Haargenau … bis auf die Sache mit den Blumen und dem zufällig in der Gegend sein.«

Sie beglückt mich noch immer mit ihrem entwaffnenden Lächeln, in dem ich mich verlieren kann wie in Pans Labyrinth. Der kleine Brilli, der auf ihrem linken Eckzahn klebt, glitzert aufreizend.

Wie gesagt, Angela ist süß und ein echter Blickfang. Dennoch käme mir nie in den Sinn, sie ernsthaft anzuflirten. Es ist eher so ein James-Bond-Miss-Moneypenny-Verhältnis, bei dem die Rollenverteilung jedoch noch nicht so ganz ausdefiniert ist.

»Und, wo brennt's denn diesmal?« Sie kaut leidenschaftlich auf einem knatschgrünen Kaugummi herum.

»Ja, ähm …«, druckse ich herum. Das *diesmal* nehme ich ihr krumm. Zum Glück weiß sie nicht, wie sehr sie mit ihrem ›brennt's‹ ins Schwarze trifft. »Wenn es dir nichts ausmacht, würde ich das lieber mit deinem Chef besprechen. Ist er da?«

»Natürlich ist er da. Sonst wäre ich ja nicht hier, du Dummerchen. Hast'n Termin?«

»Wärst du dann nicht die Erste, die das wüsste?«, kontere ich und entsende ein hoffentlich sehr charmantes Lächeln über den Tresen.

Sie macht eine ausladende Geste über ihren wüst aussehenden Schreibtisch, auf dem ein buntes Post-it das nächste überdeckt. »Sieht das hier so aus, als wüsste ich alle Termine auswendig?«

Nein, tut es nicht.

»Du hast aber recht. Dass du keinen Termin hast, das weiß ich. Und sorry, Quentin, ich muss dich enttäuschen: Das Wartezimmer ist proppenvoll. Gewöhn dir mal an, dich vorher anzumelden. Ich kann dich nicht jedes Mal vorbeimogeln. Vor allem nicht am Montagmorgen.«

»Angela, du bist meine letzte Rettung! Es ist wirklich ein Notfall«, sage ich mit treuherzigem Dackelblick und flehender Stimme.

Augenblicklich schieben sich ihre Mundwinkel wieder nach oben. »Moment, ich schau mal, ob ich noch was machen kann.«

»Ja, bitte, tu das«, sage ich und reibe mich so unauffällig wie möglich an der Kante der Rezeption.

Mittels eines kompliziert aussehenden Terminplaners, der gleichzeitig die Funktion einer Schreibtischunterlage innehat, checkt sie die Sprechstundentermine. Dann blickt sie mit einem gekonnten Aufschlag ihrer blauen Augen auf: »Der Kalender von Doktor Ziller ist bis oben hin dicht. Steckt gerade mit beiden Händen in 'ner Prostata. Danach hat er 'ne Blasenspiegelung, zwei Vasektomien, 'ne Beschneidung, jede Menge Ejakulatanalysen …« Sie zeigt auf eine Reihe kleiner Döschen mit weiß-flüssigem Inhalt neben der Schreibtischunterlage.

»Ich hab verstanden«, bremse ich ihren Redefluss. »Er ist bis oben hin dicht.«

»Aber du kannst ja zu unserer neuen Vertretungsärztin«, kaut sie weiter. »Doktor May.«

»Ärzt*in*?«, frage ich unsicher.

»Ärztin.«

Unsere Blicke treffen sich. Wir mustern uns gegenseitig, und dann bin ich es, der als Erstes wegschaut, da ich mich etwas zu fest an der Theke gerieben habe. Scharf ziehe ich die Luft zwischen den Zähnen ein: »Auuhhhaa …«

»Alles okay bei dir?«, fragt Angela überrascht und auch ein wenig besorgt.

»Nein!«, sage ich entschieden. »Ich will zu Doktor Ziller!«

Sie sieht mich mit unbewegter Mine an. Dann huscht ihr Blick zurück in den Terminkalender. »Okay, alles klar, du willst zum Chef.«

Ich nicke zustimmend und ringe mir ein Lächeln ab.

Mit einem sadistischen Lächeln sieht sie zu mir auf. »Passt dir nächste Woche Freitag?«

Ich bin kurz davor, mich ins Nirwana zu schubbern. Nicht

mehr lange, und ich werde der Rezeption einen Rundschliff verpassen! Ich wäge Pro und Kontra gegeneinander ab und knicke ein.

Viel länger werde ich dieses Jucken unmöglich aushalten können. Gut, dann eben eine Ärztin!

Angela grinst. »Mitkommen!« Sie springt hinter dem Tresen hervor und lotst mich mit dem Zeigefinger hinter sich her. Mit einen extrabreiten Lächeln klopft sie zweimal gegen eine Tür und stößt sie einen Spaltbreit auf, ohne eine Antwort abzuwarten.

»Ja bitte?«, fragt eine überrascht klingende Stimme von drinnen.

»Ein Patient«, spricht Angela in den Spalt und lädt mich mit einer Geste zum Eintreten ein. »Alter vor Schönheit.«

Ich werfe einen Blick in den Raum hinein. Was ich sehe, verschlägt mir auf der Stelle den Atem.

»Nein«, entfährt es mir lauter als beabsichtigt. Ich starre auf das himmlische Wesen hinter dem Schreibtisch. Ich bin zwar gewillt, mich von einem unbekannten Arzt untersuchen zu lassen – wenn es sein muss, sogar einem weiblichen –, aber ich bin nicht darauf eingestellt, vor einer gottgleichen Schönheit die Hosen runterzulassen! Ganz besonders dann nicht, wenn sie der Anblick eines Penis erwartet, der kurz davor ist, sich in seine molekularen Bestandteile aufzulösen. Oder zu explodieren. Ganz sicher bin ich mir da noch nicht.

»Ich kann da nicht rein«, flehe ich Angela an.

Sie sieht das anders und schubst mich mit sanfter, aber unnachgiebiger Gewalt ins Zimmer. Während ich mich widerstrebend aus dem Türrahmen schäle, stapft sie an mir vorbei und legt der Ärztin meine Krankenakte auf den Tisch. Dann macht sie auf dem Absatz kehrt und zieht grinsend an mir vorbei.

Hinter mir fällt die Tür ins Schloss. Die Ärztin sitzt erwartungsfroh hinter dem Schreibtisch und lächelt sich in meine Welt. In der Hand hält sie einen Penis. Also, so ein buntes Plastikmodell im Längsschnitt.

Mann, ist das heiß hier drin.

Ich spüre, wie sich meine Kehle zuschnürt. Jeder Atemzug ist eine unglaubliche Anstrengung. Mir fällt sofort auf, dass der Behandlungsraum anders riecht als sonst. Zwar ist der vordergründige leicht beißende Geruch von Desinfektionsmitteln allgegenwärtig, darunter aber hat sich ein anderer, weitaus anregenderer Duft gelegt. Es riecht nach Wildrosenmilchseife und einem Meer von Erdbeeren.

»Sie sind also die Neue?«, höre ich mich unbeholfen und in bester Idiotenmanier sagen.

Sie nickt nur. Dann pustet sie, ohne mit der Wimper zu zucken, den Staub von der Eichel des Penismodells. Anschließend reibt sie mit der Handfläche den adrigen Hodensack sauber. Bei dem Anblick wird mir ganz anders, und ich schlucke schwer.

»Bitte, setzen Sie sich doch.«

Bevor ich mich auf dem Stuhl vor ihrem Schreibtisch niederlassen kann, erhebt sie sich und streckt mir die Hand entgegen. Ihr intensiver erdbeermilchiger Duft steigt mir in die Nase. Sie ist beinahe so groß wie ich, hat leicht gewelltes granatapfelrotes Haar und sieht einfach atemberaubend aus. Wie hypnotisiert starre ich in ihre wunderschönen hellblauen Augen, die mich an meinen verstorbenen Husky Cujo erinnern.

Ich ergreife ihre Hand. Sie ist feucht.

Nein, verdammt. *Ich* bin es, der wie ein wilder Eber transpiriert!

»Ich bin Doktor Cassandra May«, stellt sie sich professionell vor und entblößt eine entzückende kleine Lücke in der oberen Reihe ihrer ansonsten perfekt angeordneten Zähne. Ich ertappe mich bei dem Wunsch, ein winziger Essensrest zu sein, der sich darin verfängt.

»Quentin Bachmann«, erwidere ich atemlos.

Sie lächelt kühl, was ihre bemerkenswerten Züge noch attraktiver macht, und starrt mir dann auf den Schritt – mit dem gleichen neutralen Ausdruck, wie es Doktor Ziller immer tut. »Also, Herr Bachmann, wo brennt es denn?«

Anscheinend ist das heute der Running Gag der Praxis.

Während ich ihr zutiefst beschämt von meinem Zipperlein berichte, streift mich ihr zunächst medizinisch-interessierter, im weiteren Verlauf der zusammengestotterten Geschichte spöttisch-abwertender Blick wie ein ICE den Bahnhof von Pusemuckel. Genauso schnell wie das Blut in meine Wangen schießt, bahnen sich die Worte einen Weg aus meinem Mund. Eine schlechte Angewohnheit: Werde ich nervös, rede ich schnell …

»Sie müssen mich nicht anschreien, Herr Bachmann. Ich höre noch gut.« Ihre Augen rollen leicht genervt nach oben.

Offensichtlich ist die Schnelligkeit nicht mein einziges Problem.

»'tschuldigung.«

Sie stöhnt leise auf und blättert in der vor ihr liegenden Krankenakte. »Sie sind ja ein echter Dauergast bei uns«, stellt sie amüsiert fest. »Stehen Sie auf die Arzthelferin, oder was?«

»Nein, ich, äh …«

»Vergessen Sie's, geht mich ja auch nichts an.« Ihr Blick ruht weiterhin auf der Krankenakte. »Sie können sich schon mal frei machen.«

Ich zögere einen Moment. Eigentlich verspüre ich nicht die geringste Lust, mich der schönsten Frau des Universums und allen anderen unerforschten Sphären gegenüber nackt zu zeigen. Zumindest nicht *so*. Aber dieses Jucken bringt mich noch um den Verstand.

Ihr strafender Blick legt sich auf mich, als sie mein Zögern bemerkt. »Na, wird's bald? Ich hab nicht den ganzen Tag Zeit. Das Wartezimmer ist gerammelt voll.«

Wieder entschuldige ich mich und gehorche zitternd.

Sie steht auf und zieht mit den Worten »Na, dann wollen wir doch mal sehen« den Hocker zu sich heran. Dann setzt sich vor mich und nimmt meine Genitalien in Augenschein. Jetzt bin ich beinahe dankbar für die höllischen Schmerzen – ich habe keine Ahnung, wie ich diese Situation ansonsten ohne Peinlichkeiten überstanden hätte.

Den Blick nicht von meinem schlaff da hängenden Geschlechtsteil nehmend, streift sie sich hautfarbene Latexhandschuhe in einer routinierten Art über, wie es nur Ärzte und Dominas beherrschen. Vorsichtig hebt sie meinen Penis an. Ihre Hände sind eiskalt. Aber sie sind auch filigran und unglaublich schön. Die schönsten Hände, die ich je gesehen habe. Ich wundere mich ein wenig über mich selbst. Denn bislang war mir die Optik weiblicher Hände schnurzpiepegal.

Behutsam zieht sie meine angeschwollene Vorhaut zurück. Ich ziehe scharf die Luft ein. Jede noch so kleine Berührung zieht ein mörderisches Brennen nach sich – ungefähr so, also würde man mit einem frisch gepflückten Brennnesselstrauß die Eichel weich klopfen.

»Unangenehm, was?«, sagt sie, und ich kann mir nicht helfen, aber sie hört sich dabei irgendwie zufrieden an. Ich schweige und begebe mich in ihre therapeutische Obhut. Nach mehreren »Hm …«, »Ah, ja!« und »Soso«, verrät sie mir dann endlich ihre Diagnose: »Ich kann Sie beruhigen, Herr Bachmann, ein Tripper ist es nicht.«

Das beruhigt mich in der Tat.

»Es ist ein ganz gewöhnlicher Pilz, den sie sich da eingefangen haben«, fährt sie fort. »Sehen Sie hier, die strahlenförmigen Rötungen an den offenen Pusteln? Das ist typisch.«

»Ah ja.« Ich sehe nicht hinunter. Zu peinlich ist mir dieser Moment. Ich habe wirklich nichts dagegen, dass sie mein Glied in der Hand hält. Und sicherlich ist das normalerweise auch ein schöner Anblick – wären da nur nicht diese geröteten Bläschen,

die meinem Penis das Aussehen einer giftigen und noch unentdeckten Schlingpflanzenknospe aus dem tiefsten Dschungel von Borneo verleihen.

Als sie fertig ist und meine Vorhaut wie die Zunge eines Chamäleons nach vorne schnellen lässt, was mir, ganz nebenbei bemerkt, Todesqualen bereitet, streift sie sich die Handschuhe ab und nimmt wieder hinter dem Schreibtisch Platz. Während ich mir die Hose hochziehe und den Schmerz wegzuatmen versuche, zieht sie die oberste Schublade ihres Schreibtisches auf und fördert einen rosafarbenen Zettel hervor, auf den sie etwas Unleserliches kritzelt.

»Der Juckreiz, den Sie verspüren, ist zwar sehr unangenehm, aber nichts Alarmierendes.« Sie hält mir den Zettel vor die Nase. Ich mag die schwungvollen Schlaufen ihrer Ls. »Nichts, was man nicht mit einem Breitbandantibiotikum in den Griff bekommen würde. Gegen das Brennen verschreibe ich Ihnen noch eine Salbe, die sehr schnell für Linderung sorgen sollte. Mit dieser Kombination dürfte die Sache dann in wenigen Tagen vom Tisch sein.«

Damit ist anscheinend alles gesagt. Zielstrebig geleitet sie mich zur Tür. Wieder nehme ich die Erdbeermilchwolke wahr, die sie umgibt.

Doktor May ist absolut betörend. Ich will noch nicht gehen! Ich will hier bei ihr bleiben. Am liebsten für immer. Durch meinen Kopf jagen alle möglichen Krankheitsbilder und Symptome, die ich erfinden könnte, um noch ein bisschen ihre Gesellschaft genießen zu dürfen.

Ihre Hand liegt bereits auf der Klinke.

Ich könnte ihr von meinem Blinddarmdurchbruch erzählen, den ich mit acht Jahren mal hatte. Oder von der schlimmen Pubertätsakne meiner Jugend. Vielleicht interessiert sie sich ja auch für die kleine Rotgrünschwäche? Ich hab mal gehört, Frauen mögen Männer mit Makeln.

»Also dann …« Sie lächelt souverän, sagt aber nichts weiter. In Gedanken ist sie wahrscheinlich schon bei der nächsten Prostataabtastung. Leider nicht bei meiner.

»Sie sind also Urologin.«

In Gedanken schlage ich meinen Kopf gegen den hölzernen Türrahmen. Sehr fest. Mann, Quentin, geht's noch dämlicher?!

Sie scheint Ähnliches zu denken, zumindest sagt genau das ihr Gesichtsausdruck aus.

»Wollen Sie mit Herrn Ziller eine Gemeinschaftspraxis gründen?«, schiebe ich schnell hinterher.

»Nein.« Sie zieht die Tür auf.

Ich zögere einen Moment, will ihr noch die Möglichkeit zu einer weiteren Ausführung geben.

Doch sie bleibt bei ihrer Antwort.

Memo an mich: Keine geschlossenen Fragen mehr stellen, die mit Ja oder Nein beantwortet werden können.

»Oh, das heißt, Sie sind nicht für immer hier?«

»Nein.«

Erneute Memo an mich: Vollidiot!

Irgendwie fällt mir jetzt nichts Geistreiches mehr ein. Nicht, dass das, was ich bisher von mir gegeben habe, gehaltvoller als Diätjoghurt mit null Kalorien gewesen wäre.

Da stehen wir uns also schweigend gegenüber und blicken uns in die Augen. Das heißt, zumindest ich blicke ihr in die Augen. Sie schaut ein paar Grad an mir vorbei.

Ich grinse sie verschmitzt an. Und sie lächelt sogar zurück. Ein flüchtiges, aber ein freundliches Lächeln. Kompetent. Professionell. Fachkundig. Immerhin.

Verdammt, sie muss doch spüren, dass hier der berühmte Funke übergesprungen ist! Doch es gibt nichts mehr, was ich tun kann; jedes weitere Zögern würde die fragile Beziehung zwischen uns beiden zerstören.

»Danke.«

»Ist mein Job.«

»Klar, Sie sind ja …«

»Urologin. Genau. Ich müsste dann wirklich wieder …«

»Natürlich.« Ich gehe einen Schritt auf die Tür zu und mustere Doktor Cassandra May noch einmal kurz von der Seite. Tatsächlich, sie sieht mich an. Ich lege alles in diesen einen Blick, als ich sage: »Tja, dann wün-sche ich Ih-nen noch ei-nen schö-nen Tag.« Jede einzelne Silbe ziehe ich dabei unnötig in die Länge, als hätte ich irgendeine Sprachbehinderung oder würde Deutsch nur als Fremdsprache lernen. »Viel-leicht sieht man sich ja mal wie-der.«

Wortlos hält sie mir die Tür auf. Aber sie lächelt noch immer. Kompetent. Professionell. Fachkundig. Nicht: mitleidig. Das werte ich als Teilerfolg.

»Auf Wiedersehen«, sagt sie.

Sie hat nicht gesagt: Auf *Nimmer*wiedersehen. Yes!

»Adieu«, sage ich und werde mir im selben Moment bewusst, wie bescheuert das klingt, wenn man nicht wenigstens aus Frankreich kommt.

Dann kann ich nur noch zusehen, wie die Tür ins Schloss fällt. Sie macht ein schnappendes Geräusch, das etwas sehr Endgültiges an sich hat.

Beim Verlassen der Praxis gebe ich mir eine fiktive Ohrfeige, die sich gewaschen hat. *Adieu* … Gott, wie bescheuert!

Meine Laune sinkt wieder mal in den Keller.

Aber wenigstens kann ich so mit der richtigen Grundstimmung bei meinem Agenten auflaufen.

8

Vor der Begattung überreicht das Listspinnenmännchen der Dame einen großen Beutekokon als Brautgeschenk. Bis das Weibchen das Knäuel entknotet hat und zum leckeren Inhalt vorgedrungen ist, ist das Männchen mit der Besamung längst fertig und macht sich aus dem Staub. Listige Männchen überreichen sogar eine Mogelpackung ohne Inhalt.

»Hallo?«, rufe ich in den schmalen Flur hinein, als ich dank Tabletten und Salbe halbwegs schmerzbefreit bei Jean ankomme. »Jemand zu Hause?«

Keine Antwort.

»Hallo-ho? Jean?«

Ein Räuspern dringt aus dem Spalt der angelehnten Bürotür, dicht gefolgt von einem tiefen schleimigen Husten.

»Quentin, bist du's?«

Ehe ich antworten kann, fordert mich eine heisere Stimme auf einzutreten.

Als ich die Tür öffne, steht Jean mit zerzausten Haaren vor der Couch und versucht, sein Hemd zurück in die offen stehende Hose zu stopfen. Neben ihm stehen ordentlich aufgereiht seine mir allzu vertrauten schwarz-weißen Mokassins.

»Sorry, ich wollte dich nicht bei … was-auch-immer-du-da-tust stören«, bringe ich meine Entschuldigung vor. Obwohl ich wütend bin, muss ich unwillkürlich über meinen Vorstadt-Navajo schmunzeln. Seitdem er vor einigen Jahren den Schamanis-

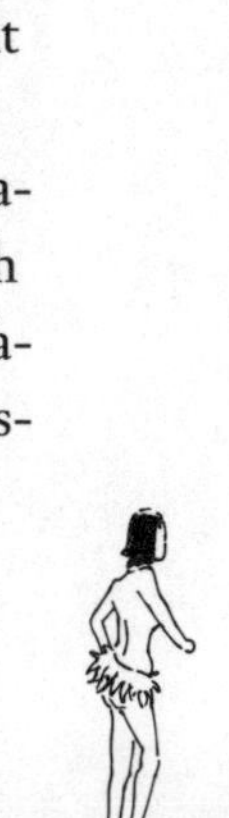

mus für sich entdeckt hat, wandelt er auf einem schmalen Grat zwischen gesellschaftlicher Achtung und Ächtung.

Obgleich sein Erscheinungsbild auffällig ist wie das eines dreibeinigen Hundes, geht dennoch eine verschwommene Aura von ihm aus, die nicht zu (be)greifen ist. Jean ist eben nicht das, was man von einem Mann im mittleren Alter optisch erwartet – zumindest in meiner Vorstellung: gepflegte Halbglatze, gestutzter Schnauzbart, Bauchansatz, vom vielen Waschen ausgeblichene Flanellhemden und senfgelbfarbene Cordhosen, die von ausgeleierten Hosenträgern gehalten werden.

Jean hingegen sieht aus wie ein indianischer Lude auf LSD: staubgrauer Pferdeschwanz, Wildleder-Mokassins unter einer engen Röhrenjeans und darüber ein bis kurz über den Bauchnabel aufgeknüpftes Baumwollhemd mit bunten geometrischen Mustern auf der Schulterpartie und langen ledernen Troddeln, die davon herabhängen.

»Na?«, fragt er, als er hinter seinem monströsen Chefschreibtisch aus dunklem Mahagoniholz Platz nimmt.

»Na«, erwidere ich ebenso wortkarg und bleibe aus Protest mitten im Raum stehen. Den BUNDESPOLIZEI-Beutel, in den ich inzwischen auch den restlichen Kofferinhalt gestopft habe, stelle ich anprangernd vor mir auf den Boden.

Obwohl ich schon oft hier gesessen habe, lasse ich meinen Blick in stillem Erstaunen durch den Raum huschen. Mir ist kein Büro bekannt, das auch nur ansatzweise dem Einrichtungsstil von Jean gleicht. Dabei ist der Blickfang nicht der große Schreibtisch, sondern die Couch. Ein dunkles lilafarbenes Monstrum mit Bezügen aus Samt. Das wirklich Auffällige aber sind die eingefassten Applikationen aus echten Swarovski-Strasssteinen. Zweifellos würde sich jeder Pornoproduzent die Finger nach einer derartigen Besetzungscouch lecken.

Jean, der Harald Glööckler der Erotik – the Prince of Pornöös.

Davor befindet sich auf einem bunten Tibetaner-Teppich ein kniehoher Tisch, dessen ovale Glasfläche auf dem Rücken einer gebückten nackten Frauengestalt aus Messing liegt – eine gewagte Interpretation der Loreley, wie mir Jean einmal verraten hat. Kunst hin oder her, bei ihrem Anblick schreit mein ausgeprägtes Verständnis für die Frauenrechtsbewegung auf.

Auf dem gegenüberliegenden Unterschrank steht ein zweigeteiltes Sammelsurium. Die eine Seite besteht aus Bildern und Erinnerungsstücken, aufgereiht wie die Trophäen eines Fußballbundesliga-Vereins. Unzählige ausgeblichene Fotos und Polaroids zeigen eine jüngere Version von Jean mit Minipli auf dem Kopf und leicht bekleideten Damen im Arm. Vermutlich Pornostarlets aus einem anderen Jahrhundert.

Die andere Hälfte des Unterschranks hat die Anmut eines Opfertisches einer längst vergangenen Maja-Epoche: Trommel, Federn, Rassel, Traumfänger und die Büste eines grimmig dreinblickenden Indianerkopfes sind darauf versammelt.

»Siehst gut aus«, stellt Jean fest. Dabei fischt er ein Zippo aus der Brusttasche und lässt die auf dem Schreibtisch stehenden Hölzer im Räucherschälchen aufglimmen. Sofort breiten sich schwere, nach Weihrauch riechende Rauchfahnen aus. Der Blick meines Agenten streift kurz mich, dann die vor mir stehende Plastiktüte.

»Setz dich doch«, fordert er mich auf.

Ich schüttele den Kopf. Ein wenig bin ich enttäuscht. Ich weiß nicht, was ich erwartet habe. Eine Umarmung? Ein Lächeln? Zumindest ein kleiner Anflug von Freude in seinem wettergegerbten Gesicht wäre schön gewesen. Immerhin bin ich der einzige Klient in seiner Kartei. Und als könnte er Gedanken lesen, sagt er: »Gut, dass du wieder da bist. Ich hab hier noch ein paar Verträge herumliegen, die du unterschreiben musst. Außerdem müssen wir uns noch einmal dringend über meine Provision unterhalten.«

»Erst einmal gilt es Dinge klarzustellen«, bremse ich seinen Enthusiasmus aus und schlage mir innerlich auf die Schulter. Das klang gut. Souverän. Cool. Undurchschaubar. Wie der Pate.

»Was'n für Dinge?«, fragt Jean platt, der meine Verwandlung in einen Mafioso offenbar nicht mitbekommen hat. Er schaut von seinem Blätterwust auf.

»Berufliche Dinge. Verhaltensetiketten sozusagen. Von Agent zu Klient, du verstehst?«

Seinem fragenden Blick nach zu urteilen offenbar nicht. Also baue ich mich vor ihm auf, verschränke die Arme und lasse meinem Unmut freien Lauf: »Was fällt dir ein, mich für einen derart miesen Dreh durch halb Europa zu schicken?« Mit jeder Silbe, die meinen Mund verlässt, ist meine Stimme lauter geworden.

»Jetzt beruhig dich doch mal«, fällt er mir ins Wort.

»Beruhigen? Nix beruhigen! Wie konnte ich nur so blöd sein und mich auf einen Dreh in Tschechien einlassen? Normalerweise kommen die doch alle zu uns rüber! Und außerdem habe ich mich schlaugemacht, es ist nicht üblich, sein eigenes Zeug mit zum Dreh zu bringen!« Ich werfe dem Beutel zu meinen Füßen einen bösen Blick zu.

»Aber die haben da drüben doch nix ...«

»Nix haben!? Das ist EU-Land, kein kaukasischer Schurkenstaat, der seine Raketenzünder aus gebrauchten Spielekonsolen bauen muss!«

»Du übertreibst maßlos.«

»ÜBERTREIBEN?« Jetzt schreie ich und bin kurz davor, die Contenance zu verlieren.

Jean hält dagegen. »Hallo! Das ist *die* Chance gewesen. Das Label wird das nächste große Ding der internationalen Pornoszene. Wenn wir jetzt deren Namen in deine Filmografie reinkriegen, kommen die Aufträge ganz von allein. Wirst schon sehen.«

Ich schnaube ihn wütend an. »Das hast du bei den Drehs mit

den vermeintlichen Pornosternchen Mya Nuss und Courtney Love-Cock auch gesagt. Und? Die kennt heute kein Mensch mehr!«

»Das hätte aber auch ganz anders aussehen können, wenn …«

»Und dann denk mal an die Sexmesse in Berlin, zu der du mich letztes Jahr gelockt hast, angeblich, weil ich den Preis für den besten Newcomer bekomme!«

»Moment, Moment, das hab ich nie so gesagt!«

»Richtig! Aber du hast es mich glauben lassen. Und dann hing ich wie ein Tierkadaver an diesem beschissenen Andreaskreuz und habe mir von einem Möchtegern-Pornostarlet die Vorhaut abreißen lassen!«

»Es war das Penisbändchen«, korrigiert mich Jean, und bevor ich anfangen kann zu schreien, legt er nach: »Ich gebe ja zu, das ist blöd gelaufen«, aber beschnitten ist in unserem Business eh besser. Und wenn du mir genau zugehört hättest, dann …«

»Wenn! Genau. Immer deine Wenns. Echt jetzt: Ich. Kann. Es. Nicht. Mehr. HÖREN!«

»Nun schrei doch nicht so.«

»ICH SCHREIE, WANN ICH WILL!« Ich bücke mich, greife nach dem BUNDESPOLIZEI-Beutel und schleudere ihn Jean entgegen. Linkisch fängt er ihn auf, woraufhin der schwarze Dildo und die noch originalverpackte Pussy Pump herausspringen. »Hier hast du deinen Scheiß zurück! Ich brauch das nicht mehr.«

»Was soll denn das jetzt?«

»Es ist aus, Jean! Schluss, aus, Ende. Ich mag nicht mehr. Ich will nicht mehr! Ich steige aus. Such dir jemand anderen, mit dem du das Trauma deiner nicht vollendeten Karriere verarbeiten kannst. Ich lass mich von dir nicht mehr vor den Pornokarren spannen!«

»Wo ist das Problem? Ich habe dir doch gesagt, was von dir verlangt wird«, setzt Jean zur Verteidigung an.

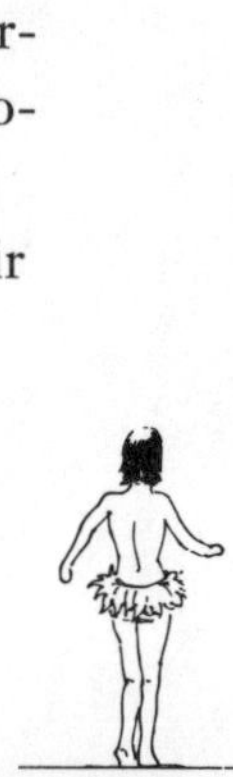

»Stimmt, ja, hast du. Aber irgendwie hast du die konkrete Rollenverteilung durcheinandergebracht.«

Er starrt mich an, als wäre ich ins Klingonische abgedriftet. Dann verändert sich etwas in seinem Gesicht. Plötzlich guckt er weich, ja beinahe verständnisvoll.

»Jetzt beruhige dich doch erst einmal«, redet er mit sanfter Stimme mantramäßig auf mich ein. »So schlimm kann es doch gar nicht gewesen sein.«

Irgendetwas knackst in meinem Kopf, als würde ein Schalter umgelegt. Und dann sehe ich mich mit einem Satz auf ihn zustürmen. Im nächsten Augenblick schießt meine Hand vor und krallt sich in seinen staubgrauen Haarschopf. Schuppen wirbeln umher. Mit aller Kraft reiße ich meinen freien Arm nach vorn und schlage zu. Erst einmal. Dann noch einmal. Und noch einmal. Mit dem unendlichen Gefühl der Genugtuung nehme ich das Geräusch seiner brechenden Nase wahr, als er damit das erste Mal auf die Mahagoniplatte knallt. Beim zweiten Mal spritzt eine Blutfontäne hoch und sprenkelt kunstvoll die Klangschale. Langsam rinnen die Bluttropfen das schräge Kupfer hinunter und tauchen die schummrig-neblige Bürowelt in ein zartes blutiges Rosa.

Das sieht schön aus …

Seine belegte Stimme holt mich zurück in die Gegenwart: »Hallo? Quentin? Ich frage, was denn nicht gestimmt hat?« Er gibt ein schmatzendes Geräusch von sich, das mich jeden Moment in den Wahnsinn treibt. »Manchmal frage ich mich wirklich, wo du mit deinen Gedanken bist!« Er reibt sich über die Bartstoppeln und streicht beinahe liebevoll über den schwarzen Dildo. Das hat etwas Homoerotisches.

Ich zwinge mich zur Ruhe. Es fällt mir schwer. »Den kannst du wiederhaben, der war ohnehin zu klein.«

Er hebt sein Kinn und blickt zu mir auf. »Zu klein?«

Jetzt nimmt er den Dildo in die Hand und inspiziert ihn.

Berührungsängste scheint er nicht zu kennen. Er kann ja nicht wissen, wo das Teil schon überall war.

»Ja, zu klein! Der, den die hatten, war mindestens doppelt so groß.«

»Echt?« Ein Teppich aus handgeknüpftem Erstaunen breitet sich auf seinem Gesicht aus.

»Von wegen, die haben nix«, murmele ich in mich hinein.

»Doppelt so groß«, höre ich Jean beeindruckt murmeln. Der Teppich hat nun seine in Falten eingebetteten Augen erreicht. Er spreizt Zeigefinger und Daumen, misst damit die Schaftlänge des Sexspielzeugs ab, runzelt die Stirn, sieht mich an, dann wieder sein imaginäres Maß. »Aber die Katynka ist doch 'ne super Zierliche.«

Ich nicke zustimmend. »Genau das hab ich denen auch gesagt. Und dann haben sie alle gelacht.«

Jetzt lacht auch Jean. Als er jedoch den Ernst der Lage erkennt, bricht er sofort ab. Und er tut gut daran. »Weil?«, fragt er vorsichtig.

»Weil er nicht für sie gedacht war.«

Es dauert eine Sekunde, bis er versteht. Dann weiten sich seine Augen bedrohlich.

Doch das beeindruckt mich nicht. Seit Tschechien weiß ich, dass sich Dinge sehr stark weiten lassen.

Ich beobachte ihn. Seine Lippen haben sich zurückgezogen. Er lächelt. Es ist dünn, aber ein Lächeln.

Ich spiele kurz mit dem Gedanken, ihm das Grinsen mit der Vaginalpumpe aus dem Gesicht zu saugen.

Er räuspert sich entschuldigend und sucht nach seiner ohnehin schon belegten Stimme. »Ich, hm, konnte ja nicht wissen, dass die von uns erwarten …«

»Nein, Jean, nicht von *uns.* Einzig und allein von *mir. Du* warst ja hier in deinem Büro und hast schamanischen Kräuterquatsch eingeatmet.«

»Aber, wir …«

»*Wir* hätten uns mal das Anforderungsprofil ordentlich durchlesen sollen, bevor wir *mich* auf den Weg nach Tschechien geschickt haben. MIT DEM ZUG IN DER HOLZKLASSE!«

»Aber, ich …«

»DIE WOLLTEN MIR AN DEN HINTERN!«, schreie ich dem robusten Mahagonitisch meine nackte Verzweiflung entgegen.

Jeans Handflächen drehen sich nach außen. »Was erwartest du bei einer Produktion, die den Arbeitstitel ›Into The Darkroom‹ trägt?«

Ich starre ihn entgeistert an. Aber sein fragender Gesichtsausdruck verlangt tatsächlich nach einer Antwort. Und ich Depp gebe sie ihm auch noch: »Ich dachte, da ginge es um Fetisch! Ein dunkler Raum mit vielen Menschen, meinetwegen auch 'ne Glory-Hole-Wand, Lack, Leder, Masken …«

Er fährt mir über den Mund: »Ich konnte ja nicht ahnen, dass das *so* wild wird! Am Telefon klang das alles sehr seriös. Schmutzig und vielleicht ein bisschen pervers, aber seriös. In Osteuropa und Asien ist das Label eine ganz große Nummer. Letztes Jahr erst haben die den tadschikischen Porno-Oscar für …«

Meine nach oben schnellende Hand bringt ihn vorerst zum Schweigen. Ich lasse mich erschöpft auf die Couch fallen. Eine Dunstwolke aus Nikotin und Altherrenschweiß steigt auf und umhüllt mich.

»Jean, es ist aus. Schluss. Ende. Vorbei! Ich hab die Schnauze voll von deinen Ausflüchten und fadenscheinigen Erklärungen, mit denen du jeden noch so verkorksten Dreh rechtfertigst!«

Mein Agent reißt seine Augen noch eine Spur weiter auf, wodurch sein faltiges Gesicht gewisse Ähnlichkeit mit dem eines chinesischen Faltenhundes annimmt.

»Ich will nicht mehr, hörst du!«, setze ich nach, um ihm

nicht die Gelegenheit zu geben, sich in weiteren Ausreden zu üben. »Und es gibt auch nichts, was daran etwas ändern kann. Ich möchte, dass du mich aus deiner Kartei strei…«

»Die *Toyboy* will ein Interview mit dir.«

Ich starre ihn an. Mein Mund klappt auf und zu, ich schnappe nach Luft wie ein Goldfisch auf dem Trockenen.

Da ist wieder dieses überlegene Grinsen in seinem Gesicht. Er nickt triumphierend.

»Die *Toyboy?* Ein Interview? Mit mir?« Ich speie meine Überraschung in die rauchgeschwängerte Luft. Noch nie wollte jemand ein Interview mit mir. Und dann gleich die *Toyboy. Das feministisch orientierte Sexmagazin mit Niveau!* Ausgerechnet!

Der Pulsschlag peitscht mir durch die Venen. »Wann denn?«

Jean hebt seinen rechten Arm und wischt die Lederfransen zur Seite, die die Uhr an seinem Handgelenk verdecken.

Da klingelt es an der Tür. Der Indianer blickt auf und sieht mich grinsend an. »Ist für dich.«

9

Den ersten und letzten Tag ihres Lebens
krönt die männliche Eintagsfliege
mit einem stilvollen Abgang:
Bei Anbruch der Dunkelheit paart sie sich
und fällt dann tot vom Himmel.

»Bin ich hier richtig bei der *Cockbuster Agency?*«

Ach, hätte *ich* damals doch nur jemandem diese Frage stellen können und eine ehrliche Antwort erhalten – wie viel Leid wäre mir vielleicht erspart geblieben! Doch bei meinem ersten Besuch war da niemand außer dem Indianer.

Die junge Frau, die mir gegenübersteht, schaut mich verdutzt an, weil ich ihr die Antwort schuldig bleibe. Ich lege stattdessen den Schalter der Resignation um und trotze der Verwirrung in ihrem Gesicht mit einem offenen Lächeln. Es scheint zu funktionieren. Verunsichert steigt sie auf mein Gegrinse ein. Mit einem wirklich netten Lächeln und einem verlegenen Niederschlagen der Lider.

Vor mir steht ein schlankes weibliches Wesen mit langem lockigen Haar in einer undefinierbaren Färbung: An den Spitzen sind sie blond, werden aber dunkler, je weiter es nach oben geht. Am Ansatz haben sie die Farbe von Vollmilchschokolade. Eine Spange in Form eines bunten glitzernden Schmetterlings hält eine dicke Ponysträhne aus ihrem Gesicht. In ihrem langen schwarzen Knitterfaltenrock und dem ebenfalls schwarzen weiten Wollpullover sieht sie ein wenig aus wie ein von den Amish-Leuten adoptiertes Mädchen, das nun in der großen Stadt auf der Suche nach seinen leiblichen Eltern ist.

Ich reiße mich von ihrem etwas verstörenden Anblick los, nicke dem Messingschild an der Tür zu und sage: »Goldrichtig.«

Sie grinst mich an. Ich lächele zurück, bis ich irritiert wahrnehme, dass sie ein Schaf unter den Arm geklemmt hat. Erst auf den zweiten Blick entlarve ich es als Plüschhandtäschchen und grinse wieder.

»Hübsche Tasche«, sage ich, weil man mit Komplimenten bei Frauen bekanntlich am weitesten kommt. Und wenn das Amish-Mädchen mich nett findet, übt sich das sicher positiv auf das Interview aus.

»Danke«, sagt sie. »Ist ein Einzelstück.«

»Designer?«

»Selbst gemacht.«

»Oh. Wow.« Selbst gemacht? Die ist wirklich irre.

»Bist du Quentin?«, fragt das Schafmädchen unsicher, als es mein Stocken bemerkt. Ehe ich ein bestätigendes Nicken zustande bringe, ergänzt es: »Ich bin Melanie von der *Toyboy.* Ich gehe davon aus, dass dich dein Agent entsprechend vorbereitet und dir den Vorabfragenkatalog hat zukommen lassen?«

»Äh … den was?«

»Also, wo machen wir es?«

»Bitte *was* machen wir wo?«

Ihr Lächeln wird kecker. »Das Interview! Wo sollen wir es führen?«

Da ich die nebulöse Anwesenheit von Jean nicht länger ertrage, beschließe ich einen Ortswechsel. »Ich kenne da ein nettes ruhiges Café«, schlage ich vor, »gleich um die Ecke. Dort können wir uns ungestört unterhalten.«

»Klingt gut«, sagt Melanie.

Ohne mich von Jean zu verabschieden, ziehe ich die Tür hinter mir zu und gehe in Richtung Treppenhaus.

Sie aber wendet sich in die entgegengesetzte Richtung.

»Wo willst du hin?«, frage ich überrascht.

Sie mustert mich mit einem nicht minder irritierten Gesichtsausdruck. »Wie jetzt, ich dachte, wir gehen in ein Café?«

»Ja, tun wir auch. Aber hier geht's runter.« Ich zeige auf den Treppenabsatz.

»Die Treppen?« Ihre Augenbrauen heben sich. Die Falten auf ihrer Stirn zeigen keine geraden Linien, sondern neigen sich in der Mitte nach unten, beinahe v-förmig. Spontan fühle ich mich an einen dieser Warnvögel-Aufkleber erinnert, die an den Fensterscheiben öffentlicher Gebäude kleben.

»Der … Aufzug?« Ich schlucke trocken.

Sie lässt mich einfach stehen und marschiert los.

Unschlüssig folge ich ihr zum Fahrstuhl, der schon für uns bereitsteht.

»Du hast doch nicht etwa Angst vor Aufzügen?«

Bevor ich mir eine fadenscheinige Ausrede ausdenken kann, macht es *pling*, und die Türen des Fahrstuhls schieben sich auf. Etwas Unverständliches vor mich hin murmelnd trete ich in die winzige Aufzugkabine und drücke auf das arg in Mitleidenschaft gezogene E, woraufhin sich die Türen augenblicklich wieder zusammendrücken. Es ruckelt beängstigend, als sich der Lift in Bewegung setzt.

»Ganz schön alt das Teil, was?«, versuche ich meine Nervosität wegzulächeln.

Doch meine Liftpartnerin ist viel zu sehr damit beschäftigt, in den matten Spiegel zu schauen und eine widerspenstige Locke zu bändigen.

Über uns höre ich das Stahlseil, an dem die Fahrzeugkabine hängt, knarzen und quietschen. Gesund klingt das nicht. Sicherheitshalber umklammere ich die horizontal an der Wand verlaufende Festhaltestange ein wenig stärker und mustere die rote Zahl, die ihren Countdown träge abwärts zählt. Zumindest so lange, bis es einen starken Ruck gibt und sie aufgeregt zwischen der Sechs und der Sieben hin und her springt. Ohne Vorwarnung macht es einen dumpfen Rumms, gefolgt von einem metallischen Kreischen und dem Absacken der Kabine.

Parallel dazu stürzen meine Eingeweide ins Bodenlose.

Ein markerschütternder Schrei durchschneidet die abgestanden schmeckende Luft des Aufzugs. Im Spiegel sehe ich, dass Melanies Mund geschlossen ist, sie mich aber verschreckt ansieht. Also gut, dann wird es wohl mein Schrei gewesen sein. Die Erkenntnis sorgt dafür, dass sich meine Poren öffnen und spontan literweise Schweiß absondern.

»Schreckhaft?«, fragt mich Melanie mit sehr ruhiger Stimme. Eine große Portion Skepsis liegt in ihrem Blick. Ihre zurechtgelegten Augenbrauen schieben sich zusammen und treffen sich beinahe in der Mitte.

Ich antworte mit einem weiteren schrillen Quieken und blicke gehetzt durch den viel zu engen und stickigen Raum. Haben sich da nicht gerade irgendwelche Stücke der Verkleidung gelöst?

Die Spiegelwand?

Schrauben?

Tragende Elemente?

Plötzlich fange ich an zu hecheln. Ich habe das Gefühl, dass mir jemand ein dickes Seil um den Hals gelegt hat und mir nun die Luft abschnürt. Ich kann nicht aufhören, die einengenden Wände anzustarren. Es ist, als würden sie sich unaufhaltsam auf mich zubewegen.

»So wie es aussieht, stecken wir fest.« Melanie lächelt mir aufmunternd zu.

»Stecken wir fest …«, höre ich das Echo ihrer total entspannt klingenden Stimme in meinem Gehörgang.

Ich stehe wie schockgefrostet da und halte mich panisch an

der Stange fest. Mein Spiegelbild zeigt mir, dass sämtliche Farbe aus meinem Gesicht gewichen ist. Aber das ist das kleinste Problem. Denn wenn das bindfadendünne Seil reißt, an dem die tonnenschwere Aufzugkabine hängt, und wir in die Tiefe stürzen, wird es genug Rot geben, das von meiner bleichen Gesichtsfarbe ablenken wird. Darüber muss ich mir also keine Gedanken machen. Ich lache hysterisch auf, weil mir einfällt, dass ich mir um überhaupt nichts mehr Gedanken machen muss, wenn wir abstürzen.

Ein saurer Panikkloß klettert meine Speiseröhre hinauf. Ich schlucke ihn wieder hinunter und zwinge mich zum Weiteratmen. Ruhig, Quentin, das ist nicht das Ende. Noch nicht.

»Was machen wir denn jetzt?«, dringt die Stimme von dem Redaktionsschäfchen von ganz weit her zu mir durch.

Ich versuche es noch einmal mit dem E und beginne, hysterisch auf dem Knopf herumzudrücken. Doch nichts passiert, und die rote Anzeige kann sich noch immer nicht für ein Stockwerk entscheiden. Also drücke ich das E etwas fester durch.

Wieder passiert nichts.

Ich versuche es mit der Eins.

Nichts.

Dann mit der Zwei.

Nichts.

Drei.

Nichts.

Jetzt drücke ich alle Tasten gleichzeitig.

Nichts. Nichts. Nichts.

Ich schreie das Bedienelement an und nehme meine Fäuste zu Hilfe, was den Effekt hat, das sich der Fahrstuhl zwar nicht in Bewegung setzt, dafür aber der E-Knopf vom Gehäuse springt und lautlos auf die dünne Teppichauslegeware kullert. Ich bin ein bisschen neidisch. Wie er so stumm daliegt und seelenruhig auf das Ende wartet.

»Ist echt alles okay mit dir?«

»Klar, warum nicht?«, keuche ich, und in meinem Kopf hört sich meine Stimme tiefenentspannt und souverän an.

Reines Wunschdenken.

»Weil deine Augenlider so nervös flattern. Außerdem hängt dir da ein Spuckefaden …« Melanie hebt ihren Finger und wischt damit über mein Kinn. Eine Gestik, die mich an meine Tante Erika erinnert und vollends aus dem Konzept bringt.

»Du stehst nicht so auf Aufzüge, was?«, rät Erika das Schaf ins Blaue hinein.

Ich schüttele vehement mit dem Kopf. Ein Teil meiner Spucke trifft den Spiegel.

Ihre Augen suchen meinen Blick. Sie sind so tiefgründig braun. Besänftigendes Braun. Und aus irgendeinem Grund beruhigt mich das tatsächlich ein wenig.

»Kein Grund zur Panik«, flüstert sie, »uns kann nichts passieren.«

Filme wie *Abwärts*, *Fahrstuhl des Schreckens* und *Blackout* lassen ihre spannungstechnischen Höhepunkte vor meinem geistigen Auge Revue passieren.

»Ruhig bleiben? Und wenn wir abstürzen?!«

»Das ist absolut unmöglich«, behauptet Melanie und bewahrt weiterhin kühlen Kopf. »Die haben doch jede Menge Sicherheitsvorkehrungen, ich habe da mal einen Fernsehbericht gesehen. Da haben die gesagt, dass es in modernen Aufzügen unmöglich ist abzustürzen.«

Sie zuckt zurück, als meine Hand ohne Vorwarnung nach vorne schießt. Mein ausgestreckter Zeigefinger verfehlt ihr Auge nur um wenige Zentimeter. War nicht beabsichtigt, liegt vermutlich am Zittern.

»Da!«, stoße ich hektisch aus.

Sie folgt meinem Finger und versteht sofort, was ich meine. Das Schild, auf dem steht: Baujahr 1959.

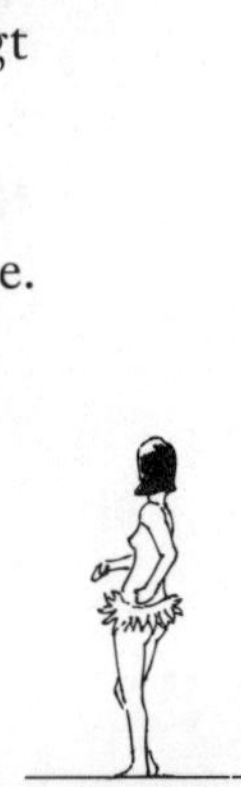

»Das ist nicht modern«, fahre ich sie mit panikgetränkter Stimme an.

»He«, versucht sie mich zu beruhigen. »Sei doch froh! Das ist noch echte deutsche Wertarbeit. Made in Germany. Außerdem müssen Aufzüge regelmäßig gewartet werden.«

Ich suche nach einem Aufkleber, der das Datum der letzten Wartungseinheit preisgibt, finde aber keinen.

»Das wird schon keine große Sache sein«, setzt Melanie ihr Alles-wird-gut-Gefasel fort und sucht das Bedienfeld mit dem fehlenden E nach der Notruftaste ab.

Dabei ist die leicht zu finden. Es ist die einzige, deren Beleuchtung kaputt ist. Als sie die Taste drückt, kommt aus den seitlich angebrachten Schlitzen des Lautsprechers ein knackendes Rauschen. Ein unsauberes Freizeichen ertönt, dann blubbert eine dunkle Männerstimme aus der Wand: »Wach- und Schließgesellschaft Körner, guten Tag.«

»Hallo, wir stecken in einem …«

Ich bin gewillt, ihr das Ruder zu überlassen. Doch die Schilderung eines technischen Defekts ist nun mal Männersache. Diese Situation erfordert ein analytisch denkendes Hirn. Bloße Fakten. Nackte Tatsachen. Bestechende Intelligenz und Logik. Weibliche Empathie ist hier vollkommen fehl am Platz. Klare präzise Worte sind das, was eine Notsituation am ehesten braucht, damit das Rettungsteam weiß, woran es ist und was es zu tun hat, um das Problem zu beseitigen. Also schiebe ich Melanie unsanft beiseite und presse meinen Mund gegen die kühlen Schlitze der Gegensprechanlage: »Hilfe! HIIIIIILFFEEEEE! HIIIIILLLFEEEEEEEEE!«

Soll der Mann von der Wach- und Schließgesellschaft ruhig wissen, woran er ist. Doch als Antwort ernte ich nur eine üble Rückkopplung, die den kleinen metallenen Raum des Fahrstuhls bedrohlich ausfüllt.

Egal, ich schreie weiter um Hilfe, weise den Wachmann kreischend darauf hin, dass wir drauf und dran sind zu sterben und er meiner Mutter sagen soll, dass ich sie liebe. Zumindest so lange, bis es Melanie schafft, mich von der Anlage wegzuzerren.

»QUENTIN!«, brüllt sie mich an. Etwas streift zunächst meine rechte Wange, dann die linke. Hat sie mich geschlagen? »Beruhige dich! Und schau mich an, verdammt noch mal!«

Sie packt mich an den Oberarmen und zwingt mich, ihr ins Gesicht zu blicken. Da sind wieder diese ebenholzfarbenen Augen, die dieses entspannende Gefühl in mir hochbeschwören, als würde ich an einer Tasse frisch aufgebrühten peruanischen Hochlandkaffees nippen. Die kruppstählerne Umklammerung der Angst lockert sich ein wenig.

»Alles wird gut, okay?« Melanie lächelt mir optimistisch zu.

Langsam, sehr langsam, gibt die unnachgiebige Härte in meinen Gliedern nach. Ich fühle zum ersten Mal meine Hände wieder.

»Gleich kommt jemand und holt uns hier raus. Also tief durchatmen.«

Ich nicke wie in Trance und verliere mich im satten Schokoladentoffeebraun ihrer Augen.

»Kann ich dich jetzt wieder loslassen?«, fragt Melanie, und obwohl ich erneut nicke, regt sich ein leiser Widerstand in mir.

»Was war denn das gerade?«, fragt der Mann von der Wach- und Schließgesellschaft Körner und unterbricht die therapeutische Sitzung rüde.

»Nichts, nur ein leichter Panikanflug. Alles ist gut«, flötet Melanie, nach wie vor die Ruhe selbst, in die Sprechschlitze. »Wir brauchen Hilfe, wir stecken fest.«

»Kein Grund zur Panik«, findet auch er. »Ihnen kann nichts passieren. Die Aufzüge sind so konstruiert, dass sie gar nicht abstürzen können. Solange kein Feuer ausbricht, haben Sie wirklich nichts zu befürchten.« Er bricht kurz ab, und durch die Schlitze höre ich etwas rascheln. »Es brennt doch nicht etwa?«

Ich schnüffele die Wände nach Rauch ab. Rieche aber nichts außer meinen Schweiß und Melanies Parfüm. Irgendetwas Süßes, das offensichtlich zu gleichen Anteilen aus Jasmin und Karamell besteht.

»Was machst du da?«, fragt sie mich, als sie meine Nase auf ihrer Schulter bemerkt. Entschuldigend hebe ich meinen Kopf. Lustig, sogar ihr Kaugummiatem duftet nach Zimt.

»Nein, hier brennt es nicht«, stellt Melanie klar, als ich sowohl ihr als auch dem Wachmann eine Antwort schuldig bleibe.

»Wie gesagt, es kann Ihnen absolut nichts passieren.«

Sie wirft mir einen rechthaberischen »Siehste«-Blick zu, den ich mit einem aufmüpfigen »Was-wisst-ihr-denn-schon«-Schulterzucken quittiere.

»Wir haben den Störfall bereits registriert«, tönt es wieder aus der Gegensprechanlage. »Die Techniker sind schon auf dem Weg zu Ihnen. Bewahren Sie Ruhe und entspannen Sie sich. In maximal einer halben Stunde ist jemand bei Ihnen.«

Mit einem leisen Knacken verabschiedet sich die Stimme von uns. Die Stille, die sich nun im Aufzug ausbreitet, ist unangenehm.

»Tja«, sagt Melanie. »Dann heißt es wohl warten.« Sie klopft mir kurz beruhigend auf die Schulter und lässt sich dann mit dem Rücken zur Kabinenwand auf den Boden rutschen.

Ihr Blick hält mich noch immer gefangen. Es ist schwer zu deuten, was sie denkt. Vermutlich überlegt sie, wie sie die nächste halbe Stunde mit einem hyperventilierenden Nervenbündel wie mir überstehen soll. Auf diese Frage wüsste ich auch gern eine Antwort. Ich betrachte Melanie lange. Um mich abzulenken, könnte ich ihre Locken zählen.

»Machen wir das Beste daraus«, schlägt sie vor und nimmt ihre Schaftasche auf den Schoß.

Ich setze mich neben sie. Von der Wand gegenüber lächelt

mir ihr Spiegelbild zu. Meines bringt mich auf den Gedanken, mir die glänzende Stirn trocken zu wischen.

»Da wir nun ohnehin eine Weile festsitzen«, beginnt sie aufmunternd, »können wir das Interview doch genauso gut hier führen, oder?«

Sie dreht das Schaf auf den Rücken und fummelt an seinem Bauch herum, dann zieht sie mit einem brutalen Ratschen den Reißverschluss auf, der sich quer über die Unterseite des Plüschkörpers erstreckt. Sie zaubert ein Diktiergerät, einen Kugelschreiber und einen Stapel loser Blätter aus den Innereien des Kuscheltiers hervor und fragt: »Bist du bereit?«

Ich nicke und schaffe es zum ersten Mal zu lächeln. Auch wenn die Situation alles andere als angenehm ist, freue ich mich insgeheim. Ich kann es immer noch nicht glauben, dass ich ein Interview für die *Toyboy* geben darf.

»Und du bist sicher, dass wir nicht abstürzen können?«, frage ich aus einem Reflex heraus.

»Absolut.«

Wirklich zufrieden macht mich das immer noch nicht. Aber Melanie lässt mir keine Zeit für weitere Ausflüchte in die schrille Welt des Angstzustands.

»Du kennst bestimmt unsere Rubrik ›Shootingstars von morgen‹. Dort würden wir dich gerne porträtieren.« Sie faltet die Zettelwirtschaft auseinander und zieht ein Blatt heraus. Dann streicht sie über das zerknitterte Papier und legt ihren Zeigefinger auf die erste Zeile.

»Also, ich fange jetzt an: Wie ist denn so das Leben als Pornodarsteller? Lass mich raten: Man hangelt sich von einem Höhenpunkt zum Nächsten, nicht wahr?«

Sie schlägt mir mit der flachen Hand auf den Oberschenkel und lacht. Dabei kracht es so laut, dass ich meinen Blick ängstlich durch die Kabine fahren lasse. Man kennt das ja von Lawinen in den Bergen, da reicht ein lauter Knall und …

»Was mich persönlich brennend interessiert: Warum steht ihr Männer eigentlich derart auf Silikonbrüste?« Mit dieser Frage reißt sie mich vom Berghang weg.

»Keine Ahnung, ich, ähm …«

»Und warum sind die Pornos immer so einfallslos: Lecken, Blasen, vaginal, anal, Cumshot. Ist das ein ungeschriebenes Gesetz oder was?«

»Du, da musst du die Produzenten fragen, wir Darsteller haben da nicht wirklich etwas …«

Sie streicht auf ihrem Zettel herum. »Dann die nächste Frage. Wie schaffst du es, immer auf Kommando …«

Und da endlich dämmert es mir.

»Danke«, sage ich leise und unterbreche damit ihren Redeschwall.

»Wofür?« Sie hebt den Kopf und schenkt meinem Spiegelbild an der Wand gegenüber ein überraschtes Lächeln.

»Dass du versuchst, mir die Panik zu nehmen.«

Ihr Spiegelbild grinst mich an. »Gelingt es mir denn?«

»Nein, aber ich weiß es wirklich sehr zu schätzen.«

Plötzlich spüre ich ihre Hand auf meiner. Sie drückt leicht zu. Unsere Blicke treffen sich in der speckigen Wand der Aufzugkabine.

»Deine Augen sehen gar nicht so übel aus, wenn sie mal nicht wie bei einem epileptischen Anfall wild umherzucken«, sagt Melanie plötzlich.

Ich mag den neckenden Tonfall in ihrer Stimme und grinse verlegen. Als ich sehe, dass mein Lächelversuch eher einer fiesen Grimasse ähnelt, höre ich sofort damit auf.

Auch Melanie schüttelt kurz den Kopf, als hätte sie meine verunglückte Sympathiebekundung wieder zurück in die trostlose Realität katapultiert.

Super, Quentin. Selbst den einzigen gefühlvollen Moment des Tages, ach was, des gesamten Jahres, noch dazu mit einem unfrisierten und überaus seltsamen Mädchen, das seine Klamotten allem Anschein nach aus dem Altkleidercontainer zieht, beendest du mit einem einzigen dämlichen Blick. Das ist wahre Meisterschaft!

»Das Interview«, ermahnt Melanie sich selbst und wohl auch mich. Sie löst den Händedruck und nimmt die Zettelparade wieder zur Hand. »Hast du eine Freundin?«

Ich spüre, wie mir die Gesichtszüge vor Überraschung entgleisen. Und auch in Melanies Miene passiert etwas. Über ihren Wangenknochen bilden sich zwei rote Punkte, die von Sekunde zu Sekunde größer werden.

»Du, ähm, bitte nicht falsch verstehen, ich meine … wegen deinem Job. Da ist es doch sicherlich schwer, eine feste …«

»Keine Freundin.« Genau genommen habe ich noch nicht mal ein Sexualleben außerhalb meines Jobs. Aber das muss ich ihr ja nicht unter die Nase reiben.

»Das ist gut«, kichert sie auf einmal nervös und unsicher, und schon eine Sekunde danach entgleitet ihr das Lächeln erneut, und sie startet einen weiteren Versuch der Rechtfertigung. »Nein, nicht falsch verstehen. Es ist natürlich nicht gut, dass du keine Freundin hast. Ich meine, es sei denn, du willst es genau so, also … keine Freundin zu haben. Es gibt ja Menschen, die sind lieber allein. Vielmehr meine ich damit, dass es gut ist, das jetzt zu wissen.« Ihre Mundwinkel ziehen sich krampfhaft nach oben. »Fürs Interview, meine ich. So was interessiert unsere Leserinnen.«

»Kein Ding, hab's verstanden. Alles klar. Und was interessiert eure Leserinnen noch?«

Sie denkt nach. Dabei hebt sie grübelnd ihr Kinn in Richtung Fahrstuhldecke, und jetzt erkenne ich, dass sich auf ihrem Hals ebenfalls pandemieartig rote Flecken ausgebreitet haben. Vielleicht eine Art Allergie. Augenblicklich werde ich an den juckenden Pilz unter meiner Vorhaut erinnert und versuche

mich so unauffällig wie möglich dort zu kratzen. Gar nicht so leicht, wenn einen von gegenüber das Spiegelbild anlacht.

»Auf was für einen Typ Frau stehst du denn so?«, fragt Melanie jetzt. Ihr Blick ist wieder stur auf den Zettel gerichtet, sodass ich meinem Bedürfnis ungeniert nachkommen kann. Unauffällig schiebe ich mir die Hand in die Hose und fange wie wild an zu kratzen.

»Och, am liebsten mag ich es unkompliziert«, sage ich und versuche, ein erleichtertes Stöhnen zu unterdrücken. Es gibt einfach nichts Besseres, als wenn man diesem elenden Jucken etwas entgegenzusetzen hat! »Es muss harmonieren beim Dreh. Aussehen, Haarfarbe und Figur sind da wirklich sekundär.«

»Nein, ich meine privat.«

»Äh … wie jetzt?!«

Sie blickt auf und in meine Richtung, und so schnell ich kann, ziehe ich die Hand aus der Hose. Ihrem Blick nach zu urteilen wohl zu spät. Auch schon egal, da wir jetzt wirklich sterben werden: Auf einmal vibriert der ganze Aufzug, und ein schriller Ton zerschneidet die aufgeladene Luft.

»AAAAAHH!«

Melanie lächelt entschuldigend. »Sorry, mein Handy. Hihi.«

Mein Herz rast.

Sie wühlt wieder im Inneren des Schafs herum, holt schließlich ein Mobiltelefon aus den unendlichen Weiten der Plüschtasche hervor und hält es mir unter die Nase. Das Display zeigt das Symbol einer eingegangenen SMS. Im Hintergrund erkenne ich einen schönen sonnigen Sandstrand. Typisch Frau, denke ich und suche den Meereshintergrund nach einem springenden Delfin oder einem rosa umwölkten Einhorn ab. Fehlanzeige. Dafür erkenne ich in der Mitte des Bildes ein blaues Badetuch mit einer roten Nummer drauf.

Ungläubig starre ich das in eine pinkfarbene Schutzhülle eingebettete iPhone an. »Das Hintergrundbild … ist das … ?«

»Die Zweiundvierzig?«, nimmt sie mir die Zahl aus dem Mund. »Die Antwort auf die Frage nach dem Leben, dem Universum und dem ganzen Rest.«

»Douglas Adams!«

»*Per Anhalter durch die Galaxis*. Mein absolutes Lieblingsbuch. Und ich sag doch noch die ganze Zeit: keine Panik!« Sie grinst.

»Stehst du etwa auf Science-Fiction?«

Sie hebt ihre Hand, spreizt ihre Finger und macht den Vulkanischen Gruß. »Ich liebe Science-Fiction!« Der Glanz der Begeisterung spiegelt sich in ihren Augen wieder. »Wieso fragst du? Du etwa auch?«

Ich platziere ein überlegenes Lächeln auf meinem Gesicht. »Mehr noch, ich schreibe sogar …«

Plötzlich kommt Bewegung in den brachliegenden Aufzug. Ohne Vorwarnung macht der Lift einen Satz nach unten. Das Seil reißt! Mit einem erneuten Schrei kauere mich panisch in eine Ecke und kralle mich mit meinen Fingernägeln in der Ritze der Wandverkleidung fest. Jeden Augenblick erwarte ich den Aufprall. Ich will noch nicht sterben! Nicht mit diesem Ungetüm von vor sich hin eiterndem Atompilz in meiner Hose. Nicht in dem Gebäude, in dem sich Jeans Agentur befindet. Und schon gar nicht, bevor mein erstes Interview abgedruckt wird!

Ich sende ein Stoßgebet gen Himmel und sehe, wie die rot blinkende Zahl von der Sieben auf die Sechs springt. Und dann auf die Fünf … Vier …

»Anscheinend geht es weiter«, freut sich Melanie.

Und auch ich freue mich. Ich springe auf, ignoriere den eingerissen Fingernagel, den ich mir bei meinem waghalsigen Manöver zugezogen habe, und falle ihr um den Hals.

»Danke«, sage ich in ihr buschiges Haar hinein. »Danke, danke, danke!«

Einen kurzen Moment bin ich betört von ihren unbändigen Locken, die so wunderbar nach Pfirsich riechen. In diesem

Augenblick riecht sogar die abgestandene Luft wunderbar. Als ich mich von ihr löse, fühlt es sich komisch an. Beinahe so, als würde ich einen Teil von mir bei ihr lassen. Auf jeden Fall aber fühlt es sich äußerst merkwürdig an. Als wäre ich ein prall gefüllter Dudelsack, dem langsam, aber sicher die Luft ausgeht.

Sämtliche Anspannung kriecht aus meinem Körper und krabbelt in den graumelierten Kurzhaarteppich, um die negative Energie im Fahrstuhl des Schreckens zu lassen. Das mit dem Adrenalin ist wirklich höchst seltsam. Zunächst spannt es alle Nerven bis kurz vorm Zerreißen an, und dann, wenn die Gefahr gebannt ist, lässt es einen hängen wie einen nassen Sack. Keine Spannung mehr im Körper. Alles ist so unendlich leicht. Ich verspüre einen starken Druck auf meiner Blase, was die Pilzkolonie auf meiner Eichel erfreut tanzen lässt. Und da ist noch etwas. In meinem Bauch gluckert und rumort es. Zunächst denke ich, es ist die Freude darüber, dem knochenzermahlenden Splattertod noch einmal entkommen zu sein. Aber das ist nicht alles. Eine Welle der Übelkeit überrollt mich. Nein, keine Welle. Es ist ein Jahrhundert-Tsunami.

Ich plustere meine Backen auf und versuche ganz ruhig durch die Nase zu atmen. Warum, verdammt noch mal, gehen diese gottverdammten Türen nicht endlich auf?

»Alles okay mit dir?«, fragt Melanie zum millionsten Mal binnen einer halben Stunde.

Ich nicke knapp und ganz langsam. Bloß keine hektischen Bewegungen! Die Übelkeit bahnt sich einen unaufhaltsamen Weg die Speiseröhre hinauf. Warum muss ich ausgerechnet jetzt an Blumenkohlsuppe denken?

Und dann endlich die Erlösung. Die Aufzugtüren schieben sich träge auf, und ich schiebe mich durch den schmalen Spalt hindurch ins Foyer des Hochhauses.

»He, warte, das Interview!«, höre ich Melanie aus der Kabine rufen. »Und außerdem wollte ich dir noch meine Visiten…«

Die restlichen Worte werden vom Straßenlärm verschluckt, als ich die Haustür aufziehe und mit wehenden Fahnen ins Freie stürme. Ich komme nicht weit, gerade mal bis hinter die Mülltonnen. Die Frage nach grünem Punkt, Restmüll und Altpapier stellt sich nicht wirklich. Ich öffne einfach die erstbeste Klappe und entleere meinen gesamten Mageninhalt auf fauliges Obst. Gut, also Biotonne. Meckernde Eintagsfliegen schwirren auf und verurteilen mich dafür, dass ich ihren einzigen Tag versaut habe. Doch darauf kann ich einfach keine Rücksicht nehmen.

Was sich da in meinem Verdauungstrakt als Giftsuppe zusammengebrodelt hat, muss schnellstmöglich an die frische Luft. Ich würge noch immer, obwohl längst sämtlicher Mageninhalt eine Party mit dem Grünschnitt feiert.

Als ich wieder Herr der Lage und nach allen Regeln der Kunst entleert bin und zurück ins Treppenhaus gehe, stelle ich fest, dass selbst dieser Tag ein noch deprimierenderes Ende finden kann, als ich erwartet hatte: Meine Retterin ist nicht mehr da.

10

Treffen zwei Clownfische des gleichen Geschlechts aufeinander, kommt es zur spontanen Geschlechtsumwandlung. Binnen weniger Tage wird der kleinere der beiden zum Männchen – oder bleibt es. Der Größere wird zum Weibchen, mit der kompletten Ausstattung zum Eierlegen.

Es ist später Nachmittag. Ich sitze auf dem zweitschönsten Platz auf der Couch und beruhige meinen noch immer leeren Magen mit lauwarmem Kamille-Fenchel-Tee und trockenem Zwieback.

Den besten Platz hat Nils belegt. Den mit der Armlehne, auf der nun sein Laptop thront, dessen bunte hektische Bilder das Wohnzimmer in ein gruseliges Licht tauchen. So bleibt mir nichts anderes übrig, als mit meinem Powerbook auf den Knien das viel zu wenige Seiten zählende Textdokument anzustarren. Ich bin immer noch kein bisschen weitergekommen in meinem Manuskript. Und der Abgabetermin rückt immer und immer näher. Zu allem Überfluss schmerzt auch noch mein Nacken von der ergonomisch fragwürdigen Körperhaltung, die ich einzunehmen gezwungen bin.

Mein Blick streift die vor sich hin staubende E-Gitarre an der Wand. Eine Fender Squier Telecaster in Sunburst-Lackierung mit schwarzem Schlagbrett und hellem Ahornhals. Die untersten zwei Saiten fehlen. Nicht dass das tragisch wäre – ich habe seit Ewigkeiten nicht mehr auf der Gitarre gespielt. Dank meiner beiden Jobs komme ich ja ohnehin zu nichts mehr. Verdammt, vielleicht hätte ich einfach Rockstar werden sollen …

Nils klickt sich derweil völlig entspannt durch die Welten eines Online-Rollenspiels und schimpft wie ein Rohrspatz: »Boah, diese verdammten Zwergen-Assis! Alleine trauen die sich nix, aber im Verbund fallen sie wie Hyänen über dich her!«

Weg ist er, der akribisch zurechtgeschusterte Satz, mit dem ich Jerrys Gefühlsregung beim ersten Wiedertreffen mit seinem tot geglaubten Bruder perfekt eingefangen hätte. Vorwurfsvoll betrachte ich meinen Mitbewohner, der mit seinem Zeigefinger die Bibel in Echtzeit morst. Seine Zunge hängt ihm dabei bis zum Kinn. Das ist ihr fester Platz, wenn er angestrengt mit etwas beschäftigt ist.

»Nils!«

Er reagiert nicht, was nicht weiter verwunderlich ist, da er ein Headset trägt, aus dessen Kopfhörern lautes elektronisches Gedudel herausquillt.

»Kannst du bitte mal den Ton leiser machen? Ich kann mich nicht konzentrieren.«

»WAAAAS?«

Um meinen Worten mehr Ausdruck zu verleihen, haue ich ihm das Kissen vors Gesicht.

»Ist ja schon gut.« Er macht irgendwas mit seiner Tastatur, und tatsächlich wird der Sound aus den Kopfhörern leiser.

»SOOORRY«, brüllt er mich an. »STECKE GERADE IN EINER ULTRABRUTALEN QUEST. WENN ICH DIE BESTEHE, KRIEGE ICH DIE FEUERPEITSCHE VON AZEROTH UND KANN DEM ELFENGESINDEL DEN ARSCH VERSOHLEN!«

Ich habe keine Ahnung, wovon er redet, und es interessiert mich auch nicht im Geringsten. Soll er sich in seiner Freizeit ruhig stumpfsinnigen Online-Rollenspielen hingeben. Vielleicht ist es ein neidvoller Gedanke. Denn das Einzige, dem ich mich

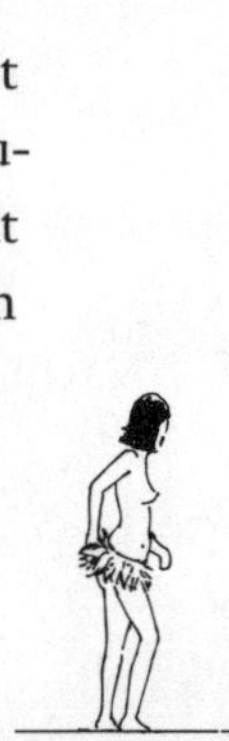

momentan hingebe, ist eine absolute Leere, die sich mit nichts füllen lässt.

Dieselbe Leere wünsche ich mir auch ins Wohnzimmer. Wenn Nils doch nur verschwinden würde! Mit einem Blick auf den dunklen Zweireiher, der über der Couchlehne hängt, als wäre es ein Mann, der von einer Dampfwalze überrollt wurde, frage ich Nils: »Musst du dich nicht mal bald für diese Hochzeit fertig machen?«

Er schenkt der Wohnzimmeruhr einen minimalen Augenaufschlag und starrt dann wieder stur auf den Bildschirm. »Hat noch Zeit. Ich muss Natascha erst in ’ner Stunde vom Bahnhof abholen.«

Natascha ist Nils’ Cousine, mit der er heute gemeinsam auf die Hochzeit irgendeines Vetters zweiten Grades gehen wird. Das ist nicht so interessant. Viel interessanter ist, dass Natascha heute unser Übernachtungsgast sein wird. Er hat mir mal stolz Fotos von ihr gezeigt. Sie arbeitet als Haarmodel für eine Shampoo-Firma – so unglaublich es auch klingt, dass der Genpool von Nils’ Familie etwas Hübsches, Ansehnliches und Erfolgreiches zum Vorschein gebracht hat.

Ich seufze ergeben vor mich hin. Wenigstens juckt es mich nicht mehr im Schritt. Vielleicht habe ich die Salbe aber doch etwas zu großzügig aufgetragen, denn genau genommen fühle ich inzwischen gar nichts mehr.

Grunzend wende ich mich noch einmal Jerrys Gefühlsregungen zu. Ich gebe mir große Mühe, alles um mich herum auszublenden, und suche tief in meinem Innern nach dem Textbaustein, der so gut an diese Stelle gepasst hätte. Da steht Jerry. Knöcheltief in noch warmer glibberiger Alienmasse. Dem sicheren Tod wieder einmal haarscharf entronnen. Und vor ihm erhebt sich aus dem Alienschleim sein tot geglaubter Bruder. Was, frage ich mich erneut, würde in dem Haudegen in diesem Moment vor sich gehen? Was?

Was?

WAS?

»TROLLWÄCHTER! VERDAMMTE TROLLWÄCHTER! WO KOMMEN DIE DENN PLÖTZLICH HER?!«

Etwas macht *blubb*. Der komplexe Logikbrocken, der sich in meinen Hirnwindungen gerade zu einer ganzen großen Erleuchtung manifestiert hat, zerplatzt wie eine glitschige Seifenblase vor meinen Augen. Die schlierenartigen Fetzen prasseln auf mich herab.

»Kannst du bitte einfach mal still sein?«, fahre ich Nils gereizt an. »Ich versuche hier zu arbeiten!«

Er lupft eine Ohrmuschel und schaut mich schuldbewusst an. »Sorry, klar doch. Roger. Verstanden.« Mit Daumen und Zeigefinger formt er einen Kreis. Das O.K.-Taucherzeichen. Mir kommt die Galle hoch.

Ich nehme meinen Mittelfinger zu Hilfe, um auch meine Botschaft sinnbildlich zu unterstützen.

»Da ist aber jemand mürrisch!«

»Bin ich gar nicht«, erwidere ich gereizt.

Doch das hört er schon gar nicht mehr, denn leise vor sich hin summend fegt er wieder wie ein tasmanischer Teufel über die Tastatur seines Laptops und malträtiert das Touchpad mit seinem Zeigefinger. Ich verfluche den Erfinder von Onlinespielen. Würde ich derart fest auf meine Tastatur hauen, würde sie sich augenblicklich in ihre Bestandteile zerlegen. Bis auf die M-Taste, die mag es härter und verlangt nach massivem Druck, um aktiv zu werden. Aber wann braucht man denn schon mal ein M.

Diggi-digg, diggi-digg, diggi-digg ...

Nils' Getackere macht mein ohnehin schon empfindliches Nervenkostüm haarwurzeldünn. Tief durchatmen, Quentin. Denk an den Mönch. Denk an die buddhistische Ruhe. Denk an das Zählen.

Eins ...

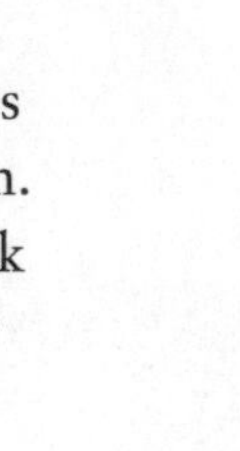

»AHHH! FUCK! WO KOMMT DER BEHÄMMERTE TROLL HER?!«

Ein splissartiger Riss zieht sich durch mich hindurch und zerteilt meine Persönlichkeit in zwei Hälften, wobei die sanftmütigere, freundlich gesinnte sofort die Flucht ergreift. Wütend schlage ich mit der Faust auf die Couch. »Musst du derart laut tippen und klicken?«

»Soooooorry.« Nils schaut mich erschrocken an, dann tippt und klickt er in Zeitlupe und übertrieben vorsichtig weiter. »So besser?«

Nein, ist es nicht, aber ich nehme sein Entgegenkommen mit einem zustimmenden Grunzen zur Kenntnis. Dann seufze ich mich zurück in mein Textdokument und betrachte es lange.

Sehr lange.

Und noch länger.

Aber es will mir einfach nichts mehr einfallen. So bringt das alles nichts! Doch gerade, als ich mein Powerbook entnervt zuklappen will, ertönt das akustische Signal für eingehende Mails.

```
Sehr geehrter Herr Bachmann,

Herr Doktor Eckard N. Bellinghausen bittet
um unverzüglichen Rückruf.
Mit freundlichen Grüßen,

Bettina Brötzinger
Redaktions-Assistenz Heftromane
```

Ich verharre in meiner Reglosigkeit. Nachrichten vom Exposé-Autor außerhalb der vereinbarten Sprechzeiten führen nie etwas Gutes mit sich.

Mit einer nervösen Unruhe in der Magengegend wähle ich

die Nummer des Verlages. Bereits nach dem zweiten Klingeln wird mein Gespräch entgegengenommen.

»Brötzinger!« Die Stimme am anderen Ende der Leitung macht ihrem Namen wirklich alle Ehre.

»Einen schönen guten Tag, Frau Brötzinger. Quentin Bachmann hier. Ich habe gerade Ihre E-Mail gelesen ...«

»Moment bitte, ich stelle Sie durch.«

Es ertönt eine digitale Vergewaltigung von Bachs *Für Elise.* Das Band läuft ganze zwei Mal durch, ehe endlich jemand abnimmt: »Ja?«

»Guten Tag, Herr Doktor Bellinghausen, Quentin ...«

»Was haben Sie sich denn dabei gedacht?!«, fährt er mir wütend über den Mund.

»Wie meinen ...«

»Ihr letztes Manuskript hat überhaupt nichts mit meinen Exposévorgaben zu tun!«

»Ja, ich weiß, aber ich dachte ...«

»Ich bezahle Sie nicht fürs Denken, Sie Pfeife, ich bezahle Sie fürs Schreiben – und zwar für das, was ich Ihnen auftrage, das Sie schreiben sollen. Wenn das in irgendeiner Weise ein Problem für Sie sein sollte, kann ich den ganzen Kram natürlich auch selbst zu Papier bringen. Oder aber ich öffne mein Bürofenster und rufe raus auf die Straße, da stehen andere Autoren bereits Schlange, um für diese Serie zu schreiben! Glauben Sie also nicht, junger Mann, dass Sie unentbehrlich sind. Es gibt immer jemanden, der günstiger, schneller und besser arbeitet als Sie!«

Um mir einen Tinnitus zu ersparen, halte ich den Hörer eine halbe Armlänge von mir weg. Nils schaut mich irritiert an, widmet sich aber augenblicklich wieder seinem Bildschirm.

»Sie sollten mir eine Weltraumschlacht mit einer Armada von Schiffen und zahlreichen brenzligen Situationen liefern, mit kosmischen Zusammenstößen, Toten und viel Raum für Patriotismus – jede Menge Patriotismus. Und was kriege ich von

Ihnen? Einen diffusen Schmarrn ohne Logik und das geringste Gefühl für die physikalischen Gesetzmäßigkeiten!«

»Das verstehe ich nicht«, gestehe ich.

»Eben!«, kommt die Antwort prompt aus dem Telefon. »Sie verstehen es nicht! Das *ist* ja Ihr Problem! Noch einmal: Im Weltraum können keine Flammen züngeln, da es keinen Sauerstoff gibt! Explosionen sind nicht möglich, schon gar nicht mit lautem Knall – wie oft muss ich Ihnen das noch sagen, Herr Bachmann?!«

»Aber es ist doch nur Unterhaltungsliteratur«, verteidige ich mich zaghaft. »Wir schreiben doch keine wissenschaftliche Abhandlung. Mein Ziel ist es, die Leser zu unterhalten, nicht …«

»Und erst die Sache mit der Schwerkraft!«

»Was denn für eine Sache?«

»Auf den Raumschiffen der Terraflotte herrscht Zero Gravity, alles andere ist unmöglich! Das war bei Band eins so und ist auch bei der aktuellen Ausgabe Band Nummer 1991 nicht anders. Nicht mal für Sie, Herr Bachmann, haben Sie mich verstanden?! Keine Schwerkraft auf Raumschiffen! Die Jupiter II ist nicht die Enterprise.«

»Aber das weiß ich doch und habe …«

»Was haben Sie?! Nicht aufgepasst haben Sie, als ich es Ihnen beim letzten Mal erklärt habe! Vermutlich genau wie im Physikunterricht von der fünften Klasse bis zum Abitur!«, fällt er mir ins Wort. »Auf Ihren Raumschiffen wird Squash gespielt, Herr Bachmann. Squash!«

»Ist doch ein toller Sport«, füge ich kleinlaut hinzu.

»Und die Weltraumschlachten …«

»Ja«, stoppe ich ihn genervt. Gut, dass er nicht sehen kann, wie ich die Augen verdrehe. »Zu wenig Crash, Boom, Bang, richtig?« Dabei wissen wir beide genau, dass das nicht meine Stärke ist: actiongeladene Kampfszenen. Mir liegen eher die zwischenmenschlichen beziehungsweise: zwischenwesenartigen

Szenen. Kosmische Intrigen über die Grenzen der Galaxis hinweg. Vater-Sohn-Beziehungen, die zugunsten des interstellaren Throns geopfert werden müssen. Eine heimliche Liebe zwischen den Rassen … *Das* ist meine Kragenweite!

»Wenn es doch nur das wäre.« Ich höre ihn schnauben. »Ist es aber leider nicht. Raumschiffe treffen sich in Ihren Szenarien stets auf Augenhöhe, aber es gibt ein Oben und Unten in den Unendlichkeiten des Alls. Der Weltraum ist keine Scheibe, Herr Bachmann!«

Er räuspert sich und scheint an einem Getränk zu nippen. Ich nutze die Stille, um über seine Worte nachzudenken.

»Was haben Sie sich dabei bloß gedacht?«

In der Annahme, es handele sich hierbei um eine rhetorische Frage, antworte ich nicht direkt.

»He?«, schnappte es aus dem Hörer.

»Ich, ähm … eigentlich bin ich der Meinung, dass …«

»Das ist mir scheißegal, ob Sie eine Meinung haben oder nicht! Was soll ich denn jetzt mit dem Schund anstellen? Das passt doch überhaupt nicht in das Konzept von *Jerry Lightning*. Ich meine – verfluchter Mist! –, da passt ja *überhaupt nichts* ins Konzept. Eine Katastrophe ist das! Hören Sie, eine Katastrophe!«

Seit zwei Jahren schreibe ich nun für diese Serie, die mir so viel bedeutet, und der Exposé-Autor lässt keine Gelegenheit aus, meine Manuskripte mieszumachen. Diesmal aber erreichen seine Meckertiraden ein neues Niveau, und ich bin nicht länger gewillt, das so hinzunehmen.

»Was sagt denn der Chefredakteur dazu?«, will ich wissen.

Ich höre Doktor Bellinghausen Luft holen. Die plötzlich eintretende Stille behagt mir nicht. Sie hat etwas von der viel besungenen Ruhe vor dem Sturm.

»Das ist der eigentliche Grund, warum ich Sie anrufe, Herr Bachmann«, weht es los. »Herr Ratinger arbeitet nicht mehr für *Jerry Lightning*, er ist in den Vorruhestand gegangen.«

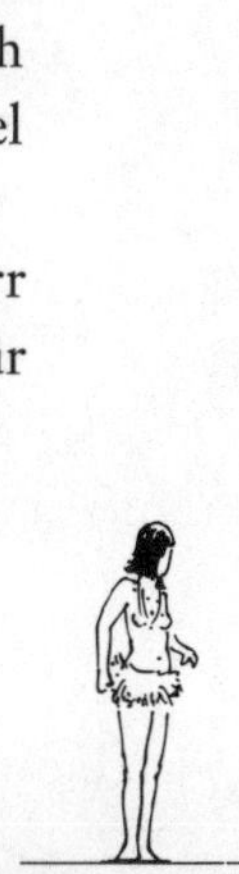

Das ist nicht gut. Bislang war der Chefredakteur ein Fürsprecher meiner Werke. Aber das, was ich für die schlechteste Schlagzeile des Tages hielt, war nur ein lächerlicher Vorgeschmack auf den finalen Todesstoß, den mir Herr Doktor Eckard N. Bellinghausen kurz darauf verpasst: »*Ich* bin jetzt der neue Chefredakteur, Herr Bachmann. Fortan erleben Sie mich in einer Doppelfunktion.«

Ich atme tief ein und vergesse das Ausatmen.

»Freuen Sie sich«, fordert er mich auf.

Ich freue mich nicht.

»Künftig wird sich der bürokratische Verlauf um ein Vielfaches vereinfachen. Nun gibt es nur noch einen Ansprechpartner für Sie, mit dem Sie sich auseinandersetzen müssen. Freuen Sie sich!«

Tue ich immer noch nicht. Niedergeschlagen lasse ich mich nach hinten gegen die Sofalehne fallen.

»Und als meine erste Amtshandlung werde ich Ihr Manuskript so nicht annehmen«, verkündet der neue Sonnenkönig.

Gut, dass ich sitze.

»In meiner neuen Funktion als Chefredakteur bin ich nicht gewillt, diesen hanebüchenen Unsinn stillschweigend hinzunehmen!«

»Also drucken Sie es nicht?«, frage ich vorsichtig nach und sehe mein Honorar dahinschwinden wie Nils' Haupthaar.

»Das hab ich nicht gesagt.«

»Aber es klang so, als …«

»Papperlapapp! Wie stellen Sie sich das vor, wo soll ich denn jetzt auf die Schnelle einen Roman herkriegen, der in zwei Tagen in Druck gehen kann?« Wieder schleicht sich ein Augenblick der Stille in die Leitung. Dann faucht Bellinghausen urplötzlich: »He?«

»Oh, entschuldigen Sie, ich dachte, das sei eine rhetorische …«

»Aber glauben Sie ja nicht, dass ich Ihnen hierfür das volle Honorar bezahle! Frau Brötzinger wird Ihnen postwendend einen neuen Vertrag zukommen lassen mit, sagen wir, der Hälfte des regulären Betrags. Ich denke, das sollte Ihnen Lehre genug sein, damit Sie sich das nächste Mal akribisch an mein Exposé halten. Wissen Sie, ich denke mir schon etwas dabei, wenn ich diese Vorgaben zu Papier bringe. Schließlich greift hier ein Rädchen ins andere. Da muss ich den Überblick über den kompletten Zyklus behalten.«

Mir bleibt die Spucke weg. Das Schreiben wird von diesem Verlag ohnehin schon schlecht bezahlt; jetzt aber für die bereits geleistete Arbeit nur die Hälfte des vereinbarten Geldes zu bekommen, ist ein Fausthieb ins Gesicht. Mit Schlagring.

»Haben wir uns verstanden?«, hallt es nach einer Weile in meinem Ohr.

Ich schlucke die bittere Pille. »Also gut, die Hälfte, und ich erhalte weitere Aufträge von Ihnen.«

»Wenn Sie sich zukünftig an die Exposé-Vorgaben halten und weiterhin so pünktlich abliefern, wüsste ich nicht, was dagegensprechen sollte.«

»Das freut mich sehr zu hören, Herr Doktor Bellinghausen. Das Geld kann ich nämlich sehr gut gebrauchen«, sage ich durch meine zusammengepressten Zähne hindurch.

Durch das Telefon kann ich das typische Geräusch eines aufschnippenden Zippo-Feuerzeugs hören, gefolgt von einem tiefen Ausatmen.

»Noch ein guter Tipp unter uns Autorenkollegen: Ihre Dativ-Genitiv-Schwäche sollten Sie unbedingt in den Griff kriegen. Und Ihre Kommasetzung ist ein germanistischer Horrorroman für sich.«

Während ich noch darüber nachdenke, ob das als Kompliment gemeint ist, holt er weiter aus. »Ich werde Ihnen diese Woche das Exposé zu einer ganz besonderen Ausgabe zu-

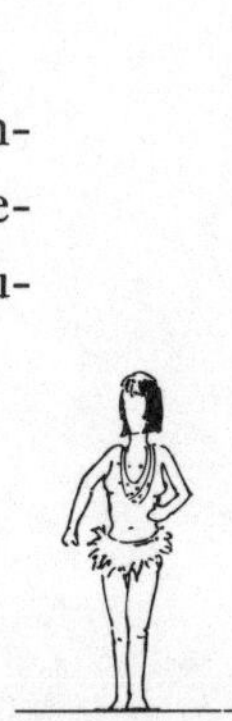

kommen lassen. Den Roman mit der Heftnummer 1999. Der Abschlussband des laufenden Zyklus. Sie wissen, welche Verantwortung ich Ihnen hiermit übertrage?«

Mein Mund ist derart trocken, dass das Schlucken schmerzt. Das Wort Abschlussband rast wie ein Hochgeschwindigkeitszug durch meinen Kopf und macht dementsprechenden Lärm.

»Ich muss wohl nicht extra erwähnen, dass ich bei diesem bedeutenden Roman auf die exakte Einhaltung meiner Vorgaben bestehe?«

»Nein, das müssen Sie selbstverständlich nicht, Herr Doktor Bellinghausen. Ich werde mich strikt an Ihre Vorgaben halten«, verspreche ich und bin viel zu froh, dass ich nicht aus der Serie gekickt wurde.

Andererseits hege ich mit jeder weiteren Sekunde den Verdacht, dass er genau das beabsichtigt. Nur das kann der Grund sein, warum er mir eine derart verantwortungsvolle Aufgabe in den Schoß legt. Er will mich scheitern sehen, um mich hochkantig rausschmeißen zu können. Aber da hat er die Rechnung ohne mich gemacht! Ich werde ein Weltraum-Abenteuer schaffen, das im Heftromangenre seinesgleichen sucht!

Als das Gespräch beendet ist, sitze ich noch eine Weile da, mit dem Handy in der Hand, und denke nach, während ich Nils beim Spielen zusehe. Dem Glanz seiner Augen entnehme ich, dass er mittlerweile stolzer Besitzer der Feuerpeitsche von Azeroth ist. Die könnte ich jetzt auch gut gebrauchen, denn *Jerry Lightning* ist nun in der Hand eines übermächtigen Diktators, gegen den ich mich fortan zur Wehr setzen muss.

»Da kam übrigens Post für dich, aus Nürnberg«, meldet sich Nils zu Wort. »Sieht nach was Offiziellem aus.«

Bitte nicht auch noch das. Dabei hatte ich den Köter mit dem Dildo im Maul gerade erfolgreich aus meinen Gedanken verbannt …

11

Wenn das Guppy-Weibchen Sex möchte, hält es nach den orangefarbenen Flecken auf der Schwanzflosse der Männchen Ausschau. Blöd, dass die Scheren der Großarmgarnele dieselbe Farbe haben. Denn diese hat Guppys zum Fressen gern.

Mit müdem Blick starre ich noch immer das graue Display meines Handys an, als es ungefragt zu klingeln beginnt. Ich erschrecke mich zu Tode, und selbst Nils sieht von seinem Ballerspiel auf. Es ist Jean. Noch so einer, der die Weltherrschaft für sich beansprucht. Zunächst beschließe ich, den Anruf zu ignorieren, halte es aber doch nicht aus und gehe nach zwei Sekunden betont gelangweilt dran.

»Quentin, wo hab ich dich denn hergeholt?«, fragt mich die falsche Rothaut.

Ich antworte ihm mit einem übellaunigen Brummen, aber er ist schon wieder weiter: »Kannst du dir vorstellen, was es für Leute gibt?«

»Na ja«, setze ich an. »Ich kenne *dich*, meine Vorstellungskraft ist also tatsächlich ziemlich groß.«

»Da hat uns doch tatsächlich jemand in die Mülltonne gekotzt«, fährt er ungeachtet meines kleinen Seitenhiebs fort. »Abartig, sage ich dir.«

»Ts, Leute gibt's.« Ich unterdrücke ein Gähnen. Im Hintergrund höre ich Straßengeräusche. Jean ist offensichtlich im Auto unterwegs.

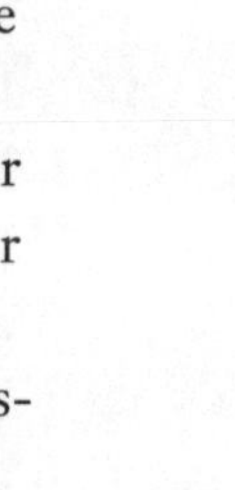

»Aber weswegen ich eigentlich anrufe …«

»Hm?«

»Das süße Redakteursmäuschen hat angerufen, die von der *Toyboy*.«

»Melanie?«

»Genau.«

»Was hat sie gesagt? Sag schon!«

Er beginnt herumzudrucksen. »Da gibt es ein Problem mit dem Interview.«

»Ach, und welches?«

»Es wird keines geben. Auf den letzten Drücker haben sie doch noch den Sachsen-Paule für die aktuelle Ausgabe gekriegt. Und der steht nun mal etwas höher im Kurs als du.«

Wieder so ein Satz, der die Sinnhaftigkeit meines Lebens infrage stellt.

»Also komme ich nicht in die *Toyboy?«* Mein Weltbild beginnt leise zu zerbröseln. Passend dazu beginnt ausgerechnet jetzt die Wirkung der Pilzsalbe nachzulassen.

»Zumindest nicht in die nächste Ausgabe, aber wer weiß …«

»Was weiß wer?«

»Vermutlich werden die sich schon bald die Finger nach dir lecken, wenn du deiner Vita einen weiteren karrieretechnischen Höhepunkt hinzufügen darfst!«

Er legt eine Kunstpause ein, um seine Worte wirken zu lassen. Diese nutzt er, um eine ordentliche Portion körpereigenen Sekrets aus dem Rachen zu würgen und sich mehrfach knarzend zu räuspern. »Ich soll dich übrigens lieb grüßen. Sie sagt, es tut ihr leid, dass sie so abrupt aufgebrochen ist, aber sie wollte dich nicht stören, bei der Sache, die du dir durch den Kopf hast gehen lassen.«

Er hält kurz inne, als hätte er sich selbst zugehört und nicht so ganz verstanden, was er da von sich gegeben hat. »Was meint sie damit, Quentin?«

Zum zweiten Mal innerhalb weniger Minuten entscheide ich mich für die Diplomatie.

»Nichts«, sage ich und winke ab, was bei einem Telefongespräch natürlich ziemlich dämlich ist. »Erzähl mir lieber, was genau du mit karrieretechnischem Höhepunkt meinst.«

»Da ist ein Angebot in meine Agentur eingetrudelt, zu dem wir unmöglich Nein sagen können.«

Und täglich grüßt das Murmeltier: *wir*.

»Kein Interesse«, erwidere ich spontan.

»Wird mordsmäßig bezahlt«, spricht Jean ungerührt weiter und bremst damit meinen Zeigefinger aus, der bereits nach der roten Auflegen-Taste gesucht hat.

»Junge, ich sag es dir jetzt genau so, wie es ist. Wir haben sie endlich durchbrochen, die Schallmauer deiner Karriere! Fortan gibt es für uns nur noch eine Richtung: steil nach oben!«

»Ach so?« Nachdem mir Doktor Bellinghausen gerade den Weg steil nach unten vorgezeichnet hat, bin ich froh, wenigstens im Durchschnitt eine Gerade in meiner Karriere hinzubekommen.

»Komm doch mal kurz runter.«

»Runter?«

»Ja, ich steh hier vor deiner Haustür.«

Jean steht vor meiner Haustür?! »Wieso?«

Und mit einer Stimme, die wie die Höllenversion eines abgehalfterten Rudi Carell klingt, trällert er »Lass dich überraschen!« und legt auf.

Als ich drei Minuten später die Haustür öffne und auf die Straße treten will, laufe ich in Jean hinein, der mich freudestrahlend in seine Arme schließt.

»Junge!«, sagt er, und selbst trotz größtmöglicher Skepsis kann ich seinen väterlichen Stolz heraushören.

Doch bevor ich auch nur ein Wort des Grußes erwidern kann, kehrt er mir den Rücken zu und marschiert fransen-

wedelnd zu seinem Maserati, der mit blinkendem Warnlicht in zweiter Reihe steht.

Begleitetet vom dumpfen Auspuffknattern des V-8-Motos pirschen wir wenig später raubtierartig die Straße entlang. Jean wirkt so deplatziert hinter dem Steuer wie nur irgendwas. Nicht minder fehl am Platze wirkt dieses Grinsen in seinem Gesicht, das einfach nicht verschwinden will. Er lächelt im 16:9-Format. Er sollte damit aufhören. Sein Gesicht hat nicht die symmetrischen Züge, die ein Lächeln normalerweise sympathisch machen.

Allmählich werde ich nervös. Irgendetwas stimmt hier nicht.

»Also, was ist los, Jean? Was soll die Spritztour? Ist doch sonst nicht deine Art, mich durch die Gegend zu kutschieren.«

»Es gibt Neuigkeiten.«

»Ich will sie nicht hören«, sage ich und mache mich am Türöffner zu schaffen.

»Doch, *die* willst du hören.«

Ich schnaube angewidert. Als wüsste ausgerechnet er, was ich will. Dabei ist es so einfach: Ich will Romane schreiben, für die ich angemessen bezahlt werde, und mir keine exotischen Geschlechtskrankheiten auf abgewetzten Couchmöbeln in irgendwelchen Hinterhöfen bei fragwürdigen Produktionen einholen. Das ist doch nicht zu viel verlangt!

»Ein Mann ohne Ziel ist wie ein Speer ohne Spitze. Wir aber sind ein Speer *mit* Spitze. Ab jetzt reiten wir nur noch auf dem Pfad des Erfolgs!«

Mit gezügeltem Enthusiasmus werfe ich ihm einen schrägen Blick zu und lasse mich von der Farbe und Beschaffenheit seiner Hautfarbe ablenken, die bei Tageslicht und ohne die atmosphärisch-dunstige Beleuchtung seiner Agentur einer müden Orange gleicht.

»Ab sofort spielen wir in der ersten Liga«, begeistert Jean sich dafür umso mehr.

»Guckst du bitte mal auf die Straße?«, unterbreche ich ihn unbeeindruckt. Er guckt und reißt panisch das Lenkrad herum, um den Wagen wieder zurück auf die Spur zu bringen. Hinter uns hupt etwas monströs Lautes auf. Jean aber entspannt sich augenblicklich wieder und fährt ungerührt fort: »Wir haben einen hammermäßigen Auftrag in der Tasche!«

»Mal wieder, ja?«

»Mit namhaften Darstellern, professionellem Equipment …«

»Das ich wieder selbst mitbringen muss?«

»… einem Buch füllenden Storyboard …«

Ich horche auf. »Ein Film mit *Story*?«

»… eine Armada von Anbläserinnen, eben allem Drum und Dran!«

Ich stoße einen leisen Pfiff aus. Das klingt in der Tat gut.

Zu gut.

Schnell habe ich meine Neugier wieder im Griff. Ich habe aus meinen Fehlern gelernt, und so sage ich erst mal nichts und lasse ihn weiterreden.

»Wir haben den Jackpot geknackt! Wir haben sie endlich in der Tasche.«

»Wen haben *wir* in der Tasche?«

Er zieht an seinem Zigarillo und lässt sich dramatisch viel Zeit mit dem Rauchausstoß. Doch dann sagt er: »Die männliche Hauptrolle im nächsten Sheera-Gail-Streifen!« Zur Unterstützung seiner Worte trommelt er wie wild auf dem Lenkrad herum.

Mein Mund wird trocken.

»Ich und Sheera Gail?«, krächze ich. Mein Herz pocht so hart in der Brust, dass es beinahe wehtut. Nervös winde ich mich auf dem Schalensitz. »Ist nicht wahr!«

»Doch!«

»Du hast mich endlich in einem Film mit Sheera Gail untergebracht? Das, worauf ich seit Ewigkeiten warte, wird sich endlich erfüllen?«

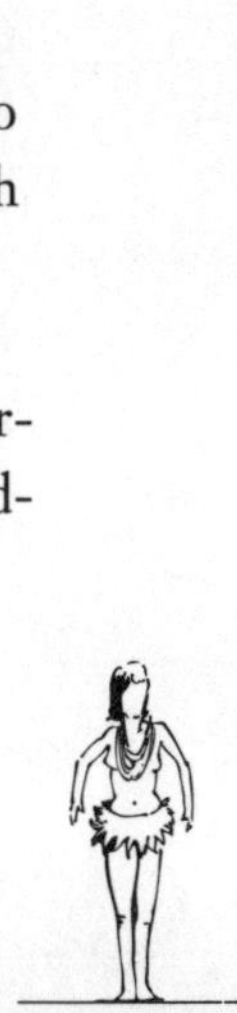

Er nickt derart energisch, dass ihm graue Haarsträhnen ins Gesicht fallen.

Ich denke an den Beginn meiner fragwürdigen Erotikkarriere zurück. Als ich noch nicht wusste, wer Sheera Gail war und ich sie fälschlicherweise mit einer Actionfigur verwechselte. Mittlerweile kenne ich natürlich alle ihre Filme und ziehe meinen Hut vor ihren darstellerischen und akrobatischen Leistungen. Vor allem aber vor ihrem beispiellosen Erfolg, den sie in der Branche hat. Geldsorgen kennt *die* sicher nicht.

»*Jaha!* Dein Agent hat das Unmögliche wahr werden lassen.«

Jetzt bin ich es, der das Armaturenbrett mit trommelnden Fäusten bearbeitet und immer wieder »Yes! Yes! Yes!« brüllt.

Er grinst breit und nickt: »So gut wie.«

Doch diese drei Worte gehen in meinem Freudentaumel unter.

Ich sehe Jean an und empfinde erstmalig überhaupt so etwas wie Sympathie für ihn. Eine gefühlte Ewigkeit hat er mich in der Horizontalen durch die Hölle getrieben. Doch zu guter Letzt hat der Pornopuma tatsächlich Wort gehalten und mich in einen Film mit Sheera Gail untergebracht. Sheera Gail! Was das für meine Karriere bedeutet, kann ich zu diesem Zeitpunkt nur erahnen.

Zum ersten Mal seit Langem sehe ich meine Zukunft in einem Farbfilm vor mir, bunt und übersättigt.

»Das ist der reinste Wahnsinn! Wenn ich das Nils erzähle ... Er wird ausrasten, vor Neid erblassen. Ich muss ihm bestimmt einen ganzen Umzugskarton voller Requisiten mitbringen.«

Jean grinst noch immer breit, als er sagt: »Wie gesagt, eine Kleinigkeit wäre da noch ...«

Nicht nur die Ampel vor uns springt auf Orange, auch bei mir gehen die ersten Warnsignale an. Ich blinzele gegen die tief stehende Sonne an und schirme meine Augen mit der Hand vor dem hellen Schein ab: »Was denn für eine Kleinigkeit?«

*

Exakt dreißig Minuten später finde ich mich mit meinem Agenten in einem Besprechungsraum wieder, in dem in der Mitte ein großer runder Tisch aus schwarz lackiertem Holz und mit Metallbeinen steht. Um den Tisch herum sind Stühle von jener Art drapiert, die wippend nachgeben, sobald man darauf Platz nimmt.

Auf den ersten Blick wirkt alles wie ein völlig normaler Tagungsraum – wären da nicht die Pornoposter an den Wänden und der kniehohe Stapel Porno-DVDs auf dem Beistelltisch neben dem überdimensional großen Flachbildschirm. Mit schwitzigen Händen fahre ich die glatte Armlehne meines Stuhls entlang. So recht weiß ich immer noch nicht, was ich hier eigentlich soll.

Jean hüllt sich derweil in Schweigen und klopft den Radetzky-Marsch auf die Tischplatte.

Ich lasse meinen Blick über die eingerahmten Covermotive schweifen, die die erfolgreiche *Final Penetration*-Reihe im Posterformat zeigen. Jene Filme, die Sheera Gail groß gemacht haben. Ihr Konterfei ziert sämtliche Cover. Darunter Klassiker wie *Sie sahen es kommen*, *Jackie die Mördernutte* und *Cockowääh*. Auf einem blickt sie unter dem geschwungenen Schriftzug *006 – Jamie Bond und der Mann mit dem goldenen Cock* als weiblicher MI6-Geheimagent mit schwarzem Haar und blankem Busen auf mich herab. In ihren Händen hält sie einen goldglänzenden Dildo, den sie wie einen Revolver umschließt und in meine Richtung hält. Direkt darunter steht: *Nur der Tod kann sie poppen.*

Während ich noch nach dem Sinn hinter dem Slogan suche, betreten zwei Männer das Besprechungszimmer und setzen sich uns gegenüber. Den einen erkenne ich sofort. Harry, Chef des renommierten Labels *Nacktschnecke* und selbst eine Berühmtheit innerhalb der Szene. Die Präsenz dieses Mannes ist allgegen-

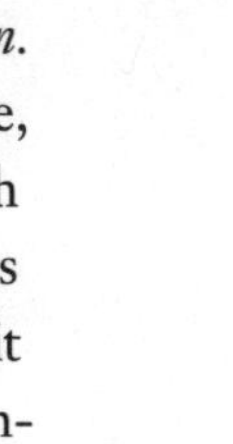

wärtig. Er sieht wüst aus mit seinen kurz geschorenen Haaren und den Lederklamotten, mit denen er seinen Stand als aktiver Biker untermauert.

Der andere Mann ist bestimmt nicht viel älter als ich und das absolute Gegenteil von Harry. Langes, zu einem Pferdeschwanz zusammengebundenes Haar, eine schlaksige Figur, die in einem verwaschenen Holzfällerhemd und zerschlissenen Bluejeans steckt, und eine Nickelbrille mit tropfenförmigen Gläsern so dick wie der Boden einer Wasserflasche.

Während sich Jean und Harry herzen, zwinkert mir der Rocker zu: »Dann bist du also Jeans Zögling. Er hat mir bereits einiges von dir erzählt. Das ist Martin, unser Visual Artist.«

»Die Freude ist ganz auf meiner Seite.« Ich schüttele beiden die Hände und lächele höflich. Martins Gesicht verzieht sich ein wenig, als er meine schweißnasse Hand umschließt.

Während ich mich immer noch frage, was das hier eigentlich wird, stellt Harry sich und sein Label vor, erzählt von seinen Produktionen, welch ein Glück es doch sei, eine so tolle Darstellerin wie Sheera Gail unter Vertrag zu haben, und dass generell alles sehr toll sei in der Branche und ganz besonders bei ihm.

»Die *Final Penetration*-Reihe verkauft sich dank Sheera wie geschnitten Brot. Wir müssen jetzt unbedingt mit dem fünften Teil nachlegen.«

Ich hänge an seinen Lippen, bin aber gleichermaßen irritiert. Normalerweise zitiert Jean mich in sein Büro, um mich einen Vertrag unterschreiben zu lassen, und dann habe ich am Tag X an Ort und Stelle zu sein. Manchmal gibt es Castings – seit meinen ersten Auftritten aber eher selten. Nie gab es bislang ein Vorgespräch. Andererseits habe ich auch nicht die geringste Ahnung von einer seriösen Pornoproduktion. Es ist also gut möglich, dass das in der oberen Kaste so üblich ist. Eigentlich naheliegend. Schließlich muss ich ja auf meine

Rolle entsprechend vorbereitet werden. Ob sie das Skript mit mir durchgehen möchten? Mein schauspielerisches Talent in dramatischen Szenen sehen wollen? Und sicherlich interessiert es Harry brennend, wie individuell ich meinen Protagonisten interpretieren werde. Ich bin ja so gespannt!

Während ich die freudige Aufregung mittlerweile nicht mehr aus dem Gesicht bekomme, interessiert sich Harry dafür, in welchen Filmen ich bereits mitgewirkt habe und ob ich aktuelle ärztliche Atteste vorzeigen kann. Auf das Stichwort wird Jean seiner Rolle als Agent gerecht und zückt einen Stapel Papier aus seinem braunen Ludenmantel. Ich entsende ein Dankgebet und beziehe meine Urologin mit ein – Gott sei Dank ist der fiese Pilz schon wieder fast ganz verheilt.

Ich nicke also an den richtigen Stellen und freue mich. Eigentlich läuft alles gut.

Genau. *Zu* gut.

Und gerade, als ich denke, die sind ja alle echt nett hier, wird es skurril. Wie auf Kommando zieht Martin eine teuer aussehende Digitalkamera, ein zusammengerolltes Maßband und ein Geodreieck hervor.

Shit, denke ich noch, auf einen Mathetest bin ich überhaupt nicht vorbereitet!

Dann klatscht Harry in die Hände: »Okay, dann mach dich mal nackig, Calvin.«

»Äh …«

Ich suche Blickkontakt zu Jean, der aber die Reste unter seinen Fingernägeln ungleich interessanter zu finden scheint. Als Nächstes muss ich kurz über mich selbst lachen und verfluche zum vermutlich millionsten Mal meinen Agenten, der es wieder mal geschafft hat, meinem noch jungen Leben einen weiteren erniedrigenden Moment hinzuzufügen.

»Ich heiße Quentin«, sage ich, und eine halbe Minute später bin ich der einzige nackte Mann im Raum.

Ich fühle mich schäbig. Bis auf die Socken entblößt, stehe ich wie befohlen an der weißen Wand, die für meinen ebenfalls recht blassen Teint nicht gerade vorteilhaft ist. Während Harry mir Anweisungen gibt, in welche Richtung ich mich zu drehen habe, lässt Martin den Blitz seiner digitalen Spiegelreflexkamera aufflammen. Das Fotografieren lasse ich kurz und schmerzlos über mich ergehen. Ein Frontalfoto, eines von hinten, eines von der Seite, ein Close-up des Intimbereichs – zum Glück haben die Tonnen von Salbe, die ich mir im Drei-Stunden-Rhythmus auf mein bestes Stück geschmiert habe, ihre Wirkung getan, und es ist wieder vorzeigbar – sowie ein Porträt. Das fällt noch in meine Doppel-E-Kategorie: entwürdigend, aber erträglich.

Schließlich greift Martin nach einer Fernbedienung und lässt eine Szene aus dem Streifen *Final Penetration 3* laufen. Den kenne ich bereits von Nils. Das Bild zeigt eine Lesbenszene mit Sheera Gail, die sich von einer üppigen Dunkelhäutigen oral verwöhnen lässt.

»Ist die Stelle okay für dich, Severin?«, fragt mich Harry.

»Quentin.«

Ich verstehe nicht so recht, was er nun genau damit meint. Die Dramaturgie? Das historisch referenzielle Zusammenspiel der exotischen Zofe und der blasshäutigen Sheera in der dominanten Rolle der Herrin als Gesellschaftsspiegel der Viktorianischen Epoche? Die Kamerafahrt auf die entscheidende Szene mit dem Zoomschwenk zur musikalischen Untermalung von »Sexual Healing«? Ich ertappe mich dabei, wie ich mich einen klitzekleinen Moment geschmeichelt fühle, dass er ausgerechnet mich um die künstlerische Meinung zu einer seiner Szenen fragt. Gerade, als ich zu einer kompetent ausformulierten Antwort ausholen möchte, konkretisiert er seine Frage: »Zum Wichsen, meine ich. Oder soll ich vorzappen? Danach kommt noch 'n Blowjob in 'nem Windkanal.«

»Äh …«

Das deutet er als ein Ja und klatscht wieder in die Hände. »Dann leg mal los, damit Martin Maß nehmen kann.«

Ich bin hier im komplett falschen Film, denke ich. Wieder suche ich verzweifelt Blickkontakt zu Jean, der aber tut nichts weiter, als symbolisch etwas mit seiner Hand zu schütteln und mir aufmunternd zuzunicken. Eine eindeutige Geste.

Ich gebe mir Mühe, mich auf die Szene und meine Erektion zu konzentrieren und die anwesenden Herren auszublenden, die mir erwartungsvoll bei der Penismassage zuschauen. Endlich kommen mir die unzähligen Yogakurse zugute, die ich während meines Studiums besucht habe. So übe ich mich in einer gleichmäßigen Atmung und versuche, an etwas Schönes zu denken. Volle Konzentration auf das Wesentliche. In Anbetracht meiner jüngsten Erlebnisse ein gar nicht so leichtes Unterfangen. Verzerrte Bilder werden vor meine geschlossenen Lider projiziert. Ein schwarz glänzender Riesendildo, der einen winselnden Schäferhund an der Leine führt. Ich, meine Blöße mit nicht viel mehr als einem Genitalschnauzbart bedeckt, in einem Aufzug, der ins Bodenlose stürzt. Melanie, die in ein Bananenkostüm gekleidet meinen Schwanz schält.

Ich rubbele mir einen Wolf. Aber anstatt eine Erektion zu bekommen, merke ich, wie meine Wangen zu glühen beginnen.

»Na? Wie schaut's aus?«, höre ich Harrys brummigen Bass.

Es hilft nichts, ich muss hier meinen Mann stehen! Los, Quentin, reiß dich am Riemen! Schließlich soll das hier doch das Sprungbrett zu einer internationalen Karriere werden.

Ich blende die Vorstellung meines geschälten Penis aus, ebenso wie den Aufzug und den Riesendildo. Denk an was Schönes, feuere ich mich selbst an. Ich schließe die Augen und sehe plötzlich Cassandra May vor mir. In meiner Fantasie trägt sie nichts weiter als einen weißen, weit offen stehenden Arztkittel, aus dem ihre wohlgeformten Brüste ragen. Sie wirft ihr röt-

liches Haar zurück, schreitet graziös auf mich zu und leckt sich lasziv über die vollen Lippen.

»Mensch, Jung, zeig uns deinen Ständer!«, fordert mich Jeans belegte Stimme auf.

Ich beachte ihn gar nicht. Jedenfalls versuche ich es. Genau wie alles andere um mich herum. Da sind nur noch die Frau Doktor und ich.

»So, Corbin, allmählich müsste aber jetzt ...«

Während wir uns innig küssen, wandern meine Hände unter den Kittel und fahren ihren vor Verlangen glühenden Körper entlang. Und in diesem Moment richtet sich mein Penis endlich auf wie ein neugieriges Erdmännchen.

Vorsichtig öffne ich die Augen. Und wie er steht. Harry ist beeindruckt, das sehe ich sofort.

Martins Begeisterung hingegen hält sich in Grenzen. Kommentarlos kniet er sich vor mich, schiebt das Brillengestell nach oben und rollt das Maßband aus. Mit verschränkten Armen sehe ich ihm dabei zu, wie er mit dem gelben Streifen Länge und Durchmesser meines Arbeitsgeräts misst. Wir beide sind darum bemüht, während der Prozedur jeglichen Blickkontakt zu vermeiden.

Als er fertig ist, notiert er sich die Maße auf seinem Zettel und reicht ihn Harry. Einen kurzen Augenblick später nickt dieser zustimmend. »Bingo, alles im grünen Bereich.«

Ich atme erleichtert auf.

Jetzt wird auch Jean wieder wach. »Also, dann hat er den Job?«

Harry nickt und schließt meinen Agenten in seine massigen Arme.

»Hast mich nicht hängen lassen und erstklassige Ware abgeliefert.« Dann dreht er sich zu mir und streckt mir die Hand entgegen: »Willkommen im Team, Wendelin. Nächste Woche geht's los!«

Soll er mich doch nennen, wie er will, ich verbessere ihn nicht mehr. Ich kann mein Glück kaum fassen. Zwar finde ich es immer noch etwas befremdlich, dass ich nun im Pornobusiness voll durchstarte und nicht wie erhofft als Science-Fiction-Autor, aber hey: Ruhm ist Ruhm und Erfolg ist Erfolg.

Etwas übermütig ignoriere ich seinen Handschlag und umarme ihn stattdessen vor Freude. Als ich an meinem erigierten Glied das kalte Leder seiner Bikerhose spüre, weiß ich, dass ich einen Schritt, nun ja: eine Penislänge, zu weit gegangen bin. Doch ich habe Glück, Harry schlägt mir nicht gleich die Faust ins Gesicht, sondern wehrt mich ab wie einen jungen Hund, der es mit der Begrüßung seines Herrchens zu überschwänglich nimmt. Mit ausgestreckten Armen hält er mich auf Abstand und sieht an mir herab. Mühsam bringe ich ein »Sorry, hab ich jetzt nicht drüber nachgedacht« als Entschuldigung vor.

Er schüttelt grinsend den Kopf: »Jean, wo treibst du nur immer diese Typen auf?« Dann wendet er sich seinem Assistenten zu. »Bring den Alkohol rein, wir haben was zu feiern!«

12

In Relation zur Körpergröße hat die circa fünfzehn Zentimeter große Bananenschnecke den längsten Penis in der Tierwelt. Dieser kann das Doppelte ihrer Körperlänge erreichen. Das hat nicht nur Vorteile, denn nicht selten bleibt das gute Teil beim Geschlechtsakt stecken und wird dann kurzerhand von der Partnerin abgebissen.

»Jemand sssuhause?«, lalle ich in die dunkle Wohnung hinein. Mein Ruf bleibt unbeantwortet. Nicht mal das Echo meiner Stimme kommt zurück zu mir.

»Nils, bissusssuhause?«

Ich taste die Wand nach dem Lichtschalter ab. Vor meiner Abreise war er doch noch hier.

»Coussine von Nils? Bissu da?«

Unglaublich, jemand muss während meiner Abwesenheit die Lichtschalter demontiert haben. Beinahe blind taste ich mich mit den Händen die Wand entlang und versuche mich an den Namen von Nils' Cousine zu erinnern.

»Hallooo?«

Anscheinend sind sie noch nicht zurück von der Hochzeit. Ich habe zwar nicht die leiseste Ahnung, wie spät es mittlerweile ist, aus eigener (Feier-, nicht Heirats-)Erfahrung weiß ich aber, dass sich Hochzeiten bis in die frühen Morgenstunden hinziehen können.

Auch gut, habe ich also sturmfrei und kann es mir in aller Ruhe auf der Couch gemütlich machen und ein Absackerbierchen genehmigen. Ich ziehe meine Jacke aus und hänge sie an die Garderobe, die zum Glück noch genau dort ist, wo sie hingehört.

Ich bin gut gelaunt, fast schon euphorisch. Ich habe auch allen Grund dazu. Aus Harrys »Wir haben was zu feiern« ist ein ausuferndes Besäufnis geworden, was mich meine ursprüngliche Meinung über das Pornobusiness revidieren lässt. Irgendwie sind die doch alle supernett in diesem Geschäft. Und das denke ich nicht nur, weil ich schon bald mit Sheera Gail drehen darf.

Ich torkele in Richtung Wohnzimmer. Zumindest ist das der vorläufige Plan. Dieser wird genauso jäh über den Haufen geworfen wie ich, als ich noch im Flur über einen großen Gegenstand stolpere. Das Mondlicht, das sich durchs Küchenfenster einen Weg bahnt und Teile des Flurs in ein türkisfarben schimmerndes Blau taucht, erhellt einen großen knallroten Trolley, der aus welchen Gründen auch immer mitten im Flur geparkt wurde. Vermutlich als gemeine Stolperfalle für angetrunkene Mitbewohner. Vermutlich der von Nils' Cousine, deren Name mir noch immer nicht einfallen will.

Während ich so auf dem kalten Kirschholzparkett liege, überfällt mich die Müdigkeit.

Tschechien, der Ausschlag, Doktor Bellinghausen, das Casting – all das hat mir mehr zugesetzt, als ich mir zunächst eingestehen will. Ich habe nur noch einen Wunsch: schlafen. Mühsam richte ich mich auf und krabbele die Wand entlang bis zur nächsten Tür. Ich weiß nicht, wie lange ich brauche, um zu merken, dass es nicht mein, sondern Nils' Zimmer ist, in das mich die alkoholgetränkte Erschöpfung getragen hat. So richtig bewusst wird es mir erst, als ich das Futonbett erklimme, das Nils aus seinem Jugendzimmer der Neunziger rüber ins neue Jahrtausend gerettet hat.

Und wenn schon. Ordentlich Platz und eine Mütze voll Schlaf. Mehr will ich nicht, denke ich, während ich mir mühsam die Hose ausziehe und mich unter die Bettwäsche mümmele. Soll er halt in meinem Bett schlafen.

Einen ganz kurzen Augenblick packt mich das schlechte Gewissen, ohne Zähneputzen zu Bett zu gehen. Andererseits war der Tag so schön, da dürfen Karies und Baktus ruhig auch mal eine Party in meiner Mundhöhle feiern. Ich kann ja teilen.

Ich weiß nicht, wie lange ich auf meiner Seite der Matratze liege, bis ich feststelle, dass ich nicht alleine im Bett bin. Bei dem Versuch, mich auf die andere Seite zu drehen, spüre ich ein Büschel Haare unter meiner Hand und schließlich auch den dazugehörigen Kopf. Erschrocken ziehe ich die Hand zurück und liege erst einmal starr da wie schockgefrosteter Brokkoli. Ich unterlasse es sogar zu atmen. Mein erster Gedanke gilt Bukowski, Nils' trägem Hauskater, der mich inbrünstig hasste. Bis zu dem Tag, an dem er seiner unbekannten Petersilienallergie zum Opfer fiel. Was musste Nils dem blöden Vieh das drittklassige Fleisch auch mit Unkrautstängel anrichten. Selbst schuld.

Okay, Bukowski ist jetzt also, Gott hab ihn selig, im Katzenhimmel, deswegen kann er nicht mehr in Nils' Bett liegen. Und davon abgesehen: Er war zwar fett und haarig, hatte aber keinen überdimensionalen Schädel. Außerdem hätte das Biest mir zu diesem Zeitpunkt bereits die Hand in Fetzen gerissen. Nein, was da neben mir liegt, ist eindeutig menschlich. Und Nils kann es definitiv nicht sein, dafür sind seine Haare zu kurz, zu dünn und zu wenige. Viele Möglichkeiten bleiben da nicht mehr, was meine Mundwinkel automatisch nach oben wandern lässt. Ich bin zwar ein wenig beschwipst, aber nicht so besoffen, dass ich nicht noch kombinieren kann.

Ich fummele noch einmal an dem fremden Kopf herum und fühle dicke lockige, conditionergepflegte Strähnen. Mittlerweile haben sich meine Augen etwas an die Dunkelheit gewöhnt, sodass ich mit ein wenig Anstrengung die Umrisse eines eindeutig weiblichen Körpers neben mir ausmachen kann. Das fremde Wesen liegt auf der Seite und wendet mir den Rücken zu. Die Bettdecke ist ein Stück von ihren wohlproportionierten Rundungen gerutscht, was den Blick auf ein seidiges Negligé freigibt. Ein reizvoller Anblick.

»Wer bissndu?«, nuschele ich in das Kopfkissen hinein und gebe mir die Antwort im nächsten Augenblick selbst: »Isch weiss, wer du biss! Nadascha!«

Eine Welle von Stolz erfüllt mich, dass ich tatsächlich wieder auf ihren Namen gekommen bin. Jawohl, selbst im alkoholisierten Zustand ist auf mein Gehirn Verlass.

Ich will sie fragen, ob die Hochzeit schön gewesen ist, was ich mich aber sagen höre, klingt wie: »Warochsseischö?« Vermutlich war sie es nicht, denn Natascha zeigt mir weiterhin die kalte Schulter.

Ich robbe mich näher an sie heran und streichele ihren nackten Oberarm.

»Du bissja ganss kalt! Komm, ischwärme disch.«

Und das tue ich dann auch, indem ich meinen Körper an ihren schmiege und meinen Arm um ihre Hüfte lege. Sie windet sich nicht aus meiner Umklammerung, was ich selbst in meinem Zustand als gutes Zeichen werten darf. Bereitwillig lässt sie es zu, dass ich meine Hand unter den glatten Stoff ihres Nachthemdchens schiebe und in ihrem Bauchnabel nach Wollmäusen suche.

Anschließend taste ich mich hinunter zu ihren Beinen, streife dabei ihren sich unter dem Slip abzeichnenden Venushügel und streiche ihr sanft über die Oberschenkel. Dann wandere ich wieder zurück zum Venushügel, vorbei am Bauchnabel und spüre schließlich eine Brust, so weich wie ein sonnengereifter Pfirsich, unter meiner Hand. Sie wehrt sich nicht. Im Gegenteil: Ihre Nippel sind hart wie Sultaninen.

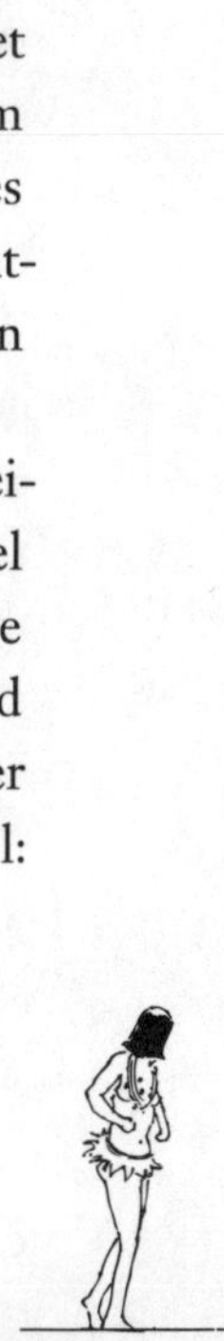

Ich wühle tief in meinen alkoholvernebelten Gedanken, kann mich aber nicht daran erinnern, jemals eine derart perfekte Brust in den Händen gehalten zu haben. Sie hat die ideale Größe. Ich bekomme sie nicht ganz mit meiner Hand zu fassen, und wenn ich sie drücke, fühlt sie sich an wie eine dieser Wasserbomben, die ich als Kind aus kleinen Luftballons gebastelt habe. Absolut fest und doch jedem Druck nachgebend. Ich hatte schon genug Brüste in der Hand, um zu wissen, dass diese Prachtexemplare hier nicht echt sind. So fühlt sich Silikon an, daran besteht kein Zweifel – aber wenn sie nur halb so gut aussehen, wie sie sich anfühlen, ist mir das vollkommen schnuppe.

Ich drücke mich noch ein Stück fester an Natascha und lasse sie meine Lust an ihrem runden Hintern spüren. Während ich sie knete, mich an ihr reibe und meine Hand über ihren marmorglatten, beinahe makellosen Körper gleiten lasse, vergrabe ich mein Gesicht in ihrem Haar und atme tiefe Züge ihres süßen Parfüms ein.

Meine Fingerspitzen schieben sich derweil unter den Slip und bekommen zwischen zwei wunderbar samtig glatt rasierten Schamlippen einen erbsengroßen Knubbel zu fassen. Die Erbse ist rau und feucht wie eine Katzenzunge, was mich wiederum scharf werden lässt wie eine Gelbbauchunke in der Laichzeit.

Ich ziehe alle Register meiner Verführungskunst. Natascha hingegen macht nichts. Sie sagt nichts und ändert nicht einmal ihre Position, um mir das Ganze zu erleichtern oder sich irgendwie an unserem Akt zu beteiligen. Sie liegt einfach nur da und lässt mich machen. Mein Gott, die scheint ja noch voller zu sein als ich – aber ihre Passivität reizt mich nur noch mehr und treibt mich schier in den Wahnsinn. Schließlich halte ich es nicht mehr aus und schiebe ihren String beiseite.

Noch immer keine Gegenwehr.

Ich decke sie mit Nackenbissen ein, knabbere an ihrem wunderbar weichen Ohrläppchen und hauche ihr unanständige

Sachen ins Ohr. Ihre Wortkargheit deute ich schließlich als stillschweigendes Einverständnis. Vorsichtig nehme ich die Sache also selbst in die Hand, taste mich am dünnen Bändchen ihres Tangas vorbei, höre mich etwas von »Du willssess doch auch« sagen und dringe in Nils' engeren Familienkreis ein.

*

»Was zum Henker machst du in meinem Schlafzimmer?«

Die aufgebrachte Philipp-Lahm-Stimme überschlägt sich vor Hysterie. So aus dem Schlaf gerissen zu werden, ist alles andere als nett.

»Moharru!«, erwidere ich nuschelnd. Ich versuche, meine vor Müdigkeit geschwollen Augen zu öffnen. Das Erste, was ich sehe, ist ein auf dem Kopf stehendes Häschen mit einer Schleife um den Hals.

»Du hast Playboy-Bettwäsche?«, frage ich verwundert.

Dann trifft mich etwas Hartes an der Stirn.

Jetzt bin ich wach. »Sag mal, spinnst du?«, keife ich Nils an, der vor dem Bett steht und den anderen schwarzen Lackschuh drohend in seiner Hand schwingt. Er sieht schick aus in seinem dunklen Nadelstreifenanzug. Die glänzende Krawatte hat er gelockert, und die obersten Knöpfe seines Hemdes stehen offen.

Allmählich kommt die Erinnerung zurück. Gegen die Helligkeit der über mir baumelnden Energiesparlampen-Armada anblinzelnd, frage ich höflich: »Und? Wie war die Hochzeit?«

Eine Wand aus purer Aggression baut sich zwischen uns auf.

»Was machst du hier?! In meinem Bett? Mit Amanda?«

Nils steht noch immer wurfbereit vor mir und scheint nur auf ein falsches Wort von mir zu warten.

»Wieso Amanda?«

Meine Augen mit den Händen gegen das helle Licht abschirmend, richte ich mich auf und versuche, die Situation zu

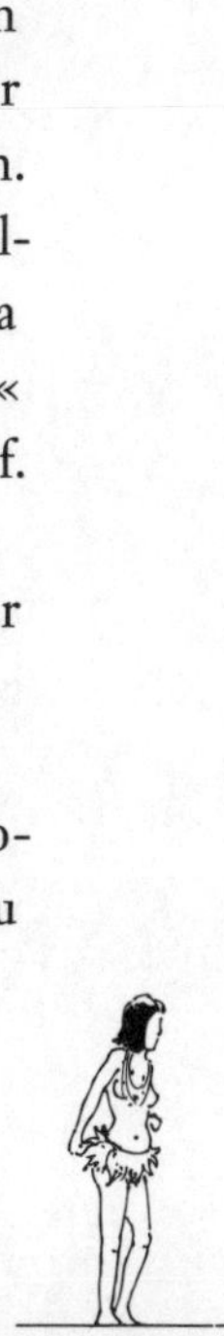

begreifen. Das ist gar nicht einfach. Mein Hypothalamus hat sich dazu entschlossen, noch eine Extrarunde auf der Wilden Maus zu drehen. In meinem Magen drohen wogende Wellen von Harrys torfigem Whiskey, sich einen Weg nach oben zu bahnen. Ein Sodbrennen der übelsten Sorte überkommt mich. Nein, mir geht es gar nicht gut.

»Jetzt leg den Schuh wieder hin«, rede ich beschwichtigend auf Nils ein.

»Aber echt jetzt, das ist doch total kindisch!« Eine große schlanke Frau in einem hellgrünen schulterfreien Cocktailkleid und dunklem, seidig glänzendem Haar schiebt sich an Nils vorbei und stellt sich mit verschränkten Armen neben ihn. Sie sieht umwerfend aus. Genau so, wie ich sie mir in meinen wildesten Träumen heute Nacht …

»Wer ist denn das?«

»Natascha.«

Ein kleines Hämmerchen klopft gegen meine Schädeldecke. Nun bin ich es, in dessen Stimme eine Spur von Hysterie schwingt. »Wenn das Natascha ist, wer ist dann *das*?«, frage ich und drehe meine Kopf nach rechts. Ich schlage die Bettdecke zurück und spüre, wie mir schlagartig alles aus dem Gesicht fällt.

»*Was* ist das?«, konkretisiere ich meine Frage. Neben mir liegt definitiv ein Frauenkörper, aber ich brauche tatsächlich einen zweiten Blick, um zu erkennen, dass hier etwas nicht stimmt. Sie stimmt nicht, oder vielmehr: ES stimmt nicht.

»Himmel, was ist das?!«

»Das ist Amanda«, funkelt mich Nils eifersüchtig an.

»'ne Gummipuppe!«, stellt Cousine Natascha amüsiert fest.

»Himmel, du fickst mit 'ner Gummipuppe?«, fahre ich Nils barsch an.

»Du doch auch«, erwidert Natascha prompt und breit grinsend. Für sie ist dieser Moment sicherlich besser als Fernsehen, selbst bei RTL im Nachmittagsprogramm.

»Das ist keine Gummipuppe«, sagt Nils wütend, sein Gesichtsausdruck aber ist von Kränkung gezeichnet. »Sie ist aus Silikon!«

Jetzt hat die Wilde Maus das Steuer komplett an sich gerissen. Bruchstücke der vergangenen Stunden prasseln auf mich ein. Die kalte Haut. Die Passivität. Wie ich in sie …

»Aber das ist ja völlig unmöglich«, denke ich laut. »Seit wann können Puppen denn von alleine feucht …«

Natascha stößt einen gellenden Laut aus und schlägt sich sofort die Hand vor den Mund.

Nils läuft knallrot an und weiß gar nicht, wo er hinschauen soll. Nachdem er ein paarmal theatralisch nach Luft schnappt, entscheidet er sich für den Boden und sagt zum Parkett: »Ich kam nicht mehr dazu, sie sauber zu machen.«

Natascha kriegt sich vor Lachen nicht mehr ein. Sie rutscht die Wand runter in die Hocke und hält sich den Bauch. Eine völlig unangebrachte Reaktion, wie ich finde.

Nils schüttelt langsam den Kopf und schafft es nicht mehr aufzublicken.

»Du hast …«, stammele ich.

»Halt dein Maul!« Mit einer knappen Handbewegung gebietet er mir Einhalt.

»Ihr beiden seid echt die Härte«, stellt Natascha fest, die allmählich unter ihrem ausgewachsenen Lachkrampf leidet.

Nils sagt überhaupt nichts mehr. Er streift die Bettdecke von seiner Puppe komplett herunter und zieht sie am Fußgelenk hinter sich her. Er sieht aus wie Linus von den Peanuts mit seiner Schmusedecke. Als Amandas Kopf von der Bettkante auf das Kirschholzparkett knallt, macht es ein dumpfes *Klonk*. Davon unbeeindruckt verschwindet mein Mitbewohner, Amanda hinter sich herschleifend, durch die Tür. Von weiter weg ist nur noch das quietschende Geräusch zu hören, das der Silikonkörper auf dem Holzboden erzeugt. Es klingt ein wenig wie

gummibesohlte Sportschuhe beim Basketballspielen in einer Turnhalle.

»Ich verstehe überhaupt nichts mehr.« Zumindest das gestehe ich mir selbst ein. Vielmehr will ich ja auch gar nichts verstehen.

Natascha hat sich derweil wieder beruhigt und sich zu mir auf die Bettkante gesetzt.

»Du hast echt nicht gecheckt, dass du es mit einer Gummipuppe getrieben hast?«

»Du hast ihn doch gehört, sie ist aus Silikon! Außerdem war ich besoffen.«

Sie schaut mir tief in die Augen und schüttelt dann den Kopf. »Ich bin hundemüde und muss ins Bett.« Sie streift sich ihre hochhackigen Schuhe ab und lässt sich rücklings aufs Bett fallen. Ihre schlanken Waden strampeln in der Luft, während sie im Liegen versucht, die Strumpfhose abzustreifen. Dabei rutscht das Kleid ein wenig nach oben, und ich erspähe ein Paar ziemlich heißer Strapshalter. Dann rutscht das Kleid noch ein wenig weiter nach oben, und ich finde heraus, dass Natascha am heutigen Abend auf weitere Unterwäsche verzichtet hat.

Gott, mein Gott, warum hast du mich verlassen?

Aus der Ferne nehme ich die laufende Dusche wahr. Ich setze mich auf die Bettkante und bedecke meine amtliche Erektion mit dem Kopfkissen.

»Und du dachtest wirklich, du hättest mit mir Sex gehabt?«

Aus dem Augenwinkel sehe ich, wie Natascha den Strumpfhalter löst und unter dem Kleid hervorzieht. Dabei verdreht sie ihren Oberkörper so, dass ihr Ausschnitt immer weiter nach unten wandert, bis schließlich einer ihrer dunklen harten Nippel vorwitzig einen Blick ins Freie wirft. Weder Natascha noch der Nippel merken etwas davon.

»Äh … Ich geh mal nach Nils gucken«, sage ich und trolle mich so schnell und elegant, wie es mit einem schützend vor das eigene nackte Hinterteil gehaltenen Kissen eben möglich ist.

Eine Weile stehe ich im Türrahmen zum Badezimmer, das Kissen wieder vor meinen Kronjuwelen, und sehe Nils dabei zu, wie er den halben Inhalt einer weißen Duschgeltube auf Amandas Brust und Bauch entleert, und sie gründlich überall einseift.

»Du hast sogar Frauenduschgel für sie?«, stelle ich überrascht fest.

»Was denkst du denn?«, krakeelt er. »Glaubst du, ich geh mit einer Puppe ins Bett, die nach Mann stinkt? Und überhaupt, was hast du denn gedacht, wem das Zeug in der Dusche gehört? Meiner imaginären Freundin?!«

Er wirft einen kurzen, hasserfüllten Blick über die Schulter und scheint noch etwas sagen zu wollen. Er tut es aber nicht. Ich weiß auch nicht so recht, was ich sagen soll. In einer derartigen Situation habe ich mich bislang noch nicht befunden. Meine Gefühle fahren immer noch Achterbahn. Ich verspüre einen ungemeinen Ekel vor mir selbst. Es mit einer Gummipuppe getan zu haben ... Und der Umstand, dass ich das nicht bemerkt habe, macht es auch nicht gerade besser. Nur eines weiß ich ganz sicher: So nahe wollte ich Nils trotz aller Freundschaft nie und nimmer kommen.

»Hey«, sage ich, um die Situation aufzulockern, »das macht uns doch jetzt zu so etwas wie Blutsbrüdern, oder nicht?«

Mein aufmunterndes Lächeln wird nicht erwidert.

»Wenn es dich beruhigt«, sage ich weiter, »ich glaube nicht, dass sie dabei Spaß hatte.«

»Halt bloß die Schnauze!«

Das tue ich dann auch. Ich setze mich aufs Klo und schaue ihm eine Weile beim Einseifen zu. Schließlich nimmt er den laufenden Duschkopf, stellt ihn auf Turbostrahl und braust Amanda in alle Ritzen.

»Ich dachte wirklich, es wäre deine Cousine«, versuche ich mich zu rechtfertigen. Mehr vor mir selbst als vor Nils.

»Ach, und damit wäre dann alles im Lot, oder was? Du schwanzgesteuertes Monstrum, ist dir denn gar nichts heilig?«

Ein seltsamer Satz von einem Mann, der auf unserem gemeinsamen Sofa zu meinen Pornos onaniert.

»Ehrlich«, setze ich zu meiner Verteidigung an. »Ich war derart blau! Du glaubst ja nicht, was mir ...«

»Interessiert mich auch gar nicht!« Nils ist so aufgebracht, dass ihm der Duschkopf aus der Hand gleitet und er und Amanda von oben bis unten nass gespritzt werden. Als er den dampfenden Wasserstrahl wieder unter Kontrolle hat, sehen beide aus wie die Überreste einer Schaumparty in Lloret de Mar.

»Scheiße, die krieg ich doch nie wieder hin!« Nils ist den Tränen nahe, als er sich vor Amanda kniet, deren klatschnasse Synthetikhaare ihr wirr vom Kopf abstehen.

»Dann kauf dir halt 'ne Neue.«

Nils fährt zu mir herum und droht mir mit dem tropfenden Duschkopf: »Eine Neue kaufen?« Jetzt klingt er wirklich hysterisch. »Eine NEUE kaufen?«, schreit er. »Hast du eine Ahnung, was die kosten? Für 'ne gute Real Doll kannst du locker mal den Preis eines Kleinwagens hinlegen.«

»Kein Witz jetzt?«

»Natürlich nicht!«

»Du bist ja krank!«

»Verdammte Scheiße, guck *dich* doch mal an!« Wütend schleudert er den Duschkopf an Amandas Kopf vorbei gegen die Fliesen. »Erst Bukowski, und jetzt auch noch das.«

»Was hat denn die Katze mit der Puppe am Hut?«, frage ich erstaunt.

Nils nickt unergründlich und ringt sich ein Lächeln ab. »Er mochte Amanda nicht. War wohl eifersüchtig, das Mistvieh. Er hat Amanda immer als Kratzbaum benutzt, wenn ich nicht in der Nähe war. Blöde Katze. Deswegen hat Amanda auch einen Platz in meinem Kleiderschrank.«

Gut, damit wäre auch geklärt, warum ich in den letzten zweieinhalb Jahren nichts von Amanda oder Nils' spezieller Vorliebe für Silikon mitbekommen habe.

Auf einmal tut er mir unendlich leid, wie er da in seinem besten schlecht sitzenden Anzug vor der Real Doll kniet und den Badezimmerboden volltropft. Mir war bewusst, dass Nils es bei Frauen schwer hat; dass es aber so schlimm um ihn bestellt ist, hätte ich nicht für möglich gehalten.

Ich hocke mich neben ihn und wuschele ihm aufmunternd über den nassen Schopf. »Kopf hoch, wird schon wieder.«

»Kannst du dir bitte mal 'ne Hose anziehen?«

Mir ist gar nicht aufgefallen, dass ich das Kissen in den letzten Minuten gestikulierend in der Hand gehalten habe. Immerhin ist der Ständer bei Natascha im Schlafzimmer geblieben.

»Ich wüsste da etwas, das dich vielleicht aufmuntern könnte«, beginne ich. Und nicht nur, weil er mir leidtut, sondern auch, weil ich das Gefühl nicht loswerde, in unserer Freundschaft einen entscheidenden Schritt zu weit gegangen zu sein, mache ich meinem Mitbewohner in einem Anflug von geistiger Umnachtung ein folgenschweres Angebot.

13

Zur Paarung steigt das Männchen der Gespenstschrecke auf das Weibchen und deponiert sein Spermienpaket auf dessen Rücken. Damit es zu keiner anderen Paarung kommt, lässt sich das Männchen über Wochen von dem Weibchen durch die Gegend tragen. Manche sogar ein ganzes Leben lang.

Alles wirkt schäbig, schmutzig, billig. Unter der dicken Staubschicht monströs wirkender Industriemaschinen ist noch der Glanz der Wirtschaftswunderzeit zu erahnen. Über dem Boden wabert der Dunst aus dröhnenden Nebelmaschinen. Unmengen von Neonröhren in grellen Farben tauchen die alte Stahlgießerei in ein kaltes Licht. Vor dem Schmelzkessel steht ein weißes Bett mit Baldachin. Ein surreales Bild, wie es nur die Pornowelt erschaffen kann. Beinahe romantisch.

Mit nichts weiter als einem Bademantel bekleidet, sitze ich auf einem Campingstuhl und warte auf meinen Einsatz.

»Ich bin ja so aufgeregt«, strapaziert Nils schon jetzt meine Nerven über. »Find ich ganz groß von dir, dass du mich mitgenommen hast.«

Ich rümpfe die Nase. »Es ist ja nicht so, dass du mir eine Wahl gelassen hast.«

Innerlich beginne ich zu fluchen und bereue meinen spontan gefassten Entschluss. Jetzt habe ich nicht nur die schier unerfüllbare Aufgabe vor mir, meine Aufregung vor meinem ersten superprofessionellen Dreh in den Griff zu kriegen, sondern muss mich auch noch um Nils kümmern, damit er die Crew nicht belästigt.

»Ist das ein Wunder?«, fährt er mich von der Seite an. »*Final Penetration!* Sheera Gail. Das ist beinahe so, als wäre ich live dabei, wenn der nächste *Star-Trek*-Streifen produziert wird.«

Nils schießt ein Foto vom Bett und den Leuchtstoffröhren. Überhaupt knipst er Fotos von allem. Sogar von mir und dem Bademantel.

Ich lasse ihn in Ruhe fotografieren und versuche, mich auf meinen Auftritt zu konzentrieren, was gar nicht so leicht ist, da hier am Set ein Gewusel herrscht, als befände man sich im Höhlensystem einer Nacktmullkolonie. Alle Sandgräber sind auf ihren Posten. Die Kameramänner und deren Assistenten haben ihr Equipment-Camp vor dem Himmelbett errichtet, die Assistenten der Kamera- und Tonassistenten laufen lichtmessend durch den Raum, polieren Linsen auf Hochglanz und entstauben ihre Mikrofonplüschwiesel, die später an langen Stangen über mir schweben werden. Neben einer ganzen Kompanie von Beleuchtern und Oberbeleuchtern – nichts ist in einem Porno wichtiger als das richtige Licht! – ist der übliche Tross, bestehend aus Maskenbildnern, Tontechnikern, Kabelträgern und Cleanern, vor Ort. Auch der Produzent ist da. Nur die Königin fehlt.

»Geht ja dann gleich los, gell, Quirin«, reißt mich ein hibbeliger Harry aus meinen Gedanken. Sein fester Griff umschließt meine Schulter. Harry ist heute ganz in Schwarz gekleidet und beweist Humor mit seinem Longsleeve, auf den der Schriftzug »Pornoproduzent – zum Casting geht es hier lang« mit einem Pfeil nach unten gedruckt ist. Die Branche hat eben ihren ganz eigenen Charme.

»Quentin«, sage ich und lächele über das Missverständnis hinweg.

»Klar doch, sorry. Also, wenn die Sheera dann gleich kommt,

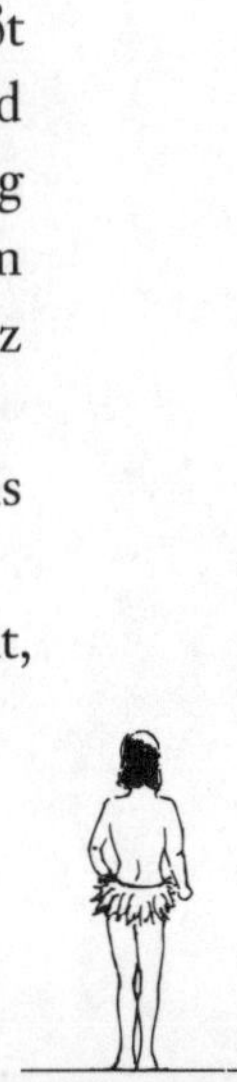

geht's sofort zur Sache.« Er zwinkert mir zu und wirft einen Blick auf die Uhr. »Die Zeit sitzt uns echt im Nacken.« Theatralisch reibt er sich selbigen. Dann dreht er schnell den Kopf in beide Richtungen, sodass es knackt. »Wo bleibt sie denn nur?« Die Frage ist nicht an mich gerichtet. Zu mir sagt er: »Also, Merlin, wir machen es wie folgt: Erst ein bisschen Vorspiel, dann das volle Programm. Zum Warmwerden die typischen Stellungswechsel. Wir fangen beim Missionar an, hangeln uns rüber zur Portugiesischen Galeere, legen den Patronengurt um und tanzen die seitliche Samba bis zur ersten Verschnaufpause. Anschließend will ich den Schmetterling sehen, einen fliegenden Wechsel in den Kreuzstich, kurz verweilen beim Waffeleisen, und …« Abschätzend hält er inne. Mein Kleinhirn nutzt die Pause, um zu rekapitulieren, dass er mir gerade das halbe Kamasutra um die Ohren gepfeffert hat. Panisch suche ich die nähere Umgebung ab. Ich brauche etwas zum Mitschreiben.

»Zeig mal deine Arme«, fordert Harry mich auf, bedient sich aber kurzerhand selbst und zwickt mich in den Bizeps.

»Aua!«

»Hm, allzu kräftig biste ja nicht. Was meinste, kriegen wir trotzdem die Ross-Antilope in die Szene eingebaut?«

Da ist es wieder, dieses *wir*. Selbst wenn es nicht von Jean kommt, geht es mir höllisch auf den Sack.

»Die was?«

Er hört über meine Frage hinweg. »Muss ja auch nicht lang. Und dann die erste Cumshot-Totale. Alles easy going. Handgemachter Porno eben, ne? Hehe.« Der Glanz in seinen Augen zeugt von Stolz.

»Alles klar«, erwidere ich hastig zwischen einer seiner wenigen Atempausen. »Ich hab da aber noch eine Frage, was das Manuskript angeht.«

Seine Augenbrauen schieben sich nach oben.

»Vor allem, was meinen Text betrifft.«

Jetzt zucken sie wie die beiden Hebel eines Flipperautomaten. Hoch, runter. Hoch, runter.

»Was ist damit?«, hakt er forschend nach.

»Na ja«, sage ich. »Es gibt keinen. Fehlen da vielleicht ein paar Seiten in meinem Ausdruck? Und werde ich bei den Stuntszenen gedoubelt, oder muss ich die selber machen?«

Als Antwort ernte ich Schweigen. Einen Moment lang hält sein abschätzender Blick mich gefangen.

»Was hat dein Agent dir da eigentlich genau erzählt, Florin?«, fragt er dann langsam.

Ich will gerade zur Antwort ansetzen, da stoppt er mich mit einer jähen Handbewegung. »Genug gequatscht. Mach dich doch einfach schon mal bereit, damit wir sofort loslegen können, wenn die Sheera da ist, okay?«

Er dreht sich um und wirft seine Hand zum Gruß nach hinten. Dann staucht er jemanden aus seinem Beleuchterteam zusammen, der gerade eine Neonröhre zerdeppert hat.

»Ich hab Hunger«, dringt Nils' brüchige Stimme in mein Ohr. Alleine traut er sich wohl nicht. Also tue ich ihm den Gefallen und begleite ihn.

Gemeinsam betreten wir einen abgegrenzten Bereich, hinter dem das Catering aufgebaut ist. Als wir den Vorhang lüften, steigt uns der Geruch von Frittierfett in die Nase. Dann weicht der Duft einem aufdringlichen Gestank von süßem Zigarillorauch und billigem Aftershave. Beides kenne ich nur zu gut. Es sind schließlich Jeans Marken.

Da sitzt er, mein Agent. An einem Campingtisch mit drei spärlich bekleideten Darstellerinnen. Sie spielen eine ausgelassene Runde UNO und lachen ebenso ausgelassen über Jeans abgestandene Anekdoten. Die meisten davon betreffen mich. Und es stört ihn auch nicht, dass ich das mitbekomme. Er zwinkert Nils und mir kurz zu und widmet sich wieder dem Unterhaltungsprogramm seiner Squaws. Der Indianer ist in seinem Element. Hugh!

Ich sehe Nils dabei zu, wie er Nudelsalat und Minifrikadellen auf einen Pappteller häuft, wende meinen Blick aber schnell wieder ab, weil sich mir der Magen umdreht. In dieser Situation ist es mir unmöglich, an Essen zu denken. Ich habe ganz andere Probleme.

»Nils?«

»Ja?«

»Wie gut kennst du dich eigentlich mit dem Kamasutra aus?«

*

Wieder zurück am Set beginnt meine eigentliche Arbeit: die Warterei. Nils hat sich der UNO-Runde angeschlossen, was ich sehr begrüße, da ich mich so ungestört auf meine Rolle vorbereiten kann. Meine in Badelatschen steckenden Füße sind eiskalt. Mitunter können Stunden ins Land ziehen, bis ich vor die Kamera darf. Für gewöhnlich vertreibe ich mir die Wartezeiten mit meinem Laptop und arbeite Kapitel von noch ausstehenden Heftromanen ab. Am liebsten lasse ich mich dabei von dezenter Countrymusik berieseln.

Heute verzichte ich jedoch auf das Schreiben, da ich bei Harry nicht den Eindruck erwecken will, dass ich nicht hundertprozentig bei der Sache wäre. Also belasse ich es bei der Musik und fläze mich auf einen Campingstuhl, in dessen Armlehnen eine *Bob-der-Baumeister*-Trinkflasche mit mir unbekanntem Inhalt steckt. Mit Jamey Johnsons »The Last Cowboy« flüchte ich mich in Gedanken auf einen endlos langen Highway inmitten einer Wüstenlandschaft, deren Horizont mit untergehendem Feuerball in weiter Ferne liegt. Die trist-rote, nach Freiheit riechende Geröllllandschaft wird lediglich von vereinzelten grünen Farbklecksen in Form von Kakteen in bizarren Formen koloriert, die bei fünfzig Meilen pro Stunde langsam an mir vorbeiziehen. Unmittelbar muss ich an das granatapfelrote

Haar von Cassandra denken, und augenblicklich fühle ich mich tiefenentspannt.

Doch das währt nicht lange.

Gerade, als die gezupfte Akustikgitarre einsetzt, werde ich von einem rasant ansteigenden Geräuschpegel vom Highway gezerrt. Ich fahre rechts ran und reiße die Augen auf.

Zwei unsagbar laute, hochtoupierte Dauerwellen betreten das Set. Kaliber Friseur-Azubine, zweites Lehrjahr. Einem unsichtbaren Kommando folgend drapieren sich die beiden geschmacklosen Damen, die bestimmt Gina und Lisa heißen, jeweils links und rechts des Eingangs und setzen ihr enervierendes Geschnatter unbeirrt fort. Da keine die andere zu Wort kommen lässt, ist es unmöglich, den Inhalt des Gesprächs zu bestimmen.

Dann kommt *sie*, und mit einem Mal legt sich ein geräuschabsorbierender Schleier über das Set.

Sheera Gail.

Alle Blicke ruhen auf ihr. Wie sie da im Türrahmen steht und vom diffusen Flurlicht von hinten angestrahlt wird, kommt sie einer Offenbarung gleich. Die Geburt der Venus. Botticelli. Renaissance.

Ich schlucke schwer.

In ihrem türkisfarbenen Schlauch-Stretch-Minikleid sieht sie aus, als wäre sie gerade einem druckfrischen *Hustler*-Heft entsprungen. Ich weiß gar nicht, wo ich zuerst hinschauen soll. Auf den Saum des extrem kurzen Kleides, das ihren Slip bereits erahnen lässt? Trägt sie überhaupt einen? Oder soll ich in ihren Ausschnitt starren, der tief in ihr üppiges und ganz bestimmt nicht echtes Dekolleté blicken lässt? Oder doch eher auf die langen wohlproportionierten Beine, die vom Knie abwärts in schneeweißen spitz zulaufenden Lackstiefeln stecken – inklusive der obligatorischen Zehn-Zentimeter-Plateau-Absätze aus Plexiglas?

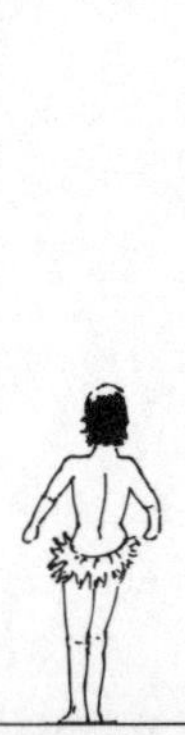

Sheera Gails Mimik spiegelt gelangweiltes Desinteresse wider, doch ihre funkelnden Augen verraten sie. Sie genießt die Aufmerksamkeit, die sie auf sich zieht. Einen Moment lang steht sie da wie eine griechische Statue, dann zupft sie sich eine platinblonde Strähne aus der Stirn und schaut sich suchend um. Sie hat zweifellos etwas an sich, das mich einschüchtert. Diese Anmut, diese Grazie, diese …

»Häähr, wo is'n de Härry?«

… unglaublich krächzende, von tiefstem Pfälzisch getränkte Aussprache, bei der sich mir die Nackenhaare hyänengleich aufstellen!

Scharfschützenmäßig sucht ihr Blick die Runde ab und bleibt an einem armen Wicht haften, der mit nicht mehr als einer Küchenrolle und einer Sprühflasche bewaffnet ist, um die Hinterlassenschaften des Vorgängerpärchens zu beseitigen. Ein Cleaner. Der Bodensatz eines Pornofilmsets.

»Ei jezz sach doch mol, wo is'n de Härry?«

Der Abwischer hebt hilflos die Schultern und huscht fiepsend aus ihrem Blickfeld.

Im selben Moment stolpert Harry hinter der Requisite hervor. »Sheera, Mäuschen! Schön, dass du da bist, Schätzchen, wir haben alle schon sehnsüchtig auf dich gewartet. Wie …?«

»G'schengd. Lass misch mol korz unne rum wesche, unn dann lege mer los. Awwer dalli!«

Harrys Stimme überschlägt sich vor Freundlichkeit: »Komm mit, meine Süße, wir haben dir den hinteren Teil der Lagerhalle zur Garderobe umfunktioniert. Du wirst dich wohlfühlen. Viel Platz, großer Spiegel, Heizstrahler, damit du nicht frierst, und ein paar Kleinigkeiten zum Essen und Trinken findest du auch dort.«

Mir zischt er im Vorbeigehen zu: »Mach dich schon mal bereit, es geht gleich los.«

»Alles klar, Chef!« Voller Vorfreude schäle ich mich aus dem Bademantel, reibe mir abwechselnd die Fersen an den

Waden warm und konzentriere mich dann auf die Reibung in der Körpermitte.

*

Drei Stunden später ist mir noch immer kalt. Mittlerweile friere ich am ganzen Leib. Daran können auch die Scheinwerfer nichts ändern, die ein lilafarbenes Licht auf das Baldachinbett werfen, vor dem Sheera und ich stehen und Harrys Anweisungen lauschen.

»Also, erst mal leckst du sie, dann wird sie dir einen blasen. Dann das normale Programm. Vaginal, anal, Cumshot. Alles klar?«

Harry sieht fordernd in die Runde. Sheera nickt mit leerem Gesichtsausdruck. Vielleicht übersetzt sie das Gehörte gerade in ihre Stammessprache.

»Äh, eine Frage«, ergreife ich das Wort. »Vielleicht wollen wir mal was … anderes probieren?«

Sheera und Harry schauen mich an, als hätte ich soeben verkündet, mich in wenigen Minuten in König Willem-Alexander von den Niederlanden zu verwandeln.

»Die Dramaturgie ist ja doch ein wenig, na ja: ausgelutscht.«

Sheera kichert und wackelt mit den Melonen, ich schäme mich sofort für meine Wortwahl und schlage genant die Augen nieder. »Ich meine: Im klassischen Erotikfilm ist der Cumshot immer die Peripetie – allerdings ist dieser Spannungsbogen ziemlich, wie soll ich sagen, einfallslos. Wie wäre es, wenn wir den vaginalen Verkehr als szenischen Höhepunkt setzen, den Analsex als retardierendes Moment? Der Cumshot wäre in diesem Szenario die Katastrophe.«

»Katastrophe?!« Harry sieht mich vollkommen fassungslos an. Sheera ist intellektuell offensichtlich schon viel früher am Tag ausgestiegen.

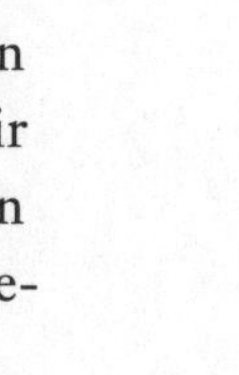

»Na ja, also natürlich nur, wenn wir uns streng an Aristoteles orientieren …«

Harry fällt mir ins Wort: »Keine Ahnung, wer du bist und was du bislang schon gemacht hast, aber von Pornos hast du ganz offensichtlich keine Ahnung! Nichts da, so ein neumodischer Kram kommt mir nicht ins Haus. Wir machen das wie immer. Und damit basta. Sheera, bist du dann so weit, Schätzchen, ja?«

Sie ist und packt ordentlich zu. Von zärtlichem Vorspiel scheint sie nicht viel zu halten. Sie drückt und rupft an mir herum und jagt mir ein ums andere Mal ihre scharfen Fingernägel in mein empfindlichstes Muskelfleisch. Währenddessen beißt sie mir so beherzt in mein Ohrläppchen, dass ich vor Schmerz aufschreie. Als sich das fleischige Etwas in ihrer Hand nach einigen Minuten der unsanften Behandlung noch immer nicht in eine Zweieuromünzrolle verwandelt hat, straft sie mich mit überheblichem Kopfschütteln.

Im direkten Anschluss höre ich Harry hinter mir entnervt »Cut!« rufen.

»Ohfänger«, haucht mir Sheera ins Ohr.

»Was ist denn los?«, fragt Harry.

»Weiß auch nicht, irgendwie bin ich noch nicht so weit.«

»So kann mers nadierlisch aa nenne«, entgegnet Sheera patzig.

»Also schön, dann überspringen wir das Vorspiel und machen direkt mit dem Blowjob weiter. Sheera?«

»Des kannschd knigge.«

»Kannste was?«, fragt Harry baff.

»Des kannschd knigge! Isch hab jezz kenn Bock uff 'n Blowjob. Bin do jezz echt net in Stimmung für. Vielleischd späder, mol sehe.«

»Was denn für ein ›später‹?« Ich sehe Harry an, dass es ihm schwerfällt ruhig zu bleiben. Mit bebender Stimme sagt er: »Du,

Sheera, wir drehen hier einen Porno. Schau doch mal, all die Leute sind nur aus diesem Grund hier. Der Kameramann, die Beleuchter, die Cleaner, der Make-up-Artist … ich und nicht zu vergessen der Duncan.«

»Quentin«, schiebe ich hastig ein, werde aber von Sheeras logischer wie endgültiger Antwort überfahren: »Na und?«

Harrys Reaktion darauf ist nachvollziehbar. »Na und? NA UND? HAST DU EINE AHNUNG, WAS DER GANZE SCHEISS HIER KOSTET? IN JEDER GOTTVERDAMMTEN STUNDE?!«

»Aber, wenn sie doch nicht in Stimmung ist …«, werfe ich streitschlichtend ein. Irgendwie habe ich das dringende Bedürfnis, die sich zuspitzende Situation zu deeskalieren. Nicht dass es etwas bringen würde. Aber die negative Atmosphäre ist Gift für meine Erektion!

Die beiden Kontrahenten liefern sich ein todbringendes Augengefecht. Sheeras Blick sagt: »Bass mol uff, mit wemm de disch alegschd!« Harrys Blick sagt: »Mir doch egal, ob du ein Star bist! Das ist mein Film, und da hast du zu tun, was ich verlange!«

Um nicht leer auszugehen, werfe ich auch einen Blick in die Runde, der so viel sagt wie: »So kann ich nicht arbeiten – aber ich verstehe euch beide und möchte es mir mit niemandem verscherzen.«

Harry gewinnt den Böser-Blick-Contest. Im hohen Bogen spuckt Sheera ihren Kaugummi aus und zerrt mich zu sich.

»Action!«, ruft Harry hastig.

Wieder komme ich in den Genuss ihrer eisigen Hände, die grob über meinen Körper wandern, während sie mit ihren spitzen Zähnen abwechselnd meine Brustwarzen malträtiert. Hoffentlich wird mein schmerzverzerrtes Gesicht als lustvoll gedeutet, sodass diese Szene schnellstmöglich im Kasten ist.

Allerdings ist da immer noch das Problem des fehlenden

Wechselgeldes. Noch immer keine Zweieurostücke. Doch als Sheera von meinen geschundenen Brustwarzen ablässt und sich vor mir hinkniet, wird es beinahe angenehm. Sie gleitet mit ihrer Zungenspitze weiter hinab, taucht in meinen Bauchnabel ein und zieht ihre feuchte Spur tiefer hinunter … Oh ja! Das gefällt mir. Ich werfe den Kopf nach hinten und genieße.

Das ist wirklich gut. Von irgendwoher ertönt die Melodie von »I Gotta Feeling« von den Black Eyed Peas. Oh, Baby, ich hab da auch so ein Gefühl …

Als Sheera urplötzlich aufsteht und mich und meinen gerade zum Leben erwachten Ständer im Regen stehen lässt, folgt wieder ein entnervtes »Cut!«.

»Was soll das denn jetzt?«, fragt Harry.

»Hosch des net g'heerd? Moi Handy bimmelt«, erwidert Sheera gelassen. Sie geht ein paar Schritte zur Seite und wühlt in ihrer riesigen Handtasche, die ihr eine der Friseur-Azubinen entgegenreicht.

»Sheera-Mäuschen, das ist jetzt nicht wahr!« Harry ringt mit der Fassung.

Doch sie reagiert nicht auf ihn und wühlt weiter in ihrer Tasche. Als sie ein Handy in Goldverschalung hervorzieht, klingt es, als stünden Fergie und Will.i.am. persönlich im Raum.

»Sheera«, droht Harry, »wenn du jetzt an das Telefon gehst, dann …«

»Hallo? Ach, du bischds … Nee, des basst. Warte mol grad, isch geh mol ums Eck.«

Mit ihrer Hand umschließt sie das Handy und wendet sich flüsternd an Harry: »Änn Moment, bin glei widder do!«

Leider machen wir eine Stunde später nicht dort weiter, wo wir aufgehört haben. Mit einem vorwurfsvollen Blick auf die Uhr sagt Harry: »Okay, die Oralszene hätten wir ja halbwegs im Kasten. Das loopen wir dann später im Studio. Also, dann legen wir jetzt direkt los.«

Mein Pulsschlag steigt rasant an. Es geht los! Jetzt werde ich richtigen Sex mit Sheera Gail haben!

»Und Action!«, ruft Harry.

Sheera krabbelt auf das Bett und streckt mir ihren formvollendeten knackigen Hintern entgegen. Obwohl ich bereits eine Weile im Business tätig bin, finde ich es doch immer wieder erstaunlich, was sich alles mit Bleaching-Creme bearbeiten lässt. Ganz der Profi spielt meine Filmpartnerin lasziv mit der Kamera, und während ich auf meine Position gehe, rufe ich mir in Gedanken noch einmal die Reihenfolge der Kamasutra-Stellungen auf und mache mich bereit für den Patronengurt. Oder war die Zange als Erstes dran? Panik macht sich in mir breit. Unschlüssig stehe ich da und versuche mich zu erinnern.

Sheera schaut mit einem vorwurfsvollen »Wird's-bald«-Blick über die Schulter.

Ich nicke mit eingeschüchterter Entschlossenheit und positioniere mich hinter ihrem Po. Jetzt geht es also los, denke ich noch. Jetzt werde ich die nächste Karrierestufe erklimmen.

Also, theoretisch.

Sheeras Blick wandert an mir herab und verharrt in meinem Schritt. Die Vorwurfsmiene weicht der Ernüchterung.

»Hääääänger«, ruft Sheera und springt vom Bett auf, um sich in den von ihren Assistentinnen bereitgehaltenen Bademantel zu flüchten.

Sie hat es gesagt. Das schlimme Unwort: Hänger.

Aber sie hat recht. Ungläubig schaue ich an mir herab. Ausgerechnet jetzt lasse ich mich hängen! Aus den Augenwinkeln sehe ich einen am Rand der Verzweiflung stehenden Harry. Ich wende den Kopf ab und sehe gleichermaßen meine Pornokarriere strohhalmartig einknicken.

»Geht gleich wieder«, beruhige ich die nölende Meute, die ihren Feierabend in Gefahr sieht.

Sheera lacht mich aus, ihre Frisörfreundinnen tun es ihr

gleich. Neben ihnen sehe ich Jean und Nils. Beide schauen betreten zu Boden. Ich bin fertig mit den Nerven. Ausgerechnet jetzt, wo es in den Endspurt geht, nur noch die letzte Kurve bis zur Zielgeraden genommen werden müsste, stockt es schon wieder im Getriebe! Ich lache schrill auf.

»Was'n los jetzt, Laurin?«, mault Harry.

»ICH HEISSE QUENTIN! QUENTIN! QUENTIN!«

In meinem Umkreis zucken alle aufgeschreckt zurück. Gut so. Wütend schlage und schüttele ich an mir herum. Nichts geschieht. Mein Glied hängt wie eine verfaulte Banane an mir herab. »Scheiße«, spreche ich das aus, was alle denken. Meine Ohren schalten auf Durchzug, um Sheeras spöttisches Gekicher nicht an mich heranzulassen. Es ist ein grenzenloser Akt der Selbstbeherrschung, dass ich die Schamtränen zurückhalten kann.

Ich versuche es noch eine ganze Weile, wedele und rubbele, bis sich mein Unterarm verkrampft. Doch alle Handkniffe und gutes Zureden helfen nichts. Mein Arbeitsgerät hat seinen Dienst für heute quittiert und zieht sich in sein Schneckenhaus zurück. Um mich herum nehme ich undeutliches Tuscheln wahr. Harry beratschlagt sich mit seinem Koproduzenten.

»Wir können doch noch Cocko Cojones anrufen«, höre ich einen aus dem Beleuchterteam rufen. »Der kann immer!«

»Nicht nötig«, fahre ich ihm in die Parade. »Bin gleich so weit, ehrlich!«

Doch niemand schenkt meinen Worten Glauben. Am wenigsten ich. Ich fühle mich gedemütigt wie noch nie zuvor in meinem Leben.

Dann löst sich Jean aus der Menge und schreitet auf mich zu. Er klopft mir zärtlich auf den Rücken, legt einen Arm um meine Hüfte.

»Komm mal mit.« Seine sanfte Stimme hat eine beruhigende Wirkung. Er führt mich hinter den Vorhang des Cateringbereichs. Mit einem Zungenschnalzen fordert er die noch immer UNO spielenden Frauen dazu auf, uns allein zu lassen. Zu meiner großen Überraschung verschwinden sie ohne Einwände.

Ich lasse mich deprimiert auf einen der frei gewordenen Stühle sinken.

Als das letzte Babe abgezogen ist, zieht Jean die beiden Stoffbahnen zu und stellt sich davor.

»Machen wir uns nix vor, Compagno. Von alleine passiert da nichts mehr, stimmt's?«

Ich antworte mit einem feinen Rinnsal Tränen, das warm und stetig über meine Wangen läuft.

»Das ist uns allen schon passiert«, redet mein Agent beschwichtigend auf mich ein. »Nix, wofür man sich schämen müsste.«

Mit seinen großen blutunterlaufenen Knopfaugen sieht er verständnisvoll zu mir herunter. »Meinst du, der hier ist immer auf Kommando einsatzbereit gewesen?« Zur Verdeutlichung seiner Worte greift er sich in den Schritt.

»Nicht?«

»Natürlich nicht, wir sind doch keine Maschinen. Müssen wir auch nicht.« Er grinst verschlagen, hebt seinen Zeigefinger und greift in seine bunte Jacke, die wie eine Picknickdecke für Apachen aussieht. Er zieht einen schwarzen Gegenstand heraus, der einem Brillenetui ähnelt, was ziemlich merkwürdig ist, da Jean kein Brillenträger ist.

»Was ist das?«, frage ich. Die Neugier in meiner Stimme kann ich trotz des Geheules nicht verbergen.

»Das, mein Freund …«, er öffnet bedächtig das Etui und hält mir den Inhalt vors Gesicht, »… ist der Grund, warum sie mich *The Hammer* nannten.«

In dem Etui bewahrt Jean allem Anschein nach keine Brille, sondern zwei Füllfederhalter auf. Ich schaue ihn verständnislos an.

»Das sind Spritzen«, klärt er mich mit der Stimme eines verständnisvollen Kindergärtners auf. »Für den Penis.«

»Für den was?!«

»Lupenreines Potenzmittel. Verleiht dir einen Prachtständer für ein bis zwei Stunden, und das völlig ohne Nebenwirkungen.«

»Das meinst du nicht ernst! Du willst mir nicht wirklich … Überhaupt, was ist das für ein Zeug?«

»Viridal.« Jean spricht das Wort derart ehrfurchtsvoll aus, als wolle er damit das Tor zu Minas Tirith öffnen. Er nimmt einen der Füller aus dem Etui und küsst ihn liebevoll. »Ohne diesen Wunderstoff wäre ich nichts«, sagt er mehr zu sich selbst denn zu mir. »Viele Darsteller verwenden diesen Trick. Weißt du, Quentin, die Zeiten sind hart, besonders, wenn dein kleiner Freund es nicht ist.«

Sheeras spöttisches Lachen hallt noch immer in meinen Ohren. »Und wirklich keine Nebenwirkungen?«, frage ich.

»Nein, nie, ist absolut harmlos, das Zeug. Allerhöchstens mal Kopfschmerzen, aber das war's dann auch schon.«

Meine Skepsis ist noch nicht ganz beseitigt.

»Komplett harmlos?«, hake ich nach. »Und legal?«

»Ab-so-lut.« Jean nähert sich meinem Ohr. »Aber wenn jemand fragt … Von mir hast du das nicht!«

Ich nicke zaghaft, weil sein stierender Blick danach verlangt.

»Gut, wäre das also geklärt.« Er kniet sich vor mich.

Ich zucke zurück und ziehe den Schwanz ein. »Was wird denn das?«

»Stell dich nicht so an, ich zeig dir nur, wie es funktioniert, das nächste Mal kannst du es dann ja selbst machen.«

»Es wird kein nächstes Mal geben!«, stelle ich klar.

»Natürlich nicht.«

Ich lächele verkrampft und sehe mit angehaltenem Atem dabei zu, wie Jean die Kappe der Spritze mit einem leisen Ploppen abzieht und meinen Penis sanft mit der Hand zur Seite drückt.

In letzter Zeit umfassen eindeutig zu viele männliche Hände mein Glied.

Eine Nadel in einen Muskel injiziert zu bekommen ist eine sehr schmerzhafte Angelegenheit. Immer. Eine Nadel in das Muskelgewebe des Penis hineingejagt zu bekommen ist mit nichts vergleichbar, was ich bisher an Schmerzen aushalten musste. In dem Moment, in dem Jean zusticht, ramme ich mir die Faust in den Mund und brülle dumpf los.

Doch der stechende Schmerz klingt genauso schnell ab, wie er gekommen ist. Das Einzige, was bleibt, ist ein unangenehmes Brennen, das sich schnell über meinen ganzen Schwanz verteilt. Vom Gefühl her erinnert mich das ein wenig an meine Pilzinfektion.

»Und das war's auch schon«, sagt ein mit sich selbst zufriedener Jean. »Gleich steht dein kleiner Freund wie 'ne Eins.«

Ich reibe mir die Einstichstelle und wende mich von meinem Agenten mit dem Füllfederhalter in der Hand ab. Träte in diesem Moment jemand durch den Vorhang, gäben der vor mir kniende Jean, mein Penis und ich sicher ein komisches Bild ab.

Auf einmal spüre ich, wie sich etwas in meinem besten Stück tut. Eine kribbelnde, aber nicht unangenehme Wärme verteilt sich vom Schaft bis in die Eichel. Eindeutig: Das Zeug zeigt Wirkung.

»Danke, Jean, bist echt ein feiner Kerl.«

»Nichts für ungut, muchacho. In der familia hilft man sich. Und ganz ohne Eigennutz war das nicht, mein Lieber. Hier geht's schließlich auch um meine Zukunft.« Das Etui mit den beiden Stiften verschwindet in seiner bunten Filzjacke.

Derweil spüre und sehe ich die Wirkung des Wundermittels im vollen Ausmaß. Wow! Das ist wirklich imposant, lobe ich mich selbst. Mein Penis steht stramm wie die chinesischen Steinsoldaten der Terrakotta-Armee. Ich drücke an meiner beachtlichen Erektion herum und frage mich, ob es auch phos-

phoriszierendes Viridal gibt, um die Schlüsselszenen aus den *Star-Wars*-Filmen nachzuspielen. Ein ungeahntes Gefühl von Männlichkeit durchströmt mich. Stark, unbesiegbar, potent. Ich bin bereit für meinen großen Auftritt und marschiere mit stolzgeschwelltem Schwanz ans Baldachinbett, um zu tun, was ein Mann in meiner Position tun muss.

14

Haben die männlichen Ameisen die Jungkönigin befruchtet, werden sie unbrauchbar. Die Königin speichert die Spermien für viele Jahre und Millionen Nachkommen, sodass sie sich nie mehr paaren muss.

Ich hasse meinen Agenten! Keine Nebenwirkungen? Von wegen!

Ja, ich war hammerhart porno und habe den Dreh meines Lebens abgeliefert. Einmal das Kamasutra rauf und runter. Harry, Sheera und allen anderen habe ich gezeigt, wer hier das viridale Erbe von *The Hammer* angetreten hat! Bitte schön. Gern geschehen.

Ganze fünf Stunden ist das jetzt her. Und nun sitze ich in der weitesten Jogginghose, die ich besitze, im Warteraum des Urologen meines Vertrauens und halte mir meine Jacke vor den Schritt, damit niemand von den anderen Patienten meine Erektion bemerkt. Was ein hoffnungsloses Unterfangen ist. Mir ist leicht schwindelig, und mein Herz rast. Außerdem habe ich ziehende Kopfschmerzen.

Trotzdem bin ich mental obenauf. Denn neben dem zähen anschwellenden Schmerz ist da noch ein anderes Gefühl, das sich brodelnd nach oben drängt. Es ist aufkeimender Stolz. Völlig zu Recht, schließlich habe ich den wichtigsten Dreh meines Lebens absolviert. Ab jetzt sind die Tage des Nobody-Daseins gezählt! Ich bin mir sicher – sobald der Film aus der Produktion auf die Pornowühltische aller europäischen Sexshops kommt,

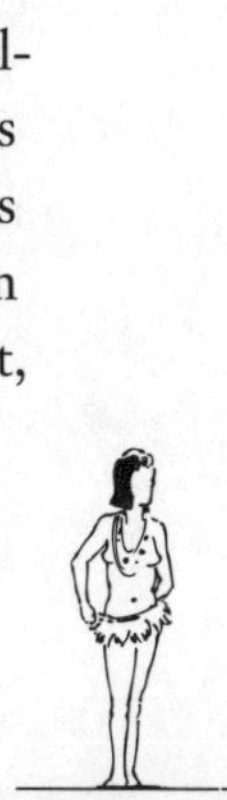

wird mein phallusförmiger Stern am Pornohimmel heller scheinen als jemals zuvor. Und wer weiß, vielleicht darf ich mich schon auf der nächsten *Venus* zu denen zählen, die feiern und gefeiert werden. Mein Hochgefühl kennt beinahe kein Halten mehr. Selbst wenn meine Standfestigkeit einem chemischen Labor zu verdanken ist. Und selbiges wohl auch schuld daran ist, dass ich es nicht zum Cumshot gebracht habe. Da ist es gut, wenn man sich auf seine Freunde verlassen kann. Aus Mangel an männlichen Alternativen ist Nils sofort bereit gewesen einzuspringen und hat die Abschuss-Szene zum Abschluss gebracht. In diesem Genre können eine verzerrte Selbstwahrnehmung und das Fehlen jeglichen Schamgefühls wirklich von Vorteil sein. Die Klappe fiel, Nils brauchte genau einen Take, und wir durften alle nach Hause. Ich gönne es ihm. Hatte er eben auch seine fünf Sekunden Ruhm. Als Ausgleich zu dem, was ich mit seiner Amanda angestellt habe, ist das wohl auch nur fair. Und Freunde teilen ja bekanntlich alles.

Ärgerlich nur, dass ich meinen Triumph nicht gänzlich genießen kann. Denn mein Penis ist immer noch so hart wie eine erntefrische Karotte. Und leider beinahe genauso orange.

Die Tür öffnet sich, und Angelas Kopf lugt durch den breiter werdenden Spalt ins Wartezimmer hinein. »Quentin, Doktor May wäre dann für dich frei. Folge mir bitte.«

May?

Cassandra May?

Die Doktorin?

Ich denke ja gar nicht dran! Stur bleibe ich sitzen und bringe nicht mehr als ein beleidigtes »Ph!« hervor.

Angelas Kopf, der sich schon abgewendet hatte, kommt wieder zurück in den Türspalt. Sie streift mich mit einem misstrauischen Blick. »Was ist denn los?«

»Ich würde doch lieber zu Doktor Ziller«, sage ich, ohne sie dabei anzusehen.

»Der Chef ist heute aber nicht da«, lächelt Angela mir vernichtend entgegen. »Der hat heute seinen freien Tag.« Und mit butterweicher Stimme fügt sie hinzu: »Magst du dann morgen wiederkommen?«

Ich denke an die Möhre in meiner Hose und daran, dass sie mir in spätestens zwei Stunden einfach so vom Körper abfallen wird, räuspere mich und richte mich dann widerwillig und äußerst mühsam auf. Dabei fällt die Jacke zu Boden, die ich mir schützend vor die gigantische Erhebung in meinem Schritt gedrückt habe und die das Zirkuszelt des Roncalli alt aussehen lassen würde. Das Zelt richtet sich auf und entfaltet seine ganze Pracht, und die pikierten Blicke der anderen Patienten auf den Stühlen ringsum, vorrangig Männer, die die besten Jahre bereits hinter sich gelassen haben, streifen mich voller Neid und Unverständnis.

Ich bücke mich unter Todesqualen zu Boden, um die Jacke aufzuheben, und stoße dabei unsanft mit meiner Eichel zusammen, was mich erneut vor Schmerz aufkeuchen lässt. Dort unten, am Boden, sehe ich die letzten Reste meiner Selbstachtung, die wie ein Vampir im Sonnenlicht zu Staub zerfallen. Wäre das also auch geklärt.

Angela wartet, bis ich bei ihr angekommen bin, dann zupft sie mir die Jacke aus der Hand und sagt: »Die hänge ich für dich auf.« Und als ob es der Demütigung nicht genug wäre, zeigt sie mit der Hand den Flur entlang und flötet so laut, dass jeder der Anwesenden es hören kann: »Du kennst dich hier ja bestens aus, Süßer.«

Offensichtlich verfügt selbst die erniedrigendste, demütigendste und peinlichste Situation in meinem Leben noch über Steigerungspotenzial. Wie ein Lämmchen zur Schlachtbank schlurfe ich meinem Penis hinterher in Behandlungsraum drei, der neuerdings nach Erdbeermilch duftet. Den Kopf stur zu Boden gerichtet nehme ich dennoch die Anwesenheit von Doktor

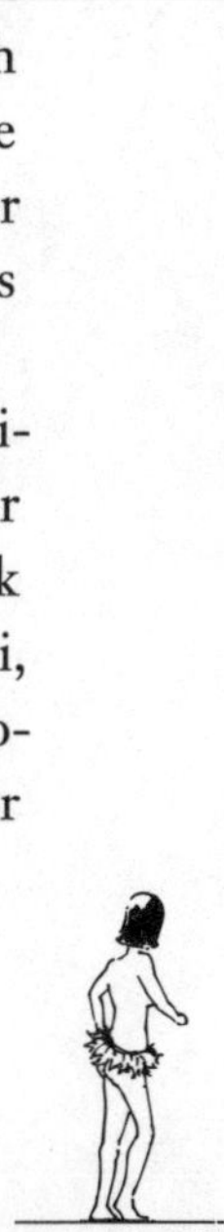

Cassandra May wahr, die hinter dem Schreibtisch sitzt und sich erhebt, als ich das Zimmer betrete.

»Bitte, Herr Bachmann«, sagt sie. »Setzen Sie sich doch.«

Ich schaue kurz zu ihr auf und bin erneut geblendet von ihrer Schönheit. »Nein danke, ich stehe lieber.«

»Das sehe ich.« Mit einem Lächeln, das ihre bemerkenswerten Züge noch attraktiver macht, kommt sie hinter ihrem Schreibtisch hervor und reicht mir die Hand.

Ihr Händedruck ist warm und angenehm fest. In diesem kurzen Moment der Berührung treffen sich unsere Blicke. Ich stelle fest, dass ihre Augen ein wenig schräg stehen, wie bei einer Katze.

Schnell blicke ich wieder zu Boden. Doch offenbar bemerkt sie meine Unsicherheit.

»Es gibt nichts, wofür Sie sich schämen müssen.« Sie deutet auf das Zirkuszelt in meiner Körpermitte. Mein Penis wippt ein wenig, und mit ein bisschen Fantasie sieht es beinahe so aus, als würde er der Urologin zuwinken.

»Tu ich gar nicht«, presse ich unter Schmerzen hervor, als Frau Doktor May mich sanft an den Hüften fasst und mich zur Seite dreht, um das Ausmaß der Katastrophe im Profil zu betrachten.

Ihr Kopf neigt sich nach unten. Unverhohlen starrt sie mir auf die Jogginghose. »Seit wann schon?«

»Seit ungefähr fünf Stunden.«

Sie stößt einen scharfen Pfiff aus. »Und was haben Sie intus?«

»Intus?«

»Welches Mittel gegen erektile Dysfunktion?«

»Erek-was?«

Verdreht sie da gerade die Augen? Zumindest schnappt sie nach Luft. »Ihren Zustand nennt man Priapismus«, versucht sie mich zu erhellen.

Genauso gut hätte sie auch »Blabla, blabla, blablablabla!« sagen können.

Ich erwidere das, was ich immer sage, wenn ich etwas nicht verstehe: »Verstehe.«

Womöglich versteht sie auch, denn ihre Ausführung wird konkreter: »Üblicherweise durch eine Überdosis Potenzmittel ausgelöst.«

»Ach?«

»Also, womit haben Sie denn nun den Maibaum errichtet?«

»Ähm …« Maibaum. May. O Gott. Die Tatsache, dass nicht Doktor Ziller, sondern dieses rothaarige wunderschöne Ding mich behandeln soll, lässt mich die Wahrheit nicht über die Lippen bringen. Lieber soll er mir abfallen, mein orangefarbener Penis, als dass dieses Prachtweib aus meinem Mund erfährt, dass ich die Hilfe von Potenzmitteln benötige! Deshalb behalte ich die Sache mit dem Viridal vorerst für mich und sage ernst: »Ganz im Ernst, das kann nicht sein. Ich bin ein absolut ehrlicher Mensch, und ich habe wirklich nichts genommen. Das Teil hier ist einfach so hammermäßig hart …«

Ich verstumme, denn selbst in meinen Ohren klingt mein Gefasel wie eine Ausrede clintonschen Ausmaßes. Frau Doktor May sieht das ähnlich.

»Zunächst, Herr Bachmann …«

»Nennen sie mich doch einfach Quentin.«

»… werde ich stets misstrauisch, wenn jemand seine Ehrlichkeit beteuert. Meist ist genau *das* nämlich ein sicheres Indiz dafür, dass nicht die Wahrheit gesagt wird.«

Das hat gesessen, den Empörten muss ich gar nicht erst spielen: »Wissen Sie, Frau Doktor May, ich für meinen Teil lasse mir ungern von einer Medizinstudentin, die im Nebenfach Psychologie gewählt hat, sagen, dass ich lüge!«

Kaum habe ich die Worte gesagt, krümme ich mich wie Gollum zusammen und winde mich.

Wo kam das her, zum Teufel?

Was sprach da aus mir?

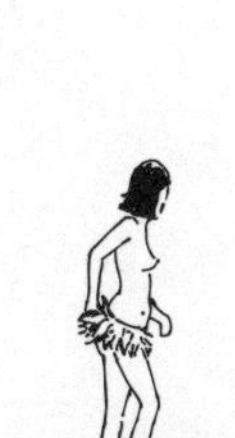

Das muss das Viridal sein. Eine weitere Nebenwirkung. Verdammtes Teufelszeug! So werde ich dieser elfengleichen Prinzessin niemals näherkommen! Und ich kann ihr ja schlecht die Wahrheit sagen. Wenn Sie erfährt, dass ich Pornodarsteller bin, wird sie mich vermutlich dafür zur Rechenschaft ziehen, dass das Genre die sexuelle Befreiung gründlich missverstanden hat; und dass Porno den Sex tötet. Und verdammt, sie hätte recht!

Doch anstatt mir eine runterzuhauen, wie ich es eindeutig verdient hätte, verschränkt Frau Doktor Cassandra May die Arme vor der wohlgeformten Brust und sagt mit dem Anflug eines Lächelns: »Wäre ich noch Studentin, wäre ich wohl kaum hier und würde mir Gedanken über Ihren Priapswurm machen müssen.«

»Bitte wie?«

»Freudscher Versprecher«, erwidert sie wenig glaubhaft. Sie zuckt mit den Achseln und lächelt angriffslustig.

»Ehrlich …«, stammele ich noch einmal, werde aber jäh von der Ärztin unterbrochen.

»Also gut, dann werden wir nach anderen Ursachen suchen. Das bedeutet viele Labortests. Zahlreiche Prozeduren … *schmerzhafte* Prozeduren – bei denen sie sich wünschen werden, Sie hätten keinen Penis.«

Ihre zierlichen Füße in den hohen Hacken, die ihre schlanken Waden so wunderbar in Szene setzen, fliegen über den grauen Teppich zum Schrank an der Wand. Dort zieht sie eine der Schubladen auf und befördert martialisch aussehende Instrumente ans Neonröhrenlicht. Dreißig Zentimeter lange Kanülen. Eine vierklingige Schere. Und etwas, das wie ein gigantischer Hornhauthobel aussieht. Ihre Finger streichen zärtlich über den glatten Chirurgenstahl eines riesengroßen Skalpells, das mich von seiner Form her an eine Machete erinnert und von Frau Doktor May mit einem liebevollen Hanibal-Lector-Blick bedacht wird.

Eine Weile sehen wir uns schweigend an. Ich muss schlucken und spüre, wie mein Kehlkopf auf und ab hüpft. Doktor Ziller ist nie so streng zu mir gewesen.

»Möchten Sie Ihre Geschichte nicht doch ändern?«, fragt sie schließlich.

»Welche Geschichte?«, krächze ich.

Sie schüttelt den Kopf, murmelt etwas von »Männer!«, legt die Instrumente zurück und zieht eine weitere Schublade auf.

»Ich gebe Ihnen zunächst einmal Metamizol gegen die Schmerzen. Aber vorher schaue ich mir die Sache aus nächster Nähe an.«

Mit ihrem kreisenden Zeigefinger gibt sie mir zu verstehen, dass ich mich untenherum frei zu machen habe.

Na gut, daran bin ich ja mittlerweile gewöhnt. Beinahe ist es eine Wohltat, das Ungetüm aus der Enge der Jogginghose zu befreien. Da ich das Hinsetzen momentan für gar keine gute Idee halte, lehne ich mich mit meinen Pobacken gegen die kalte Behandlungsliege und begutachte mein sich mittlerweile ins Violett verfärbtes emporragendes Ding. Es schmerzt höllisch.

Die Ärztin streift sich derweil die Latexhandschuhe über, knipst die neben der Liege befindliche Stehlampe an und zieht den Rollschemel heran. Fachmännisch inspiziert sie meinen Penis, indem sie ihn anhebt und abwechselnd zur Seite und nach oben drückt. Durch die Handschuhe kann ich ihre kühlen Finger spüren. Eine Wohltat.

»Ah, da ist sie ja, die Einstichstelle.« Frau Doktor Cassandra May schaut zu mir auf. »Da, wo sich die Rötung strahlenförmig ausbreitet. Sehen Sie?«

Sie zeigt mir exakt die Stelle, an der heute Morgen noch Jean seine Finger hatte.

Aber ich sehe noch mehr. Mein erigiertes Glied in den filigranen Händen dieser wunderschönen Frau. Von hier oben habe ich einen bemerkenswerten Blick auf den V-Ausschnitt

ihres grauen Wollpullovers. Mein Blick bleibt an ihren filigranen, sich unter der hellen und makellosen Haut abzeichnenden Schlüsselbeinen hängen. Schlagartig bekomme ich am ganzen Körper eine Gänsehaut. Sie breitet sich von meinem Nacken die Wirbelsäule hinab bis zu meinen Waden aus. Sämtliche Härchen an den Unterarmen richten sich auf, und selbst die Aubergine zwischen meinen Beinen legt noch ein paar Grad zu. Meine Hoden vibrieren wie Weihnachtsglöckchen an Heiligabend. In diesem Moment bin ich zum ersten Mal seit Stunden wieder froh über meine Erektion. Hätte ich sie nämlich nicht schon zuvor gehabt, hätte sich mein Glied spätestens jetzt aufgerichtet.

»Viridal«, gestehe ich schließlich.

»Das dachte ich mir.« Sie nickt rechthaberisch. Und sogar das steht ihr.

Sorgfältig tastet sie meinen rechten Hoden ab und arbeitet sich zum linken hervor.

»Das ist wirklich kein Grund, sich zu schämen«, sagt sie zum wiederholten Mal.

»Aber ich schäme mich doch gar nicht, ich …«

»Potenzstörungen in Ihrem Alter sind zwar ungewöhnlich, aber nicht so selten, wie Sie vielleicht denken.«

Ja, ich denke. Und zwar genau zwei Sekunden darüber nach, ob es mir lieber ist, dass sie schlussfolgert, ich hätte Potenzprobleme, oder die Wahrheit kennt. In der dritten Sekunde höre ich mich dann selbst sagen: »Ich bin Pornodarsteller.«

Sie hält in der Bewegung inne. Ihre Hand umfasst noch immer mein Glied. Erstaunen und Unglaube geben sich in ihren bemerkenswerten Gesichtszügen die Klinke in die Hand.

Ich räuspere mich und fahre mit leiser Stimme fort. »Ich komme gerade von einem schwierigen Dreh, bei dem es nicht so recht klappen wollte. Und da meinte der Indianer, also mein Agent, dass Viridal die Lösung sein könnte.«

»Mit Erfolg«, stellt die Ärztin trocken fest.

»Sie verurteilen mich jetzt bestimmt.«

Sie lässt sich Zeit mit ihrer Antwort und drückt weiter auf meinen Hoden herum.

»Im Gegenteil, Herr Bachmann. Ich finde das sogar sehr … spannend. Einen Pornodarsteller lernt man schließlich nicht alle Tage kennen.«

»Eine Urologin auch nicht«, kontere ich, woraufhin sich unsere Blicke treffen und wir beide verstohlen grinsen. Sie arbeitet sich vor zur Eichel, die in ihrer leuchtenden Röte etwas von einem aufgedrehten Lippenstift hat.

»Wie kommt man denn an eine derart außergewöhnliche Tätigkeit?«, will die Ärztin wissen.

Ich suche nach Spuren von Ekel oder Widerwillen in ihrer Stimme und ihrem Gesicht. Doch da ist nichts als echte, aufmerksame Neugierde und … Interesse? Gerade, als ich ihr von meiner brotlosen Schriftstellerei erzählen will, drückt sie auf eine Stelle, die mich aufschrecken lässt. Reflexartig und geblendet von dem Schmerz, der mich übermannt, kneife ich die Augen zusammen.

»Tut's weh?«, fragt sie, und zum allerersten Mal, seit ich ihre Bekanntschaft gemacht habe, klingt sie aufrichtig besorgt.

»Ahh …«, stöhne ich wahrheitsgemäß, da sie mitten ins Schwarze getroffen hat.

Als ich die Augen wieder öffne, bereue ich es sofort. Denn auf einmal enthält dieser Blick, mit dem sie mich von unten mustert, alles andere als den typisch nüchternen Arzt-Patienten-Ausdruck. Die Ärztin berührt meinen Schwanz ein Stück weiter unten. »Tut's hier auch weh?«

»Mh-mh«, verneine ich und kann ein Aufstöhnen gerade noch so unterdrücken.

»Die Stelle scheint mir aber sehr gereizt zu sein«, kommentiert sie das erste Untersuchungsergebnis mit schnurrender Stimme und leckt sich die Lippen.

Krampfhaft versuche ich, meinen Blick von ihrem einladenden Dekolleté zu nehmen, das mir jetzt eine fantastische Aussicht auf ihren Jeans-Gürtel bietet – lediglich von zwei perfekt stehenden Brüsten verdeckt, die sich an die dunkle transparente Spitze eines mehr als knapp bemessenen BHs schmiegen. Aus dieser Perspektive sehen sie gigantisch aus. Nicht so künstlich gigantisch wie bei Sheera. Diese hier sind von natürlicher Gigantomanie. Zu gigantisch, als dass ich so ohne Weiteres meinen Blick abwenden könnte, kann, will.

Ihre Hände arbeiten sich von den Hoden hinauf zum Schaft, drücken und tasten mal hier, mal dort.

»Ganz sicher bin ich mir noch nicht, Herr Bachmann …«

»Quentin«, verbessere ich sie atemlos.

Sie ignoriert meinen Einspruch und fährt mit belegter Stimme fort: »… aber die Rötung und die angeschwollenen Hoden deuten auf eine ausgeprägte allergische Reaktion hin.«

»So?«, brumme ich und lasse Luft aus meinen aufgeblähten Backen weichen.

»Haben Sie das Präparat schon vorher einmal nötig gehabt?«

»Njörn«, murmele ich und habe echte Probleme, mich auf das Sprechen zu konzentrieren. Ich höre mich selbst nuscheln. Ganz offensichtlich ist mein Hirn mittlerweile unbewohnt. Alle auf Schicht befindlichen Arbeiter haben sich aus der Verwaltungseinheit verabschiedet und sind unterwegs in Richtung Lendenregion, wo sich ein regelrechter Volksaufstand bildet. Alles kribbelt und kitzelt. Ich sehe nur noch Cassandras Brüste, komme nicht mehr von ihnen los. Noch nie fand ich einen Busen so erotisch wie in diesem Augenblick. Und sie sind so nah, ich müsste nur meine Hand ausstrecken. Dann könnte ich sie fühlen …

»Das wird jetzt vielleicht etwas unangenehm werden«, sagt die Urologin, während sie sanft meine Vorhaut komplett nach hinten schiebt und sich mit ihrem Gesicht meiner lila glühenden Eichel nähert.

Doch in diesem Punkt irrt sich Frau Doktor Cassandra May gewaltig. Es ist nicht unangenehm. Es ist alles andere als das. Definitiv aber ist es eindeutig zu viel des Guten. In Gedanken derart tief in ihr Dekolleté versunken, tun die Berührungen, hervorgerufen durch das Abtasten und die seit Stunden anhaltende Erektion, ihr Übriges.

Ich komme.

Und wie.

Zunächst realisiere ich gar nicht, was da gerade geschieht. Vielmehr irritieren mich die plötzlich erscheinenden weißen Kleckse auf Cassandras Dekolleté. Erst der grelle Aufschrei, ihr ruckartiges Wegzucken und das Einsetzen des nur allzu vertrauten wohligen Gefühls der totalen Entspannung bringen die Klarheit. Reflexartig kneife ich die Beine zusammen und bedecke meine untere Scham mit beiden Händen, während meine obere Scham hummerrot erglüht.

Mit einem Gesichtsausdruck, den ich unmöglich zu deuten vermag, sieht die Ärztin an sich herab. In einer, wie ich finde, übertriebenen Geste streckt sie die Arme von sich und wedelt wild mit ihren Handgelenken, von denen Sperma zu Boden tropft. Dann springt sie auf, eilt zum Waschbecken und zieht einen Stapel Feuchttücher aus der auf der Ablage befindlichen Box.

Ich stammele herum und weiß nicht, was ich sagen soll. »Tut mir leid« und »War echt keine Absicht« und »Das ist mir jetzt wirklich sehr unangenehm« sind nur einige der hilflosen Versuche, zu retten, was noch zu retten ist.

Ich habe meiner Urologin ins Gesicht ejakuliert.

Mein. Leben. Ist. Ruiniert.

»Berufsrisiko«, sagt sie nur. Doch ihre Stimme klingt gehetzt. Sie steht nun dicht vor dem Spiegel und wischt sich die milchige Flüssigkeit von ihrem Hals, dreht den Hahn auf und nimmt frisches Wasser zu Hilfe. Anschließend rubbelt sie die feuchten Stellen auf ihrem Pullover trocken.

Jäh hält sie in der Bewegung inne und tritt noch einen Schritt näher auf den Spiegel zu. Sie hält eine Haarsträhne ins Licht und flucht leise auf.

Toll, vermutlich habe ich sie auch dort erwischt.

Sie wirft mir einen undeutbaren Blick aus dem Spiegel zu. »Sie können sich wieder anziehen. Wie ich sehe, hat sich Ihr Problem in Wohlgefallen aufgelöst.«

»Wie bitte?«

Sie dreht sich zu mir um und deutet auf meinen Schritt.

»Oh, tatsächlich. Ist ja alles wieder normal«, sage ich verlegen. Und es tut auch gar nicht mehr weh. Eine wirklich merkwürdige Situation, in der ich nicht so recht weiß, was ich sagen soll. Ich entscheide mich für die denkbar schlechteste Möglichkeit: »Ähm … danke?«

»Freut mich, wenn ich helfen konnte.« Sie stößt ein verächtlich klingendes Seufzen aus und verschwindet hinter dem Schreibtisch.

Während ich mir die Jogginghose überstreife, tippt sie etwas in ihren Computer. Kurz darauf springt der Drucker an und spuckt ein Rezept aus. In all der Zeit sprechen wir kein Wort miteinander und vermeiden jeglichen Blickkontakt.

So peinlich mir die Situation auch ist, und ihr sicherlich auch, will ich nicht *so* aus ihrem Leben treten. Aber mein Verstand sagt mir, dass ich jetzt besser einfach die Klappe halte. Und er sagt noch mehr: Dass ich der letzte Vollpfosten auf der Welt bin und mich selbst kasteien sollte, indem ich mir einen Knoten in den Penis mache.

Was würde ich nur darum geben, auch so ein Blitzdings zu besitzen wie die *Men in Black*! All das Geschehene ungeschehen machen und Cassandra stattdessen, ganz einfach, frei von der Leber weg fragen, ob sie mit mir essen gehen möchte. Mit einem aufrichtigen Lächeln im Gesicht. Ohne das nervöse Zucken meiner Augenlider, da mein Blick an ihrem Ohrläppchen hängen bleibt, an dem ein kleiner unentdeckter Spermafaden stalaktitenmäßig hängt.

Als sie mir kurz darauf das Rezept aushändigt – eine Salbe zum Einreiben der geröteten Stelle –, versuche ich die peinliche Situation wegzulächlen: »Glück im Unglück, was? Das hätte echt ins Auge gehen können!«

Ich halte ihr resigniert meine kalte Hand zur Verabschiedung hin. Ich hab's verbockt, soviel ist klar. Aber ich werde erhobenen Kopfes abdanken.

Sie sieht mir in die Augen. Dann, auf einmal und ohne dass ich auch nur ansatzweise damit gerechnet hätte, lacht sie schallend los, und auch ich kann mich plötzlich nicht mehr halten. Einen besseren Zeitpunkt, um alles auf eine Karte zu setzen, wird es nicht geben.

»Ich würde das wirklich gerne wiedergutmachen«, sage ich lachend. »Vielleicht darf ich Sie mal zu einem Abendessen einladen?«

Ihre Augen mustern mich abschätzend. Ich halte noch immer ihre Hand, und sie macht auch keine Anstalten, sich loszureißen. Die Sekunden ziehen sich wie ein zäher Kaugummifaden hin.

»Warum eigentlich nicht?«, erlöst sie mich schließlich. »Gern! Ich bin übrigens Cassandra.« Und dann schenkt sie mir ein zauberhaftes Lächeln, von dem ich schon jetzt weiß, dass es mich bis an mein Lebensende verfolgen wird.

Es stimmt tatsächlich. Ich kann glücksbringende Drogen in meinem Körper selbst erzeugen. Alles, was es dazu braucht, ist diese Frau. Ich kann ganz genau spüren, wie meine Gehirnregionen aktiv werden und eine Überproduktion an Neurotransmittern starten. Serotonin, Dopamin, alles brodelt und blubbert sich zu einer zähflüssigen Suppe aus purem Glück zusammen. Das Leben ist so schön!

Es knistert, brutzelt und funkelt. Nicht im wörtlichen Sinne, aber im übertragenen. Wir stehen einander gegenüber, lassen

die Hand des anderen noch immer nicht los und grinsen verschmitzt um die Wette. Ich für meinen Teil könnte noch ewig so stehen und mich im Glanz ihrer Augen verlieren. Dennoch bin ich beinahe froh, als mein Smartphone klingelt und mich aus der einlullend hypnotischen Endlosschleife dieser Situation befreit.

»Hallo?«

»Bellinghausen hier. Doktor.«

Mein Chefredakteur Schrägstrich Exposé-Autor lässt mir gar nicht erst die Möglichkeit, überrascht darüber zu sein, dass er sich persönlich bei mir meldet, ohne zuvor von seiner Sekretärin angekündigt zu werden, da bellt er mir auch schon ins Ohr: »Was macht der Abschlussband?«

»Fast fertig«, lüge ich einen ganzen Sternenhaufen vom Himmel.

»Das ist gut. Hören Sie, Bachmann. Ich brauche Sie! Was machen Sie morgen Abend?«

15

Alter? Aussehen? Sympathie? Innere Werte?
Spielen für Bärenmakis keine Rolle. Die Männchen
paaren sich einfach mit jedem Weibchen,
das nicht bei drei auf dem Baum ist. Der Akt selbst
erfolgt kopfüber an einem Ast hängend.

Ich räuspere mich und bin erstaunt über die sofort einkehrende Ruhe. Mit einem Schlag fixieren mich mehrere Dutzend hinter Brillen verborgene, tränenbesackte Augenpaare.

»Meine Herren, es freut mich sehr, dass Sie heute so zahlreich erschienen sind …«

Lesungen gehören eigentlich zum täglichen Brot eines jeden namhaften Autors, der etwas auf sich hält. Und genau da liegt der Hund begraben. Ich bin weder namhaft noch halte ich etwas auf mich. Schon gar nicht gehören Lesungen zu meinem täglichen Brot. Im Gegenteil: Sie bilden die absolute Ausnahme.

Und so wundere ich mich wenig, dass es sich bei meinem Einsatz nicht um eine besondere Aufmerksamkeit meines Chefredakteurs Schrägstrich Exposé-Autors handelt, um mich, den Autor, mit einem Zuckerli zu belohnen, sondern um eine Strafaufgabe für mich, den Niemand, um mich als Lückenbüßer für meinen Kollegen John Starfist in die Höhle des Löwen zu schicken, wie mir das Verlagsposter an der Eingangstür verraten hat. John Starfist ist das Flaggschiff der *Jerry Lightning-Serie*. Doch Koblenz scheint dem feinen Herrn keine Reise wert zu

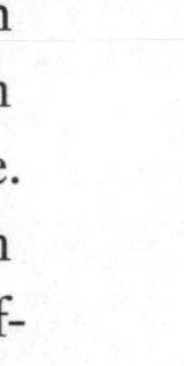

sein, also muss die Rhein-Mosel-Metropole mit einem ihrer Söhne vorlieb nehmen. Das haben wir beide nicht verdient.

Mit jedem weiteren Wort, das ich an mein Publikum richte, wird mein Organ schwächer. Ich nehme einen großen Schluck aus dem Wasserglas, das die Bibliothekarin freundlicherweise bereitgestellt hat, und muss laut aufstoßen. Sprudelwasser – wie unprofessionell kann der Abend noch werden?

Vereinzeltes von peinlicher Berührung zeugendes Gekicher erreicht das Podest. Meine Wangen feiern Karneval und gehen als Leuchtdioden. Sex vor der Kamera macht mir nichts aus. Aber wildfremden Menschen eine von mir verfasste Geschichte vorzulesen, fördert mein Reizdarmsyndrom. Ich spüre einen drückenden Schmerz in meinem Bauch.

»Ich bin kein Mann der großen Worte – zumindest nicht der gesprochenen …«

Sympathie bezeugendes Gelächter erklingt.

»… deshalb möchte ich gleich beginnen und ein Kapitel aus meinem neuesten Roman *Mörderische Schatten über Andromeda* vorlesen. Es ist, wie ich finde, ein repräsentativer Höhepunkt der epochalen Aufbereitung intergalaktischer Differenzen, wie sie *Jerry Lightning* groß gemacht haben.«

Zustimmendes Raunen.

»Gut. Wenn es dann keine weiteren Fragen gibt …«

Was für ein Quatsch, wer soll schon fragen? Und vor allem: was?

Ich muss pinkeln.

»… beginne ich jetzt.«

Das Publikum lauscht gebannt, während ich mich durch das Manuskript kämpfe. Auf den ersten Seiten klinge ich noch wie bei einem Vorlesewettbewerb in der Grundschule (allerdings wie einer der Teilnehmer, die mit den Legasthenikern um die hinteren Plätze wetteifern), aber im Laufe der Zeit werde ich immer selbstsicherer und lasse es mir nach einer guten Viertelstunde nicht nehmen, einige Szenen frei zu interpretieren, um Blickkontakt zu meinen Zuhörern herzustellen. Als ich mich dem Schluss nähere, dem letzten Akt, in dem es in einer ausschweifenden Weltraumschlacht Jerrys geliebte zweizüngige Ehefrau erwischt, sehe ich sie der Reihe nach die Taschentücher zücken. Die Dämme brechen endgültig, als Jerry seinen Halbsohn, sein eigen Fleisch und Blut, aus den Trümmern des havarierten Raumschiffes birgt und dieser sich in dessen Armen hustend, röchelnd und sterbend aus der Serie verabschiedet – Bugs-Bunny-mäßig mit dem Schlussakkord in Moll.

Für meinen Geschmack geht die zweieinhalbstündige Lesung viel zu schnell vorüber. Umso langatmiger gestaltet sich die anschließende Signierstunde. Diszipliniert stehen ausnahmslos alle Lesungsbesucher in einer Schlange und wollen neben dem Roman auch ausgesuchte *Jerry-Lightning*-Exponate signiert haben: T-Shirts, Zinnfiguren, Bettwäsche. Während des Unterschreibens prasseln die Fragen nur so auf mich ein.

»Wo nehmen Sie nur all diese fantastischen Ideen her?«, fragt mich ein Herr im Alter meines Vaters.

»Das meiste gibt ja das Exposé vor«, erkläre ich bescheiden.

Ein anderer meint: »Ich habe all Ihre Romane gelesen!«

»Ach, Sie waren das!«

Gelöstes Gelächter.

Während die Schlange träge an mir vorbeizieht, verkrampft meine rechte Hand immer mehr. Mein Mund ist vom vielen Reden unangenehm trocken geworden. Ich verfluche die Bibliothekarin, die nicht im Traum daran denkt, mir das Wasserglas erneut aufzufüllen.

»Und auf welchen Namen soll die Widmung lauten?«, frage ich zum gefühlt dreiundachtzigmillionsten Mal. Mittlerweile ist mein Nacken von der gebückten Haltung so schwer geworden, dass ich es nicht einmal mehr schaffe aufzublicken. Ein Mann Mitte fünfzig in einem gut sitzenden dunklen Anzug, den beige-

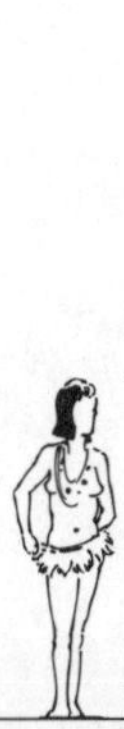

farbenen Trenchcoat und einen senfgelben Angoraschal über den Arm gelegt, steht vor mir und hält eines meiner neueren Hefte in der Hand.

»Wissen Sie, ich lese die aktuellen Ausgaben ja nur noch sporadisch«, erklärt er sich. »Ich sammele sie zwar eifrig, zum Lesen komme ich aber kaum noch.«

»Das ist aber schade.«

»Na ja, irgendwie wiederholt sich ja doch alles.« Seine Unterlippe schiebt sich kurz über die Oberlippe. »Man kann das Universum schließlich nicht neu erfinden, nicht wahr? Aber toll, dass sich auch so junge Leute wie Sie für diese fantastische Serie begeistern können. Sagen Sie, müssen Sie als Autor nicht jeden Roman der Reihe in- und auswendig kennen, um mitschreiben zu können?«

»Nein, ganz so ist es nicht. Man sollte sich aber schon extrem gut im Jerryversum zurechtfinden.«

»Aber Sie haben sie alle gelesen?«, hakt er nach.

»So gut wie, ja«, lüge ich. Außer dem Chefredakteur Schrägstrich Exposé-Autor selbst gibt es vermutlich keinen anderen Menschen auf der Welt, der alle eintausendachthundertundschlagmichtot *Jerry-Lightning*-Romane gelesen hat.

»Ja, ja, klingt einleuchtend«, findet er. In der nächsten Sekunde stiehlt sich ein Glanz in seine Augen, der mich unruhig werden lässt. »Sie als Profi können mir doch sicherlich sagen, was aus den Keptraken geworden ist?«

Als hätte ich es geahnt. Du sollst nicht lügen. Nie. Auch nicht ein bisschen. Schon als ich »So gut wie, ja« gesagt habe, war mir bewusst, dass das böse enden kann, und nun konfrontiert mich der Kerl doch tatsächlich mit einer Frage, auf die ich natürlich keine Antwort weiß.

Ich sehe ihn an, mit großen Augen. Die Schweißporen in meinen Handflächen starten ihre Überschussproduktion – was auch immer mein Körper mir damit sagen will. Was für einen

Vorteil können schwitzige Hände in Extremsituationen denn schon haben? Man rutscht besser vom rettenden Seil ab?

»Ähm«, gestehe ich, des Lügens müde, »keine Ahnung.«

»Oh, na ja. Man kann ja nicht alles wissen.«

Ich lächele dankbar. »Beileibe nicht.«

»Und wie haben sich die Dyroner weiterentwickelt, nachdem sie aus der intergalaktischen Gemeinschaft ausgetreten sind?«

»Wer?«

»Na, die Dyroner. Das kleine fremdbestimmte Volk aus dem Hangar-Sternhaufen.«

»Äh, ich weiß nicht.«

»Oh. Auch nicht.«

»Hihi, ja«, kichere ich verlegen. »Man kann ja nicht alles wissen, hm.«

»Und der hyperimperiale Kaiser Tarator?«

Was wird das hier, ein Verhör? Mir läuft es heiß und kalt den Rücken hinab. Ich komme mir vor wie bei meiner mündlichen Abiturprüfung.

»Äh …« Lügen ist zwar verboten, flunkern aber erlaubt, entscheide ich. »Der ist tot.«

»Tot?«

»Mhm.«

Eine kleine Kerbe bildet sich zwischen seinen Augenbrauen. »Wie kann denn ein Unsterblicher sterben?«

Verdammt! Die Sache mit der Unsterblichkeit. In Windeseile krame ich all mein Wissen aus, dass ich mir zu Anfangszeiten aus der Jerrypedia angeeignet habe. Dann kommt mir der rettende Gedanke. »*Relativ* unsterblich«, würge ich triumphierend hervor. »Taror war *relativ* unsterblich.«

»Tarator«, werde ich prompt verbessert. »Und relativ sagen Sie?«

»Jepp.«

Er fixiert einen unbestimmten Punkt hinter mir und kratzt

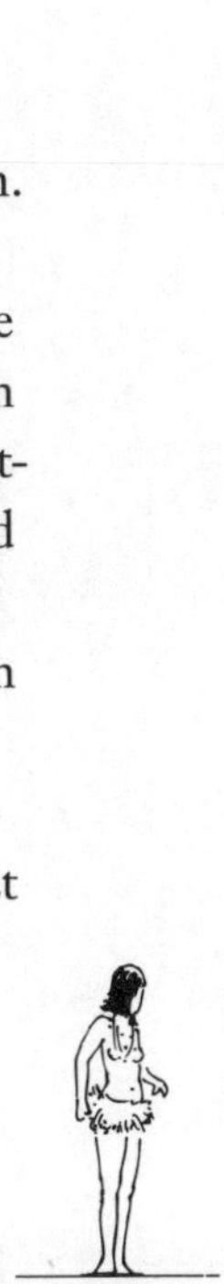

sich am dreitagebärtigen Kinn. »Ja, mag sein, dass ich das vergessen habe.«

Erleichtert atme ich aus. »Scheint so.«

»Beileibe nicht. Man kann ja nicht alles wissen.« Es klingt unheimlich, wie er seine und meine Worte von eben wiederholt. »Aber sagen Sie, woran ist er denn dann gestorben, wenn Krankheiten und Zellverfall ausscheiden?«

Sein stierender Blick hat mich fest in der Umklammerung. Das ist aber auch heiß hier drinnen. Meine Mundhöhle gleicht der Wüste Gobi.

»Er wurde geköpft«, fällt mir da spontan ein. »Wie beim *Highlander*, sie wissen schon. Da, wo es nur einen geben kann, und ...«

»Geköpft.«

»Mhm?«

»Das ja kurios.« Ein siegessicheres Lächeln nistet sich in seinem Gesicht ein. »Der Tarator gehörte doch der Spezies der Greens an, richtig?«

Ich stimme ihm zu und ahne bereits, worauf er hinauswill.

»Aber die haben doch gar keine Köpfe.«

Treffer. Versenkt. Game over.

Zustimmendes Raunen dringt aus der Schlange hinter dem Mann nach vorn, und auch die Fans, die ihr Autogramm eigentlich schon einkassiert haben, drehen sich zu mir um. Neulich habe ich in den Nachrichten die Schlagzeile aufgeschnappt, dass eine russische Giftsonde unkontrolliert durch das All trudelt und Wissenschaftler davor warnen, dass sie jeden Moment zur Erde stürzen könnte. Hier und jetzt wären ein guter Ort und Zeitpunkt.

»Und Sie sind sicher, dass Sie für *Jerry Lightning* schreiben?«, fragt mich der Mann mit einem sardonischen Lächeln im Gesicht.

»Natürlich«, empöre ich mich. »Ich, ähm ... Kriegt man denn hier nichts mehr zu trinken? Hallo-ho?«

Zwischen mich und den unangenehm aufdringlichen Mann mit dem durchfallgelben Angoraschal über dem Arm schiebt sich urplötzlich eine Handtasche, aus der die Erstausgabe meines *Jerry-Lightning*-Debütromans mit der Nummer 1843 gezogen wird. Die Tasche zieht klaustrophobische Erinnerungen mit sich. Es ist Shaun das Schaf.

»Himmel, was machst du denn hier?«, frage ich mit panischem Klang in der Stimme.

»Mich nicht weniger wundern«, erwidert das *Toyboy*-Mädchen lächelnd. In ihrer Stimme schwingt freudige Überraschung mit. »Du hättest mir ruhig mal sagen können, dass du für *Jerry Lightning* schreibst ...«

Ich freue mich auch sie wiederzusehen. Andererseits, wäre nicht Melanie, sondern der Terminator mit den Worten »Sind Sie John Connor?« auf mich zugetreten, ich hätte ebenso freudig genickt. Mit Genugtuung sehe ich dem Schalträger nach, der murrend von dannen zieht, und greife nach dem Roman, den mir meine Fahrstuhlbegleiterin entgegenstreckt. Ich schlage die erste Seite auf und schreibe: *Für Melanie. Keine Panik! Dein Quentin.*

Als ich ihr die signierte Ausgabe überreiche, sehen wir uns in die Augen, und plötzlich habe ich das Gefühl, dass sich eine elektrische Spannung zwischen uns aufbaut. Bevor ich aber eingehend über den Wechselstrom nachdenken kann, werde ich von dem Fummel abgelenkt, den Melanie trägt. Es ist ein schwarzes Kleid mit vielen weißen Punkten – oder ist es ein weißes Kleid mit schwarzen Punkten? Sicher bin ich mir nicht. Und ich werde es wohl nie erfahren, da ich meinen Blick abwenden muss, weil es vor meinen Augen zu flimmern anfängt. Ich senke den Blick und betrachte ihren breiten Gürtel, der mich ein wenig an den Patronengurt von Chewbacca erinnert. Sie hat wirklich ihren ganz eigenen Kleidungsstil. Und ob er mir gefällt, weiß ich noch nicht.

Ich freue mich aber sehr, sie hier wiederzusehen, und suche nach den richtigen Worten, um mich bei ihr für den Beistand im Aufzug zu bedanken. Doch da ist nur dieses Kratzen im Hals, das mir das Sprechen erschwert. Außerdem ist es mir peinlich, dass ich mich ihr emotional derart entblößt gezeigt habe.

Schweigend schauen wir uns an und grinsen blöd.

»Ähem«, unterbricht jemand hinter Melanie die blöd-grinsende Stille und fährt sie mit dumpfer Stimme an: »Sie sind hier nicht die Einzige, die ihre Sammlung signiert haben möchte!«

Der Meckerer reckt den Kopf nach hinten, um uns auf die noch immer beachtliche Reihe aufmerksam zu machen. Allein beim Anblick der Schlange verkrampft sich meine Hand. Dann stupst er Melanie mit seinem großen Rucksack an, den er wie einen Harnisch vor der Brust trägt.

Melanies Augen blitzen zornig auf. Doch ehe sie zum Gegenschlag ausholen kann, mische ich mich in die Konversation: »Sie haben natürlich recht. Jeder bekommt sein Autogramm.« Dabei lege ich meine Hand auf Melanies, um sie zu beschwichtigen. In diesem Moment schaue ich ihr wieder in die haselnussbraunen Augen. In ihnen spiegelt sich eine angenehme Wärme wider, und da plötzlich macht es *pling*.

Nicht *schwuuuusch*.

Nicht *kawumm*.

Nicht *rättättättättänn*.

Sondern leise: *pling*.

Es ist bei Weitem nicht so wie in Liebesfilmen, in denen zwei Menschen vom Blitz getroffen werden und allein durch eine einzige Berührung wissen, dass sie für den Rest ihres Lebens dazu bestimmt sind, in ewiger Liebe und Treue verbunden zu sein. Aber irgendetwas passiert dennoch, als sich unsere Hände und unsere Blicke berühren. Auf einmal entwickele ich eine unglaubliche Sympathie für diese Person. Und so frage ich sie aus einer Laune heraus: »Was machst'n nachher noch so?«

»Weiß nicht«, erwidert sie verschmitzt. Sie macht keinerlei Anstalten, ihre Hand wegzuziehen.

»Ähem«, hüstelt es abermals hinter ihr.

»Gleich«, faucht Melanie über die Schulter. Sie klingt dabei derart giftig, dass der Mann erschrocken zurückzuckt.

»Mal sehen, wie lange das noch bei dir dauert.« Sie macht eine Kopfbewegung nach hinten und grinst amüsiert. »Vielleicht warte ich, vielleicht nicht.« Schließlich zieht sie langsam ihre Hand zurück und schnappt sich die signierte Ausgabe. »Vielen Dank für das Autogramm.« Sie zwinkert mir vielsagend zu.

»Gern geschehen.«

Als sie sich aus der Schlange löst, nimmt der Mann mit dem Rucksack ihren Platz ein und hievt das Ungetüm auf den Tisch. »Schreiben Sie: Für Manfred Dietrich, treuer Leser der ersten Stunde.«

»Gern. Auf den Rucksack?«

Noch während ich seine Pierre-Brice-Frisur bewundere, grinst mich der Mann hämisch an. Im selben Moment leert sich der Himalaja-Expeditionsrucksack kopfüber auf meinen Signiertisch. Es müssen Hunderte Ausgaben sein, die da aus dem Rucksack purzeln und sich zu einem stattlichen Haufen vor mir auftürmen.

Mit leerem Blick starre ich Pierre Brice an.

»Jedes einzelne, bitte.«

16

Im erigierten Zustand erreicht der Penis der Argentinischen Ruderente die Länge des Vogels selbst. Ebenso bemerkenswert sind die Borsten an der Spitze. Vermutlich sollen sie die Spermien der Konkurrenz aus dem weiblichen Körper fegen, um dem eigenen Genmaterial einen Startvorteil zu verschaffen.

Eine Sehnenscheidenentzündung später erhebe ich mich wankend vom Signiertisch und taumele durch die Bibliothek. Melanie hat tatsächlich auf mich gewartet. Sie sitzt in einem grellgrünen Sitzsack in der Kinderbuchecke und schmökert in einem bunten Bilderbüchlein. Mir entgeht nicht, dass sie ihren pastellfarbenen Lippenstift erneuert und den Kajal um ihre Augen nachgezogen hat.

»Also«, frage ich neugierig. »Warum bist du hier?«

»Na, weil ich *Jerry Lightning* mag.«

»Nein, ernsthaft jetzt!«

»Das meine ich ernst. Ich lese *Jerry Lightning.* Und außerdem war hier die Rede von John Starfist. Ehrlich, ich hatte nicht den blassesten Schimmer, dass *du* Matt Rex bist.«

Es ist komisch, mit Pseudonym angesprochen zu werden.

»Also, ich weiß nicht, wie es dir geht, aber ich habe einen Bärenhunger. Sollen wir was essen gehen?«

Melanie nickt, und wenige Minuten später sitzen wir in einem Chinarestaurant, dessen Glasfassade mit asiatischen Ornamenten und Schriftzeichen zugeklebt ist. Kitschige Drachen mit bunten Schuppen und langen Schweifen beobachten uns bei der Bestellung. Sie wählt B13, ich K37.

»Ich kann es nicht glauben, mit dir hier zu sitzen«, merkt Melanie an, während wir auf unser Essen warten.

»Frag mich mal!«

»Nach unserem ersten Treffen hätte ich dir alles zugetraut, aber niemals das.« Sie hält kurz inne und lässt den Kellner Tee einschenken.

»Ich mag deinen Schreibstil«, lobt sie mich dann.

»Danke.«

»Im Ernst, so tiefgründig wirkst du gar nicht.«

»Noch mal: danke.« Auch wenn ich den Subtext des Kompliments nicht ganz ignorieren kann.

Ihr Essen wird als Erstes serviert. Ein zufriedenes Grinsen schummelt sich auf ihre Lippen, während sie einen Bissen von ihrer gedünsteten Gemüsebeilage zu sich nimmt. Dann endlich bringt der kleine Chinese auch mein Essen. Ein riesiger ovaler Porzellanteller mit einem Bett aus Duftreis, auf dem gleichmäßig geschnittene Scheiben Entenfleisch mit dicker Speckschwarte und knuspriger Panade drapiert sind. Allein bei dem Anblick läuft mir das Wasser im Mund zusammen. Erst jetzt wird mir bewusst, wie hungrig ich bin.

Ich schütte die süßsaure Soße darüber, die mir der Kellner in einer Sauciere vor die Nase gestellt hat, und beschließe, direkt vom großen Teller zu essen. Gerade, als ich den ersten Happen zu mir nehmen will, spüre ich Melanies intensiven Blick auf mir ruhen.

»Was?«, frage ich impulsiv.

»Das willst du doch nicht wirklich essen?«, fragt sie zurück. Aus ihrem Mund aber klingt das nicht wirklich nach einer Frage. Dafür ist der Tonfall zu fordernd und auch ein wenig zu entsetzt.

»Na ja«, setze ich langsam an und schlucke den über-

produzierten Speichel in meinem Mund mühsam herunter. Wenigstens etwas, das in meinem Magen landet, bevor ich in die Tischkante beiße.

»Deshalb hab ich es doch bestellt. Um es zu essen.«

»Das ist Ente!«

Ich bin gleichermaßen überrascht wie erschrocken über die Schärfe in ihrer Stimme.

»Ja-ha«, bestätige ich vorsichtig. »K37, Peking-Ente süßsauer. Die Spezialität des *Lucky Ducky*.«

»Des *was*?«

Ich greife nach der Speisekarte und tippe energisch auf das Logo mit dem lächelnden Entenschnabel.

»Wir essen in einem Restaurant, das *Lucky Ducky* heißt?«, fragt Melanie entsetzt.

Ich nicke. »Ist doch ein lustiger Name. Was ist denn daran so schlimm?«

»SCHLIMM?«, fragt sie scharf. »Es ist respektlos dem Tier gegenüber. *Lucky Ducky*.« Sie stößt die Worte derart böse aus, dass man sie in Flaschen füllen und für den nächsten großen Krieg als Giftgas an der Front einsetzen könnte. »Da kannst du ja gleich eine Metzgerei *Zum gut gelaunten ausblutenden Schwein* nennen.«

»Jetzt übertreibst du aber.«

»Glaubst du, die Ente war glücklich, als man ihr kleines Köpfchen abgehackt hat? Vermutlich vor den Augen ihrer frisch geschlüpften Küken?«

»Woher willst du wissen, dass es ein Weibchen war?« Kleinlaut zeige ich auf die knusprigen Entenhappen.

»Enten sind meine Lieblingstiere«, klärt sie mich ungefragt auf und bleibt mir die eigentliche Antwort schuldig.

»Aber ich mag sie doch auch«, bestätige ich. »Und das *Lucky Ducky* bereitet sie wirklich am besten zu. Glaub mir, es gibt kein anderes Restaurant in Koblenz, in dem du Ente ohne Vorbestellung bekommst!« Theatralisch zeige ich auf mein Handgelenk. »Schon gar nicht um diese Uhrzeit.

Sie lässt ihre Gabel laut scheppernd auf den Teller knallen. Ein Röschen Brokkoli springt von selbigem und bildet einen interessanten Kontrast zur rot karierten Tischdecke, die eigentlich viel besser in ein französisches Restaurant passen würde.

»Wusstest du, dass Enten, wenn sie ihren Partner gefunden haben, ein Leben lang zusammen bleiben?«

Ich glaube, das ist eine Fangfrage.

»Ähm … nein?«

»Und dass sie damit zu den wenigen Tierarten auf dieser Welt gehören, die monogam leben?«

»Das ist ja beinahe …«

Süß? Süßsauer? Lecker?

»Romantisch. Absolut. Und findest du nicht auch, dass schon allein das Grund genug ist, den Tieren mit etwas mehr Respekt gegenüberzutreten und sie nicht zu essen?«

Ich bin sprachlos und traue mich nicht, etwas darauf zu erwidern. Darum herrscht Ruhe an unserem Tisch. Wie bei einem vorzeitigen Samenerguss bricht die peinliche Stille über uns herein. Melanie pikst das Brokkoli-Röschen mit der Gabel auf und lässt es auf ihren Teller donnern, und ich tunke eine Gabel entenlosen Reis in die süßsaure Soße und verfeinere sie mit der obligatorischen scharfen Sambal-Oelek-Paste.

Da sie mir nicht den Gefallen tun will, liegt es an mir, krampfhaft nach einem neuen, koscheren Thema zu suchen. »Hrm«, räuspere ich mir die eingelegte Chili-Schärfe aus dem Hals. »Seit unserem letzten Treffen im Aufzug hat sich übrigens einiges bei mir getan. Erst neulich hatte ich einen Dreh mit Sheera Gail.«

Melanie schaut von ihrem Essen auf und kneift ein Auge zusammen. »Schon wieder eine neue *Masters of the Universe*-Verfilmung?«

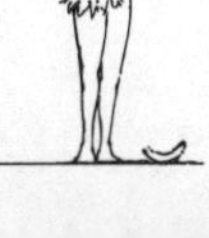

Im trüben Schein der Beleuchtung erkenne ich ihre Verwirrung wieder und bin gleichermaßen erstaunt über den falschen Schluss, den sie zieht. Ich mag ihre Gedankengänge.

»Nein, die Pornodarstellerin.«

Der Name zeigt Wirkung bei Melanie, aber anders, als ich es mir erhofft habe. Etwas in ihrem Gesicht fällt zusammen.

»Du hast mit dieser dämlichen Hülsenfrucht gepoppt?«

»Na ja, schon«, gebe ich kleinlaut zu. Da ist er hin, der Stolz von gerade eben. »Sie ist ja echt 'ne große Nummer im Business. Unglaublich wichtig für meine Karriere.«

Himmel, das Sambal Olek ist aber auch scharf.

Angewidert stochert sie auf ihrem Teller herum. »Na ja, geht mich auch eigentlich nichts an.« Sie schaut vom Essen auf. »Aber ihr seid nicht zusammen oder so was?«

»Nein, natürlich nicht«, erwidere ich prompt.

»Dann ist ja gut.«

Irgendetwas verändert sich in ihrem Blick. Es könnte an der schwachen Beleuchtung der roten Papierlampions liegen, doch es kommt mir so vor, als hätten sich ihre Pupillen geweitet. Unmerklich fast, aber ich bin mir sicher, ich habe eine Veränderung gesehen.

»Bist du denn immer noch Single?«, fragt sie betont nebensächlich.

»Ähm, ja, eigentlich schon.«

»Eigentlich?«, hakt sie nach. »Wie darf ich denn das verstehen?«

»Na ja, ich habe da jemanden kennengelernt.«

»Oh.«

Ich kann nicht deuten, was dieses Oh bedeutet. Sie klingt nicht enttäuscht. Nicht eifersüchtig oder übertrieben neugierig. Eher … interessiert.

»Vielleicht kennst du das. Man sieht sich, und – *wumm!* – hat es einen voll und ganz erwischt.«

Sie hat ihr Kinn auf ihre Handfläche gelegt und schaut mich interessiert an. »Ja, ich kann dir folgen. Und wer ist die … Glückliche?«

Ich zögere kurz, unschlüssig, ob ich ihr wirklich davon erzählen will. »Versprichst du, nicht zu lachen?«

Sie nickt eifrig.

»Es ist sozusagen also noch ganz frisch. Und mehr durch einen merkwürdigen Zufall habe ich sie wiedergesehen. In einer wirklich prekären Situation sind wir uns nähergekommen.«

»So?«

»Also, versprichst du es?«

»Was?«

»Nicht zu lachen.«

»Ja doch, natürlich. Mach dir keine Sorgen. Ich finde das mit der prekären Situation auch bestimmt nicht lustig. Im Gegenteil. Das ist doch bestimmt die pure Romantik gewesen, als ihr euch getroffen habt. Manchmal hat man das im Leben. Aberwitzige Situationen, wie zum Beispiel einen Stromausfall im Aufzug und …«

»Sie ist meine Urologin.«

Erneut kommt die erdrückende Stille unseren Tisch besuchen. Ich frage mich schon, ob ich etwas Falsches gesagt habe. Doch dann schießt es förmlich aus allen Poren aus Melanie heraus. Sie lacht so laut, dass wir uns der missgelaunten Aufmerksamkeit aller Gäste des *Lucky Ducky* gewiss sein dürfen.

»Du hast doch versprochen nicht zu lachen!«

»Sorry.« Sie wischt sich die Tränen mit der bereitliegenden Serviette aus den Augen. »Es klingt nur so … abstrus. Das wäre mal 'ne Schlagzeile: Pornodarsteller verliebt sich in Urologin.«

»So witzig finde ich das jetzt nicht«, wische ich ihre imaginäre Headline schlecht gelaunt vom Titelblatt.

Ich kann mir nicht helfen, aber irgendwie ist die Stimmung gekippt. Und Hunger habe ich auch nicht mehr.

»Nimm es mir bitte nicht übel.« Sie nippt an ihrem vor sich hin dampfenden Ginkgo-Zitronengras-Tee und seufzt hingebungsvoll. »Eigentlich ist es richtiggehend romantisch.«

»Es ist gar nicht so einfach, in dieser Branche die richtige Frau kennenzulernen.«

»Das glaub ich gern, ist bei mir genauso. Weiß diese Urologin denn von deiner Nebentätigkeit?«

»Ja«, antworte ich knapp. »Es wäre schwierig, es vor ihr zu verbergen.« Ich denke an mein letztes Zusammentreffen mit Cassandra.

»Und wie hat sie reagiert, als du es ihr gesagt hast?«

Ich versuche, mich in den Moment von vor ein paar Tagen zurückzuversetzen, und sehe Cassandras Mimik vor mir, deren Gesichtszüge innerhalb von wenigen Sekunden von unverhohlener Abneigung in aufrichtiges Interesse wechselten.

»Sie fand das ganz gut, glaube ich.«

Sie lacht. Es klingt unecht. »Klar, wann kriegt man denn auch schon einen echten Pornodarsteller ins Bett.«

Sie lässt mir gar nicht die Chance herauszufinden, ob sie das ernst oder ironisch meint, denn sie blubbert einfach wieder drauflos. »Und, wie geht es jetzt mit euch weiter?«

»Wir wollen uns demnächst zum Abendessen treffen.«

»Wo? In einem Restaurant oder zu Hause?«

»Spielt das eine Rolle?«, frage ich verwirrt.

»Kommt darauf an, ob du ernste Absichten hast oder nur auf ein Abenteuer aus bist.«

»Feste Absichten«, erwidere ich sofort. »Sie ist die Frau meiner Träume.«

»Warum?«

»Wie, warum?«

»Warum ist sie die Frau deiner Träume?«

»Na, weil sie toll aussieht! Nein, sie sieht atemberaubend aus. Und sie hat eine tolle Figur.«

»Aha. Und außerdem?«

»Wie, und außerdem?«

Melanie legt ihre Stirn in Falten. »Das kann doch nicht alles sein! Das sind ja nur äußerliche Merkmale, die du beschreibst. Das ist etwas dürftig, findest du nicht?«

»Äh ...«

»Überleg doch mal: Wenn ihr alt und runzelig seid, bleibt dann nicht mehr viel, wenn man sonst keine Gemeinsamkeiten hat.«

»Bestimmt haben wir die!«

»Welche denn?« Sie lässt nicht locker.

»Das weiß ich jetzt nicht so genau«, räume ich ein. »Noch nicht. Aber, hey, sie ist intelligent.« Gut, dass ist eine nicht bestätigte Vermutung. Aber der Arzttitel lässt darauf schließen. »Und sie ist nett.«

»Oh. Verstehe. Sie ist nett. Na, das klingt doch vielversprechend«, meint Melanie, und ihre Stimme trieft förmlich vor Zynismus. »Na ja, sei's drum. Wenn sie wirklich die Frau deiner Träume ist, dann tu dir selbst einen Gefallen und steig nicht gleich beim ersten Date mit ihr ins Bett.«

»Hatte ich auch nicht vor.« Dennoch lässt der Gedanke an Sex mit Cassandra meinen Puls in die Höhe schnellen.

»Tu's auch nicht. Auch wenn sie es darauf anlegen sollte, bleib standhaft.«

»Warum sollte *sie* es darauf anlegen?«, frage ich verdutzt.

Melanies Mund wird von der Teetasse verdeckt. Einen Moment sieht es so aus, als stiegen Rauchwolken aus ihren Nasenlöchern hervor. Das sieht gespenstisch und lustig zugleich aus.

»Nur so 'ne Ahnung.«

»Und du? Steckst du in einer Beziehung?«

Sie seufzt ergeben. »Nein, ich warte noch auf meinen Enterich.«

Die Stirnfalten lösen sich in Luft auf.

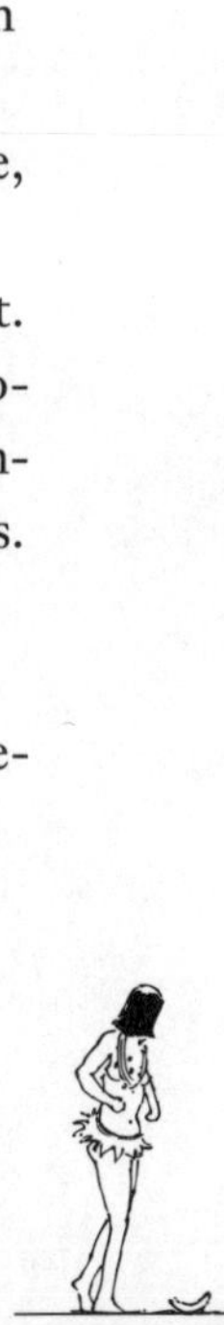

»Aber um eines mal klarzustellen«, sage ich, weil sie mir durch ihr Schweigen endlich die Gelegenheit dazu gibt, »bei Leuten wie uns bist du auf der sicheren Seite. Ehrlich, saferen Sex als mit einem Pornodarsteller kannst du gar nicht haben. Hast du eine Ahnung, wie oft wir uns Gesundheitstests unterziehen müssen? Unser Urologe ist quasi unser …«

Ihr Blick streift die Uhr. »Verdammt, schon so spät? Shit, dabei muss ich morgen früh raus. Hab ein Interview mit dem Pimperpoldi – endlich! Wir sind schon so lange an ihm dran.«

Ihre Hand verschwindet in Shauns flauschigem Bauch und zaubert eine Visitenkarte hervor. »Ich muss jetzt echt los. Ich gehe davon aus, dass du mich einlädst? Fein.« Breit grinsend drückt sie mir ihre Karte in die Hand. »Meld dich doch mal, und halte mich auf dem Laufenden, wie das Treffen mit deiner Urologin verlaufen ist.« Sie grinst spitzbübisch und springt auf. »Meine Nummer steht auf der Karte.«

17

Der Unzertrennliche macht seinem Namen alle Ehre.
Diese Vogelart hasst das Alleinsein und bleibt
ihrem Partner bis zum Tod in Treue verbunden. Gibt es
in der Population mehr Weibchen, teilen sich zwei Damen das
Männchen. Gibt es mehr Männchen, wartet das Single-Männchen
geduldig auf den Tod eines verpaarten Genossen und nimmt
dann sofort dessen Platz ein. Wirklich: sofort!

Nils und ich sitzen gemeinsam auf der strassbesetzten Couch in Jeans Büro und schauen dabei zu, wie er sich ein Glas Cognac einschenkt. Es ist elf Uhr morgens.

Warme Sonnenstrahlen zeichnen die Silhouette des Indianers vor der Fensterfront ab. Mit seinen struppigen Haaren und den abstehenden Fransen an seinem Hemd wirkt er wie ein von Kinderhänden ausgeschnittener Schattenriss.

Heute wird ein schöner Tag.

Und das aus zwei Gründen. Zum einen wird mir Jean gleich einen Strauß voller lukrativer Jobangebote überreichen. Zum anderen hat sich Melanies Befürchtung, Cassandra könne nur an dem Pornodarsteller in mir interessiert sein, als absolut unbegründet herausgestellt. Um meine innere Unruhe zu besiegen, die sich meiner seit dem Essen mit Melanie bemächtigt hatte, habe ich Cassandra gleich am nächsten Morgen um acht Uhr in der Praxis angerufen.

Sie klang aufrichtig erfreut, als sie den Anruf entgegennahm, und wir hatten ein kurzes, aber herzliches Gespräch, gänzlich

ohne sexuelle Andeutungen. Heute Abend werden wir uns treffen, bei mir zu Hause zum Kochen. Ich weiß zwar sehr wohl noch, dass Melanie meinte, das erste Date solle niemals zu Hause stattfinden, aber was soll das ganze Theater? Ich stelle die Küche, Cassandra besorgt die Zutaten. Unverfänglicher geht es doch gar nicht! Besonders dann, wenn Nils irgendwo durch die Wohnung schleicht. Am besten mit Amanda im Schlepptau. Hmm …

Wenn ich recht drüber nachdenke, wäre es vielleicht doch besser, wenn Nils verschwindet. Ich muss ihn unbedingt loswerden. *Zu* platonisch soll das Rendezvous mit Cassandra schließlich auch nicht werden.

Aber wie stelle ich das am geschicktesten an? Und überhaupt: Was macht er eigentlich *hier*?

»Sie waren begeistert«, legt Jean los und nippt an seinem Getränk. »Harry hat sich überschlagen vor Superlativen. Einer großen Karriere steht nun nichts mehr im Wege!«

Natürlich habe ich Derartiges vermutet, dennoch tanzt mein Herz einen kleinen Jive. Endlich bin ich meinem Traum von finanzieller Unabhängigkeit nahe! Hin und wieder ein Pornofilmchen, um die laufenden Kosten zu decken, und den Rest der Zeit zum Schreiben haben. Traumhaft! Vielleicht hänge ich sogar die *Jerry-Lightning*-Sache an den Nagel und widme mich endlich meinen eigenen Science-Fiction-Manuskripten, die schon so lange in den Schubladen meines Schreibtisches vor sich hin gammeln.

»Er hat gesagt, so etwas hat er in seiner ganzen Zeit noch nicht erlebt«, schiebt Jean nach. »Und ehrlich gesagt, ich auch nicht.«

Beschwichtigend hebe ich die Hände. »Ehrlich, das rührt mich ungemein. Aber ich habe auch wirklich mein Bestes gegeben. Umso schöner, dass Harry und seine Crew sich so begeistert zeigen.« Von dem überschwänglichen Lob berauscht erhebe ich mich von der Besetzungscouch, verbeuge mich tief vor Jean und sage: »Es war mir eine Ehre.«

»Was?« Jean schaut mich an, als wäre ich kurzzeitig in eine andere Sprache verfallen.

Ich bin ebenso irritiert.

Er lacht. Kurz, kläffend, humorlos. »Nicht von dir«, rülpst er lachend und legt das Traumschloss meiner finanziellen Unabhängigkeitsträume in Schutt und Asche. »Von ihm!«

Ich schließe die Lider und folge seiner eilig nach rechts geworfenen Hand nicht. Nils' selbstgefälliges Grinsen sehe ich ohnehin vor meinem geistigen Auge.

»Seinetwegen sind sie völlig aus dem Häuschen!«, begeistert Jean sich weiter. Jedes Wort ist eine scharfe Klinge, die mich durchbohrt. »Nils *war* aber auch der Hammer!«

Ich gebe ein ersticktes Schnauben von mir. »Aber ich dachte, ich sei *The Hamm…*«

»Nils, du warst der reinste *Oberhammer*!«, ergeht sich Jean nun seinerseits in Superlativen. »Einmal mit dem Finger geschnippt«, Jean schnippt, »unser Ding steht wie eine Eins, und wir kommen quasi auf Kommando.«

Weder entgeht noch gefällt mir die Verwendung des Plurals, wenn er Nils mit einbezieht.

»Na ja«, windet Nils sich in mir unbekannter Selbstbeherrschung. »So eine große Sache war das jetzt auch wieder nicht.«

»Keine große Sache? Es ist beinahe so, als hättest du ohne Training einen neuen Weltrekord im 100-Meter-Lauf aufgestellt!«

»Jetzt übertreibst du aber maßlos«, mische ich mich ein. Okay, aus Nils' geplanten fünf Sekunden sind fünf Minuten Ruhm geworden. Und ich freue mich ja auch für ihn. Ein bisschen. Aber jetzt ist auch wieder gut. »Warum genau sind wir heute hier?«, frage ich, und ich meine nicht mich und Nils, sondern mich und Jean.

»Ich habe Nils ein Angebot gemacht.«

»Was denn für ein Angebot?«, frage ich vorsichtig und habe gleichermaßen Angst vor der Antwort.

»Bei uns einzusteigen!«

»Uns?«

»Na, bei der *Cockbuster Agency.* Genau solche Leute wie ihn braucht die Branche.«

»*Wer* braucht ihn?« Ich kann nicht anders, als Nils abfällig zu mustern. Mein Blick bleibt an seinen kleinen dunklen Augen mit Schlupflidern hängen, die mich an eine Ratte erinnern.

»Da musst du mich gar nicht so schief anschauen«, sagt mein Mitbewohner, dem das unverdiente Lob ganz offensichtlich jetzt schon zu Kopf gestiegen ist. »Ich will Pornos machen – so wie du!«

Vergeblich suche ich den Anflug eines Lächelns in seinem Gesicht. Doch da ist nichts. Nicht die geringste Regung.

»Du meinst das wirklich ernst?«

»Todernst«, sagt er knapp. Mittlerweile hat er die Arme vor seiner schmächtigen Brust verschränkt. »Traust du mir das etwa nicht zu?«

Eine hinterhältige Frage. Schließlich ist er mein bester Freund. Und seinem besten Freund gönnt man alles. Andererseits: Beste Freunde belügt man nicht. Also lautet meine knappe, aufrichtige Antwort: »Njöp.«

»Njöp?«

Ich nicke heftig.

»Und was genau meinst du damit?« Sein stechender Blick verlangt nach einer Antwort.

Unruhig rutsche ich auf der Couch herum, als wäre das Polster ein borstiger Fußabtreter, der mir in den Hintern pikst.

»Ich meine: Schuster, bleib bei deinen Leisten! Es hat seinen Grund, warum beim *König der Löwen* ein Löwe die Hauptrolle spielt – und kein Marabu.«

In Nils' Gesicht spiegelt sich Verwirrung. »Du vergleichst mich mit einem Marabu?«

»Als Metapher«, schiebe ich hastig hinterher. »Ich will doch nur sagen, dass du für dieses Business einfach zu viele Federn hast – oder eben zu wenig. Da braucht es einfach andere Typen! Ich meine, da geht es um ungeschönte nackte Tatsachen. Dir fehlt da einfach das gewisse ...«

»Was fehlt mir? Stehvermögen? Ausdauer? Fehlendes Schamgefühl? Was? Sag's mir!«

»Die optischen Veranlagungen.«

Jetzt ist es raus.

Über seinen weit aufgerissenen Augen spannen sich die schlupfigen Lider. »Ich weiß selbst, dass ich nicht Brad Pitt bin! Ich bin aber auch nicht Frankenstein!«

»Nein!«, unterbreche ich ihn. »Du wirkst eher wie eine Romanfigur aus einem apokalyptischen Endzeit-Epos, in dem die Welt mit Atombomben zerstört wurde und sich die wenigen übrig gebliebenen Menschen in U-Bahn-Schächten vor dem Strahlentod schützen müssen. Ohne Tageslicht, frisches Wasser und mit Pilzen als Hauptnahrungsquelle.«

»Pilzen?« Sein rechtes Auge beginnt nervös zu zucken, was mich wiederum derart verunsichert, dass ich einfach planlos weiterrede.

»So siehst du eben aus. Blass, kränklich, unterernährt. Und das meine ich echt nicht böse. Vielmehr finde ich, dass ...«

Er schaut mich an, als hätte ich ihm eine Ohrfeige verpasst. War ich zu hart? Auf jeden Fall ist es mächtig still geworden im Büro. Einen Augenblick bin ich versucht, ein paar Räucherstäbchen anzuzünden, um die bösen Geister, die ich herbeigerufen habe, zu vertreiben. Doch ein Gefühl sagt mir, dass es dafür wohl zu spät ist. Außerdem kommt mir Jean zuvor.

»Ich hatte nach dem Dreh eine lange Unterredung mit Harry«, sagt er zwischen zwei weiteren Cognacschwenkeinhei-

ten. »Das Pornobusiness ändert sich. Die Leute wollen keine Hochglanzformate mehr vorgesetzt bekommen. Die wollen Leute wie dich und mich.«

»Du meinst Leute wie dich und *ihn*«, verbessere ich ihn mit triefendem Sarkasmus, der aber an ihm abperlt wie Fettspritzer an einer Teflon-Bratpfanne.

Ohne auf mich einzugehen fährt er fort: »Wer kann sich schon mit einem Hugh-Hefner-Lifestyle mit Penthouse-Villa und Playboy-Häschen identifizieren, wenn die eigene Realität eher *Schwiegertochter gesucht* ist?«

Er macht eine kurze Pause und lässt die braune Flüssigkeit in seinem Glas, die wie Bernstein in der Sonne schimmert, erneut von links nach rechts schwappen. »Ich glaube auch, dass dort die Zukunft liegt. Im professionell gemachten Amateurpornobereich.«

Ich kann nicht anders als laut loszulachen.

»Was findest du daran so lustig?«, fragt der Indianer wenig amüsiert.

»Das kann ich dir sagen! Aus mir wolltest du vor nicht allzu langer Zeit noch die männliche Gina Wild machen, und jetzt hast du die Schnauze voll und glaubst, in Nils den Paul Potts des deutschen Pornos gefunden zu haben!«

»Hey«, mischt Nils sich ebenso wenig amüsiert ein wie Jean mich anfunkelt.

»Ist doch so! Und wenn ihr meint, dass das funktioniert: bitte schön! Aber was für eine Rolle spiele ich denn nun in eurem tollen Plan?«

Behutsam stellt Jean sein Glas auf der Mahagonioberfläche seines Schreibtisches ab und sieht mich an. Etwas Verschwörerisches umspielt seine Züge: »Das ist ganz einfach. Ich will, dass du ihm hilfst.«

»Ihm helfen? Wobei denn?«

»Bei seinem ersten Casting.« Er beugt sich nach vorn, um

ein überlegenes Lächeln in der stickigen Atmosphäre zu platzieren. »Sozusagen als Freundschaftsdienst.«

Mir entfährt ein überraschtes Schnauben, in das sich eine Spur Entsetzen mischt. Wie verzweifelt muss ein Mann sein, wenn er all seine Hoffnung in Nils' Genitalbereich legt?

»Wir dachten uns, dass es ihm die Nervosität nehmen würde, wenn du ihn heute bei seinem ersten Casting begleitest ... Sozusagen als Coach. Du unterstützt ihn mit deiner Erfahrung und gibst ihm Ratschläge. Von Profi zum neuen Stern am Pornohimmel.«

Jean vollführt eine Geste, als würde er die Worte schon gedruckt auf einem Plakat über dem Kinopolis sehen, angestrahlt von etlichen Scheinwerfern, die die ganze voyeuristische Meute der Stadt anziehen wie das Licht die Motten.

»Von Jedi zu Padawan«, wirft Nils begeistert ein. Er zupft aufgeregt an meinem Ärmel. »Wie Qui Gon Jinn und Obi Wan Kenobi. Yoda und Luke. Der Imperator und Darth ...«

Meine erhobene Hand bringt ihn zum Schweigen. »Ist gut, ich hab's kapiert. Jetzt nimm deine Onaniergriffel von mir!«

»Würdest du das tun? Bittteeee!«

Er schaut mich flehend an.

Zu meiner eigenen Überraschung denke ich tatsächlich darüber nach. Schließlich ist er mein bester Freund. Aber tue ich ihm damit wirklich einen Gefallen? Schließlich weiß ich selbst, wie hart und unverzeihlich die Branche ist. Ein zartbesaitetes Pflänzchen wie Nils würde die Pornokuh mit einem Happen hastig verschlingen, sich daran verschlucken, wieder hochwürgen, noch ein paar Mal drauf herumkauen und im hohen Bogen wieder ausspucken. Meine Entscheidung steht fest: »Nein. Niemals.«

»Aber ohne dich schaff ich das nicht!«

»Ist nicht mein Problem.«

»Gut«, sagt er schnippisch. Seine dünnen Ärmchen falten

sich vor seinen eingefallenen Bauch zusammen. »Dann ist dein Date heute Abend auch nicht mein Problem. Nehme ich eben das Wohnzimmer in Beschlag und zappe mich durch das Best-of deiner Pornofilme.«

Etwas Resolutes liegt in seinem Blick, das ich bislang nicht kannte. Jetzt ist er es, der überlegen grinst.

Ich spüre es. Meine Gesichtszüge fallen in sich zusammen, als hätte man einer tanzenden Marionette die Schnüre gekappt.

Schnipp-schnapp.

Mühsam schlucke ich den letzten Happen an Würde und Reststolz herunter. »Wann ist noch gleich das Casting?«

18

Sex ohne Körperkontakt ist die Devise der Qualle. Treffen sich Weibchen und Männchen, platzen die Eizellen und Samenzellen aus der Innenhaut des Magenraums heraus und vereinen sich im Meer. Ganz ohne Tuchfühlung.

Der grün geflieste Hausflur zeugt von anonymer Kälte. Passend zum Mehrfamilienhaus, das eingebettet zwischen einem Farbenfachgeschäft und einer Heißmangel in der grauen Vorstadt von Koblenz steht. Passend zu meinem Gemütszustand.

»Ich finde es wirklich klasse, dass du mich begleitest«, sagt Nils, während er die Wohnungstür aufzieht und mir mit einer Geste zu verstehen gibt, dass ich bitte vor ihm in das Appartement eintreten soll. Jedi vor Padawan.

»Halt doch bitte einfach die Klappe.«

Die Einrichtung offenbart den Geschmack einer alten alleinstehenden Frau mit einem ausgeprägten Hang zur Katzenliebe. Zumindest lassen das die unzähligen Statuen jedweder Form, Farbe und Größe in allen strategischen Ecken des Flurs vermuten. Ich erschrecke zu Tode, als urplötzlich eine lebendige Variante der Porzellanfiguren um meine Beine streicht. Mit einem großen Schritt steige ich über sie hinweg und sehe mich fragend um.

»Hier entlang«, lotst uns eine Männerstimme in ein vom Flur abgehendes Zimmer. Vor einer mit Strickgardinen behangenen Fensterfront steht ein Klappschreibtisch aus Metall, der

nicht recht in dieses Szenario hineinpassen will. Noch weniger passen allerdings die Männer, die davor stehen, hinein. Die meisten davon in unserem Alter. Und sie sind nackt. Unliebsame Erinnerungen an meine eigenen ersten Castings werden wach.

Ich werfe ein freundliches »Hallo« in die Runde. Nils hebt kurz seine Hand, lässt sie aber mutlos wieder sinken. Niemand macht sich die Mühe, sich nach uns umzudrehen.

»Name?«

Erst jetzt nehme ich den Mann mit dem Klemmbrett in der Hand wahr, der gelangweilt an der rustikalen Schrankwand lehnt. Sein Daumen drückt unablässig auf den Kopf eines Kugelschreibers.

Klick-klick, klick-klick.

»Quentin Bachmann.« Ich strecke ihm zur Begrüßung die Hand entgegen, die er jedoch keines Blickes würdigt. »Es geht aber nicht um mich.« Während ich spreche, klopfe ich Nils auf die Schultern. »Sondern um ihn.«

»Nils Lohmann.« Seine Stimme tropft förmlich vor Versagensangst. »Ich bin wegen der … Sache hier.«

Der Mann lächelt schräg und wendet sich wieder mir zu. »Und du? Bist du auch wegen der ›Sache‹ hier?«

»Oh, nein. Auf keinen Fall«, winke ich ab. »Ich bin sein … Coach.«

»*Coach*?« Ein skeptischer Blick durchbohrt mich.

Nils und ich nicken eifrig, was nichts daran ändert, dass sich zwischen uns und den Kugelschreiberknipser ein fettes Fragezeichen schiebt.

»Ich hab doch gleich gesagt, dass das eine scheiß Idee ist«, flüstere ich Nils hinter vorgehaltener Hand zu. Dem Mann mit dem Klemmbrett aber erkläre ich: »Mentaler Trainer, seelischer Beistand, was auch immer Sie glücklich macht.«

Offensichtlich nichts von alledem. Er verzieht keine Miene.

»Verstehen Sie, der junge Mann hier ist neu in dem Job und

etwas nervös. Als guter Freund möchte ich ihm einfach zur Seite stehen.«

Nein, er versteht nicht. Er sieht mich noch eine Weile ausdruckslos an, dann lässt er seinen Blick wieder auf das Klemmbrett sinken.

»Das geht so aber nicht«, sagt er, ohne von seinen Unterlagen aufzusehen. »Nichtdarsteller dürfen nicht ans Set.« Entschieden schüttelt er seinen spärlich behaarten Kopf. »Nee, da könnten sie ja alle kommen. Demnächst bringt dann jeder Darsteller noch seinen Anwalt mit, damit keine Menschenrechte verletzt werden.« Er lacht emotionslos auf.

»Aber er muss mit«, beharrt Nils. Er klingt weinerlich. In seinen geweiteten Augen lese ich blankes Entsetzen. »Ich kann das nicht alleine durchstehen!«

Auf einmal tut er mir unendlich leid. Auch wenn es mir zuwider ist, ihn in dieses schmutzige Business reinzuziehen, kann ich ihn jetzt nicht hängen lassen. Wenn dies sein Traum ist, habe ich ihm als Freund gefälligst bei dessen Erfüllung zu helfen. Egal wie.

»Und«, frage ich den Kugelschreibermann deswegen. »Was machen wir jetzt? Es muss doch eine Möglichkeit geben, mit der wir alle glücklich werden. Vielleicht haben Sie noch einen Job als Stagehand, Beleuchter oder so?«

Wenn ich daran denke, wie viele Menschen bei einem Dreh herumwuseln, finde ich das gar nicht so abwegig. Und anscheinend habe ich recht. Denn irgendetwas verändert sich in der Mimik des Mannes. Er blättert sich durch das Klemmbrett und stoppt auf einer Seite. Sein Gesicht erhellt sich.

»Wir hätten da tatsächlich noch einen Job übrig«, erklärt er, »quasi unmittelbar am Ort des Geschehens.«

Das breite Grinsen unterdrückt die Blutzufuhr in seinen Lippen, was sie wie zwei schmale weiße Striche wirken lässt. Ohne auch nur meine Reaktion abzuwarten, setzt er auf seiner Liste an irgendeiner Stelle einen Haken.

*

»Ich schaff das niemals«, wimmert Nils neben mir.

Genervt versuche ich ihn auszublenden, so wie alles andere um mich herum. Nils' Vordermann kündigt sein Kommen mit einem Aufschrei an, während ich die Sprühvorrichtung meines Arbeitsgeräts überprüfe und meine nassen Hände an der Super-Saugweg-Wischkraftrolle trocken reibe. Auf meiner Stirn spüre ich die Hitze der Halogenleuchtstrahler. Der Mann mit dem Klemmbrett hat nicht zu viel versprochen. Ich bin wirklich ganz nah dran am Ort des Geschehens.

»Uuund Cut«, hallt der Ruf des Regisseurs durch das beplüschte Wohnzimmer. Ein schmieriger Kerl mit Halbglatze und Zopf, hochgekrempeltem Jackett und giftgrüner Jeans. Ein Pornojuppie. Sein dünner behaarter Arm zeigt auf das mit Flecken gesprenkelte Wohnzimmerparkett. »Okay, der Cleaner soll da mal drüberwischen.«

Mein großer Auftritt.

Ich rücke mit angehaltenem Atem und Tunnelblick der Fleckenteufel-Armee zuleibe, die sich in einem großzügigen Radius auf dem Parkett verteilt hat und drauf und dran ist, das Holz zu verätzen. Ebenso großzügig sprühe ich die Umgebung mit Glasklar ein. Mit einer Mischung aus Faszination und Ekel sehe ich dabei zu, wie der größte Sekretklumpen zerfließt und die Form eines polynesischen Inselarchipels annimmt. Ich halte mir die Hand vor den Mund, um den Würgereflex zu unterdrücken, und wische Polynesien weg. Die Konsistenz hat etwas von billigem Haargel: durchsichtig und glitschig.

Während ich den Boden poliere und an den Knüpfungen des ebenfalls in Mitleidenschaft gezogenen Tibetaner-Teppichs herumschrubbe, der in unmittelbarer Entfernung auf die ejakulatbedingte Zerstörung wartet, horche ich in mich hinein. Neben unaussprechlicher Abscheu ist da noch etwas anderes. Eine emotionslose Leere – einer außerkörperlichen Nahtoderfahrung nicht unähnlich. Interessant, denke ich, so fühlt es sich also an, der zu sein, der die Wichse von anderen wegwischt. Mit spitzen Fingern befördere ich die zerrubbelten Papiertücher in den Mülleimer und wünsche mich nach Weit-weit-weg.

Als Nächstes ist Nils an der Reihe. In seinem hellblauen Frotteebademantel und den grau-weißen Tennissocken, die in Einweg-Badelatschen stecken, legt er den Charme eines kilometerweit unterlegenen Preisboxer-Herausforderers an den Tag. Seine ganze Erscheinung strahlt Nervosität und Unsicherheit aus. Sich selbst Mut machend, reckt er mir beide Daumen entgegen. Ich setze ein schiefes Grinsen auf und halte Sprühflasche und Papierrolle in die Höhe.

»So, die Nummer dreizehn kann sich dann schon mal bereit machen!«, ruft der Regisseur.

Auf das Kommando streift Nils den Mantel ab und offenbart das obligatorische nummerierte Castingshirt und seinen blanken weißen Hintern. Seine Hautfarbe erinnert mich an Aufschnittwurst. Aber keine von der leckeren saftigen Sorte, die es beim Metzger gibt. Vielmehr an diese ausgetrockneten dünnen Scheiben, die in Plastikfolie eingeschweißt und dicht aneinandergepresst in den Tiefkühlramschtischen vor sich hin gammeln.

»Einmal das Standardprogramm«, sagt der Regisseur, »Blowjob, Doggystyle, Cumshot. Alles klar?«

Nils nickt eifrig: »Blowjob, Doggystyle, Cumshot. Alles klar.«

Linkisch streift er sich Flip-Flops und Socken ab und sucht meinen Blick. Er geht nicht wie befohlen auf die Darstellerin zu, sondern auf mich. »Ich bin total nervös. Ich glaub, ich schaff das nicht.«

»Na schön.« Ich stelle die Sprühflasche zur Seite, ziehe ihn etwas von der Crew weg und fasse ihn an den Schultern. Ich komme seinem Gesicht ganz nahe, als ich sage: »Das Geheimnis

ist, den Kopf frei zu machen. Du darfst an nichts denken, was dich blockiert.«

»Aber die ganzen Leute hier … das Licht. Und der böse Blick der Darstellerin. Ich glaub, die hasst mich!«

»Ich glaube, die hasst jeden mit einer zweistelligen Nummer auf dem Shirt. Egal. Wichtig ist, dass du dich konzentrierst und alles andere ausblendest.«

Er sieht zu dem Pornohäschen rüber, das sich immer noch das Gesicht trocken wischen lässt. Ein winselnder Laut verlässt Nils' aufgesprungene Lippen.

»Sieh mir in die Augen«, befehle ich ihm. Zögernd kommt er meiner Aufforderung nach. »Das ist ein Job wie jeder andere. Miss ihm keine allzu große Bedeutung bei.«

»Aber das ist mein großer Traum!«, erwidert er aufgeregt. »Das Einzige, was ich immer schon tun wollte.«

»Dann tu's auch.«

Wieder driftet sein ängstlicher Blick zur seiner Partnerin ab. Mit einem leichten Klaps gegen die Wange hole ich ihn zu mir zurück.

»Das ist alles eine Sache der Einstellung. Du gehst jetzt da hin und zeigst ihnen, wo der Frosch die Locken hat, klar?«

»Klar.« Er nickt zögerlich, setzt sich aber nicht in Bewegung. »An was denkst du denn, wenn du drehst?«, fragt er stattdessen.

»Meist an gar nichts«, erwidere ich wahrheitsgemäß. Und in diesem Moment wird mir zum ersten Mal in meinem Leben bewusst, dass in dieser punktgenauen geistigen Unterbeschäftigung des Hirns vermutlich meine Stärke liegt. Irgendwie traurig.

»Das kann ich nicht.«

»Dann stell dir eben deine Traumfrau vor. Die, die du immer schon mal haben wolltest. Das ultimative Traumbabe, das nur auf dich wartet. Eigentlich völlig egal. Denk nur nicht an all die Leute hier.« Etwas verändert sich in seinem Gesicht.

Nicht nur dort, auch etwas weiter unten. Mit einem Mal

strafft sich die faltige Fleischwurst, die fast von dem viel zu großen T-Shirt verdeckt wird, und reckt sich neugierig empor.

»Möchte ich wissen, woran du denkst?«, frage ich vorsichtig.

»An so 'ne Szene aus'm Porno, wo so'n Typ mit Taucherflossen es 'ner drallen Blondine auf 'nem Schlauchboot im Baggersee besorgt.«

Die von ihm beschriebene Szene spielt sich vor meinem geistigen Auge ab. Sehr deutlich umrissen und klar detailliert. Und plötzlich weiß ich auch warum, und mir wird etwas übel. »NILS! Das war *ich*!!!«

»Uuund Action«, lautet der nüchterne Kommentar des Regisseurs.

Wider Erwarten beweist mein Mitbewohner Talent. Nach anfänglichen Schwierigkeiten kommt er richtig in Fahrt und liefert das volle Programm ab. Ich erkenne meinen linkischen Mitbewohner nicht wieder. Waren die Trockenübungen vor dem Fernseher und YouPorn also doch für etwas gut …

Irgendwann lasse auch ich mich von der Begeisterung, die er an den Tag legt, anstecken. Ich feuere ihn an wie ein Boxtrainer seinen Zögling an den Ringseilen, tupfe ihm das Gesicht trocken, erteile ihm Ratschläge und stelle ihn in den Senkel, wenn er kurz davor ist schlapp zu machen. Verdammt, ich will, dass er es ihnen allen zeigt und seine ganzen neununddreißig Konkurrenten aussticht!

Schließlich erklingt der finale Befehl: »Und Schuss!«

Ich gehe auf meinen Posten und warte, bis Nils nach einigen Augenblicken des Stöhnens, Hechelns und Augenverdrehens den Arm nach oben reißt und seine Hand zur Faust ballt.

Nils hat fertig.

»Und? War das gut?«, keucht er mit seiner kieksigen Stimme. »Hab ich den Job?«

»Spitzenmäßig«, freut sich der Regisseur und hält ihm die Hand zum High-five entgegen. »Okay … Cleaner?«

19

Die zweigeschlechtliche Qualle kommt sogar
gänzlich ohne Sex aus. Sie befruchtet sich einfach selbst,
indem sie zunächst den männlichen Samen bildet
und dann die weibliche Eizelle hinterherproduziert.

Auch die dritte Dusche kann das beschmutzte Gefühl nicht von mir abwaschen. Zu gerne hätte ich mich stundenlang in die Badewanne gelegt und das schmuddelige Castingerlebnis mit Borstenbürste und Kernseife von mir abgeschrubbt. Aber einen weiteren Waschgang lässt meine gerötete und vermutlich auch schon um einige Schichten dünner gewordene Haut nicht mehr zu. Und die Resthaut brauche ich noch. Denn ich habe Wichtiges vor heute Abend.

Zumindest ist haartechnisch heute ein guter Tag. Sie machen alles mit, wozu ich sie zurechtlege. Um meine etwas zu hohe Stirn zu kaschieren, kämme ich das Haar zunächst nach vorn und durchwusele es dann mit den Fingerspitzen.

Auf Haargel verzichte ich ganz. Womöglich möchte mir Cassandra beim Küssen durch die Haare fahren. Da sollen keine verklebten Strähnen den Gesamteindruck trüben. Überhaupt überlasse ich nichts dem Zufall. Die Wohnung ist aufgeräumt, Nils verbannt und der Champagner kalt gestellt. Passend dazu rotieren in Endlosschleife Nick Cave und seine *Bad Seeds* im CD-Player.

Jetzt gilt es lediglich, die Kleidungsfrage zu klären. Unschlüssig stehe ich vor dem Schrank. Ich entscheide mich schließlich für meine verwaschene Hilfiger-Jeans (ein Auslaufmodell aus dem Outlet), die am Hintern zwar schön eng, an den Beinen aber männlich weit genug geschnitten ist. Darüber trage ich mein weißes auf Figur geschnittenes Slim-Fit-Hemd, das im Brustbereich etwas zu sehr spannt. Da ich nicht auf das Hemd verzichten, aber dennoch zeigen will, dass sich die Stunden im Fitnessstudio gelohnt haben, lasse ich die obersten Knöpfe offen stehen. Zum Schluss streife ich mir die Lederhalskette mit dem Elben-Ring über, die mir Nils zum Geburtstag geschenkt hat, und blicke zufrieden in den Spiegel. Wenn ich das Licht noch etwas dimmen würde, würde ich mit etwas gutem Willen als Karl-Lagerfeld-Model durchgehen.

In diesem Moment klingelt es an der Tür. Mit klopfendem Herzen ziehe ich sie auf und bin mal wieder geblendet.

»Hallo«, sagt Cassandra.

Ich möchte auch hallo sagen, doch das Wort verknotet sich in meiner Kehle. Der Anblick von Cassandra und der Klang ihrer Stimme lassen meine Atmung aussetzen. Ihr Outfit trägt das Übrige dazu bei. Ihre Haare hat sie zu einem strengen langen Pferdeschwanz gebunden. Die Frisur betont ihre ausgeprägten Wangenknochen sehr vorteilhaft. Cassandra trägt eine schwarze Satinbluse, bei der nicht weniger Knöpfe aufstehen als bei mir (ihr BH hat die Farbe ihres Haars), darunter einen grau karierten Bleistiftrock mit durchgehender Knopfleiste und unglaublich sexy High Heels. Um ihren Hals hat sie einen dünnen Schal mit langen Fransen gewickelt, in dem sich das Muster des Karorocks wiederfindet. Ihr Outfit sieht elegant und sündig zugleich aus.

In ihren Händen hält sie eine große Papiertüte, aus der eine Flasche Champagner, eine Schale Erdbeeren und mehrere Bananen herauslugen.

»Darf ich reinkommen?«, fragt sie mit einem zuckersüßen Grinsen.

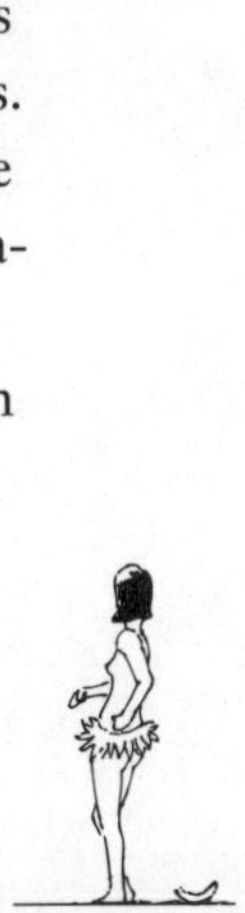

»Karo, äh, klaro«, stammele ich geistreich und nehme ihr die Tüte ab.

Kommentarlos stolziert sie an mir vorbei und lässt ihren Blick durch meinen Flur schweifen. Dabei zieht sie ihren aufregenden Erdbeerduft hinter sich her.

»Hier wohnst du also.« Zielstrebig geht sie in die Küche.

Ich stehe im Türrahmen und betrachte ihre atemberaubend feminine Silhouette. Ich kann einfach nicht glauben, dass sie tatsächlich in meiner Wohnung ist.

»Schön hast du's hier«, höre ich sie sagen.

Ich stelle betört die Tüte auf der Küchenablage ab. Cassandra macht sich sofort an dem Papierbeutel zu schaffen und zieht Sekt und Bananen heraus. Plötzlich hält sie in der Bewegung inne und hebt den Kopf.

»Was hören wir denn da?«, fragt sie. Dabei zieht sie einen ihrer Mundwinkel schräg nach oben.

»Push the sky away«, murmele ich. »Das neue Album von …«

»Hast du nicht irgendwas anderes?«

»Ähm, doch …«

»Vielleicht was von den Ärzten?«

Ich stutze kurz. Es ist nicht so, dass ich mit den Ärzten nichts anzufangen weiß, ich empfinde ihre Musik aber nicht gerade als passende Untermalung für einen romantischen Abend zu zweit. Andererseits ist der Kunde König. Und so sage ich: »Klar, ich glaub, da ist noch irgendwo das Unplugged-Album von denen im CD-Regal.«

Sie hebt eine Braue. »Du hörst noch CDs? Wie old school. Aber süß.«

Ich lächele. Ein Kompliment. Aus ihrem Mund. Wie schön.

Während sie weiter die Utensilien für das Abendessen auspackt, eile ich ins Wohnzimmer, um Nicks Saat abzuernten und die Ärzte durchzulassen. Sie beginnen mit dem inbrünstigen

Schrei nach Liebe, der so gar nicht in mein mühsam aufgebautes romantisches Lager hineinpassen mag.

Aber wen schert mein primitiver Geschmack. Aus der Küche höre ich Cassandra begeistert mitsingen. Natürlich. Sogar das klingt gut aus ihrem Mund. Allmählich schüchtert mich dieses anscheinend rundum perfekte Wesen doch ein wenig ein.

Als ich die Küche wieder betrete, staune ich nicht schlecht. Cassandra hat die Errungenschaften ihres Einkaufs fein säuberlich auf der Küchenablage aufgebahrt und ist gerade dabei, einen meiner Küchenschränke zu durchsuchen. Meine Schränke hängen hoch. Sie muss sich recken, um an die oberen Fächer zu kommen, was mir einen ungenierten Blick auf ihren Hintern spendiert. Unter der schmalen Rockform zeichnen sich die Ansätze von halterlosen Strümpfen ab.

Unter Aufbringung aller mentaler Kraft richte ich meinen Blick zu Boden und schüttele alle unsittlichen Gedanken ab, während ich mir Melanies Worte ins Gedächtnis rufe: »Steig nicht beim ersten Date mit ihr ins Bett!«

»Was?«

»Nichts«, sage ich schnell. »Ich bin nur überrascht … über deinen Einkauf.«

Und das bin ich wirklich. Auf meiner Küchenablage befinden sich neben der Flasche Champagner, den Erdbeeren und Bananen auch Austern, eine kleine und teuer aussehende Dose Kaviar, rote und grüne Weintrauben und ein dunkelbrauner Lehmklumpen.

»Was ist denn das?«, frage ich irritiert.

»Trüffel.« Cassandra stellt ihre Schrankausbeute – drei Glasschälchen – auf die Ablage und befüllt sie mit den skalpierten Erdbeeren und den Trauben.

»Soll eine belebende Wirkung haben.« Mit einem zweideutigen Lächeln zwinkert sie mir zu.

Ich lächele nicht zurück. Ich bin viel zu sehr damit beschäf-

tigt, die aufkeimende Panik unter Kontrolle zu bekommen. Belebend? Aphrodisierend trifft es wohl eher. Was hier auf meiner Küchenablage thront, ist quasi die Premium-Variante der auf Verführung ausgerichteten Köstlichkeiten. Dazu die halterlosen Strümpfe …

Ach du Schande!

Was, wenn Melanie recht hat? Wenn Cassandra es nur auf den Sex abgesehen hat? Mit mir, dem Pornodarsteller? Nein – nicht Cassandra! Dieses engelsgleiche, perfekte Wesen! Natürlich will sie meinen Charakter kennenlernen, um mit mir eine langfristige und stabile Beziehung einzugehen, in der man beim Pinkeln die Badezimmertür offen lässt und gemeinsam Bausparverträge abschließt.

Oder?

Kurzatmig sehe ich Cassandra dabei zu, wie sie Cayennepfeffer über die Erdbeeren streut.

»Ich stehe auf die Mischung aus süßer Frucht und Schärfe«, erklärt sie mit einem koketten Augenaufschlag und lässt ihre Zunge über die Lippen gleiten. »Magst du es denn auch gerne … scharf?«

Hilfe!

»Öh, ich dachte, wir kochen heute Abend?«, stammele ich. »Hab extra den Ofen geschrubbt.«

»Und ich dachte, wir halten uns nicht mit Küchenarbeit auf und begnügen uns stattdessen mit Fingerfood.« Sie leckt den Pfeffer von der Spitze ihres Zeigefingers und verzieht genießerisch die Lippen.

»Ähäm …« Ich keuche.

Lächelnd zieht sie an mir vorbei und stellt die Schüssel auf dem Tisch ab. Ihr aufreizend hin und her fliegender langer Pferdeschwanz streift mein Gesicht. Der Luftzug hat wieder diesen erdbeermilchigen Duft im Schlepptau, der drauf und dran ist, mir die Sinne zu rauben. Ich lasse keine ihrer Bewegungen aus den Augen und beobachte nervös, wie sie katzenartig um mich herumschleicht. Cassandra ist Sex pur. Wie sie geht, sich bewegt, das Haar zurückwirft, mich anlächelt. Atmet. Isst.

Kein Sex beim ersten Date, rufe ich mir ins Gedächtnis. Kein Sex beim ersten Date. Kein Sex beim ersten Date, kein …

»Alles okay mit dir?«

»Sex!«

Nein!

»Oh ja!«

Sie greift sich ins Haar und löst mit einem festen Ruck den Pferdeschwanz, um mit einer schwungvollen Kopfdrehung ihr Haar wallen zu lassen. Eine Sekunde lang werde ich von dem granatapfelroten Meer verschlungen. In diesem Moment bin ich mir sicher, dass sie eigens für diesen Effekt den Zopf getragen hat. Er verfehlt seine Wirkung nicht. Beim Schlucken wird mir bewusst, wie trocken mein Mund ist.

Sie öffnet die Knopfleiste ihrer Bluse weiter, Knopf für Knopf.

Plopp.

Plopp.

Plopp.

Ich kann meinen Blick nicht von ihrem Dekolleté abwenden. Es ist wie bei unserem letzten Aufeinandertreffen, als sie mich von meiner erektilen Dysfunktion befreit hat.

»Du«, huste ich hektisch, »ich glaube nicht, dass das eine gute Idee …«

Ich schaffe es nicht, den Satz zu vollenden, da mir just in diesem Moment bewusst wird, dass sie einen dieser BHs trägt, die sich vorne öffnen lassen. Das weiß ich, weil sie gerade genau das tut.

Mein Kinn wird von einer unsichtbaren Kraft nach unten gezogen. Wie paralysiert und mit offenem Mund starre ich auf die perfektesten echten Brüste, die ich in meinem ganzen Leben

gesehen habe. Und das will etwas heißen. Schließlich bin ich Pornodarsteller.

»Du trägst ein Piercing«, stelle ich blödsinnigerweise fest. Als wüsste sie das nicht selbst.

»Gefällt's dir?«, fragt sie mit gespielter Unsicherheit und wackelt mit dem Oberkörper wie die Hulamädchen auf Hawaii.

Ich kann meinen Blick nicht von der silberglänzenden Hibiskusblüte losreißen, die ihre linke Brustwarze schmückt, und nicke wie ein Wackel-Elvis auf holpriger Landstraße.

»Ein kleiner Fetisch von mir. Piercings machen mich so richtig heiß. Ich hoffe, du findest das nicht zu pervers?«

»Nein, nein«, erwidere ich schnell und versuche gleichmütig zu klingen. Tatsächlich bin ich augenblicklich dazu bereit, mir eine heiße Stricknadel durch irgendein Körperteil zu jagen, wenn sie mich darum bittet.

Glücklicherweise tut sie es nicht. »Dann ist's ja gut.«

Wieder geht ihr Blick an die Decke. Sie lauscht der Musik und summt die Melodie mit. »Hey, ›Die Banane‹! Ich steh auf diesen Song.«

Wie passend, dass es in dem Lied auch um ein erstes Date geht. Aus weiter Ferne nehme ich Fetzen des Songtextes wahr. Es ist die Rede von einer Traumfrau und einem Essen bei Romantik und Kerzenschein. Kurz bin ich überrascht. Ich hatte gar nicht auf dem Schirm, dass die Ärzte derart gefühlvolles Liedgut im Repertoire haben.

Mit einem Schwung hebt sich Cassandra auf die Arbeitsfläche. Der enge Rock rutscht ein Stück weit nach oben und entblößt die Spitzenränder ihrer halterlosen Strümpfe.

Gott, ist das sexy.

»Hungrig?«

Ich schüttele schnell den Kopf. Mir ist nach allem, aber nicht nach Essen zumute!

»Ich zergehe vor Hunger.«

Sie rupft eine Banane vom Bund und beginnt sie zu schälen. Die Art, wie Cassandra mich ansieht, während sie das weiße Fruchtfleisch freilegt, lässt die Vermutung zu, dass sie sich sehr bewusst darüber ist, was sie da gerade tut. Und ich weiß jetzt endlich, was die Ärzte mit Fellatio-Reklame in ihrem Bananensong meinen.

Ich höre auf zu atmen und lausche meinem rasenden Herzschlag, der gar nicht daran denkt, sich zu beruhigen. Die Lautsprecher vertonen derweil meine Gedanken:

»Oh, yeah, Baby, iss die Banane,
mein Gehirn wird plötzlich zu Sahne …«

Ich verfluche die Shuffle-Funktion meines CD-Players. Warum muss dieser blöde Song ausgerechnet jetzt laufen? Cassandra stört sich nicht daran. Sie nimmt das Lied zum Anlass für eine nicht jugendfreie pantomimische Untermalung, die ihresgleichen sucht.

Es liegt eindeutig zu viel sexuelle Spannung in der Luft. Dabei möchte ich es auch. Sogar nichts sehnlicher als das! Doch ich habe Angst, dass es alles kaputt macht, bevor es überhaupt angefangen hat. Kennt man ja. Dass Sex alles versaut und einem die Chance auf eine feste Beziehung nimmt.

Andererseits hat sie ihren Busen ausgepackt und leckt an einer Banane herum.

Aber wenn ich jetzt mit Cassandra ins Bett steige, ist morgen alles vorbei. Dann kann ich mir die Frau meiner Träume mithilfe der Kerbe am Bettpfosten in Erinnerung rufen.

»Du bist also Ärztin«, höre ich mich sagen. Oh Mann. An diesem Punkt waren wir irgendwie schon mal.

Sie unterstreicht ihre Überlegenheit, indem sie meine Frage geflissentlich überhört. Sie kann ohnehin nicht reden mit der großen Banane im Mund. Ihre roten Lippen heben sich er-

regend von dem weißen Fruchtfleisch der Banane ab. Dann beißt sie genüsslich ab, und es zuckt in meinem Unterleib. Phantomschmerzen.

»Mmmm …«, macht sie.

Ich sage nichts mehr, denn es ist zu wenig Speichel in meinem Mund vorhanden, als dass ich noch eine vollständige Silbe hinausquetschen könnte. Aber nicken kann ich. Und das tue ich. Eifrig und andauernd.

»Alles okay?«

Ich nicke, nicke, nicke.

»Ich hab Durst. Champagner?«

Mein Blick saugt sich an ihrem karierten Rock fest, der noch ein Stück weiter nach oben gerutscht ist. Cassandra öffnet die Flasche, als hätte sie ihr ganzes Leben nichts anderes getan. Aber etwas zu schwungvoll. Der Champagner schäumt über, sie fängt die kostbare Flüssigkeit mit ihrem Mund auf. Während sie an der Flasche nuckelt und den Schaum aufschlürft, sieht sie mich mit großen Augen an.

»Ich hab auch Gläser«, will ich gerade ansetzen und zum Schrank gehen. Doch sie fängt mich in der Bewegung ab und krallt ihre Finger in meinem Hemdkragen. Willenlos lasse ich mich zu ihr heranziehen.

Ihre katzenartigen Augen fixieren mich herausfordernd. Sie zieht mich ganz nah an sich heran, bis mein Gesicht nur noch wenige Zentimeter von ihrem entfernt ist. Ihr heißer Atem streichelt meine Wangen.

Als sich unsere Nasenspitzen beinahe berühren, neigt sie den Kopf etwas zur Seite und küsst mich auf den Mund. Ein greller Blitz schlägt in mich ein. Ihr Lippenstift schmeckt süß, die Zunge dafür umso schärfer. Reste des Cayennepfeffers. Wie ein Krake schließt sie ihre Glieder um mich und presst mir die Lippen auf den Mund.

Ich gehöre ihr. Voll und ganz. Mit Haut und Haar.

Nein, denke ich noch. Nicht beim ersten Date …

Aber mit einem einzigen Schlag ihrer Zunge wischt sie all meine Bedenken beiseite.

Wer weiß. Wenn wir jetzt grandiosen Sex haben, ist das vielleicht eine gute Basis für eine wundervolle Beziehung. Mit Leidenschaft, Emotionen und ganz viel Liebe. Und offener Badetür beim Pinkeln.

Und da wird es mir bewusst …

Ich liebe sie.

Ich liebe meine Urologin.

Ich liebe Cassandra.

Während die Erkenntnis Schlag um Schlag auf mich eindrischt, macht sich Cassandra an meiner Hose zu schaffen, die wie ich keinen wirklichen Widerstand leistet.

»Nimm mich«, schnurrt sie mir ins Ohr.

Kurz bin ich versucht, mit einem »Ich liebe dich« zu antworten, kann die Wörter aber gerade noch so wieder herunterzwängen. Selbst ich weiß, dass ein Liebesgeständnis in dieser Situation keine wirklich gute Idee ist und alles zerstören würde.

Und wenn schon, ich kann es ihr ja immer noch danach sagen! Wenn sie heute Nacht in meinem Armen eingeschlafen ist, kann ich es ihr ins Ohr flüstern. Oder kurz nachdem wir morgen gemeinsam aufgewacht sind. Eng verschlungen in der Löffelchenstellung.

Wir küssen uns lange und leidenschaftlich. Meine Hände wandern über ihren ganzen Körper. Ich komme mir vor wie ein Kind im Toys'R'us, das versehentlich nach Ladenschluss eingeschlossen wurde und gerade dabei ist, die Möglichkeiten zu begreifen, die die kommende Nacht bietet.

Cassandra ist in ihrer Spielzeugwahl weitaus zielsicherer unterwegs. Ihre Finger drücken sanft, aber bestimmt zu. Ich stöhne auf, völlig wehrlos.

Sie drückt weiter. Rubbelt, massiert und streichelt.

Und dann merken wir beide, dass etwas nicht stimmt. *Er* stimmt nicht. Panisch reiße ich meinen Kopf nach unten und betrachte das Elend in ihren Händen. Verschrumpelt und schlapp, mit eindeutig zu viel Haut und eindeutig zu wenig Schwellkörper.

»Alles okay?« Sie lächelt mich an, doch ich höre den vorwurfsvollen Ton heraus, der in ihrer Frage mitschwingt.

»Aber ja doch, ähm …« Ich breche mitten im Satz ab, schließe die Augen und sehe auf einmal ein grausames Bild in blutigen Farben vor mir: Nils beim Sex.

Mit einem energischen Schütteln lasse ich es vor meinem geistigen Auge verwischen. Doch da ploppt sofort das nächste auf. Jetzt sehe ich mich mit der Sprühflasche bei der Spurenbeseitigung von Nils' Sex.

»Wirklich alles okay?«

Unter enormer Anstrengung würge ich ein »klar« heraus und nehme die Sache selbst in die Hand, indem ich meinen Penis allen erdenklichen mechanischen Stimuli aussetze. Ziehen, Drücken, Quetschen, Schrubben.

»Hatte heute viel um die Ohren. Muss nur den Kopf frei bekommen.«

»Dabei helfe ich gern«, haucht sie mir so zart ins Ohr, dass meine Härchen kitzeln.

Sie spreizt ihre Beine ein wenig und zeigt mir, dass ihr Tanga dieselbe Farbe wie der BH hat. Eine wirklich nette Geste. Doch nichts tut sich mehr. Als wäre er abgestorben. Dabei stehe ich vor der heißesten Frau des Universums.

Ob ich Jean anrufen soll?

»Ist doch kein Problem.« Ihr Lächeln ist jetzt einen Hauch kühler, und der vorwurfsvolle Unterton hat sich bedauerlicherweise nicht aus ihrer Stimme verabschiedet.

»Du, ich weiß echt nicht, was los ist.« Gerade, als ich vorschlagen will, dass wir doch auch kuscheln könnten, wandern ihre Finger zielsicher die Satinbluse hinauf und hinterlassen eine zugeknöpfte Landschaft. Sie drückt mir einen Kuss auf meine schweißbenetzte Stirn. Es ist eindeutig ein mütterlicher Kuss. Mir wird bewusst, dass ich noch immer mein schlaffes Glied in der Hand halte.

»Vielleicht das nächste Mal«, sagt sie, zwinkert mir zu und wendet sich zum Gehen ab. »Ist vermutlich auch besser so. Ich muss morgen früh raus.«

Und dann geht sie. Lässt mich allein zurück. Ihre Küsse, Berührungen sind nur noch Erinnerungen, die ich noch immer an den Stellen spüre, wo sie mich berührt hat. Die Stirn, der Mund, mein Penis.

Die Haustür fällt mit einem finalen Schnappen ins Schloss. Weg ist sie.

Wehmütig blicke ich an mir herab. Wie zum Hohn ragt plötzlich ein Eins-a-Ständer aus der offenen Hose.

»Schwanz«, sage ich zu ihm, »du bist ein blödes Arschloch.«

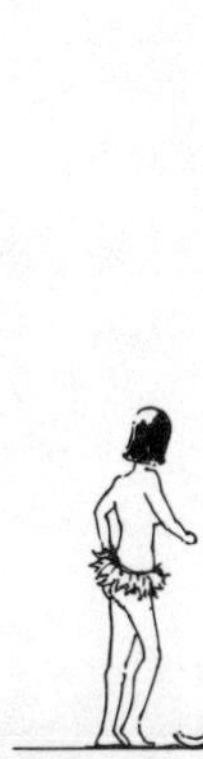

20

Das Faultiermännchen lässt sich lange zum Sex bitten.
Mit lauten schrillen Rufen versucht das paarungswillige Weibchen einen Sexualpartner anzulocken. Hört ein Männchen diesen Ruf, nähert es sich dem Weibchen. Langsam, seeehr langsam, stumm und ohne Hektik. Nachdem es dann gekommen ist, zieht es sich wieder zurück und überlässt das Weibchen seinem Schicksal als alleinerziehende Mutter.

Wie leer so eine große Wohnung sein kann. Mit erheblich angekratztem Selbstbewusstsein sitze ich auf der Couch und habe die Tigerfelldecke um mich geschlungen.

Vor mir steht der Laptop, der mich mahnend dazu auffordernd, endlich Wörter darauf einzuhacken. Doch nach Schreiben steht mir nach der Pleite des vergangenen Abends nicht der Sinn. Schon gar nicht, wenn ich die besten Zeilen meines Lebens zu Papier bringen muss. Es gleicht einem anaphylaktischen Schockzustand, dass ausgerechnet ich den *Jerry-Lightning*-Abschlussband schreiben soll. Es ist mehr als eine ungeheure Verantwortung, die mir der Chefredakteur Schrägstrich Exposé-Autor auferlegt hat – mit nur einem Ziel, dessen bin ich mir sicher: Mich im hohen Bogen aus der Serie zu schmeißen, weil ich es vergeigen werde.

Um das zu verhindern, muss ich mich selbst toppen und einen wirklich starken Roman abliefern. Meine depressiv-melancholische Stimmung ist für ein derartiges Vorhaben perfekt. Ich spüre, dass ich heute imstande bin, etwas zu schaffen, das alles Dagewesene übertreffen kann. Ich spreize meine Finger und lege sie auf die Tastatur – bereit, die launische Diva namens Muse hereinzulassen, um eine Story zu verfassen, die selbst Andreas Eschbachs *Solarstation* in den Schatten stellt.

Meine Finger ruhen auf der Tastatur, doch sie bewegen sich nicht. Ich schließe die Augen und versuche ganz tief in die Welt des Jerry Lightning einzutauchen, versuche mir vorzustellen, wie es ist, auf der Kommandobrücke eines Raumschiffes zu stehen und mehrere Hundert Leute zu befehligen, die stete Gefahr der drohenden außerirdischen Invasion vor Augen, die das Ende der gesamten Menschheit bedeuten könnte.

Doch alles, was ich sehe, ist ein weißer konturenloser Raum, in dessen Mitte Cassandra steht und an einer Banane rumlutscht.

Na toll, ich scheitere schon am Anfang. Und vor mir liegen noch 180.000 Zeichen. Erste Vorboten der Verzweiflung machen sich auf meinem Körper breit. Ein dünner Schweißfilm bedeckt meinen Rücken, die Kopfhaut juckt, der Mund ist trocken. Und da setzt auch das Zwicken im Schritt ein. Mein Abgabeausschlag ist zurück.

Wenn ich doch nur den Kopf frei bekommen würde! Das vermasselte Date mit Cassandra hat mir offenbar doch mehr zugesetzt, als ich mir zunächst eingestehen wollte. Seit gestern Abend habe ich es nicht mehr geschafft, die Küche zu betreten. Und wenn ich noch länger damit warte, werde ich mich gar nicht mehr hineintrauen, weil dann die Austern, die immer noch auf der Anrichte vor sich hin stinken, die Küchenvorherrschaft an sich gerissen haben werden.

Es ist eine prekäre Situation, in der ich mich befinde.

Ich fühle mich einsam und ebenso leer wie diese Wohnung. Wäre doch mein unterernährter Freund mit dem dünnen Haar hier, dem ich mein Leid klagen könnte! Das ist doch das eigentlich Schöne an Mitbewohnern: Sie können nicht vor dir weglaufen.

Aber Nils ist nicht da. Vermutlich hat er Flughafenschicht oder besorgt sich ein Reparaturset für Amanda. Ohnehin hat

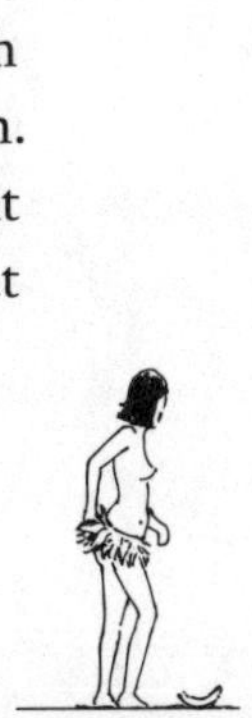

er jetzt Besseres zu tun, als sich mit mir abzugeben. Vielleicht feilt er just in diesem Moment mit meinem Agenten an *unserer* Karriere. Oh, wie großartig wir das finden!

Ich schüttele den Gedanken ab. Ich muss aufhören mit der Selbstzerfleischung und mich endlich dem Abschlussband widmen. Ich schließe die Augen und betrete wieder den weißen Raum, der mit meiner Geschichte gefüllt werden will. Eine arktische Kälte hat Einzug ins Wohnzimmer gehalten – mitten im Frühling. Das Gefühl der Einsamkeit macht sich in mir breit. Ich bin allein. Mehr denn je.

Meine Gedanken rotieren und nehmen unheilvolle Wege. Unangenehme Fragen über den Sinn des Lebens im Allgemeinen und meines eigenen im Speziellen manifestieren sich unter meiner Schädeldecke. Dagegen muss ich etwas tun! Ich brauche wirklich dringend jemanden zum Reden.

Eingewickelt in mein Tigerfell schleppe ich mich zur Garderobe und wühle in meiner Jeansjacke. Auf Anhieb erwische ich die richtige Tasche. Die mit Melanies Visitenkarte. Aus der Innentasche ziehe ich das Handy hervor und wähle ihre Nummer.

Eigentlich will ich den Coolen und Souveränen spielen. Doch bereits als ich das Tuten höre, öffnen sich bei mir alle Schleusen. Als Melanie nach wenigen Sekunden abhebt und sich mit einem neugierigen »Ja, hallo?!« meldet, keuche ich asthmatisch auf. Und bevor ich auch nur irgendetwas sagen kann, schluchze ich hemmungslos ins Telefon.

»Quentin?«, fragt Melanie nach einer Weile. »Bist du das?«

Kurz bin ich überrascht darüber, dass sie mich am Weinen erkennt. Wozu eine Extremsituation wie ein abstürzender Aufzug nicht alles gut sein kann. Wieder werde ich das Gefühl nicht los, dass dieses Erlebnis uns auf sonderbare Weise miteinander verbindet.

»Ich habe es verbockt«, schluchze ich.

»Was hast du verbockt?« Ich höre sie tief einatmen. »Jetzt

beruhige dich doch erst mal, und dann erzählst du in Ruhe, was passiert ist.«

Sich in meinem Zustand zu beruhigen ist gar nicht so leicht. Ich brauche mehrere Anläufe, um Herr über den Heulanfall zu werden. Schließlich, nach einer halben Packung Taschentücher und einem Meer aus Tränen, die die Kirschholzdielen des Flurs bedrohlich eingenässt haben, geht es wieder. Haarklein erzähle ich Melanie von meinem verkorksten Date mit Cassandra. Sie hört aufmerksam zu und gibt an den richtigen Stellen mitfühlende »Ahs« und »Ohs« von sich.

»Und dann ist sie gegangen, hat mich einfach so stehen lassen. Alles ist verloren, habe ich recht?« Versehentlich schnäuze ich derart laut in den Hörer, dass es eine böse Rückkopplung gibt.

»Unsinn, nichts ist verloren, zumindest noch nicht ganz.«

Es ist beinahe so, als würde ich sie durch den Hörer denken hören können, dann fragt sie: »Ihr hattet also keinen Sex?«

»Nein.«

»Dann ist's ja gut.« Ihre erleichtert klingende Stimme schält sich durch das perforierte Gehäuse. »Dann ist in der Tat noch nicht alles verloren.«

»Du hast mir aber schon zugehört, ja? Ich habe keinen *hochgekriegt*! Obwohl sie vor meinen Augen eine Banane auf die wohl anzüglichste Art gegessen hat, wie es eine Frau wohl je getan hat. Was soll denn da noch zu retten sein?«

»Das zeigt doch nur, dass du kein hirnloser Primat bist, der nur Sex im Kopf hat. Freu dich, das macht dich tiefgründig!«

Ich horche tief in mich hinein. Nein, Freude ist da nicht.

»Wenn du meinst«, sage ich resigniert und eher, um Melanie ob ihrer Bemühungen nicht zu enttäuschen.

»Du musst jetzt alles auf eine Karte setzen und ihr klarmachen, dass sie dir wirklich etwas bedeutet.«

»Aber das tut sie doch!«

»Dann zeig es ihr.«

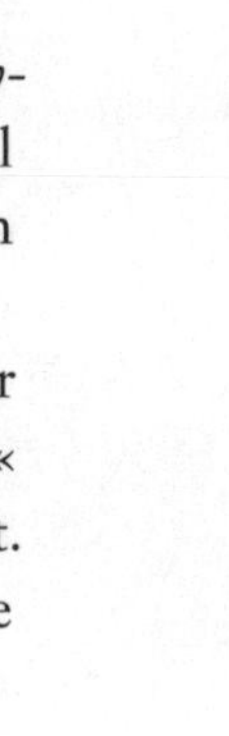

»Ach, und wie?«

Ich höre sie atmen. Etwas rauscht im Hintergrund. Hat Melanie etwa mit mir auf dem Klo gesessen?!

»Frauen mögen symbolische Sachen«, sagt sie über das Rauschen hinweg. »Du musst sie mit einer Aktion komplett aus den Socken hauen. Ihr verdeutlichen, dass sie dich völlig falsch eingeschätzt hat und du weit mehr bist als nur ein gut aussehender Erotikstar.«

»Du findest mich gut aussehend?«, frage ich verlegen.

Sie steigt nicht auf meine Frage ein. »Das darf aber nichts Einfaches sein. Es muss etwas Vielsagendes sein. Etwas Bedeutungsvolles. Vielleicht ein Gedicht? Oder etwas, das wehtut. Zum Beispiel finanziell. Etwas derart Teures, dass die Beschenkte merkt, welche großen Entbehrungen du dafür auf dich genommen hast. Aber bitte keinen Ring oder so, das wäre zu voreilig.«

»Eine Kette?«

»Weiß nicht. Die Symbolik ist nicht so ideal. Von wegen ›an die Kette legen‹ und so. Auf jeden Fall muss es etwas sein, das ihr zeigt, dass du es wirklich ernst meinst und sie nicht nur ein Abenteuer für dich ist. Es muss etwas sein, dass dich aus Liebe zu ihr an deine Grenzen bringt.«

»Ich kenne sie aber noch nicht so gut, um zu wissen, was ich da machen könnte«, bremse ich Melanies Enthusiasmus, und das Kartenhaus der Hoffnung fällt mit einem leisen *plumps* in sich zusammen.

»Schon klar. Aber vielleicht gibt es da ja doch eine Sache, eine Bemerkung, die sie hat fallen lassen. Denk doch mal scharf nach.«

Ich grabe in meinen Gehirnwindungen und gehe im Geiste noch mal unsere wenigen Begegnungen durch. Und dann manifestiert sich ein loser Gedanke, kaum greifbar schwebt er durch den weißen Raum. Ich strecke die Hand aus und springe, so hoch ich kann. Hab ihn.

»Melanie, ich glaube, ich habe wirklich eine Idee …«

21

Nashörner treiben es zwar selten, aber wenn, dann geht es gewaltig zur Sache. Und stundenlang. Dabei ejakulieren die Bullen immer wieder aufs Neue – oftmals im Abstand von wenigen Minuten – und geben dabei hohe Quietschtöne von sich.

Große Zeiten verlangen nach großen Taten, das war bei Cäsar so, bei Napoleon, und auch ich fühle, dass etwas Großes im Gange ist. Ich muss zwar kein Weltimperium führen oder die Schlacht von Waterloo gewinnen, dennoch bin ich vielleicht gerade dabei, einen Schritt zu weit zu gehen. Ich schlucke den Angstkloß mühsam runter. Vermutlich bin ich schon vor Längerem weit über das Ziel hinausgeschossen. Auch im übertragenen Sinn. Natürlich habe ich Ehrfurcht und Respekt vor dem, was ich gleich tun werde, aber manchmal muss man für seine Träume und Ziele eben dorthin gehen, wo es wehtut.

Genau dort bin ich nun.

»Und du bist dir sicher, dass du das wirklich willst?«, fragt mich der vollbärtige ZZ-Top-Verschnitt mit den schwarzen Gummihandschuhen.

Ich krächze ein heiseres »Natürlich bin ich mir sicher« und glaube mir selbst kein Wort.

Am liebsten würde ich mich von dieser bedrohlich kalten Liege mit schwarzem Plastikbezug erheben, mir die Hose hochziehen und so schnell und so weit wie nur möglich davonlaufen. Mein Nervenkostüm verwandelt sich in eine steife

Korsage, an dessen Schnüren gerade der unglaubliche Hulk zieht.

Doch ich muss ein eindeutiges und unmissverständliches Zeichen setzen. Und mein Zeichen ist gigantisch. Ich bin im Zugzwang bei der Operation Cassandra. Und wenn ich mich dafür einem kleinen chirurgischen Eingriff unterziehen muss, um sie zu beeindrucken, dann ist das ein Preis, den ich zu zahlen gewillt bin.

»Das sag ich jetzt nicht nur aus Spaß«, fährt mich Billy Gibbons an. Es riecht nach Alkohol, und ich schicke ein Stoßgebet gen Himmel, dass nicht er die Quelle ist, sondern das bereitstehende Desinfektionsmittel in der Sprühflasche, die mich wiederum unwillkürlich an meinen Cleaner-Job erinnert.

»Egal, wie scheiße das wehtut, du hältst still! Wenn ich mich versteche, besteht die Gefahr, dass du zukünftig um die Ecke pissen kannst. Oder gar nicht mehr – je nachdem.«

Ich schlucke laut. »Das klingt … gefährlich.«

Unter dem zotteligen Bart glaube ich ein dämonisches Grinsen zu erkennen.

Ich räuspere mich. »Okay, ziehen wir es durch.«

»Ich hätt's nicht treffender sagen können. Und jetzt sperrst du deine Lauscher auf. Ich erkläre dir jetzt genau, was ich da tue.«

»So genau will ich das aber gar nicht wissen. Tu's einfach!«

»Geht aber nicht«, erwiderte er gelassen. »Schon allein von Gesetzes wegen muss ich dir das ganz genau erklären. Und das hier musst du unterschreiben.« Er zieht ein Blatt hervor und tippt darauf herum. »Da, da und da.« Dann drückt er mir den Wisch auf die Brust und hält mir einen Stift hin. Ohne auch nur einen Blick darauf zu werfen, unterschreibe ich auf den gestrichelten Linien.

»Können wir dann jetzt endlich loslegen, ja?«

»Jetzt ja. Ich setze das Piercing in Höhe des unteren Eichelrandes.« Zur Verdeutlichung legt er seinen behandschuhten Finger auf die Stelle. Ich wünschte, er würde es nicht tun.

»Hab's kapiert«, sage ich hastig, damit der Finger, der dort nicht hingehört, schnell wieder verschwindet.

»Wenn alles glattgeht, verläuft das Piercing dann von der Harnröhre ausgehend die untere Peniswand entlang.«

Mein Unterleib zieht sich ängstlich zusammen. »Was heißt denn hier: Wenn alles glattgeht?« Ich erhebe mich ruckartig, werde aber von seinen gigantischen Pranken zurück in die Horizontale gedrückt.

»Das heißt: Wenn du meinen Aufforderungen folgst und beim Stechen stillhältst, kapiert?«

Ich nicke hektisch. Und ob ich verstehe. Dann schließe ich die Augen und zähle bis zehn.

Bereits bei der Zwei durchfährt meinen Körper ein unbeschreiblicher Schmerz, der in Form eines lang anhaltenden, lauten Schreis seinen Weg ins Freie sucht.

»Okay«, höre ich den Bärtigen brummen, als meine Stimme versagt. »Das war das Desinfektionsspray.«

Vorsichtig öffne ich ein Auge und sehe die Sprühflasche in der Hand des Piercers. Zur Bestätigung drückt er auf den Abzug, und sofort wird mein Genitalbereich mit einem eiskalten Sprühnebel benetzt. Der bei offenen Augen viel weniger schmerzhaft ist als bei geschlossenen.

»Soll ich lieber jemanden holen, der dich festhält?«, fragt der Piercer gleichermaßen einfühlsam und belustigt.

»Ich hab mich nur erschreckt«, erwidere ich trotzig.

»Oder möchtest du jemanden anrufen, der vorbeikommt und Händchen hält?«

»Ich sagte doch, es ist alles in Ordnung!«

Was er dann in die Hand nimmt, lässt meinen Puls um viele, viele Takte schneller schlagen.

»Das ist eine Venenverweilkanüle«, erklärt er, als er mir

in die vor Panik geweiteten Augen sieht. »Nichts, wovor man Angst haben muss.«

Mit dem Spruch kann er meiner Angst nichts vormachen. Wie eine in eine Zwangsjacke eingewickelte paranoide Irre steht sie vor meinem inneren Auge und fängt wild schreiend damit an, ihren kahlrasierten Kopf gegen die Scheibe meines Bewusstseins zu donnern.

»Hiermit setze ich jetzt den Stich an«, erklärt der Vollstrecker weiter. Er umfasst meinen Penis, zieht die Vorhaut zurück und sucht nach der richtigen Stelle. Bevor er die Kanüle ansetzt, sieht er mich noch einmal an. »Wenn du auf den richtigen Zeitpunkt wartest, um die Augen zu schließen oder in Ohnmacht zu fallen – er wäre jetzt gekommen.«

Gerade, als ich eine sinnvolle Antwort erwidern will, lehrt mich der Bärtige, was es *wirklich* heißt, Schmerzen zu erfahren.

Bevor ich das Haus verlassen habe, hatte ich fünf Minuten damit verschwendet und Onlineforen durchstöbert, um Erfahrungsberichte zu lesen. Dort vertraten die Anwesenden allesamt die einhellige Meinung, dass ein Genitalpiercing nicht wehtut. Jetzt weiß ich: Sie alle sind Lügner vor dem Herrn. Eine Intim-Piercing-Mafia, die Märchen verbreitet, um immer mehr ahnungslose Männer dazu zu bewegen, sich unter den qualvollsten Schmerzen, die Mann nur erleben kann, einen Metallring quer durch die nackte Eichel stechen zu lassen!

Ich schreie.

So lange und so laut, bis es jeder einzelne Bewohner in Koblenz-Metternich garantiert mitbekommen hat. Ich schreie vor Schmerzen, die ich definitiv habe. Aus Angst, nie mehr geradeaus pinkeln zu können. Aus Panik. In meinem Kopf ist nur noch ein einziger Gedanke allgegenwärtig: MIR WIRD EINE NADEL DURCH DIE EICHEL GESTOCHEN! MIR WIRD EINE NADEL DURCH DIE EICHEL GESTOCHEN! Und dabei schüttelt die kahle Irre vor meiner mentalen Mattscheibe wie verrückt den Schädel, sodass die Speichelfetzen von links nach rechts fliegen.

Erst höre ich nur meinen eigenen Schrei und das hysterische Lachen in meinem Schädel. Dann sehe ich das Licht.

Es ist wunderschön. Ich bin im Paradies und genieße die Wärme, die Aussicht auf das türkisfarbene Meer und das leise Rascheln der im Südseewind hin und her wogenden Palmenblätter. Eine schlanke Hand streichelt sanft meinen Innenschenkel entlang.

»Was gibt es Schöneres, als einen praxisfreien Tag mit dir zu verbringen?«, säuselt mir die Strandschönheit ins Ohr.

Ich bin geblendet von ihrem kokosnussweißen Bikini, der sich wie ein negativer Schattenriss auf der weichen braun gebrannten Haut abzeichnet. Ein Teint wie ein perfekt zubereiteter Latte macchiato, auf dem der weiße Bikini den krönenden Milchschaum verkörpert.

Sie beugt sich zu mir, und ihr dunkelrotes Haar berührt meine Brust. Ich versinke in zwei glasklaren Bergseen, in denen sich dunkelgrüne Kristalle auf den Grund des Bodens abgesetzt haben. Smaragdgrün. Wie ferngesteuert öffne ich meinen Mund, um den Druck ihrer vollen Lippen zu erwidern.

Doch sie küsst mich nicht, sondern leckt mir über das ganze Gesicht. Mit einer eiskalten, großen, rauen und extrem feuchten Zunge.

Als mein Geist wieder aufklart, fühlt es sich an, als wäre ich fünf Jahre fort gewesen, dabei sind gerade einmal zwei Minuten vergangen. Im Zwielicht der Dämmerung sehe ich einen tropfenden Waschlappen über mir schweben und ein Gesicht zufrieden auf mich herabblicken.

»Fertig«, höre ich die nicht minder zufrieden klingende Stimme des Piercers aus weiter Ferne. »Willste mal gucken?«

Benommen richte ich mich auf und öffne langsam die Augen.

Ich bereue es sofort. Denn alles, was ich sehe, ist eine viel zu große glänzende Kugel, die mitten auf meiner Eichel in einem blutroten Meer schwimmt.

Ich bin dankbar um die starken Hände des Piercers, die meinen Fall von der Liege abfangen, als ich erneut in Richtung des grellen Lichts marschiere.

*

Eine halbe Stunde später sitze ich in Jeans Büro.

Der Piercer hat in meinem Geldbeutel nicht viel mehr als Jeans Visitenkarte gefunden, und er hielt es für angemessen, ihn anzurufen und über meinen Zusammenbruch zu informieren. Nun sitze ich hier und schaue meinem Agenten dabei zu, wie er ein Stück Holz zu einer Pfeilspitze schnitzt.

»Beruhigt die Nerven«, erklärt er mir. Dann, als ich weiter schweige, fragt er: »Wo hast du dich piercen lassen, Junge?«

Ich sitze auf meinen Händen, um das Zittern zu verbergen. Noch immer steckt mir der Schock in den Gliedern. »Na, da unten.« Ich senke mein Kinn.

»Da unten?« Nun zeigt auch er auf meinen Schritt.

»Genau da.«

»Wow. Hätte ich dir gar nicht zugetraut. Was denn genau? Einen Oetang? Einen Apadravya? Oder einen Ampallang? Ich hatte ja mal ein Magic Cross. Sah schnieke aus, hat sich dann aber übelst entzündet. Beinahe wäre mir dadurch mein ...«

»Danke, dass du mich abgeholt hast«, versuche ich das Gespräch zurück in angenehmere Bahnen zu lenken.

»Kein Problem, Kumpel«, sagt Jean freundlich nickend. »Wollte dich ohnehin gerade anrufen, als das Handy bimmelte.«

»Warum?«

Einen Augenblick scheint er selbst darüber nachdenken zu müssen. Schließlich verrät sein sich erhellender Gesichtsausdruck, dass er irgendwo in seinen Hirnwindungen darübergestolpert ist. »Weil es da etwas gibt, worüber wir reden müssen.«

»Worüber?«

»Über eine Chance, die nur einmal in zehn Jahren an die Tür klopft – wenn überhaupt.«

Ich rümpfe die Nase. »Ach, schon wieder.«

Aber Jean lässt sich nicht aus der Ruhe bringen, steht auf, geht zum Schrank und kramt seine Cognacflasche hervor. Dann schenkt er sich ein Gläschen ein.

»Auch eins?«, fragt er diesmal zu meiner Überraschung.

Ich lehne dankend ab; auch wenn mir der Sinn sehr nach Benebelung steht, fürchte ich, dass mich auch nur ein Schluck wieder ins Nirwana schicken würde.

»Wie du weißt, ist meine kleine, aber feine Agentur bekannt in der Branche …«

»Aber klar, komm bitte zur Sache.«

»… und ich bin ja auch nicht gerade ein Unbekannter.«

»Ja, auch das ist mir bewusst. Könntest du jetzt bitte sagen, was du willst?«

Jean seufzt tief. Dann blickt er mir bedeutungsvoll in die Augen.

»Manchmal ist es eben so, dass nicht immer der Prophet den Berg erklimmen muss. Manchmal greifen eben doch einige sorgfältig zurechtgelegte Mechanismen ineinander. Alles nur eine Frage der Zeit«, orakelt er. »Das Geheimnis heißt Virales Marketing. Als bedeutende Agentur ist es das A und O, im Gedächtnis der großen Labels zu bleiben. Das ist zwar ungemein arbeitsintensiv, aufreibend und zäh, manchmal aber trägt die harte Arbeit Früchte.«

Während ich noch fieberhaft überlege, wo Jean diesen viralen Begriff aufgegabelt hat und was er mir mit diesem Gefasel überhaupt sagen will, spricht er die magischen zwei Worte aus: »Sagt dir das Label *Secret Intimacy* was?«

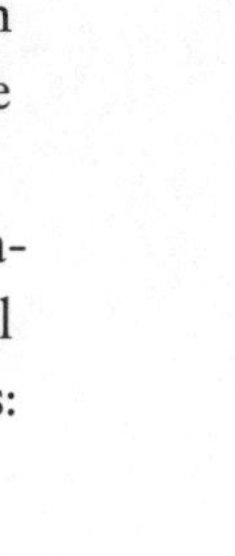

Mein Mund wird staubtrocken. »Ein Glas Cognac wäre jetzt doch nicht schlecht.«

Während er mir einschenkt, flüstere ich den wohlklingenden Namen wie ein Mantra leise vor mich hin. *Secret Intimacy.* Alleine der Klang sorgt für klitzekleine Beulen auf meinen Unterarmen.

»Denen ist ein wichtiger Darsteller abgesprungen. Und jetzt suchen sie händeringend nach Ersatz.«

»Und da hast du an mich gedacht?«

»Selbstverständlich«, nickt er. »Du bist doch mein bestes Pferd im Stall. Und weißt du, was das Allerbeste ist? Der Dreh ist bereits für nächste Woche angesetzt!«

»Nicht ernsthaft! Wie soll das denn funktionieren? Ich habe mich heute piercen lassen! Die nächsten Wochen kann ich jegliche sexuellen Aktivitäten vergessen. Kann man den Dreh nicht verschieben, wenn du das denen erklärst?«

Jean antwortet nicht direkt, sondern reicht mir den Vertrag rüber und tippt mit seinem spitzen Zeigefinger auf die Stelle, wo das Honorar steht.

Ich betrachte die Summe so lange, bis die Zahlen vor meinen Augen zu tanzen beginnen.

»So viel Geld nur für Sex?«

»Wir sind in der glücklichen Situation, dass sie *händeringend* nach Ersatz suchen. Ich denke, du siehst es ähnlich wie ich, dass wir uns dieses Geld unmöglich durch die Lappen gehen lassen können.«

Die Summe ist wirklich astronomisch hoch. Wenn ich zusagen würde, hätte ich vermutlich für zwei oder drei Stunden den Stundenlohn eines Mark Zuckerberg.

Behutsam ändere ich meine Sitzposition und denke nach. Im Prinzip verhält es sich so, als hätte Steven Spielberg persönlich angeklopft und mich darum gebeten, in einem seiner Filme mitzuspielen. *Secret Intimacy* ist die Liga, in die ich all die Zeit aufsteigen wollte. Internationales Terrain von höchstem Ansehen.

Jetzt verfluche ich es, dass ich mich so voreilig habe piercen lassen. Doch wer konnte schon mit solch einem Wink des Schicksals rechnen?!

Wieder und wieder sehe ich die Summe vor meinem inneren Auge aufploppen. Finanzielle Unabhängigkeit. Ein riesiger Puffer, der mir ermöglicht, monatelang das Leben zu führen, das ich so gerne führen will. Schreiben, nichts als Schreiben, erst das *Jerry- Lightning*-Zyklus-Abschlussheft, dann meinen Roman. Bestseller, Filmrechte, ein Haus auf Sylt. Ich sehe mein Leben in Bildern an mir vorbeiziehen.

Dann denke ich an Cassandra. Wie sie wohl darauf reagieren wird, wenn sie hört, in welche Liga ich da aufgestiegen bin? Sicherlich werde ich noch höher in ihrer Gunst steigen.

»Also, was sagst du?«, horcht Jean nach.

Ich wäge die Pros und Kontras ab. Denke an all die Opfer, die ich für meine vermeintliche Karriere gebracht habe. Die Worte des Piercers kommen mir wieder in den Sinn. Er meinte, ich solle mich zwei Wochen schonen. Vermutlich muss er das sagen. Rein prophylaktisch. Was kann denn schon passieren, wenn ich mein Arbeitsgerät etwas früher wieder einsetze? Vermutlich wird es etwas ziehen und pochen, der Heilungsprozess verzögert. Alles kein Drama.

Andererseits: Was, wenn ich mir in einer unbedachten Bewegung das noch nicht gänzlich verheilte Piercing herausreiße und sich dadurch die Eichel spaltet, sodass der äußere Harnröhrenausgang wieder zusammengenäht werden muss? Mein Unterleib zieht sich zusammen. Blutgetränkte Bilder des Grauens spielen sich in meinem Gedankenkino ab. Und plötzlich, von einer Sekunde auf die andere, weiß ich die Antwort: So will ich nicht enden. Ich möchte nicht meine Gesundheit über den Erfolg stellen.

Aber was ist mit Cassandra? Wieder einmal muss ich an Melanie denken. Ich weiß, was sie jetzt sagen würde: »Wenn

Cassandra wirklich die Richtige ist, dann wird ihr der Dreh egal sein.«

Genau.

»Nein, ich muss das Angebot ausschlagen«, sage ich deshalb und versuche, meine Stimme so fest wie möglich klingen zu lassen. »Körperlich bin ich in einer Woche noch nicht soweit.«

Jean erhebt sich hinter seinem Schreibtisch und kommt langsam auf mich zu. Unter der engen Veloursshose mit den Schnürungen an den Seiten zeichnet sich deutlich sein stattliches Gemächt ab. Kurz sieht es so aus, als ginge es in beide Richtungen. Ob es das ist, was einem Mann mit verunglücktem Intimpiercing blüht?

Schnell wende ich meinen Blick von seiner aufdringlich engen Hose ab. Jean lässt sich wie ein nasser Sack neben mich fallen. Eine süßliche Wolke umwabert ihn. Jean trägt ein neues Parfüm. Schwer und holzig. Altes, nasses Holz, aus dessen Stämmen früher vermutlich Wikingerschiffe gezimmert wurden. Er klopft mir sanft auf den Oberschenkel, während er verständnisvoll nickt. Dann, ohne Vorwarnung, schießt sein Kopf pfeilschnell in meine Richtung.

»Dein letztes Wort, ja?«

Ich nicke selbstbewusst und bin zum ersten Mal seit Langem stolz auf mich.

Jean starrt mich an, ich versuche, seinem stierenden Blick standzuhalten, schaffe es aber nicht und weiche nach oben aus. Sauge mich fest an seinem staubgrauen Haar. Durch die Strähnen sehe ich seine trockene Kopfhaut, die voller Schuppen ist.

Er kann starren, soviel er will. Meine Entscheidung steht. Gesundheit geht eindeutig vor Karriere.

Wie in Zeitlupe öffnet sich sein Mund. Bevor er spricht, leckt er sich über die eingerissenen Mundwinkel. Rhythmisch klopft seine Hand auf meinen Oberschenkel, als er sagt: »Okay, Junge. Ich kann natürlich auch Nils fragen.«

22

In der Paarungszeit treiben es die Löwen im fünfzehnminütigen Rhythmus – und das dutzende Mal am Tag. Danach ist das Männchen oftmals so erschöpft, dass es auf dem Weibchen einschläft und dieses ihn mit Prankenhieben herunterjagen muss.

Das subtropische Klima schlägt mir wie eine Wand entgegen. Es fällt mir schwer zu atmen. Der Raumanzug aus dem widerwärtigen Gummigemisch haftet an mir wie klebriger grüner Teer. Doch all das würde ich ertragen, wäre da nicht der unsägliche Gestank. Nicht gerade eine Umgebung zum Wohlfühlen. Schon gar nicht, um einen Porno zu drehen. Aber wer sagt, dass man sich bei einem Pornodreh wohlfühlen muss?

Ich kann noch immer nicht glauben, dass es *Secret Intimacy* tatsächlich gelungen ist, eine Drehgenehmigung für das Affenhaus des Neuwieder Zoos zu bekommen. Wobei das Dschungelparadies für Primaten kaum wiederzuerkennen ist. In der Mitte des von Glasscheiben umgebenen Geheges befindet sich ein havariertes Raumschiff, gezeichnet vom Eindringen in die Erdatmosphäre. Und auch sonst wirkt das ehemalige Affenhaus tatsächlich wie der Dschungel auf einem fremden Planeten. Die einzigen Primaten, die sich hier noch tummeln, sind Menschen in Affenkostümen und ich im Raumanzug.

Für die nächsten Stunden hat ein gewisser Giacomo den Job des Silberrückens übernommen. Eigentlich ist Orang-Utan Kim hier der Boss, der mit seiner Frau Lotti und dem Rest

der Affenbande ein äußerst chilliges Leben führt. Die tierische Großfamilie hat man jedoch für die nächsten Stunden ins Außengehege bugsiert – trotz Dauerregens. Begeistert werden sie davon vermutlich nicht sein. Aber was kümmert mich das, ich habe ganz andere Probleme.

Der Schweiß rinnt mir aus den Poren, das kratzende Hanfseil schneidet mir schmerzvoll in die Hand- und Fußgelenke, und ich muss einen auf bewusstlos machen. So will nicht ich es, sondern das Drehbuch. Oder vielmehr Giacomo, der Regisseur des Films. Ein etwas zu kurz geratener Italiener, der seine geringe Körpergröße mit einem lautstarken Organ wettmacht. Giacomo spricht ein perfektes, beinahe akzentfreies Deutsch. Trotzdem fällt es mir unglaublich schwer ihm zuzuhören. Seine Stimme ist so trocken wie Sägemehl. Er näselt hochgradig, spricht langsam und monoton. Hinter ihm her schwänzelt eine Frau im Business-Kostüm mit Klemmbrett und einem Fächer bewaffnet. Giacomos persönliche Assistentin Miranda, die unentwegt damit beschäftigt ist, dem Großmeister Frischluft zuzuwedeln. Anscheinend gibt es hier für jedes körperliche Bedürfnis einen Extrajob.

Um Giacomo herum spielt sich alles ab. Er wirkt wie ein Marionettenspieler, der mit unzähligen Fäden in den Händen die Puppen tanzen lässt. Und ich bin eine von ihnen. Denn das ist das von Jean so groß angepriesene neue Projekt von *Secret Intimacy*: eine Pornoparodie auf *Planet der Affen*.

Ich bin mir des Zynismus durchaus bewusst, den diese Situation an den Tag legt. Ein Science-Fiction-Autor, der dazu verdammt ist, Pornos zu drehen, um über die Runden zu kommen, findet sich nun in der erotischen Verfilmung eines Weltraumklassikers wieder. Besser hätte man es sich nicht ausdenken können.

An Händen und Füßen gefesselt baumele ich also wie ein frisch erlegtes Wildschwein an einer Stange und werde von zwei Männern im Affenkostüm von meinem Raumschiff aus Pappmaschee weggetragen. Zum Glück habe ich das mit der Bewusstlosigkeit ja vor Kurzem noch trainiert.

»Und Cut! Die Szene hätten wir im Kasten. Quentin, super gespielt«, ruft der Regisseur über das geschäftige Treiben hinweg, das schlagartig einsetzt.

Das ist mir alles andere als schwergefallen. Während ich an der Stange hing, hatte ich Zeit zum Nachdenken. Zum Beispiel darüber, dass Cassandra auf keinen meiner Anrufe reagiert hat. Und als Angela mir schließlich mitgeteilt hat, dass Cassandra nicht mehr als Vertretungsärztin in der Praxis arbeitet, ist mir doch so einiges klar geworden.

Man muss kein Einstein sein, um dieses Signal lesen zu können. Der Train of Love hat zwar in meinem Bahnhof haltgemacht, nutzt aber die nächstbeste Möglichkeit, um mich aufs Abstellgleis der verlassenen Herzen zu rangieren.

Ich bin am Ende. Ich fühle mich geschält, leer gesaugt und weggeworfen. Um mal beim Bananenbild zu bleiben. Sinnbildlicherweise liege ich in diesem Moment am Boden. Wenigstens ist er mit Stroh ausgelegt. Irgendein dumpfes Gefühl in meiner Magengegend sagt mir, dass es zwischen mir und meiner Urologin nicht so läuft, wie ich es gerne hätte.

»Schätzelein, haste super gemacht«, wendet sich da der Chef des Affentheaters wieder an mich. »Jetzt gehst du da in die Hütte zur Vivian und lässt dich von ihr waschen. Du kommst dann allmählich zu dir, während sie dir einen bläst.«

»Alles klar.«

Irgendjemand bindet mich los. Meine Hände und Füße sind taub, aber die starken Arme der beiden Männer, die mich eben noch durch den Dschungel getragen haben, hieven mich auf die Beine und bugsieren mich in Richtung Holzverschlag. Die Hütte ist eigentlich keine richtige Hütte, sondern ein aufwendig gezimmerter Käfig, der zu zwei Seiten offen ist, damit

das Kamerateam ungehindert filmen kann. Wie das restliche Affenhaus ist der Boden mit Stroh ausgelegt. Auch wenn es hier drinnen stinkt wie in einer Jauchegrube im Hochsommer und vermutlich auch vergleichbar heiß ist, gefalle ich mir in der Rolle des Charles Heston. Oder des Mark Wahlberg. Sicher bin ich mir da nicht. Denn mein im Drehbuch grob skizzierter Charakter gibt darüber nicht wirklich Aufschluss.

Nach meinem schauspielerischen Auftakt als Bewusstloser kommt nun also die erste Sexszene. Nicht nur in diesem Film, sondern auch für mein frisch versilbertes Arbeitsgerät. Gestern Abend unter der Dusche habe ich erstmalig ausprobiert, wie mein Prinz auf eine Erektion reagiert. Das Ergebnis war schmerzhaft. Nur meinem mafiösen Agenten und einem Mittel namens Lidocain ist es zu verdanken, dass ich heute hier bin und meinen Mann stehen kann. Ein Hoch auf die Pharmaindustrie!

In der Eichel spüre ich so gut wie keinen Schmerz. Leider aber auch nichts anderes mehr. Das ist ein bisschen schade, denn Vivian, die weibliche Hauptrolle, wartet bereits im Käfig auf mich und wird sich gleich oral an mir vergnügen. Sie trägt nichts weiter als einen Lederbikini und wird von zwei Stylistinnen auf wild getrimmt. Man steckt ihr Stroh ins toupierte Haar, verschmiert ihre eigentlich makellosen braun gebrannten Beine mit etwas Schwarzem, das Dreck nahekommen soll, und schafft mit weiterem Make-up einen hübschen Gammeleffekt.

Als ich den Käfig betrete, lösen sich die Stylistinnen von Vivian und kümmern sich um meinen Matschlook. Hauptsächlich wird meine Platzwunde am Kopf aufgefrischt. Schließlich soll man mir die Strapazen des Raumschiffunfalls auch ansehen.

»Also gut, Kinder, los geht's!« Wild gestikulierend läuft Giacomo vor dem Käfig auf und ab und erteilt letzte Anweisungen an seine Crew. Seine Fächerwedel-Assistentin hat echte Probleme hinterherzukommen.

»Also, wir beginnen mit der Blowjob-Szene. Quentin und Vivian, ihr könnt euch dann schon mal bereitmachen.«

Während er das sagt, macht meine Spielpartnerin komische Bewegungen mit dem Mund. Ich höre erst auf zu starren, als ich verstehe, dass es Dehnübungen sind. Peinlich berührt lege ich mich auf das für mich vorgesehene Strohbett und tue so, als sei ich bewusstlos. Das kann ich ja inzwischen ganz gut.

»Also los, Action!«

Mit dem aufblinkenden roten Licht der Kamera vergesse ich Hitze, Nervosität und Affengestank und widme mich voll und ganz meinem Job. Ich spiele den Ohnmächtigen, während ich von Vivian aus meinem Raumanzug geschält und gewaschen werde. Sehr oberflächlich und eigentlich nur auf eine ganz bestimmte Stelle fixiert.

»Okay, jetzt schlägst du langsam die Augen auf und machst einen auf überrascht. Jaaa, genau so. Versuche, dich ein bisschen zur Wehr zu setzen, als wolltest du das nicht. Ja, so meine ich das! Schubs sie von dir weg, steh auf ... Genau so. Und jetzt tigere im Käfig auf und ab! Du musst die Situation fühlen. Du bist gestrandet auf einem fremden Planeten, eingesperrt in diesem unwürdigen Käfig, mit dieser tollen Frau an deiner Seite ...«

... die nichts Besseres zu tun hat, als mir die aus meinem Raumanzug heraushängende Nudel zu lutschen?! Ist klar, denke ich und rolle innerlich mit den Augen. Wer sind nur diese Menschen, die diese unsagbar schlechten Pornodrehbücher schreiben? Und überhaupt – warum liegt hier eigentlich überall Stroh? Es pikst und juckt am ganzen Körper.

»Okay, das hätten wir im Kasten. Nächste Szene. Quentin, steh auf und, halte dich an den Gitterstäben fest. Vivian, du kniest dich davor und ... Jaaa!«

Ich stöhne auf. Sämtliche Torturen und Behandlungen, die mir mein Prinz Albert bislang eingehandelt hat, scheinen schlagartig vergessen, um nicht zu sagen wie weggeblasen.

Vivian beherrscht eine Technik, die nicht viele Darstellerinnen können, den Deep Throat.

»Ja, gut, bleibt so«, höre ich Giacomos Regieanweisungen hinter meinem Rücken.

Unmittelbar darauf schiebt sich ein junger Kerl mit einem Fotoapparat bewaffnet bis auf wenige Zentimeter zu uns heran und richtet das weit ausgefahrene Motiv seiner digitalen Spiegelreflexkamera auf das Zentrum des Geschehens. Während ich tief in Vivians Hals stecke und sie geduldig die Nüster bläht, um ein wenig stickige Luft einzuatmen, werden wir von einem grellen Blitzlichtgewitter eingedeckt, das unzählige Sternchen vor meinen Augen tanzen lässt.

»Quentin, lass die Augen bitte auf, sonst sieht das aus, als würdest du schlafen«, grunzt Giacomo, der sich direkt hinter dem Kameramann platziert hat.

»Alles klar, Chef, aber Sie sind schuld, wenn ich gleich mit einem epileptischen Anfall auf den Boden knalle.«

Dabei kommt mir kurz in den Sinn, was wohl passieren würde, wenn Vivian einen epileptischen Anfall erleiden würde. Vielleicht würde ihr Unterkiefer unkontrolliert zuschnappen …

»Super, alles im Kasten«, stellt das Kerlchen mit dem Fotoapparat nach einer Weile zufrieden fest und klickt sich im Wegdrehen durch das Display seiner Kamera. Daraus wird später ein Hochglanz-Bildband, auf abwaschbares Papier gedruckt. Derartige Zweitvermarktungen sind üblich bei teuren Produktionen wie dieser.

»Schön, dann weiter, nächste Szene«, kommt die prompte Aufforderung von Giacomo.

Schade, schon vorbei, denke ich und sehe Vivian wehmütig nach, die sich mit der Handfläche über den Mund wischt und Giacomos Zeigefinger folgt.

Die nächste Einstellung erfolgt wieder auf dem Strohbett. Vivian hat sich bereits ihrer Leder-Kluft entledigt und in Position gebracht. Ich stelle fest, dass ich nicht der einzige gepiercte Darsteller in diesem Film bin. Auch Vivian trägt Silberschmuck. Und davon gleich jede Menge. Ihre beiden Schamlippen sind gespickt mit Kreolen. Das muss ja fürchterlich wehgetan haben. Na, wem's gefällt. Frech grinsend liegt sie auf dem Rücken und lädt mich auf eine Reise in ihr Inneres ein, die ich unmöglich ausschlagen kann.

Wir legen los und kopulieren uns fröhlich durch das ABC des Pornofilms. Mit der Zeit werden Giacomos Wünsche detaillierter: »Schätzchen, knie dich doch mal seitlich hin, sodass deine linke Seite an Quentins Oberkörper lehnt. Und dann streck das rechte Bein nach hinten über seine Schenkel, während er dich dabei umschlingt. Aber achte bitte darauf, dass genügend Platz für die Kamera ist. Am besten drehst du dich, sobald ihr die Position habt, einfach nach vorne, und Quentin geht in die Hocke.«

»Alles klar, Chef.« Ich bin überrascht, wie gut mein Piercing mitspielt. Beim Sex erzeugen unsere Schmuckstücke lustiges Geklimper, einem Osterglockenspiel nicht unähnlich. Lediglich als es etwas heftiger zur Sache geht, spüre ich trotz des Betäubungsmittels ein unangenehmes Ziepen.

Dennoch ist das hier ein ganz normaler Knochenjob wie jeder andere Dreh auch. Besonders anstrengend sind die ständigen Unterbrechungen für die Fotostrecken für den Bildband. Vivian sind die Fotopausen meist eine angenehme Verschnaufpause, da sie nichts weiter tun muss, als stillzuhalten und lüstern zu glotzen. Aber auch das hält sich im Rahmen, da die meisten Aufnahmen Close-ups sind: Nahaufnahme ihrer und meiner Geschlechtsteile im Megazoom mit sechzehntausend Pixeln. Für mich hingegen kommen diese unfreiwilligen Unterbrechungen einer olympischen Herausforderung gleich. Meist folgen die Fotobreaks ausgerechnet in den Stellungsmomenten, die anatomisch bereits Höchstleistungen vom Körper abverlangen – wie

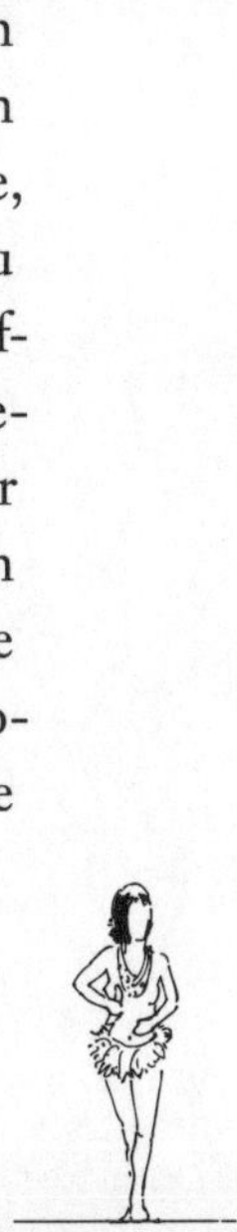

in jenem Moment, als Vivian ihre Arme um meinen Hals gelegt hat und ich ihren gesamten Oberkörper mit meinen Händen festhalte, um es ihr kamasutramäßig mit der Bengalischen Wippe zu besorgen. Das ist anstrengend – der wahre Kraftakt aber besteht darin, meine Standfestigkeit nicht einknicken zu lassen wie ein Leuchtstäbchen, außerdem die signifikanten Muskelstränge anzuspannen und einen erregten Gesichtsausdruck an den Tag zu legen.

Mit diktatorischer Disziplin dirigiert Giacomo seine Crew wie ein russischer Ballettmeister sein Ensemble durch den *Nussknacker*. Hier mehr violettes Licht, dort weniger Nebel, und auf dieser unreinen Hautstelle noch eine Spur mehr Camouflage – der Mann ist eben Profi und weiß, was er will. Und er ist schonungslos. Er will das ganze Programm. Wir sind bereits seit dreieinhalb Stunden bei der Sache, und ein Ende ist noch immer nicht in Sicht. Aufgrund der eingeschobenen Fotopausen zieht sich der Dreh hin wie ein Kondom beim TÜV-Belastungstest.

Gerade stehe ich hinter Vivian, halte ihr rechtes Bein fest und nehme sie in der Mitte des Käfigs von hinten. Vor Anstrengung zittern meine Knie bereits. Ich spüre, wie mir der Schweiß den Rücken runterläuft. Sehnsüchtig fällt mein Blick auf den Rumpf der verwitterten Freiheitsstatue am Rande des Sets, das, von Affenkot und Bananenresten beschmiert, meinem trostlosen Dasein als Pornodarsteller in einem infernalisch stinkenden Affenhaus eine tragische Note verleiht.

»Sehr gut. Nur noch ein Stellungswechsel, bevor wir zum Cumshot übergehen. Geht mal da rüber zum Trog.«

»Alles klar, Chef.«

Und dann beginnt es. Das Grauen. Der Horror. Die Gruselgeschichte, die ich meinen Enkeln nicht einmal dann erzählen würde, wenn sie mir als Zeichen ihrer Ehrerbietung den Schlüpfer ihrer jüngsten Eroberung auf einem Silbertablett bringen würden! Denn gerade, als ich mich von meiner Partnerin lösen will, hält mich etwas fest. Aus einem Reflex heraus versuche ich es mit einem kleinen Ruck, was zur Folge hat, dass sowohl Vivian als auch ich laut aufschreien.

Und zwar nicht vor Lust. Aus purem Schmerz.

Es ist das passiert, was eigentlich gar nicht möglich ist. Möglich sein darf. Physikalisch, karmatechnisch und überhaupt unmöglich sein MUSS, es sei denn, die Theorie stimmt, dass Gott irgendwo da oben im Himmel sitzt und nicht würfelt, sondern eine Runde Strip-Poker mit Luzifer spielt und in exakt diesem Moment ein ganz beschissenes Blatt hat: Vivian und ich, das heißt eigentlich Vivians Piercing und mein Prinz Albert, haben sich ineinander verhakt.

»Nicht bewegen«, flehe ich meine Partnerin verzweifelt an, aus Angst, sie könnte mir die komplette Eichel abreißen.

»Chef!«, keuche ich und kann nicht vermeiden, panisch zu klingen. »Wir haben da ein kleines Problem!«

Wie recht ich damit haben soll, wird mir klar, als der Beleuchter eine Sekunde später ruft: »Ey, Chef, irgendetwas stimmt hier nicht. Wo kommt das ganze Licht auf einmal her?«

Doch Bewegung in die Sache bringt erst der Mann mit den riesigen Kopfhörern und dem Stabwiesel in der Hand: »Mann, wieso steht denn die Käfigtür offen?«

Ich drehe den Kopf, soweit es meine eingeschränkte Körperhaltung erlaubt, und begreife in dem Moment, in dem ich die offenstehende Tür zum Freigehege im Augenwinkel erkenne, wie tief ich in der Scheiße sitze. Passenderweise schreit in diesem Moment eine sehr alarmiert klingende Stimme: »Verdammter Mist, was ist das denn?! Raus hier!«

Panisch reiße ich meinen Kopf wieder zu Vivian herum und rufe wider alle Vernunft: »Lauf!«

Ihre reflexartige plötzliche Bewegung nach vorn hat neben den exorbitanten Schmerzen, die dafür sorgen, dass das Adrenalin in meinem Blut in Wallung gerät, auch etwas Gutes. Zumindest für Vivian. Wie ausgeschaltete elektronische Magnete lösen wir uns voneinander, was mich prompt auf den Hintern fallen lässt. Ich sehe meine befreite Partnerin zu den anderen flüchten.

»Vivian?«, stöhne ich, und die Sterne tanzen vor meinen Augen. Ich spüre eine Flüssigkeit langsam an meinem Oberschenkel entlangrinnen. Hab ich mich etwa angepinkelt?

Bevor ich an mir hinabsehen kann, sehe ich Vivian bei den anderen stehen und wild zu mir rüberwinken. Sie steht hinter der Scheibe des Affengeheges. In diesem Moment höre ich ein lautes Summen, ein Sirenengeheul aus einer anderen Dimension, wie in einem U-Boot, das auf Gefechtsstation geht. Mit zusammengekniffenen Augen erkenne ich ein rotes Licht über dem Tor zur Außenwelt, das im Rhythmus der immer drängender klingenden Sirene flackert.

Ich drehe mich um. Schaue in Richtung der Tür zum Freigehege, die immer noch offen steht. Sperrangelweit. Einen ganz kurzen Augenblick genieße ich den frischen Luftzug, der nach warmem Regen riecht. Der Himmel scheint aufgeklart zu sein, sanfte Lichtstrahlen blenden meine Netzhaut und sorgen einen kurzen Augenblick für ein absolutes Glücksgefühl. Ja, ja, die körpereigenen Drogen ... Wir hatten ja bereits das Vergnügen.

Doch schon in der nächsten Sekunde verdunkelt sich das Tor zur Außenwelt. Ein großer Schatten steht ihm Türrahmen und gibt ein inbrünstiges Gebrüll von sich. Kim ist wieder zu Hause. Und ich sehe ihm an, dass er nicht zu Scherzen aufgelegt ist.

23

Sauerei: Schweine haben bis zu
dreißig Minuten andauernde Orgasmen.
Mehr ist dem nicht hinzuzufügen.

Als meine Erinnerung wieder einsetzt, merke ich nur, dass es mir hundsmiserabel geht. Ich schwitze. Ein Bison im Hochsommer ist nichts gegen mich. Jeder Muskel in meinem Körper krampft, zuckt, pocht und schmerzt. Eine Hand tupft mir die Schweißtropfen von der Stirn. Meine Kehle schreit nach Flüssigkeit. Ich habe Durst, unendlichen Durst.

»Ruft am besten auch in der Urologischen an«, höre ich jemanden in der Ferne rufen. »Keine Sorge, Herr Bachmann«, sagt die Stimme gleich darauf zu mir. »Ich werde Ihnen zunächst etwas Krampflösendes und Schmerzlinderndes geben.«

Das klingt gut.

»Es wird ein wenig piksen.«

Das weniger.

Als er mir die Spritze verabreicht, kann ich spüren, wie sich ein leichtes Kribbeln in meinen Venen ausbreitet.

»Ihnen wird es gleich besser gehen. Ich werde Sie jetzt an den Tropf hängen, um Ihren Kreislauf zu stabilisieren.«

Wie auf Kommando wird mir anders. Das Meer aus Schmerzen zieht sich ebbeartig zurück und weicht dichtem Nebel, der meinen Kopf verhüllt. Mir wird unglaublich schwindelig. Von der Deckenbeleuchtung fallen Sternschnuppen in den Raum

und tanzen rhythmisch zum Chiquita-Banana-Song, der nun irgendwo gespielt wird. Vermutlich im Radio.

Dadadadada …

»Geht es Ihnen gut, Herr Bachmann?« Ein besorgtes Gesicht schiebt sich zwischen mich und die Sternschnuppen. »Was singen Sie denn da?«

Ich muss lächeln. Die Haut, die das Gesicht umspannt, wirkt dünn und porös, als wäre sie aus Löschpapier. Womöglich habe ich laut gedacht, denn das Gesicht schaut mich irritiert an. Und da mein Lachen nicht erwidert wird, höre ich damit auf. Und auch mit dem Singen.

»Ich? Gar nichts, also … das Lied, aus dem … Radio …?«

Der Mensch, der sich um mich gekümmert hat, legt die Einwegspritze in eine Petrischale. »Okay, das wäre es dann fürs Erste. Jetzt müssen wir nur noch die andere Sache in den Griff kriegen«, sagt er und deutet auf meine Körpermitte. Er zieht ein Telefon aus seinem Kittel. »Darum kümmert sich dann meine Kollegin.«

Durch den silbrigen Dunst kommt ein kleines Lichtlein auf mich zugeflogen. »Kollegin? Was'n für 'ne Kollegin?«

*

Mit indischen Religionen habe ich nie viel am Hut gehabt, und Shiva hat auch jetzt keine Opfergaben von mir zu erwarten. Dennoch glaube ich das erste Mal in meinem Leben an Karma, als Cassandra vor mir steht. Als auch sie mich erkennt, weiten sich ihre Augen, sodass die gesamte runde zyanfarben schimmernde Iris sichtbar wird. Sie singt zwar nicht das Bananenlied und schießt auch keine Sternschnuppen aus einem Feenstab, trägt aber unpassenderweise ein verflucht aufregendes schwarzes Abendkleid. Irgendetwas stimmt hier so ganz und gar nicht.

»Du hier?«, stammele ich mit schwerer Zunge.

Ohne sich mit einer Begrüßung aufzuhalten, stülpt sie sich die hautfarbenen Latexhandschuhe über, öffnet Schubladen und legt nicht lustig aussehende Instrumente auf das grüne Tuch des Beistellwagens.

»Was machst du hier?«, frage ich erneut, während allmählich die Benommenheit abnimmt.

»Retten, was zu retten ist«, ist ihre sachliche Antwort, die mir durch und durch geht. Sie wirkt gestresst, ihr Gesicht ist vor Ernsthaftigkeit ganz angespannt. Sie ist sooo schön …

»Die Lage ist wirklich prekär, Quentin. Wenn wir das Teil nicht innerhalb kürzester Zeit herausgefischt bekommen und die Harnröhre wieder zusammenflicken, kann ich für Langzeitschäden nicht garantieren.«

»Was'n für Langzeitschäden?« Ich versuche, die Panik nicht allzu sehr Herrin über meine Stimme werden zu lassen. »Und wofür brauchst du dieses Ding da?«

Entsetzt betrachte ich die riesige Pinzette mit den spitzen Enden in ihrer Hand.

Ich versuche mich aufzurichten, aber nicht nur die Wirkung des Beruhigungsmittels ist weg, auch die Selbstbestimmung meiner Extremitäten. Es fühlt sich beinahe so an, als wäre ich in einer riesigen Hüpfburg gefangen, in der ich vor etwas wegzulaufen versuche, aber nur wild mit dem Beinen strampele und mich keinen Zentimeter vom Fleck rühre.

Im Übrigen wird mir erst jetzt bewusst, dass ich nichts weiter trage als eines dieser dünnen Krankenhaushemdchen, die hinten offen sind. Irritierenderweise habe ich das Hemdchen falsch herum an, mit der Öffnung nach vorne. Ein beängstigendes Gefühl.

Und seit wann bin ich eigentlich nicht mehr im Affenhaus?

»Beruhige dich bitte, das hier ist nur zu deinem Besten. Sie haben dich ins Koblenzer Klinikum bringen lassen. Du hattest einen Kreislaufzusammenbruch. Auch aufgrund des hohen

Blutverlustes. Ich habe noch nicht ganz herausgefunden, was eigentlich passiert ist …«

Meine Erinnerung kehrt zurück zu der offen stehenden Gittertür zum Freigehege und dem rot pulsierenden Licht.

»Ehrlich, Cassandra, es war ein Unfall!«

Sie stößt ein verächtliches Schnauben aus. »Das sagen sie alle. Der Sani meinte, es gab einen Zwischenfall bei einem Pornodreh – zwei Hauptdarsteller, die sich intim verhakt haben? Tja, das sieht wirklich übel aus.«

»Was soll das heißen?«

Cassandra bleibt sachlich: »Dein Piercing ist nicht mehr da. Das heißt: die Kugel. Das Stäbchen steckt schon noch irgendwo in dir drin. Die Frage ist nur, wo.«

Mein Magen zieht sich zu einer Murmel zusammen. »Ich glaub einfach nicht, was hier passiert«, stammele ich mehr zu mir selbst als zu irgendwem anderen.

»Seit wann hast du das Piercing?«, fragt Cassandra trocken, ohne auf meine mitleidheischende Jammerei einzugehen.

Ich drehe die Handflächen nach außen. »Ähm, Überraschung.«

»Hast du das etwa für mich …?«

Ich nicke so heftig, dass mir wieder schwindelig wird.

Sie erwidert mein Lächeln nicht. Nein, es sieht noch nicht einmal nach Freude aus. Anstatt mir aus Dankbarkeit um den Hals zu fallen, wühlt sie sich durch die Auslage an Skalpellen und weiterem urologischem Besteck, das mich schwer schlucken lässt. »Also, seit wann?«

»Letzte Woche«, murmele ich zerknirscht.

Cassandras Gesicht verzieht sich zu einer Grimasse. So sieht sie also wütend aus. »Mensch, Quentin! Nach dem Stechen zwei Wochen absolute Ruhe, hat man dir das nicht gesagt?!«

»Doch … aber …«

»Kein Aber! Du kannst froh sein, wenn wir deinen Penis

wieder in den Originalzustand vor dem Piercing versetzen können, Herrgott noch mal!«

»Warum trägst du ein Abendkleid?«, frage ich um Ablenkung bemüht.

»Warum bist du vor Schmerzen nicht wahnsinnig geworden?«, fragt sie, mehr sich selbst als mich.

Ich habe keine Gelegenheit, ihr von dem Lidocain und Jeans lyrischer Hausapotheke zu erzählen. Sie bläst sich eine rötliche Strähne aus der Stirn und sagt: »Ich trage das Kleid, weil meine Schicht seit einer halben Stunde vorbei ist und ich eigentlich noch etwas anderes vorhatte. Und jetzt halt still! Ich muss versuchen, die Blutung zu stoppen.«

Ich halte still. Ich kann zwar nicht sehen, was sie da macht, aber es fühlt sich sehr befremdlich an.

»Warum hast du dich nicht mehr bei mir gemeldet?«, versuche ich die peinliche Stille zu vertreiben.

Sie holt tief Luft, und ich bin wirklich auf ihre Antwort gespannt. Doch genau in diesem Moment fühle ich trotz der Betäubung einen kalten metallischen Gegenstand an einer Stelle, wo er ganz sicher nichts zu suchen hat. Ich schäme mich für die einsetzende Schnappatmung.

»Ganz ruhig.« Sie hat einen Tonfall drauf wie mein Tierarzt, als er Cujo einschläferte. »Das Schlimmste ist schon fast vorbei.«

Das hat er damals auch gesagt.

Ich schließe kurz die Augen und versuche, mich auf den Luftstrom zu konzentrieren, der sich in meine Nase saugt. Da ist er wieder, dieser betörende Geruch nach wilden Erdbeeren. Erdig und fruchtig.

»Warum hast du mir nicht erzählt, dass du nicht mehr in der Praxis arbeitest?«, hake ich wieder nach. »Ich dachte, das mit uns beiden …«

Sie hört auf mit dem, was auch immer sie gerade tut, und

sieht mich eindringlich an. »Quentin, jetzt mach es nicht komplizierter, als es ist!« Dann greift sie nach einem Blutdruckmessgerät und legt es an meinem Arm an. Ich lasse zu, dass sie mir mit der Pumpe den Oberarm abschnürt. Eine passende Geste in diesem Moment, wie ich finde.

»Ich hätte dir da längst etwas erzählen sollen …«, fängt sie zögerlich an, hält dann jedoch inne, als sie die Luft aus dem Gerät hinausströmen lässt. »Dein Puls rast«, stellt sie medizinisch vollkommen korrekt fest.

Ich hätte ihr auch ohne Blutdruckmessgerät sagen können, dass durch meine Venen eine andalusische Kastagnettentanzgruppe fegt. Sie greift hinter mich und reißt eine Verpackung auf.

»Bevor du etwas sagst«, nehme ich den Faden wieder auf, »möchte ich erst dir etwas erzählen. Ich habe sehr lange nachgedacht, über dich, über uns …«

Bevor ich weiterreden kann, wird die Tür des Behandlungsraums aufgerissen, und ein kalter Luftzug wird zu uns herübergewirbelt, der mir untenrum eine Gänsehaut verursacht.

»Wo bleibst du denn so lange? Wir kommen noch zu spät – oh!«

Ich zucke vor Schreck zusammen. Auch Cassandra. Was zur Folge hat, dass die in ihrer Hand befindliche Pinzette auf die Reste meiner malträtierten Eichel knallt. Ich ziehe scharf die Luft ein, während Cassandra wütend ausstößt: »Hagen! Du kannst hier nicht einfach so reinplatzen!«

»Tut mir leid, ich, äh, die Krankenschwester sagte mir, dass du noch …« Er bricht ab und räuspert sich. Doch anstatt zu gehen, kommt er auf uns beide zu. »Entschuldigen Sie bitte die Störung, Herr, ähm, ich wusste nicht …« Da fällt sein Blick auf mein zerfetztes Gemächt. »Oh.«

»Kein Ding«, presse ich zwischen den Zähnen hervor und mustere den Mann im feinen Anzug mit abschätzendem Blick.

Er ist groß, etwas korpulent, hat viele Sommersprossen im Gesicht und strohblondes, lichtes Haar. Günter-Netzer-Gedächtnis-Frisur. Ich mag ihn nicht. Schon allein deshalb, weil er in seinem Dress dafür sorgt, dass ich mich in meinem Krankenhausleibchen noch unpassender gekleidet fühle als nötig. Und es entgeht mir nicht, dass Cassandras Abendkleid und Hagens Smoking in geradezu symbiotischer Form aufeinander abgestimmt sind. Und so frage ich meine Ärztin höflich: »Möchtest du uns einander nicht vorstellen?« Dabei bohrt sich mein Blick bedrohlich in ihr Gesicht.

Sie windet sich aus ihm heraus wie ein Regenwurm aus seinem überschwemmten Erdloch.

»Hagen, das ist Quentin – sozusagen ein Stammkunde und ... Freund.«

Hagen? Ich wühle in meinem Gedächtnis. Nein, einen Hagen hat sie nie erwähnt. Nicht mal die Stadt. Und überhaupt, wer heißt denn schon Hagen? Außer Nina vielleicht.

»Ist Hagen dein Chefarzt?«, frage ich hoffnungsvoll.

Sie schüttelt den Kopf.

»Bruder?«

Wieder verneint sie.

»Cousin?«

Sie schließt die Augen. Viel zu lange, als dass es als Blinzeln durchgehen könnte. Mir wird mulmig. Die Möglichkeiten reduzieren sich nun doch drastisch.

»Geh jetzt bitte, Hagen, ich bin hier gleich fertig«, fordert Cassandra ihn auf. Doch er denkt nicht dran.

»Sorry, ich finde das ungemein spannend, dir bei der Arbeit zuzusehen.« Und an mich gerichtet sagt er: »Cassy erzählt ja kaum etwas von ihrer Arbeit.«

Cassy? Dieser schleimige Sumpfnomade nennt meine Cassandra Cassy? Sie ist doch kein Hund!

»Und wer sind Sie nun bitte schön?«, frage ich ihn scharf.

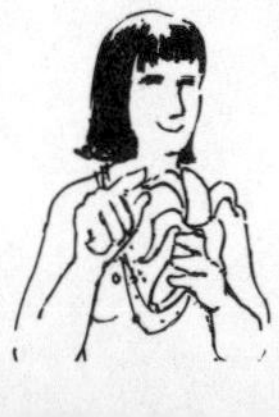

Er legt seine Hand auf Cassandras Schulter. Alles, was in dieser Geste liegt, lässt meine Welt in Trümmer brechen. Ein breites Grinsen nistet sich in seiner Visage ein. »Der Lebensgefährte von dieser reizenden Dame.«

Etwas in mir zieht sich zusammen. Und es liegt nicht an der Pinzette, mit der mir Cassandra das verloren gegangene Piercingstäbchen aus dem Penis puhlen will.

»Ist das wahr?«, frage ich Cassandra matt.

»Ja, ist es«, antwortet Hagen an ihrer statt. »Ich kann es selbst noch nicht fassen. Ich meine, Cassy und ich sind jetzt schon seit fünf Jahren ein Paar. Und jetzt endlich hat sie Ja gesagt!«

Fünf Jahre!

»Ja wozu?«, zische ich ihn an. Hagen aber schwimmt derart auf der Welle der Euphorie, dass er die Bösartigkeit in meiner Stimme nicht heraushört.

»Ja zu Dubai!«

Immerhin nicht Ja zu Hagen. Dennoch …

»Dubai?«

Cassandra erkennt die Hysterie in meiner Stimme und wirft mir einen leicht gehetzten Seitenblick zu.

Hagen himmelt sie verliebt an. »Das halbe Jahr in den Emiraten hat mir gezeigt, dass ich ohne mein Rehlein nur die Hälfte wert bin.«

Rehlein?

»Also habe ich beschlossen, Nägel mit Köpfen zu machen. Wir werden gemeinsam nach Dubai ziehen und dem kalten Deutschland endlich den Rücken zukehren.«

»Was soll sie denn in Dubai?« Mir ist es völlig egal, ob er die Verzweiflung raushört.

Er tut es nicht. »Nun«, er greift nach ihrer Hand, küsst sie und schaut sie an. »Sie wird dort ihre eigene Arztpraxis aufmachen. Nach der Hochzeit.«

Nach der …?

Cassandra lächelt gequält.

Ich auch, weil sich just in diesem Moment meine Blase dazu aufmacht, sich der wenigen Flüssigkeit, die ich in den letzten Stunden nicht ausgeschwitzt habe, auf natürlichem Weg zu entledigen.

»Was? Wie? Aber …« Ich zucke mitten im Satz zusammen. Jetzt wird es richtig unangenehm. Mein Penis fühlt sich an wie ein sich aufblähender Feuerwehrschlauch kurz vor dem Löscheinsatz. Meine Hände krallen sich in das Auslegepapier der Liege.

Cassandra beugt sich über meine Körpermitte und lässt irgendetwas Metallisches klimpern.

»Ist das nicht ein Grund zum Feiern? Und genau das haben wir heute Abend vor! Ich führe sie schick aus.« Hagen wirft einen Blick auf mich, dann auf seine schwere Uhr. Sie sieht ziemlich kostspielig aus. »Wie lange dauert das denn noch hier? Ich habe den Tisch für halb reserviert.«

»Gleich!«, faucht Cassandra genervt. »Würdest du jetzt bitte endlich gehen?«

»Aber ja doch, sicher. War nett Sie kennenzulernen, Quentin. Gute Besserung! Wird schon.« Und dann blinzelt er auch noch jovial!

Ich antworte mit Zischlauten.

Als sich die Tür wieder schließt, verzieht Cassandra schuldbewusst die vollen Lippen und drückt noch ein wenig auf dem bereits halb leeren Beutel am Infusionsständer herum.

Es herrscht eisige Stille zwischen uns beiden. Dass sie die Situation nicht kaltlässt, sehe ich an ihren glühenden Ohren.

»Tut mir leid, dass du es so erfahren musstet.« Ihre Stimme ist nicht mehr als ein Flüstern.

Ich schnaube ihr sämtlichen Groll entgegen, den ich in diesem Moment aufzubringen in der Lage bin. »Du gehst wirklich nach Dubai?«, presse ich dann unter Schmerzen hervor.

Sie streift meinen anklagenden Blick. Dann tut sie etwas, was mich vollends aus dem Konzept bringt. Sie fasst nach meiner Hand und drückt sie sanft. In derselben Sekunde reißt sie ihre andere Hand mit der Pinzette nach oben, an der die kümmerlichen Reste meines ehemals prunkvollen Prinz Alberts baumeln. Glücklicherweise bin ich immer noch so sediert, dass ich nicht mehr spüre als Cassandras professionelle Genugtuung.

»Hab es! Schlüpfriges kleines Scheißerchen!«

Ich richte mich ein wenig auf und werfe einen scheuen Blick auf meinen Penis. Was ich sehe, erinnert mich an einen noch nicht gegrillten Dönerspieß mit einer extra Portion Blutsoße. Mir wird übel.

»Das wird jetzt eine Weile dauern, bis das wieder verheilt ist«, sagt Cassandra und beugt sich wieder zu mir herunter. »Ich werde dem Kollegen aus der Ästhetischen Bescheid geben, damit er sich der Sache annimmt. Das übersteigt eindeutig meine fachlichen Kompetenzen.« Dann kommt sie noch ein Stück näher an mich heran. »Es tut mir so leid«, haucht sie mir ins Ohr, und seltsamerweise weiß ich plötzlich nicht, ob sie die Sache mit meinem Penis oder die Sache mit uns meint. Doch bevor ich fragen kann, zieht sie ihren Kopf zurück und versucht sich an einem aufmunternden Lächeln. Sie fährt über meine Wange, streichelt mir das Kinn und lässt ihre Hände dann hinter ihrem Rücken verschwinden.

»War echt ein saublöder Zeitpunkt, an dem wir uns über den Weg gelaufen sind. Wer weiß, was passiert wäre, wenn wir uns früher …« Das weitere Was-wäre-wenn lässt sie unausgesprochen.

Meine Haut vermisst schon jetzt die Berührung ihrer filigranen Finger. Ich möchte noch einmal ganz tief ihren Erdbeerduft einatmen.

»Wann?«, frage ich sie. »Wann werdet ihr nach Dubai gehen?«

Ein letzter Funken Hoffnung keimt in mir auf. Ein kleiner aufflackernder Funke in einem Dornenginsterbusch. In meinem Oberkörper flattert alles vor Nervosität. Ich brauche Zeit, um sie davon zu überzeugen, dass nicht Hagen, sondern ich der Richtige für sie bin.

»In knapp zwei Wochen geht unser Flug.«

Zwei Wochen!, schreit es in meinen Gedanken auf. Jetzt schlägt mein Magen einen Purzelbaum. »So wenig Zeit nur noch!« Da kann ja noch nicht mal mein bestes Stück verheilen.

Sie nickt. In ihrem Blick liegt etwas Unergründliches. Ich spüre, dass etwas Unausgesprochenes zwischen uns beiden steht. »Es tut mir leid, Quentin«, sagt sie wieder. »Du bist ein feiner Kerl. Ich hätte nicht mit deinen Gefühlen spielen dürfen.«

Das sanfte Lächeln in ihren Zügen ist für mich Grund genug, um endlich das zu tun, was schon längst fällig war.

Ich gestehe ihr meine Liebe.

Jedenfalls habe ich das vor. Ich öffne den Mund, um die drei Worte zu sagen, die für mich die Welt bedeuten … Und in diesem Moment ergießt sich mein gesamter Mageninhalt klatschend auf den Fliesenboden.

24

Bei den Erdwölfen entscheidet sich das Weibchen
oftmals bei der Begattung nicht für den Partner,
mit dem es zusammenlebt, sondern für ein
stärkeres Männchen aus dem benachbarten Revier.
Allerdings gilt das nur für die körperlichen Vergnügen.
Bei der Aufzucht ist dann wieder der Lebenspartner gefragt.

Winzige Regentropfen prasseln mir ins Gesicht, als sich vier Tage nach diesem Desaster die Eingangstüren des Krankenhauses hinter mir zuschieben. Genauso schubweise breitet sich das zerschmetternde Gefühl der Leere in mir aus. Alles um mich herum ist schwarz, wie in zähflüssigen, vor sich hindampfenden Teer getaucht. Da ist nichts mehr, worauf ich mich freuen kann. Ich habe das Gefühl, auf einer Stelle zu stehen, während ein tristgraues regennasses Karussell an mir vorbeirauscht und Straßenzüge, Autos und Menschen mit sich zieht.

Die letzten Tage habe ich in einer Art Schwebezustand verbracht. Mein Unfall im Affenhaus hatte nicht nur für das Reinigungspersonal des Krankenhauses Konsequenzen. Auch ich habe meine Lehre daraus gezogen: Schluss mit Schmuddel. Nie wieder Porno! Nie wieder Jean! Nachdem ich wieder Herr meiner Sinne war, habe ich sofort zum Telefon gegriffen und ihm genau das gesagt. Sehr eindrücklich, laut und wenig nett. Ich denke, er hat es dieses Mal verstanden.

Außerdem haben sich mit dem Unfall ohnehin alle Karriereträume ins Nirwana verabschiedet. Wer will schon einen Pornodarsteller mit zertrümmertem Penis sehen? Nicht mal in Fetischkreisen ist so was gefragt. Und obwohl die Ärzte davon ausgehen, dass man in einem halben Jahr nur noch eine kleine Narbe sehen wird, bin ich froh, endlich den längst fälligen Schlussstrich gezogen zu haben.

Unangenehme Fragen spielen Pingpong zwischen meinen Ohren: Werde ich jemals wieder eine Erektion bekommen können, mit der ich keine der vorangegangenen traumatischen Erlebnisse verbinde? Und, vor allem: Habe ich nach all dem noch Chancen bei meiner Traumfr...

»Mensch, pass doch auf!«

Mit einem festen Ruck werde ich brachial nach hinten gerissen. Reflexartig schaffe ich es noch, meine Laptop-Tasche festzuhalten, bevor sie mir aus den Händen gleitet. Nur einen Augenaufschlag später erfasst mich ein kühler Luftzug, ein ohrenbetäubendes, lang gezogenes Hupen ertönt, und dann rast ein gelbrotes Gelenkarm-Monstrum dicht an mir vorbei: die Linie 5 Moselweiß/Alter Graben.

Mein ohnehin schon arg in Mitleidenschaft gezogenes Herz stellt vorübergehend den Betrieb ein, was sich auf meinen Organismus nicht folgenlos auswirkt: Schnappatmung. Schockstarre. Schwindelattacke.

Die lebensrettende Hand ruht noch immer auf meiner Schulter.

»Danke, das war knapp«, keuche ich.

Ich drehe mich zu meinem Retter um und sehe eine wütend zusammengezogene Monoaugenbraue und eine in Falten gelegte Stirn, umrahmt von einem aschblonden nassen Lockennest.

»Viel hätte nicht gefehlt, und du wärst Matsch.«

»Melanie«, stammele ich. »Das ist ja ...«

»Ein komischer Zufall, ich weiß.« Sie grinst so gehetzt, wie ich mich fühle. »Alles okay?«, will sie wissen.

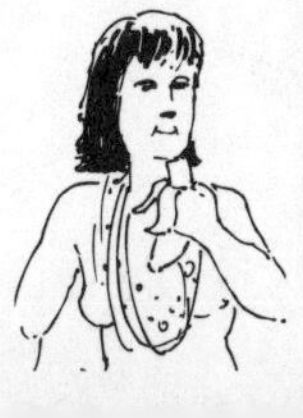

Ich bin mir da nicht so sicher. Hastig taste ich meinen Körper ab. Alles noch dran.

»Was machst du denn hier?«, japse ich unter Schock.

Mein Blick wechselt abwechselnd zu ihr und dem abbiegenden Omnibus, auf dem ich den Slogan der Eigenwerbung lese: »Bussi von links.«

Kann ich nicht drüber lachen. Meine zittrigen Finger wischen klatschnasse Haare aus der Stirn. Aufgelöst drehe ich mich wieder zu Melanie. »Wenn ich es nicht besser wüsste, würde ich vermuten, du bist mein Schutzengel.«

Sie lächelt und vollführt eine abwehrende Handbewegung. »Purer Zufall«, sagt sie noch einmal. »Ich war im Krankenhaus, habe da gerade ein Interview geführt mit einem Chirurgen, von wegen Sexunfälle im Haushalt und so. Hab mich aus Versehen auf den Staubsauger gesetzt, du weißt schon.«

Ich nicke stumm.

»Apropos Unfall. Wo warst du denn gerade mit deinen Gedanken? Das hätte böse ins Auge gehen können. Und wie siehst du überhaupt aus?!«

Wir beide blicken an mir herunter. Ich trage einen verwaschenen Kapuzenpulli und meine weite Jogginghose. Nicht gerade schick, andererseits kann man doch heutzutage alles tragen. Außerdem: Wie soll schon jemand aussehen, dem vor nicht allzu langer Zeit das Herz aus der Brust gerissen und ein Strohhalm ins beste Stück gesteckt wurde? Ich finde, dass ich dafür absolut passend gekleidet bin.

»War eine anstrengende Woche«, erwidere ich müde. »Nils hat mir das Nötigste vorbeigebracht. Na ja.« Ich zucke resigniert mit den Schultern.

Sie blinzelt angestrengt einen mitten im Auge gelandeten Regentropfen weg.

Mir fallen keine Tropfen ins Auge, jedenfalls merke ich nichts davon. Gelähmt vor Schock, Scham und Schmerz bleibe ich regungslos stehen und lasse es auf mich herabregnen.

»Geht's dir gut?«, fragt sie besorgt.

Ich setze meinen »Wird-schon-Blick« auf und möchte selbiges sagen. Aber meine Stimme bleibt im Hals stecken. Ich starre auf die Schaf-Umhängetasche neben Melanies schlanker Taille, die mich mit müdem Blick ansieht, und merke, wie mir die Tränen kommen. Ich kann nichts dafür, sie brechen aus mir heraus wie Betonbrocken aus dem porösen Jangtse-Staudamm.

Eine ganze Weile stehen wir einander auf der Fußgängerinsel gegenüber. Eine einsame Sandbank inmitten eines tosenden, wellenschlagenden Meeres. Um uns zirkuliert im Stop-and-go-Tempo der Feierabendverkehr und nimmt keinerlei Notiz von dem Drama, das sich hier abspielt. Trotz des Regens nimmt sich Melanie die Zeit und lässt mich ausweinen. Sie beweist Geduld, denn ich heule ausdauernd und intensiv.

Als der letzte Schluchzer schließlich verstummt ist, meint sie aufmunternd: »Komm, ich bring dich nach Hause.«

*

Es stellt sich heraus, dass Melanie nicht mein, sondern ihr Zuhause gemeint hat. Ihre Wohnung hat eine unverkennbar weibliche Note, die sich in unzähligen unnützen Accessoires aus einem schwedischen Möbelhaus widerspiegelt.

»Bin gleich wieder da, mach es dir doch schon mal im Wohnzimmer bequem.« Sie lächelt mir aufmunternd zu und biegt ab in Richtung Bad.

Neugierig sehe mich um. Ich stehe in einem kleinen, aber aufgeräumten Wohnzimmer. An der hinteren Wand befindet sich ein rustikal aussehender Arbeitstisch mit vielen Schubladen, auf dem eine abgedeckte Nähmaschine steht. Daneben sind durchsichtige Plastikkisten gestapelt, die voll sind mit bunten Stoffbahnen und glitzerndem Nippes. An die Wand sind Schnittmuster gepinnt. Mal ein Ärmel, mal ein Bein. Ich hoffe

nur, dass ich nicht bei einer Psychopathin gelandet bin, die gerade dabei ist, ein Kostüm aus Menschenhaut zu schneidern. Kennt man ja aus Horrorfilmen.

Keine Minute später kommt Melanie mit zwei Handtüchern zurück. Sie selbst hat sich in der kurzen Zeit ein weites Sweatshirt übergestreift. Die Jeans hat sie gegen eine Baumwollleggins eingetauscht, und anstelle der Stiefeletten stecken ihre Füße nun in flauschigen Plüschpantoffeln.

»Ich hab uns einen Tee gekocht.«

Wir nehmen in den weißen Korbsesseln im Wohnzimmer Platz und schauen durch die Gegend, als wären wir beide hier fremd. Sie sitzt im Schneidersitz, die dampfende Teetasse in beiden Händen, und grinst mich an. Ich kauere ihr schräg gegenüber und grinse zurück. Nicht, dass ich einen Grund dazu hätte. Außerdem hasse ich Tee.

»Schön hast du's hier«, sage ich. »Du schneiderst?«

Wir beide starren die verdeckte Nähmaschine an. »Ja. So ein bisschen aus Hobby, als Ausgleich. Zum stressigen Verlagsalltag.«

»Und was schneiderst du? Kleider? Kissen? Taschen?« Lampenschirme aus Menschenhaut?

»Vieles«, erwidert sie knapp und lässt ihren Mund hinter der Teetasse verschwinden. Das Nähen ist kein Thema, das sie vertiefen möchte, soviel ist selbst mir klar. Als sie die Tasse wieder absetzt, fragt sie: »Also?«

»Also was?«

»Was ist passiert, dass du so durchhängst? Liegt es an dieser Urologin? Cassandra?«

Allein beim Klang des Namens zieht sich mein Herz zusammen.

»Hast du meinen Rat befolgt und ihr klargemacht, wie ernst es dir ist?«

Meine Gedanken schweifen zu Prinz Albert ab, der drauf und dran war, meine Eichel zu spalten. »Ja, äh, hab ich.«

»Und?«, fragt sie ungeduldig.

»Lief nicht so gut«, erwidere ich wortkarg und hoffe, dass sie versteht, dass auch ich ein Thema habe, über das ich nicht reden will.

Sie tut es nicht.

»Was lief denn nicht gut?«, will sie genau wissen.

Ich stelle die Tasse ab, lehne mich zurück und strecke die Arme von mir. »Sie hat einen anderen.«

»Oh«, sagt Melanie. »Aber ich dachte, dass ...«

»Anscheinend hattest du recht«, unterbreche ich sie. »Sie wollte wirklich den Pornodarsteller. Nicht mich als Person.«

»Hat sie dir das so gesagt?«

Ich denke zurück an das Nippelpiercing in Form einer Hibiskusblüte, die halterlosen Strümpfe, den Trüffel und die Banane. An Hagen und an Dubai.

»Ja, doch, schon. Vielleicht nicht so direkt. Aber im übertragenen Sinne. Außerdem ist sie verlobt und wird ins Ausland ziehen.«

Melanie verschluckt sich. Während sie das Teewasser aus ihrer Luftröhre hustet, erzähle ich ihr vom beschissensten Tag meines Lebens, und ich lasse nichts aus. Ich erzähle ihr, dass ich mich habe piercen lassen, bei einem Dreh im Affenhaus beinahe umgekommen wäre, dass ich meinen Pornojob hingeschmissen habe und von meiner Traumfrau abserviert wurde. Mein nervöser Magen ist dann noch der krönende Abschluss.

Ich kenne Melanie noch nicht lange. Aber in den kurzen Momenten, in denen wir uns bislang begegnet sind, habe ich sie noch nie sprachlos erlebt. Jetzt ist sie es. Selbst schuld, denke ich. Sie hat gefragt.

»Mann, Quentin«, seufzt sie. »Bei dir läuft es ja richtig beschissen!«

Ich nicke ergeben. Dann sehe ich, wie sich Melanies Augenbrauen gefährlich zusammenziehen.

»Aber was hast du dir bei dem Piercing gedacht?!«

»Hm?!«

»Alter, du solltest ein *Zeichen* setzen, ein Symbol, aber niemand hat davon geredet, dass du dir wegen der blöden Trulla durch die Eichel schießen lässt!«

Ich schweige weiter. Wenn Melanie das so wortwörtlich ausformuliert, klingt es noch doofer, als es sowieso schon war.

»Du hast echt keine Ahnung von Frauen, oder?«

»Na ja …«

»Vergiss es.« Melanie winkt ab. »Aber mal zu was anderem. Was machst du jetzt ohne deinen Pornojob?«

»Na, schreiben«, erwidere ich prompt und klopfe auf die Laptop-Tasche. In diesem Moment zieht sich mein Magen krampfartig zusammen, und es liegt nicht an der bitteren Chai-Mischung. Tatsächlich hatte ich mein dringlichstes Problem völlig verdrängt.

»Läuft es denn bei *Jerry Lightning* wenigstens rund?«

Ich staune stumm. Die Frau weiß wirklich, wo sie ansetzen muss, damit ich mich noch schlechter fühle.

»Äh …«

Noch einmal sammele ich die Spucke in meinem Mund und berichte ihr von meinen suboptimalen klimatischen Bedingungen bei der Heftromanserie. Dass ich drauf und dran bin, mich selbst aus dem Jerryversum zu kicken, wenn ich diese eine letzte Chance versaubeutele.

»Du darfst das Zyklusfinale schreiben?«, setzt sich Melanies Erstaunen über meine Besorgnis hinweg. »Aber das ist doch eine große Ehre. Da kannst du stolz drauf sein!«

Von wegen! »Nein, das ist purer Zynismus, weil mich der Chefredakteur, der auch der Exposé-Autor ist, aus der Serie haben will. Und er weiß genauso gut wie ich, dass ich es vermasseln werde. Darauf lauert er doch nur. Und verdammt: Er hat recht!«

»Wann musst du denn das Manuskript abgeben?«

»Morgen.«

»Und wie viel hast du schon?«

»Weißt du, eigentlich lief es ganz gut, doch dann kamen all diese Dinge dazwischen …« Ich zähle noch mal auf: »Nils' Pornocasting, die *Secret-Intimacy*-Produktion, die Sache im Urwaldhaus, der Verlobte von Cassandra …«

Unwirsch winkt sie ab. »Wie viel hast du schon?«

Ich lächele sie an.

Sie lächelt zurück.

»Nicht mal die Hälfte.«

Ihr Lächeln erstirbt.

»Die Hälfte«, sagt sie tonlos.

»Nicht mal«, nuschele ich.

Sie holt tief Luft. »Zeig doch mal her, das Manuskript.«

Ich zögere. »Es ist wirklich noch nicht vorzeigbar. Viele angefangene Handlungsfäden, lose Enden …«

»So schlimm kann es doch gar nicht sein. Ich habe schließlich ein paar Romane von dir gelesen. Du bist gut.«

Ich lächele dankbar, bin mir aber sehr wohl bewusst, dass sie das nur sagt, um mich aufzumuntern.

Ich tue ihr den Gefallen, befreie meinen Laptop aus der Tasche und klappe ihn auf. Das Betriebssystem erwacht aus dem Schlafmodus. Ich öffne das Textdokument und überreiche Melanie kommentarlos das Notebook.

Sie versinkt in der Lektüre. Währenddessen streune ich durchs Wohnzimmer. Allem Anschein nach steht sie wirklich so sehr auf Enten, wie sie im *Lucky Ducky* behauptet hat. Auf dem altweißen Wandschrank steht eine ganze Familie aus buntem Glas. Etwas, das unter einer Ente steckt, erhascht meine Aufmerksamkeit. Ich ziehe den bunten Papierstreifen unter dem Entenarsch hervor, der sich als eine Eintrittskarte herausstellt. Der Papierstreifen. Nicht der Entenarsch.

»Du gehst auf die FedCon?«, frage ich ungläubig.

Sie sieht vom Bildschirm auf. »Ja, was dagegen?«

»Ganz und gar nicht. Ich bin nur überrascht. Ich dachte, das wäre so ein Männerding.«

»Noch mal: Ich mag Science-Fiction. Da ist es doch wohl naheliegend, dass ich mir die größte Science-Fiction-Convention Europas nicht entgehen lassen möchte.«

Ich bin verblüfft von dem bissigen Unterton, den sie an den Tag legt.

»Ich mein ja nur.« Kleinlaut stecke ich das Ticket zurück unter die Glasente und widme mich den eingerahmten Fotos, die wunderschöne Landschaftsaufnahmen zeigen. Meist Wälder und Lichtungen. Etwas irritiert bin ich von den Vordergründen, die mir verschiedene Melanies zeigen, die ich so noch nicht kennengelernt habe. Melanie in fantasievollen Kostümen.

»Gehörst du zu einem Karnevalsverein oder so?« Die Verwunderung in meiner Stimme lässt sich nicht verbergen.

»Oder so«, schnaubt sie verächtlich. Diesmal macht sie sich gar nicht mehr die Mühe aufzusehen.

Ich sehe mir die Bilder näher an. Auf einem trägt sie ein hellblaues Minikleid mit schwarzen Stiefeln, umgeben von unförmigen Gestalten in meist rot-schwarzen Overalls. Sie hat eine Topfigur, das muss ich neidlos anerkennen. Ich nehme das Bild von der Wand und halte es Melanie fragend entgegen. »Rosenmontagszug in Köln?«, spreche ich meinen ersten Gedanken laut aus.

Jetzt habe ich ihre ungeteilte Aufmerksamkeit. »Das ist das Jahrestreffen des ersten DSTF!«, erwidert sie scharf.

»Des was?«

Sie pustet eine Locke aus dem Gesicht und spricht ganz langsam, als hätte sie es mit einem Kleinkind zu tun: »Des ersten Deutschen Star-Trek-Fanclubs. Für einen Science-Fiction-Autor hast du ja wirklich überhaupt keine Ahnung von der Fanszene.«

»Und da verkleidet ihr euch?«

Ich sehe, wie sich Flecken an ihrem Hals ausbreiten, als wäre ihr das Thema ein wenig peinlich. »Ich bin Cosplayerin.« Sie nickt der Nähmaschine zu.

»Das tut mir leid«, sage ich in der Annahme, es handele sich um eine Krankheit.

Noch während ich mitleidig mit dem Kopf nicke, klärt sie mich auf: »Das ist ein Hobby von mir. Wir nähen Kostüme aus Science-Fiction-Filmen nach und treffen uns hin und wieder auf Fan-Veranstaltungen oder zum Live-Rollenspiel …«

»Rollenspiele?«, greife ich den Faden auf.

»Bevor du fragst: Nein, das hat nichts mit Sex zu tun.«

Ich vermute, sie kann die Enttäuschung in meinem Gesicht lesen.

»LARP-Partys«, fährt sie fort, als wäre es das Selbstverständlichste der Welt. »Das steht für Life-Action-Role-Play. Da treffen sich Gleichgesinnte, die sich als eine Fantasyfigur verkleiden und in einer fiktiven Spielewelt agieren. Zum Beispiel in Wäldern oder …«

»Klingt nach Swingerklub.«

»Du musst es ja wissen. Aber im Prinzip ist das nichts anderes als eine etwas abgedrehte Variante von Improvisationstheater.«

»Etwas?«

Sie runzelt die Stirn und widmet sich wieder dem Dokument. Doch so ganz lässt sie das Thema auch nicht los. »Deshalb auch das Ticket zur FedCon. Dort werde ich an einem Kostümwettbewerb teilnehmen. Und wenn du mich jetzt bitte weiterlesen lassen könntest?«

Lasse ich.

Anscheinend ist die Sache mit Star Trek aber nur die halbe Wahrheit, denn auf der anderen Seite des Sideboards gibt es noch mehr Fotos von Melanie im Kostüm. Wirklich gut gefällt

mir das Bild im Prinzessin-Leia-Kostüm, auf dem sie in Handschellen von zwei Sturmtruppen abgeführt wird. Der Hintergrund ist diesmal keine Landschaft, sondern ein nüchtern-kalter Raum, der tatsächlich Ähnlichkeit mit dem Todesstern aufweist.

»Ihr nehmt die Sache sehr ernst, was?«

»Ist doch beim Karneval immer so, oder nicht?« Melanie schaut vom Laptop auf und reibt sich über das Gesicht. »Die Wahrheit?«, fragt sie.

»Bitte was?«

»Na, zu deinem Manuskriptentwurf.«

Ich nicke zaghaft und setze mich wieder auf den Korbsessel, der bedrohlich unter meinem Gewicht knirscht.

Sie holt tief Luft. »Ich habe es jetzt zwar nur grob überflogen, aber ich glaube zu wissen, wo das Problem liegt: Die Erklärungen sind zu vage, die Beschreibungen der Charaktere viel zu stereotyp. Und der Plot ist auch ein wenig … unlogisch.«

Ihr liegt ein anderes Wort als unlogisch auf den Lippen, soviel ist klar. Ich tippe auf ›komplett-abgedreht-und-von-vorne-bis-hinten-unglaubwürdig‹.

»Das hier soll der Abschlussband des Zyklus werden. Der Band, in dem sich alle Handlungsfäden aufdröseln, die in den letzten fünfzig Ausgaben ausgelegt wurden. Mit diesem Band musst du die Leute so fesseln, dass sie heiß auf den nächsten Zyklus sind und es kaum erwarten können, bis das nächste Heft am Kiosk erscheint.«

Ihre Worte werden von wilden Armbewegungen begleitet.

»Das hast du sehr schön zusammengefasst.«

»Tja, davon ist das hier aber noch Lichtjahre entfernt.«

Meine Stimme wird brüchig. »Das weiß ich ja selbst, aber all der Druck … Damit komme ich einfach nicht klar.«

»Könntest du jetzt bitte mal mit dem Jammern aufhören?«

»Aber es ist doch alles so zum Heulen! Ich muss das Teil bis morgen abgeben, und alles, was ich geschrieben habe, ist Mist.«

»Na, ganz so schlimm ist es nun auch wieder nicht. Vielleicht reicht es schon, wenn wir nur ein paar Dinge umschreiben, die größten Logiklöcher stopfen und den *Sense of Wonder* zu fassen kriegen.«

»Wir?«

Sie klopft auf die freie Fläche neben sich.

»Heißt das, du willst mir helfen?«, frage ich ungläubig.

Sie setzt ein unübertreffliches Lächeln auf. »Glaubst du wirklich, ich würde mir die Chance entgehen lassen, an einem *Jerry-Lightning*-Band mitzuschreiben?«

25

Um sich nicht zweimal vom selben Männchen
begatten zu lassen, hat das Grillenweibchen
einen interessanten Trick: Sie markiert
ihre zahlreichen Sexualpartner mit einem Duft.
Damit vermeidet sie Wiederholungstaten und vergrößert
so die genetische Vielfalt ihres Nachwuchses.

Jerry Lightning stand mit verschränkten Armen vor dem Screen und betrachtete den Mantel der schwarzen Leere, der sich vor ihm ausgebreitet hatte. Schwarz in Schwarz. Manövrierunfähig glitt das Schiff seit Stunden durch die lichtaufsaugende Antimateriewolke. Geräuschlos. Schwerelos. Antriebslos. Auf der Kommandobrücke der Isaac Asimov II herrschte angespanntes Schweigen.

Jerry atmete tief ein. Wohl wissend, dass die Welt, wie er sie kannte, für ihn nicht mehr existierte.

»Jerry!«, drang die Stimme seines langjährigen Gefährten an sein Ohr.

»Ja, alter Freund.«

»Wir hatten keine andere Wahl. Du hast richtig entschieden.«

»Habe ich das?«

»Es gab nur diese eine Chance.«

Er wusste, dass sein bester Freund recht hatte. Dennoch galten seine Sorgen und Ängste der Frau, die er liebte, seinen Söhnen und Töchtern, die er zurücklassen musste. Würde er sie je wiedersehen?

Er wusste es nicht. Sicher war nur die Ungewissheit, die auf der anderen Seite auf die Isaac Asimov II wartete.

In diesem Moment gab er seiner Familie ein stilles Versprechen: »Ich komme zurück«, flüsterte er leise, während das Schiff durch das schwarze Loch flog.

»Ich komme zurück.«

ENDE

»Das ist so schön!«, stammele ich ehrfurchtsvoll über den Bildschirm hinweg. »Nein, es ist fantastisch, geradezu intergalaktisch. Das Beste, was ich je geschrieben habe!«

Eine Träne entfleucht meinem rechten Auge und fließt in einem winzigen Rinnsal die Wange hinab. Ich wische sie nicht weg. Vielmehr sehe ich sie als Symbol für einen Neuanfang. Denn nichts weiter stellt dieser *Jerry-Lightning*-Abschlussband dar. Eine neue Ära für mich und für die Serie.

Mich durchströmt das Gefühl der absoluten Glückseligkeit.

»Es ist wirklich gut geworden«, findet auch Melanie. Ich sehe sie an. Sie sieht glücklich und erschöpft zugleich aus. Die ersten Sonnenstrahlen des neuen Tages bahnen sich einen Weg durch die heruntergelassenen Jalousieritzen und schneiden die Wohnzimmerluft in Scheiben. Melanie fasst sich an den Hals, der von roten Flecken übersät ist. Zeichen der Anstrengungen der vergangenen Stunden. Wie gut ich sie mittlerweile kenne.

Ich streiche ihr eine Strähne aus dem Gesicht, um ihr in die Augen sehen zu können, und sage: »Ohne dich hätte ich das nie geschafft.«

Sie schaut mich tief und durchdringend an. In ihren Augen spiegelt sich mein Gesicht.

»Wir sind eben ein gutes Team«, findet sie.

Ich strecke mich und drehe meinen Kopf nach links und rechts, bis die Halswirbel knacken. Ich möchte keine Zeit verlie-

ren, daher öffne ich das E-Mail-Programm, um das Manuskript auf schnellstem Wege zum Verlag zu schicken.

Neben mir wirft Melanie einen Blick auf den Computer. Sie gähnt und streckt sich. Dann schreckt sie auf.

»Ist das wahr?«, fragt sie aufgebracht. »Ist es wirklich schon so spät?« Sie springt auf: »Ich muss mich ja noch vorbereiten!«

»Vorbereiten für was?«, frage ich irritiert.

»Ich hab heute einen megastressigen Tag vor mir. Ich muss früher in den Verlag. Wir haben heute eine superwichtige Fotoreihe mit anschließendem Interview. Und jetzt halt dich fest, wenn ich dir sage, mit wem.« Sie holt ganz tief Luft, um dramatische Spannung aufzubauen: »Die Ärzte kommen bei uns vorbei!«

»Was denn für Ärzte?«

»Na, DIE Ärzte. Die Band aus Berlin!«

Ich bewege mich nicht. Ein Lichtstrahl sticht mir ins Auge, doch ich bin nicht einmal in der Lage zu blinzeln. Schließlich öffnet sich dann doch mein Mund: »Ist das wahr?!«

Sie nickt und kichert. »Cool, ne? Es geht um die Wahl der *One Hundred Sexiest Punkrocker Alive*. Und da sind die drei ganz weit vorne platziert.«

»Die Ärzte kommen nach Koblenz? Für euer Magazin?«

»Ja, nein, also nicht direkt. Die geben heute sowieso ein Konzert, der Verlag liegt also quasi auf dem Weg. Aber die Wahl scheint denen echt wichtig zu sein.« Sie bricht ab und schaut mich merkwürdig an. »Was guckst du denn so komisch, magst du die etwa nicht?«

Ich spüre meine Unterlippe zittern. Schlagartig preschen die Erinnerungen an Cassandra und Hagen auf mich ein. Die Nacht hindurch hat mich das Schreiben am *Jerry-Lightning*-Roman in einen Rauschzustand versetzt, stand ich selbst auf der Kommandobrücke der Isaac Asimov II und lenkte das Schiff durch die größte Weltraumschlacht aller Zeiten. Jetzt folgt der böse Kater, der Entzug. Für Stunden waren die Erinnerungen eingeschlossenen, nun kämpfen sie sich mit scharfen Klingen einen Weg zurück ins Bewusstsein.

»Die Ärzte sind Cassandras Lieblingsband«, murmele ich verdattert und kann selbst nicht glauben, dass sich von jetzt auf gleich wieder jeder einzelne Gedanke nur um sie dreht. Als gäbe es für mich nichts anderes mehr auf der Welt, was einen Wert besäße.

»Oh«, ist Melanies einziger Kommentar dazu. Sie zieht eine Schublade aus der Schrankwand auf und fördert einen Stapel Papierausdrucke zutage, die sie allesamt in die Schaftasche stopft. »Soll ich dir vielleicht ein Autogramm für sie besorgen?«

Ich lehne dankend ab. Als würde ein Autogramm gegen eine Arztpraxis in Dubai anstinken können.

»Da muss ich mir schon etwas Besseres einfallen lassen, um sie zurückzugewinnen.«

Melanie stoppt das Schubladenwühlen und wirft mir einen schrägen Blick zu. »Du glaubst wirklich, dass du noch eine Chance bei ihr hast?«

Ich nicke eifrig und zuversichtlich. »Du hättest ihren Gesichtsausdruck sehen sollen, als sie sich bei mir entschuldigt hat. Ich habe ihr angesehen, dass sie definitiv etwas für mich empfindet. Und ich bin noch nicht gewillt, mich so leicht geschlagen zu geben, nicht gegen diesen Hagen!«

Innerlich schüttelt es mich durch. Allein der Klang seines Namens macht mich wütend.

»Na, wie du meinst …«

»Und ob ich das meine.« Schnell schreibe ich eine Mail an den Verlag und hänge das Manuskript an. Entschlossen klappe ich das Notebook zu und stehe auf. »Danke für alles«, sage ich noch einmal. Ich stehe nun ganz dicht vor Melanie.

»Hat Spaß gemacht«, meint sie. »Ich drück dir die Daumen,

dass dein Chefredakteur den Roman mag und du weiter für die Serie schreiben darfst.«

In den folgenden Sekunden sagen wir beide kein Wort. Dann, es ist bestimmt eine Ewigkeit vergangen, seufzt Melanie: »Versteh es bitte nicht falsch, aber es war eine der schönsten Nächte, die ich je mit einem Mann verbracht habe. Diese sprudelnde Kreativität.« Sie stößt ein begeistertes »Wow!« aus. »Guck hier, ich bin immer noch ganz gaga.« Sie hält mir ihre Hände entgegen, die tatsächlich ein bisschen zittern.

Auch ich fühle mich trotz der Begleitumstände erstaunlich euphorisch. Und dankbar. Ich umarme Melanie umständlich und genieße das Gefühl des weichen Sweatshirts unter meinen Fingerkuppen. Es zieht etwas Vertrautes mit sich. In der Tat scheint die Nacht uns beide einander nähergebracht zu haben.

»Also dann«, sage ich und mache mich langsam von ihr los. Nicht, weil ich es will, sondern weil ich es für angebracht halte.

»Also dann«, antwortet sie. Als sie lächelt, zeichnen sich zwei Grübchen auf ihren Wangen ab. Möglich, dass es einer dieser magischen Momente ist, den man nur einmal im Leben hat. Wenn dem so ist, lassen wir beide ihn ungenutzt verstreichen.

»Was hältst du denn davon, wenn wir beide heute Abend zusammen auf das Konzert gehen? Zur Feier des Tages sozusagen? Wir haben noch ein paar Gästelistenplätze übrig.«

Mir den Bananen-Song der Ärzte auch noch live geben zu müssen ist gerade ungefähr das Letzte, worauf ich Lust habe. Allerdings hat Melanie mir heute Nacht wirklich den Arsch gerettet, und außerdem strahlt sie mich gerade so an …

Okay – sollen die Ärzte meinem zermarterten Herzen eben noch den Gnadenstoß geben.

26

Das Marienkäferweibchen geht in der fruchtbaren Zeit
auf Nummer sicher und lässt sich gleich
von bis zu zwanzig Männchen begatten.

Da stehe ich nun auf den Treppenstufen der Sporthalle Oberwerth und lasse mich von den riesigen Pranken eines kompakten Security-Angestellten ohne Haare und Hals begrapschen. Vor mir sehe ich Melanie und Nils, den ich auch noch mitbringen durfte, anstandslos an der Security vorbeimarschieren und sich angeregt unterhalten, während sich die Hände des Türstehers in meine Hosentaschen schieben.

»Wartet!«, will ich noch rufen, schaffe es aber gerade mal bis zum »Wa«, weil der Türsteher es mit seiner Leibesvisitation zu gründlich nimmt.

Kurz blitzt Melanies Lockenpracht im Gewühl auf, dann verschwindet sie zwischen den Hinterköpfen der Menschenmasse.

Irgendetwas sagt der Grapscher zu seinem hochgewachsenen Türkollegen mit dem modischen Knopf im Ohr und fordert mich auf, die Hände zu heben, damit er auch meine Achseln abtasten kann.

Allmählich geht mir das Theater auf die Nerven. »Kann ich jetzt endlich durch?«

Der Türsteher sieht mich an. Ich bin gefangen in seinem abschätzenden Blick, in dem ich nichts Gutes lese.

»Pass auf, du!«, warnt er mich, was lächerlich ist, da ich mindestens einen Kopf größer bin als er und besser in Form.

»Worauf genau soll ich aufpassen?«, will ich wissen und strecke mein Kreuz durch.

Daraufhin dreht sich sein Kopf blitzschnell nach links. »Ey, Soner, das Mädchen hier macht Ärger!«

Ich schaue in die Richtung von dem Typen, den der Türzwerg angesprochen hat. Bei seinem Anblick hebe ich beschwichtigend die Arme und trete einen großen Schritt zurück.

»Quatsch, ich mache keinen Ärger! Ich versuche doch nur, deine Aussage sinngemäß zu deuten. Ich will hier ja nicht kulturmissverständlich in ein offenes Messer laufen.«

»Hast du Messer, lan?« Der Türstehertyp schreit hysterisch auf und macht seinerseits einen Satz zurück.

»Was? Nein, ich meinte doch nur, dass …«

Dann wird es dunkel um mich herum. Zunächst tippe ich auf eine plötzlich eingetretene Sonnenfinsternis, aber die Sonne ist ja bereits untergegangen. Nein, es ist dieser Soner, der mit seinen massigen Schultern den Deckenfluter der Eingangsschleuse verdeckt. Mit vor sich hin zuckenden Schlauchlippen starrt er mich von oben herab an.

Ich werfe den Kopf in den Nacken und lächele flehend. Vielleicht entfleucht mir auch ein Wimmern.

Derweil scheucht sein kleiner Kollege die anderen Konzertbesucher zur nächsten Schleuse, damit unsere Diskussion in Ruhe zu Ende geführt werden kann.

»Ich will keinen Ärger«, stelle ich sicherheitshalber klar. »Ich will nur auf das Konzert und die Ärzte sehen.«

Darauf hat der Kleine einen Spruch parat: »Arzt brauchst du gleich, wenn Soner fertig mit dir ist, lan!«

Soner bringt seinen Kollegen mit einem Nicken zum Schweigen. Er fixiert mich wie eine satte Schlange ein zu klein geratenes Kaninchen. Eine seiner Brauen hebt sich, nur um im nächsten Moment wieder zurück in die Ausgangsposition zu fallen. Dann schieben sich beide Brauen nach oben und treffen sich beinahe in der Mitte. Diesen Gesichtsausdruck kenne ich, und er ist der Vorbote von sehr, sehr schlechten Nachrichten.

»Ey, isch kenn disch doch!«

»Ganz sicher nicht.« Verstohlen senke ich den Kopf und weiche seinem Blick aus.

»Ey doch, Mann!« Seine Hand greift nach meinem Kinn und schiebt es nach oben. Er dreht meinen Kopf zur einen und dann zur anderen Seite. Seine Augen ziehen sich zu engen Schlitzen zusammen: »Warte, bist du berühmt, lan?« Er lässt mein Kinn wieder los und tippt mit seinem Zeigefinger gegen meine Brust.

»Nein, bin ich nicht. Ganz sicher nicht!« Ich lehne mich zurück, um nicht aufgespießt zu werden. Hinter mir hat sich derweil der haarlose Zwergentürsteher aufgebaut, der es kaum erwarten kann, dass Soner seine Ehre wiederherstellt.

»Vorsicht Mädchen, du widersprichst Soner nicht, klar?!«

Ich will erneut vehement abstreiten. Der Verstand aber behält die Kontrolle über die lebenserhaltenden Funktionen. Kein Wort kommt über meine Lippen.

»Warte«, sagt Soner, »gleich hab ich's!«

Und nur eine Sekunde später verraten mir Soners entgleisende Gesichtszüge, dass die Lira gefallen ist.

Ich spanne meinen Körper an und mache mich bereit für die erste Demütigung des Tages. Welcher Film es ihm wohl am meisten angetan hat? Hoffentlich ist keine der Darstellerinnen, mit denen ich bislang gedreht habe, mit ihm verwandt. Oder schlimmer noch: seine Freundin. Die Welt ist ja bekanntlich ein Dorf. Ich spähe die Treppe bis zum harten Bordsteinasphalt hinunter. Es sind zwar viele, aber flache Stufen. Die Chancen stehen nicht schlecht, dass ich einen Sturz ohne Knochenbrüche überstehen kann.

»Korrekt! Du bist Autor von *Jerry Lightning*, lan! Matt Rex!«

Mir verschlägt es für einen Moment die Sprache. Ich sehe, dass seine Lippen Worte formen, und kann diese auch hören. Es dauert aber einige Augenblicke, bis ich sie auch wirklich verstehe.

»Ja, äh, bin … ich«, gebe ich schließlich zu.

»Echt krass, ich stehe voll auf die Story. Auch auf deine Beiträge. Den John Starfist finde ich zwar besser, aber deine Romane bringen in ihrer aktionsreichen Simplizität die Interaktion der Akteure verifizierter zum Tragen.«

»Äh, danke.« Ich verstehe kein Wort. Es ist ohnehin schwer zu sagen, was mich in diesem Moment mehr irritiert. Dass ein türkischer Türsteher meine Heftromane liest oder dass mit einem Mal das komplette Slanggehabe einem astreinen, perfekt artikulierten Hochdeutsch weicht.

»Für mein Empfinden lassen sie zwar ein wenig Drive vermissen, haben dafür aber mehr emotionalen Tiefgang. Und genau das ist es, was die Serie ausmacht. Hochintelligente Romane von gestandenen Autorenpersönlichkeiten wie Ken Dark und Starfist, die es ohne Weiteres schaffen, mit ihren Beiträgen das Science-Fiction-Genre immer wieder neu zu definieren.«

Ich nicke verblüfft.

»Und dann die verbalen Ergüsse aus der zweiten Riege, die einfach nur ordentlich Dampf ablassen und trivial unterhalten.«

Ich zucke schuldbewusst mit den Schultern und lächele verschmitzt.

»Und dann natürlich deine Romane.«

»Äh, wie jetzt?«

»Krieg ich ein Autogramm?«

Während ich noch dabei bin, seine Worte in meinem Gehirn hin und her zu schieben, um sie gänzlich zu verstehen, greift er bereits in die Innentasche seines teuer aussehenden nachtschwarzen Jacketts und zieht ein zerknittertes *Jerry-Lightning*-Heft heraus. Das Cover erkenne ich sofort. Es ist tatsächlich einer meiner neueren Romane. Er schlägt die erste Seite auf und hält sie auf meine Kopfhöhe, um das kleine schwarz-weiße Autorenbild mit der Realität zu vergleichen. »Guck, Taskin, das isser tatsächlich. Lan!«

Taskin grunzt unverständliche Brocken in einer Sprache, die ich nicht verstehe. Vermutlich türkisch und vermutlich betreffen sie meine Mutter.

»Eindeutig. Auf dem Bild siehste aber älter aus. Und irgendwie auch intelligenter. Nicht, dass ich dir zu nahe treten möchte.«

»Ach was«, wehre ich ab, »das höre ich andauernd. Also, was soll ich schreiben? Die besten Grüße aus dem Jerryversum?«

»Schreib: Per aspera ad astra.«

Verwundert sehe ich zu ihm auf. »Das ist jetzt aber nicht Türkisch.«

»Nee, Latein. Kennste nicht?« Er reckt sein Kinn und fixiert einen unbestimmten Punkt im Himmel. *»Über raue Pfade gelangt man zu den Sternen.«* Dabei unterstreicht er jedes einzelne Wort mit seiner Hand.

Nein, kenne ich nicht. Dafür aber erkenne ich sofort mein Ziel, als mich Soner und Taskin nach unzähligen Handyfotos endlich passieren lassen. Kaum habe ich den Eingangsbereich endlich hinter mir, stehe ich vor einer menschlichen Mauer, die mir den Rücken zugekehrt hat. Ein fliederfarbener Seidenblouson sticht aus der Menge heraus.

»Hier sind wir!«, winkt mir Nils mit seiner Übergangsjacke zu.

»Was hat denn da so gedauert?«, fragt Melanie, als ich die beiden erreicht habe.

Doch ehe ich antworten kann, wird es dunkel. Die erlöschende Hallenbeleuchtung löst eine Welle der Euphorie aus. Im nächsten Moment strahlen bunte Scheinwerferspots die Bühne an. Wir befinden uns im hinteren Mittelteil der großen

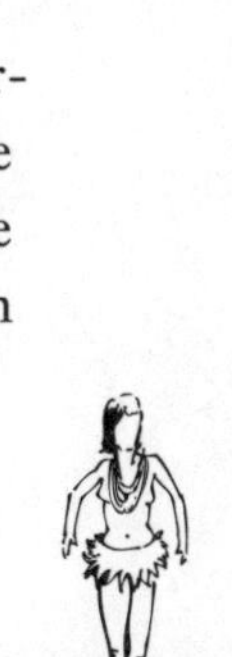

Halle. Ich kann die Gestalten, die die Bühne betreten, gerade mal erahnen. Eine Gitarre kreischt auf, ein ohrenbetäubend lautes Schlagzeug setzt ein, und ein Bass wird angeschlagen – so laut und tief, dass er meinen gesamten Körper zum Vibrieren bringt. Tumultartiger Jubel bricht aus, hauptsächlich schrilles Mädchengekreische. Ich halte mir die Ohren zu. Und inmitten dieser brachialen Geräuschkulisse erfasst mich die Erkenntnis: Die Wahrscheinlichkeit, dass Cassandra auch hier ist, ist sehr groß. Hier mit mir. Und mit fünftausend anderen.

Die Masse hüpft auf und ab. Singt und schreit. Auch ich schreie. Ein Urschrei. Ich will Cassandra sehen! Und zwar sofort. Sie muss doch hier sein! Aus einer irrwitzigen Hoffnung heraus stelle ich mich auf Zehenspitzen und drehe mich einmal um die Achse. Mein Blick streift unzählige Gesichter. Augen, Nasen Münder, alles zerfließt zu einem Brei. Ich gebe es auf – so ist es unmöglich, in diesem Wust eine einzelne Person auszumachen. Mal ganz davon abgesehen, dass ich ihre Anwesenheit auch nur vermute. Ich höre tief in mich hinein. Zwischen Liebenden gibt es eine besondere Verbindung, habe ich mal gehört …

Cassandra?

Hallo? Ist jemand da?

Cassy?

Erst höre ich nichts, dann jedoch fängt es in meinem linken Ohr zu fiepen an. Das werte ich als Zeichen. Sie ist hier, und ich muss die Chance nutzen und auf mich aufmerksam machen.

Aber wie?

Wie? Wie? WIE?

Es passiert äußerst selten, dass ich ausgerechnet dann einen Geistesblitz bekomme, wenn ich ihn mal wirklich brauche. Aber gerade jetzt ist so ein Zeitpunkt. Die passende Idee zur rechten Zeit.

»Mach mal 'ne Räuberleiter!«, schreie ich Nils an.

»Was?«

»Du sollst mir ’ne Räuberleiter machen!«

Ich nehme meine Hände zu Hilfe und deute gestisch mein Begehr an. Als er endlich versteht, steige ich auf seine ineinander verschränkten Hände, halte mich an seinen Schultern fest und drücke mich nach oben. Nils fängt unter mir zu wackeln an. Scheiße! Das, was ich hier vorhabe, kann ja gar nicht klappen! Die Schwerkraft, das Gesetz des freien Falls und alle weiteren physikalischen Regeln fangen lauthals zu lachen an, als sie sehen, wie ich mich auf den etwa fünfzig Kilo schweren Nils stütze. Das gehässige Kichern von Doktor Bellinghausen erklingt in meinem Ohr: *Von Physik haben Sie wirklich nicht den Hauch einer Ahnung, Herr Bachmann! Nicht den Hauch!*

Ein Keuchen dringt von unten an mein Ohr, und ich schaue hinab in Nils knallrotes Gesicht. Er stöhnt. Er strauchelt. Dann kippt er zur Seite weg. Aus reinem Instinkt werfe ich mich mit einem Ruck über die Köpfe der vor mir stehenden Menschen. Besser auf die anderen knallen als auf den Boden. Und dann passiert das Unglaubliche: Im selben Moment, in dem ich steif wie ein Brett in Richtung Erdanziehung donnere, greifen Dutzende Hände nach mir, die mich wieder nach oben drücken, bis ich plötzlich vollends in der Horizontalen über das Publikum schwebe. Mit ausgestreckten Armen und Beinen liege ich auf einem unruhigen Händemeer und werde weiter nach vorne gereicht. Während mich die Menge trägt, sehe ich die Bühne näher auf mich zukommen. Die drei ehemals kleinen Gestalten nehmen Form an.

Vielleicht ist es keine so gute Idee, bäuchlings über die Menge zu surfen, da sich die Hände wirklich überall befinden. Und ich meine *überall.* Auch versuche ich den Gedanken auszublenden, was passiert, wenn ich nicht weitergereicht werde und die tragenden Hände einfach aufhören mich zu tragen. Ein Sturz aus zweieinhalb Metern Höhe ist sicherlich nicht so angenehm.

Aber ich habe ein klares Ziel vor Augen, und da lasse ich mich nicht von Belanglosigkeiten wie einer frisch operierten Eichel aufhalten.

Zum Glück geht alles gut, und einen Refrain später werde ich über den Graben gehievt, wo mich zwei freundliche Security-Leute aus der Menge ziehen und äußerst ruppig ihren Kollegen übergeben, die mich aus der schwarzen Zone begleiten sollen. Zumindest versuchen sie genau das. Gerade, als mich der eine von ihnen zu fassen kriegen will, tauche ich unter seinen Armen durch und stürme davon.

Ich höre ihn fluchen und sehe aus den Augenwinkeln bedrohlich große Schatten auf mich zukommen. Doch ich bin schneller. Mit einem Satz der Verzweiflung springe ich nach oben und hangele mich den Bühnenrand entlang, der viel höher ist, als er von der Hallenmitte aus gewirkt hat. Doch ich schaffe es, indem ich zuerst das eine Bein nach vorne werfe, mich mit den Fingerkuppen in die Kantenritze kralle, mich mühsam nach oben ziehe und schließlich über den Bühnenrand robbe.

Geschafft. Ich habe die Bühne der Ärzte erklommen! Jetzt gibt es kein Halten mehr.

Während der große Blonde seine Songzeilen ins Publikum schmettert, stürme ich auf ihn zu und reiße ihm den Mikroständer vor der Nase weg. Augenblicklich hört die Band zu spielen auf. Beinahe unangenehm, diese plötzliche Stille. Gleichzeitig spüre ich, wie sich Tausende Augenpaare auf mich richten. Ob Cassandras grüne Katzenaugen dabei sind?

Ich versuche mich an einer tiefen Bauchatmung, um Herr über meine Panik zu werden. Es ist immer noch mucksmäuschenstill. Zumindest in meinem Kopf. Vollgepumpt mit Adrenalin kommt es mir so vor, als würde sich alles um mich herum in Zeitlupe bewegen. In Slow Motion sehe ich die Security die Bühne entern und quälend langsam auf mich zukommen.

Ich starre ins Publikum und bin paralysiert von der Menschenmenge, die mich unentwegt anglotzt. Allmählich weicht die Neugier dem Unmut. Wirklich wahrnehmen tue ich nur die ersten Reihen, die alles andere als begeistert darüber sind, dass ich den aktuellen Superhit der Ärzte im Keim erstickt habe.

Das Leben ist eben kein Wunschkonzert.

Die großen Schatten haben nun die Bühne erreicht. Mir rennt die Zeit weg! Panisch drehe ich mich um und sehe in die Gesichter der Band, die gelassen und amüsiert darauf warten, wie es nun mit mir weitergeht.

»Wenn du etwas zu sagen hast, dann wäre jetzt ein guter Zeitpunkt«, sagt der Blonde mit dem Zahnpastagrinsen lässig.

Dankbar stelle ich mich vors Mikro. Ich muss auf die Zehenspitzen gehen, so hoch ist es eingestellt. »Ich, ähm … Hi!«

Idiot!, schreie ich mir im Geiste zu. *Und hör auf zu winken!*

Die Menge wird unruhiger. Vereinzelte schrille Pfiffe sind zu hören. Irgendjemand wirft eine Banane nach mir und verfehlt mich nur knapp. Unglaublich, was Menschen so alles mit auf Konzerte nehmen, denke ich, als ich aus dem Augenwinkel wahrnehme, dass die Security doch schon viel näher ist als gedacht.

»Cassandra, ich weiß, dass du hier bist«, sprudelt es da aus mir heraus. »Ich muss dir unbedingt sagen, dass …«

In diesem Moment wirft sich eine Gestalt auf mich und reißt mich und den Mikrofonständer zu Boden. Eine gigantische Rückkopplung erfüllt die Halle. Möglicherweise bilde ich mir das aber auch nur ein, und es handelt sich bei dem Geräusch um die aus meiner Lunge herausgepresste Luft.

Gerade zu Boden gegangen, greifen Hände nach mir und ziehen mich hoch.

»Soner«, stelle ich erfreut fest, als ich den Kopf wieder hebe. »Du hier?«

Mit Irritation registriere ich die Zorneswulst auf seiner Stirn. Für einen Moment steht er einfach nur da. Seine Kiefermuskeln

mahlen. Trotz der Lautstärke des johlenden Publikums kann ich seine Nackenmuskulatur knacken hören. Ich bin mir sicher: Wäre ich nicht der *Jerry-Lightning*-Autor, wäre das der Moment, in dem er mich auseinandernehmen würde wie ein tausendteiliges Pferdepuzzle.

»Das war uncool, Alter«, knurrt Soner, dann umklammert er mit seinem Schraubzwingengriff meinen Nacken und drückt mich nach vorn. Unter tosendem Beifall werde ich von der Bühne geführt, die Treppen hinunter, den Graben entlang in Richtung Katakomben, die nach draußen führen.

Das ist er also, der Tiefpunkt des heutigen Tages.

Ich schnappe nach Luft und fasse mir an die Brust. Mein Herz rast, aber allmählich beruhigt mein Körper sich wieder. Es ist frisch geworden. Hinter mir bahnt sich der Klangteppich einen gedämpften Weg durch die Wand. Ich höre Akustikgitarren und einen Mann mit spanischem Akzent, der von fehlenden Geigen singt und fragt, ob es das schon gewesen sein soll. Und wir beide kennen die Antwort nur zu gut.

Das Vibrieren meines Handys reißt mich aus meiner Lethargie. Es zeigt eine eingegangene Mail vom Verlag an. Von Bellinghausen persönlich:

```
Habe Ihr Manuskript gelesen. Wir müssen
reden. Kommen Sie morgen unverzüglich im
Verlag vorbei.
```

Höhnisch lachend verpasst mir das Schicksal wieder mal eine schallende Ohrfeige.

27

Frosch-Männchen, die keine Paarungspartnerin finden, klauen noch nicht befruchtete Eier und besamen sie. Das Weibchen hat dann später ein paar Kuckucksfröschchen ...

Das Büro eines Science-Fiction-Redakteurs habe ich mir eindeutig anders vorgestellt. Lebendig, wild, vielleicht auch eine Spur verrucht. Doch das hier ist so gar nicht Rock'n'Roll, eher die Hobbythek mit Jean Pütz. Ein schnöder schlauchförmiger Raum mit grauen, bis unter die Decke reichenden Regalwänden, in denen sich vergilbte Heftromane aus den letzten drei Jahrzehnten stapeln. Der Gestank von gammeligem Papier und Druckerschwärze ist allgegenwärtig.

Ich bin enttäuscht. Noch nicht mal Modelle von Raumschiffen oder Planeten hängen von der Decke. Hätte die Tür nicht einen großen Spaltbreit offen gestanden, hätte ich natürlich angeklopft. So aber wanderte mein Blick vom neben der Tür befindlichen Namensschild direkt in die tief liegenden schwarzen Augen einer gedrungenen Person hinter dem Schreibtisch. Doktor Eckard. N. Bellinghausen sagt nichts, als sich unsere Blicke treffen. Er hebt lediglich einen Zeigefinger und hackt anschließend wie ein Geisteskranker mit dem Zwei-Finger-Suchsystem auf die vor ihm liegende Tastatur ein. Mit einem Kopfzucken gibt er mir zu verstehen einzutreten.

Ich versuche, in seinem Gesicht nach Anzeichen seiner Laune zu suchen. Doch die Falten in seinem Gesicht bleiben

starr. Als würde jede Regung Schmerzen verursachen. Die ausdruckslose Maske, mit der er den Bildschirm fixiert, verstärkt meine Unruhe. Ich spüre förmlich, dass Unheilvolles von diesem Menschen ausgeht. Dass er mich heute mit Pauken und Trompeten aus der Serie schmeißen wird.

Aus *seiner* Serie.

Adieu, Jerry.

Behutsam mache ich einen Schritt über die Schwelle, lehne mich abwartend gegen den Türrahmen und sehe ins Licht. Durch zwei kleine Oberlichter bahnen sich zwei Lichtstreifen einen Weg durch die stickige Luft. Wenn man genau hinsieht, kann man kleine Staubpartikel durch die Luft schweben sehen. Wenigstens das verleiht der heiligen Halle eine gewisse überweltliche Atmosphäre.

Die Einschläge in die Tastatur werden langsamer und ersterben schließlich völlig. Wieder sieht Bellinghausen zu mir auf. Diesmal setzen die Mundwinkel zu einem leichten Lächeln an.

»Sie sind Bachmann, richtig?«

Ich nicke und bewege mich behutsam auf den Schreibtisch zu. Zeitgleich schießt der Chefredakteur in die Höhe, lässt seinen Stuhl dabei gegen die Wand prallen und zwängt sich aus der engen Lücke.

Er ist klein. Viel kleiner, als ich gedacht habe. Doch sein Händedruck ist unnachgiebig und hart. Fester, als ich es diesem doch nicht unbetagten Herrn zugetraut hätte. Obwohl er bestimmt im Riester-Renten-Nutzalter ist, strahlt sein Körper eine Spannung aus, wie man sie von einem Zehnkampf-Athleten erwarten würde. Aufrechte Schultern, die Brust durchgedrückt und der Kopf leicht angehoben. Er betrachtet seine Umwelt durch eine runde, dick gerahmte Nickelbrille. Seine schwarzgrauen Haare hängen kraftlos in Form eines vom Frisör vernachlässigten Mittelscheitels von seinem Kopf herab. Die starrenden Augäpfel weichen meinem Blick keine Sekunde aus.

»Schön, dass Sie es so kurzfristig einrichten konnten.«

»Kein Ding«, winke ich ab. »Sie glauben ja gar nicht, welch eine Ehre das für mich ist, Herr Bellinghausen.« Ich lasse meinen Blick bedeutungsschwanger durch den Raum schweifen. »Hier zu stehen und Ihnen die Hand zu …«

»Doktor.«

»Bitte was?«

»Es steht noch ein Doktor vor meinem Namen, oder mögen Sie meinen Titel nicht?«

Beim Reden bewegt sich sein dünner Oberlippenbart wie eine buschige Nachtfalterraupe auf Nahrungssuche. Die Züge sind noch immer gezeichnet von seinem verschrobenen Lächeln.

»Ich, äh …«

»Setzen Sie es bitte vor meinen Nachnamen, dann fühle ich mich irgendwie wohler – angezogener, könnte man sagen.« Er lacht. Es klingt nicht amüsiert. »Habe ja schließlich nicht umsonst die Strapazen des Studiums auf mich genommen.«

»Natürlich … Herr, hrm, Doktor Bellinghausen.«

Sein Lächeln wird eine Spur breiter, als er zur Seite schwenkt. »Aber bitte, wo sind meine Manieren, setzen Sie sich doch.«

»Gern.«

»Kaffee?« Endlich lässt er meine Hand los.

»Nichts dagegen.«

Während ich es mir auf dem Stuhl vor seinem Schreibtisch bequem mache, begibt er sich in die andere Ecke des Büros und schenkt mir aus einer orangefarbenen Filterkaffeemaschine eine Tasse mit einer dampfenden schwarzen Brühe ein. Als er es sich schließlich wieder hinter seinem Schreibtisch bequem macht, bemerke ich, dass etwas nicht stimmt. Es dauert jedoch zwei schlürfende Schlucke, bis mir klar wird, dass ich auf einem IKEA-Kinderstuhl Platz genommen habe. Nicht, dass er unbequem wäre, jedoch überragt mich der Doktor nun um einen Kopf.

Natürlich durchschaue ich die verschlagene Taktik sofort. Sie verfehlt ihre Wirkung nicht. Auf einmal fühle ich mich noch unkompetenter, unwichtiger und unwohler in meiner Haut, und es fällt mir schwer, dem alles durchdringenden Blick des Doktors standzuhalten. Machtspielchen dieser Art sind überhaupt nicht meine Stärke.

»Ich finde es schön, dass wir uns nun endlich einmal persönlich kennenlernen.« Irgendetwas auf seinem Bildschirm scheint, während er mir diese fette Lüge ins Gesicht schleudert, seine Aufmerksamkeit zu erregen. Ich empfinde das Abwenden seiner stierenden Augen als echte Wohltat.

»Finde ich auch. Ich hoffe nur, dass es nicht an meinem Schreibstil liegt, dass …«

»Nein, nein, ganz und gar nicht«, beschwichtigt er meine Unsicherheit. »Ihre Texte bedürfen zwar noch einiges an Redaktion und Feinschliff. Im Großen und Ganzen aber liefern Sie ein stilistisch ordentliches Handwerk ab.«

Urplötzlich haut er wieder auf die geschundene Tastatur ein. Jetzt sehe ich, dass es die Delete-Taste ist, die er im Stakkato-Rhythmus betätigt. »Schade nur, dass ich das nicht von allen Schreibern behaupten kann.« Sein Tonfall wechselt kurzzeitig ins Garstige. »Das war ja nie das Problem bei Ihren Skripten. Ihr Problem war ganz anderer Natur.«

Na sicher. Das Problem meiner Skripte war und ist, dass sie von mir kommen!

»Aber das ist es nicht, worüber ich mit Ihnen sprechen möchte.« Er lässt sich in seinen Stuhl zurückfallen, wobei der dampfende Inhalt in seiner Tasse bedrohlich hin und her schwappt.

»Es geht um meinen aktuellen Roman«, vermute ich wohl nicht ganz grundlos.

»Indirekt.« Doktor Bellinghausen schaut an mir vorbei und lässt seinen stechenden Blick über die Unmengen von Heftromanen schweifen. »Wie Sie ja selbst wissen, verantworte ich seit einiger Zeit zwei gleichermaßen verantwortungsvolle Positionen im Jerryversum, die des Chefredakteurs und die des Exposé-Autors.«

»Weiß ich. Und ich versichere Ihnen, dass Sie beiden Positionen mit Bravour gerecht ...«

»Ich bin ehrlich zu Ihnen, Herr Bachmann«, unterbricht er mich barsch. »Auch ich stoße an meine Grenzen. Die doppelte Verantwortung setzt mir mehr zu, als ich es zunächst für möglich gehalten habe.«

Er krempelt in einem plötzlichen Anfall von Menschlichkeit einen Hemdsärmel hoch und zeigt mir seinen Ellbogen. »Gucken Sie hier, ein Ekzem.« Er zeigt auf eine nässende Stelle, die wirklich übel aussieht. »Das ist ein Warnsignal. Typische Stresssymptome. Man sollte auf seinen Körper hören, finden Sie nicht?«

»Unbedingt, ja«, sage ich. Was ich mich aber die ganze Zeit frage: Was will dieses Männlein von mir?

Doktor Bellinghausen krempelt den Ärmel wieder herunter und lehnt sich zurück. Mit auf die Tischplatte trommelnden Fingern sagt er: »Ich habe mir viele Gedanken gemacht, über den Verbleib der Serie, des Teams. Habe jeden einzelnen Autor unter die Lupe genommen, bis ins letzte Detail die Manuskriptarbeiten überprüft.« Er fährt sich mit dem Bürostuhl nach hinten und öffnet eine Schublade. »So zum Beispiel auch Ihr aktuelles Manuskript, der Abschlussband des laufenden Zyklus«, sagt er, zieht einen Stapel gelochtes Papier hervor, auf dessen Deckblatt ich mein Pseudonym lese, und klatscht ihn auf den Tisch.

Er hat das Manuskript ausgedruckt. Bereits die erste Seite ist vollgeschmiert mit Anmerkungen. Ich erkenne Querverweise, Streichungen und unzählige Textkorrekturen und muss trocken schlucken. Okay, denke ich, das war es jetzt für mich.

»Tja, Herr Bachmann.«

»Tja, Herr Doktor.« Ich spanne meinen Körper an und mache mich bereit zum Gehen.

»Das ist er also, der letzte Band vor dem Jubiläumsheft mit der denkwürdigen Nummer 1999. Der Band, der eine neue Ära einläuten und Jerry in das nächste Millennium beamen wird …«

Während er spricht, kommt er mir immer näher, und sein Gesicht ist mir nun so nahe, dass ich seinen bitteren Kaffee-Atem riechen kann.

»Ich habe mir etwas dabei gedacht, dass Sie es sind, der der Serie einen Abschluss verleiht. Und ich habe mir einen würdigen Abschluss für diesen Zyklus erhofft. Mit Geist, Witz und Charme und dem typischen Sense of Wonder, der diese Serie groß gemacht hat.«

»Tut mir leid«, entschuldige ich mich sofort. »Ich, ähm, habe wirklich versucht …«

»Aber das, was Sie da abgeliefert haben …«

Jetzt bin ich es, der ihm ins Wort fällt. »Wenn Sie mir vielleicht noch ein, zwei Tage mehr Zeit geben, könnte ich noch einmal drübergehen, und …«

»Einen Scheißdreck werden Sie!«

Ich spüre feine Spucketröpfchen auf meinem Gesicht und schließe erschrocken die Augen.

»Sie werden einen Teufel tun und auch nur irgendetwas daran ändern! Sie haben es geschafft, Herr Bachmann. Zum ersten Mal haben Sie mich voll und ganz überzeugt und ein Lehrwerk abgeliefert, wie ein gut funktionierender Heftroman auszusehen hat!«

»Wa…?«

Er greift nach dem Manuskript und hält es beinahe liebevoll in den Händen. »Mit diesem Abschluss werden wir der Serie die Ehre zuteilwerden lassen, die ihr schon so lange gebührt.«

Mir stockt der Atem. Feuchter Stolz ist drauf und dran, durch meine Tränenkanäle zu schießen.

»Herr Bachmann, ich habe sehr lange überlegt und mit mir gerungen. Nun aber bin ich zu dem Entschluss gekommen, dass Sie der richtige Mann für diese verantwortungsvolle Aufgabe sind.«

»Der richtige Mann wofür?« Mein Jean-Karrel-Nepper-Schlepper-Bauernfänger-Frühwarnsystem springt an. Auch ohne Jedifähigkeiten spüre ich, dass man mich wieder vor irgendeinen Karren spannen will.

»Der richtige Mann für die vakante Stelle des Exposé-Autors.«

»Uff.« Ein unsichtbarer Sog zieht mich in einen wirbelnden Strudel, an dessen Ende die Augen des Doktors auf mich warten. Ganz sicher bin ich mir nicht, aber ich glaube zu sehen, dass sich eine Träne aus seinem Lidspalt drückt. »Aber, *Sie* sind doch …«, stammele ich.

»*Waren* wäre das richtige Tempus. Ich habe heute Morgen den Verlagsleiter informiert und das Amt niedergelegt.« Wieder verschwindet eine Hand in der Schublade, und wieder zieht er einen Blätterstapel hervor. Dieser hier ist dünner, besteht höchstens aus einem halben Dutzend Seiten und trägt das Verlagslogo.

Verwirrt starre ich ihn an.

»Der Vertrag für die nächsten fünfzig *Jerry-Lightning*-Exposés.«

Mein Mund wird trocken, die Handflächen feucht. Der Kaffee stößt mir auf.

»Ist das wahr?« Ich muss mich hinstellen, um genügend Luft in meine Lungen pumpen zu können. Die Erregung in meiner flatternden Stimme lässt sich nicht zügeln.

»So wahr ich hier vor Ihnen sitze. Aber Herr Bachmann, Sie sehen ja so ernst aus! Ich dachte, Sie freuen sich?«

»Ja, tue ich, aber nur weil, hrm, ich meine …« Ich breche ab, da ich selbst nicht so genau weiß, was ich meine. Mit die-

sem Vertrag bin ich endlich am Ziel meiner Träume angelangt. Zumindest an einem der beiden Ziele. Unverhofft und vollkommen unvorbereitet. Das ist zu viel für mich.

»Sagen Sie doch was!«, fordert der Doktor mich auf.

Als würden die Worte an den Wänden kleben, streift mein Blick die Umgebung ab.

Wie ein Platzregen prasseln die Möglichkeiten, die sich aus dieser Beförderung ergeben, auf mich nieder. Ich werde ein Jahr lang nichts anderes tun müssen, als tief in das Jerryversum einzutauchen und der Serie meinen Stempel aufzudrücken. Mit einem Mal wird mir die finanzielle Unabhängigkeit bewusst, die dieses Angebot mit sich zieht. Und auf einmal ergibt alles einen Sinn. Er wollte, dass ich den Abschlussband schreibe, da ich auch den Verlauf des nächsten Zyklus bestimmen soll.

»Ich muss nicht erwähnen, dass dieser Vertrag unbefristet ist und am Ende des Jahres automatisch verlängert wird?«, durchbricht er meine Gedankengänge.

Mir fällt alles aus dem Gesicht. Ich muss mich setzen, bevor mir die Beine wegklappen.

»Also?«, hakt er nach.

»Wo muss ich unterschreiben?«

Der Chefredakteur lacht herzlich und gibt einen Ausblick auf seine überbrückten Backenzähne preis. Er reicht mir einen Kugelschreiber, den ich dankbar ergreife. Mit zittrigen Händen unterschreibe ich das Papier.

»Herzlichen Glückwunsch, Herr Bachmann. Sie sind nun der neue Exposé-Autor von *Jerry Lightning* und werden damit in die Annalen der Serie eingehen.«

Jetzt liegt es an mir, ihm das komplette Arsenal meiner beiden Zahnreihen zu präsentieren.

»Eine Sache wäre da aber noch«, stoppt er meine grenzenlose Euphorie.

Ich drücke den Rücken durch und mache mich auf den

Pferdefuß gefasst, der vermutlich gleich meinen Brustkorb zerschmettern wird.

»Da Sie nun quasi als aktiv schreibender Autor wegfallen …«

»Ja?«

»… ist eine Autorenstelle zu vergeben. Sie wüssten da nicht zufällig jemanden, den wir hier ins Team berufen könnten?«

»Ähm, ja, also, jetzt, wo Sie fragen …«

»Na ja, war auch nur eine Idee. Melden Sie sich, wenn Ihnen jemand einfällt.« Bellinghausen winkt freundlich ab und lächelt mir zu.

Wir stehen auf. Er kommt um seinen Tisch herum und begleitet mich zur Tür. »Dann möchte ich Ihnen nun den Verlagsleiter vorstellen.«

Vielleicht liegt es an der Art, wie er mich anlächelt oder wie er seinen Arm väterlich um meine Schultern legt, was ihn bei unserem Größenunterschied einige Mühe kostet. In diesem kurzen Augenblick ist mir kein anderer Mensch auf der Welt näher und sympathischer als dieser kleine frettchenähnliche Mann. Eine bedrückende Sentimentalität macht sich in mir breit. Irgendetwas Bedeutungsschwangeres will, nein, *muss* ich dieser Situation hinzufügen. Also sage ich: »Jetzt, wo wir unsere Arbeit vertiefen werden und wir uns in all der Zeit auch menschlich nähergekommen sind … Wäre es da nicht angebracht, in ein vertrautes Du überzugehen?«

Die hervorstehenden Augen schauen mich eine ganze Weile von unten hervor an. Dann durchbricht er die immer unangenehmer werdende Stille: »Herr Bachmann, wenn es Ihnen wirklich nach Vertrautheit dürstet, dürfen Sie meinetwegen gerne den Doktor bei der Anrede weglassen.«

28

Als wäre der Nacktmull mit seinem Aussehen nicht schon gebeutelt genug, beschleunigt sich bei dem Männchen auch noch der Alterungsprozess rapide, nachdem es sich mit der Chefin gepaart hat. Haarlos, vorstehende Zähne *und* Falten – das hat kein Lebewesen verdient.

Meine Gedanken kreisen unentwegt um meinen Job, und so bekomme ich kaum mit, wie mich ein unsichtbares Fließband durch halb Koblenz schiebt und mich schließlich am Ziel ausspuckt. Ein auffallendes kastenförmiges Gebäude ohne Dachschräge. Dafür mit einer Glasfront, die nur vom Gerippe der tragenden Mauerelemente durchtrennt wird. In den Reihen der Villen wirkt dieses supermoderne Architektengebilde wie ein wuchernder bösartiger Tumor – was mich nicht daran hindert, es zu betreten.

Wo das Science-Fiction-Verlagshaus zu wenig hat, hat die Erotikredaktion von allem zu viel. Als ich den Flur zu den Redaktionsräumen betrete, sehe ich jegliches Klischee bestätigt: Es wimmelt von nackten Männern in Calvin-Klein-Unterwäsche, die fröhlich im Flur herumlungern. Gut aussehend, gut gebaut. Gut gelaunt. Mir ist durchaus bewusst, dass die *Toyboy* ein aufgeschlossenes feminines Erotikblatt ist, aber das hier habe ich nicht unbedingt erwartet. Ein wenig komme ich mir vor wie bei einem Pornocasting, nur dass diesmal ich der Einzige bin, der angezogen bleiben darf.

»Entschuldigung«, fange ich eine meinen Weg kreuzende Frau mit einem Aktenordner unter dem Arm ab. »Wieso sind die denn hier alle nackt?«

»Was? Ach, die.« Sie nickt den versammelten Sixpacks zu. »Die sind für das Fotoshooting hier, für den alljährlichen *Toyboy*-Kalender.« Sie mustert mich abschätzend. »Wollten Sie sich auch bewerben für ...?«

»Was? Ich? Nein. Ich bin auf der Suche nach Melanie Winter.« Sie mustert mich noch einmal und setzt dann einen leicht bedauernden Blick auf.

»Die Melanie ist in unserem Produkttestraum, geradeaus, dann die dritte Tür links.«

In einem Punkt hat sich die Frau geirrt: Es ist die vierte Tür links. Hinter der dritten Tür studieren die Chippendales eine Choreografie ein.

Als ich die nächste Tür aufziehe, stockt mir der Atem. In U-Form sitzt dort ein halbes Dutzend Frauen gemischten Alters. Sie alle halten Vibratoren in den Händen. Am Kopfende sehe ich Melanie mit einem Klemmbrett auf ihrem Schoß. Sie sieht gut aus. Ihr lockiges Haar hat sie zu einem Pferdeschwanz nach hinten gebunden. Sie trägt ein eng anliegendes graues Langarmshirt, darunter einen kurzen Jeansrock und schwarze Baumwoll-Overknees, die nach Schulmädchen aussehen. Das ist zwar ziemlich Neunziger, aber nach allem, was sie mir bis dato so präsentiert hat, das Beste, was ich je an ihr gesehen habe.

Von mir hat noch niemand Notiz genommen.

»Kommen wir nun zum nächsten Modell.« Melanie hält einen grünen durchsichtigen Vibrator in die Höhe und dreht an einem Rädchen unterhalb des Schafts. Neben ihr auf dem Beistelltisch stapeln sich weitere Vibratoren in den verschiedensten Formen, Größen und Farben. Interessanterweise ähnelt kein einziger auch nur im Ansatz einem echten Penis. Sofort steigt der Geräuschpegel in der U-Form rasant an.

»Also, ich fand den ja viel zu laut«, äußert sich eine etwas korpulente Frau um die vierzig mit einem Müllabfuhr-orangefarbenem Modeschal um den Hals.

»Der Reihe nach, bitte«, maßregelt Melanie die Gruppe. »Julia?«

»Ich finde die Bedienung dank des ergonomisch angewinkelten Geschwindigkeitsreglers hervorragend. Der Jelly Flubber 3000 liegt super in der Hand und passt sich ganz toll allen anatomischen Begebenheiten an. Von mir gibt es acht Punkte.«

Die Szene hat etwas vom perfekten Dinner, als die junge Frau freudestrahlend ein Pappschild mit einer fetten Acht darauf hochhält. Die Menge applaudiert, und Melanie macht einen entsprechenden Vermerk auf dem Klemmbrett.

»Brigitte«, fordert sie die nächste Testerin auf. »Wie fandest du den Pinky Digger II?« Nun hält sie einen schlanken Vibrator hoch. Der Kopf des pink eingefärbten Silikondildos hat die Form eines Maulwurfs. An den Seiten sind sogar die schaufelnden Pfoten des Wühlers angedeutet. Und sehe ich da ein Blümchen in seiner Hand?

Brigitte hat eine sehr präzise Meinung zu dem Produkt: »Ich habe den Schallpegelwert mit dem Vibrationswert des Pinky Digger I verglichen und sehe hier keine wirkliche Neuerung«, sagt sie fachmännisch und klingt dabei aufrichtig enttäuscht. »Im Gegenteil, die Vibrationsleistung liegt bei gerade mal sechsunddreißig Millimetern in der Sekunde. Außerdem lässt die Leistung nach eineinhalb Stunden rapide nach.«

Sie hält das Pappschild mit einer vernichtenden Zwei hoch. Die Menge buht, Melanie setzt einen Haken.

Ich habe genug gesehen und räuspere mich ins Bewusstsein der Damen. Alle Augen sind auf mich gerichtet, doch von Scham oder Verlegenheit keine Spur. Ein Tupperware-Abend könnte nicht unverbindlicher ablaufen.

Lediglich Melanie wirkt sichtlich überrascht und fasst sich

nervös an den Hals, als sie mich erkennt. Ein Zucken durchfährt ihren Körper. Erschrocken sieht sie mich an und wird knallrot: »Was machst *du* denn hier?«

»Ich wollte mit dir reden, aber ich komme wohl gerade ungelegen.« Ich ziehe meinen Kopf wieder aus dem Türrahmen und bin gerade dabei, die Tür zu schließen, als ich Melanies Stimme höre.

»Pause, Mädels! Wir treffen uns in einer Viertelstunde wieder und machen dann mit der Bewertung des Jiggle Jangle weiter.«

Ohne Widerworte stehen die Testerinnen auf und streifen freundlich lächelnd an mir vorbei. Dann sind Melanie und ich allein in einem Raum voller Vibratoren.

»Was machst du hier?«, will sie noch einmal wissen.

»Ich wollte mich bei dir bedanken. Dafür, dass du mir beim Manuskript derart unter die Arme gegriffen hast.«

Ein überaus glückseliges Lächeln macht sich in ihrem Gesicht breit. »He, das war schon in Ordnung«, sagt sie verlegen. »Ich glaube, das hat mir mehr Spaß gemacht als dir.«

»Ja, da habe ich bereits vermutet. Und genau deshalb bin ich hier.«

Sie sieht mich fragend an.

»Dem Chefredakteur hat unser Manuskript sehr gut gefallen«, setze ich an. »Es hat ihm so gut gefallen, dass er mich kurzerhand zum neuen Exposé-Autor von *Jerry Lightning* ernannt hat!«

Sie hält den Atem an. Ihre in einer undefinierbaren Farbe geschminkten Lippen verziehen sich zu einem breiten Grinsen, und sie beginnt zu quieken. »Das ist ja absolut fantastisch!«, freut sie sich. Und es klingt aufrichtig.

»Das ist aber längst nicht alles«, unterbreche ich. »Durch meinen Jobwechsel ist nun ein Platz im Autorenteam frei geworden, und da wollte ich fragen ob du, ich meine …«

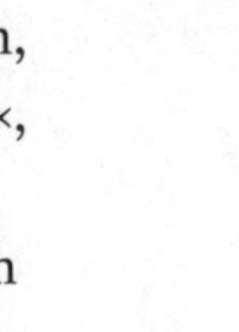

Sie lässt mich nicht ausreden. Ein markerschütternder Schrei dringt aus ihrem kleinen Mund und beschert mir einen vorübergehenden Tinnitus: »Ist das wahr? Du willst, dass *ich* für *Jerry Lightning* schreibe?«

Ich nicke.

Zum Dank schreit sie mir wieder ins Ohr. Ihre Augen weiten sich. »Aber, warum ausgerechnet ich, ich meine …«

»Weil du es draufhast. Außerdem ist es fair. Du hast mir geholfen, und jetzt helfe ich dir.«

Plötzlich fällt sie mir um den Hals. Ich atme ihren Geruch ein. Wasserlilie. Auch nicht übel.

Als sie mich wieder loslässt, strahlt sie wie ein Honigkuchenpferd, das gerade einen Sechser im Lotto gezogen hat. »Du weißt ja gar nicht, wie viel mir das bedeutet. Damit erfüllst du mir einen Traum!«

»Hab ich gerne gemacht.«

In der Sekunde, in der sie sich ganz von mir lösen will, halte ich sie zögerlich fest. Sie lächelt mich fragend an. In ihrer Iris funkelt es merkwürdig auf. Und dann werden ihre Züge plötzlich ernst.

Schweigend stehen wir da, halten uns an den Händen und sehen uns tief in die Augen. In ihrem Blick liegt etwas Unergründliches. Ihre Brauen haben sich wieder zu einem nachdenklichen V zusammengezogen. Nein, verbessere ich mich. Vielmehr sieht die gebogene Linie aus wie eine Möwe, die mit weiten Flügelschlägen über das Meer gleitet …

»Melanie, wie weit bist du denn mit deiner Reportage über den Pimper-Poldi? Die Repro macht da echt Druck, weil … ups!«

… und abstürzt.

Melanie zieht hastig ihren Kopf zurück. Ebenso erschrocken fahre ich herum. Die Frau, die ihren Kopf zur Tür hereingesteckt hat, bricht mitten im Satz ab und bleibt wie schockgefrostet in der Tür stehen. »Sorry, ich wollte da jetzt nicht in irgendwas reinplatzen«, entschuldigt sie sich und wedelt mit einem Papierausdruck in der Hand.

»Bist du nicht«, erwidert Melanie flott, lässt meine Hände los und nimmt ein paar Schritte Abstand zu mir. »Reportage ist fertig«, sagt sie zu der Frau im Türausschnitt. »Liegt auf dem Server unter Pimper-Poldi.«

Die Kollegin nickt, dann zieht sie sich leise zurück und lässt vorsichtig die Tür ins Schloss fallen.

Melanie und ich stehen da und begutachten unsere Schuhspitzen. Als könnte sie meine Gedanken lesen, fragt sie plötzlich: »Du wirkst alles andere als glücklich. Was ist los?«

Abgekämpft lehne ich mich gegen den Bürotisch und lasse den Kopf sinken. »Es ist wegen Cassandra. Ich weiß nicht, was ich noch tun soll, um sie für mich zu gewinnen.«

Melanie schließt die Augen und atmet tief ein. Als sie mich wieder ansieht, ist ihr Gesichtsausdruck ein anderer. »Du könntest es mit Romantik versuchen.«

»Romantik?«

Sie nickt. »Die stärkste Waffe im Kampf der Liebe. Appelliere an ihre niedersten Instinkte.«

»Ach, und wie?«

»Du musst sie mit etwas überraschen, das dieser Hagen mit all seinem Geld nicht kaufen kann. Erfülle ihr einen tiefen Herzenswunsch, der in direkter Verbindung mit dir steht. Ein romantisches Erlebnis, das euch für immer miteinander verbindet. Und nur fürs Protokoll, so einen Vorschlag habe ich dir schon mal gemacht, aber dann hast du dir ja einen Metallstab durch den Penis stechen lassen.«

Ich ignoriere ihren Seitenhieb. »Und du hast nicht zufällig die passende Idee parat, was genau so ein romantisches Erlebnis sein könnte?«

Wieder treffen sich unsere Blicke. Sie schaut abwartend. »Wie viel Zeit bleibt uns denn noch, um ihr Herz zu erobern?«

»Uns?«

»Ist ja wohl klar, dass ich dir helfe, nach allem, was du für mich getan hast.«

»Ihr Flug geht in vier Tagen.«

Melanie wird still und nachdenklich.

Plötzlich öffnet sich die Tür zum Testraum erneut, und ein Mann tritt ein. Mit einem verschmitzten Lächeln im Gesicht bewegt er sich auf uns zu. Gänzlich in schwarz gekleidet scheint er Melanies Klamottenvorliebe zu teilen: schwarze Hose, schwarzes Hemd, schwarze Krawatte. Schwarzes Haar. Umso auffallender sind seine Augen. Blassgrau, ernst und durchdringlich. Ebenso markant sind sein dezenter Oberlippenbart und seine Gesichtszüge, die ein bewegtes Leben erahnen lassen. Diesen Mann umgibt eine charismatische Aura, die sich im ganzen Raum verteilt und selbst die bunten Vibratoren verblassen lässt.

Tatsächlich benötige ich einen zweiten Blick, bis ich ihn erkenne. So ergeht es mir oft mit bekannten Personen, die man außerhalb der vertrauten Umgebung, wie zum Beispiel einer hell ausgeleuchteten Konzertbühne oder knatschbunten Videoclips auf MTV, trifft.

»Campino!«, rufe ich erstaunt aus.

Melanie gibt ein aufgeschrecktes Quieken von sich.

»Fast«, sagt der Mann mit dem verwegenen Lächeln. Gleichzeitig presst mir Melanies Seitenrempler die Luft aus den Lungen.

Ich erkenne meinen Fehler sofort: »Entschuldigen Sie, Herr, ähm, B., also …«

»Nenn mich doch einfach Bela«, erwidert der Mann mit einer Lässigkeit, wie sie nur ein Rockstar an den Tag legen kann.

»Ein schöner Name.«

Halt die Klappe, Idiot!

Ich spüre, wie mir das Blut mit Hochdruck in die Wangen schießt. Als wolle sie Schlimmeres vermeiden, stellt sich Melanie einfach vor mich. »Hi,« sagt sie erfreut. »Was verschafft mir denn schon wieder die Ehre?«

»Ich hab gestern meine Jacke vergessen.« Er nickt dem schwarzen Bündel in seiner Hand zu. »Und da ich schon mal hier bin, dachte ich, dass ich mich noch einmal für das tolle Fotoshooting bei dir bedanken kann.« Er hält sich eine Hand vor den Mund, um sich verlegen zu räuspern. »Und dafür, dass du mich bei der Wahl der One Hundred Sexiest Punkrocker Alive vor Farin und Rod setzen wirst. Ist doch noch so?«

»Klar doch«, erwidert Melanie sofort. »Versprochen ist versprochen.«

Bela zwinkert ihr verschwörerisch zu. »Wenn ich mal irgendetwas für dich tun kann ...« Der Musiker kommt noch einen Schritt näher, greift nach Melanies Hand und deutet einen Handkuss an. Melanie kichert wie ein pubertierendes Schulmädchen.

»Also dann.« Er entlässt ihre Hand und nickt mir kurz zu. Dann hält er inne und schaut mich eindringlich an. Es ist ein skeptisches Mustern. Ich sehe es in seinem Gesicht arbeiten und ahne, worauf es hinausläuft. Dieses Runzeln der Stirn, das Zucken der Augäpfel, wenn Menschen kurz davor sind, mich wiederzuerkennen. Und tatsächlich: »Sag mal, bist du nicht der Typ, der unser Konzert gesprengt hat?«

Während ich noch nach einer passenden Antwort suche, höre ich Melanie nachdenklich sagen: »Bela – vielleicht gibt es da tatsächlich etwas ...«

29

Nervös, aufgeregt und hektisch geht es bei der Paarung von Silberfischen zu. Eröffnet wird das Paarungsritual mit einem ausgiebigen Tanz des Männchens, anschließend schwänzeln beide erregt umher, bis das Männchen sein Spermapaket auf dem Boden ablegt. Das Weibchen nimmt es dann auf und befruchtet die Eier. Viel Lärm um nichts.

Es ist ein kalter Morgen. Dichter Nebel hängt in Schwaden über der Stadt. Noch ist es trotz positiver Wettervorhersage schwer vorstellbar, dass die Sonne sich einen Weg durch diese Suppe bahnen soll. Aber eigentlich ist mir das alles scheißegal. Ich bin viel zu nervös, um mir Gedanken über das Wetter zu machen. Außerdem sinkt meine Laune, als der Maserati in meine Straße einbiegt.

Vor vier Tagen hat Melanie gesagt, ich müsse etwas Romantisches tun. Etwas mit Bedeutung. Soll ich es wagen? Noch einmal alles auf eine Karte setzen? Mir bleiben nur noch wenige Stunden, bis sich meine Traumfrau gen Dubai verabschiedet. Und es wird nicht mehr viele Möglichkeiten geben, sie zum Bleiben zu bewegen. Vielleicht habe ich ihr einfach noch nicht klargemacht, wie ernst es mir mit ihr ist. Ich muss ihr beweisen, dass ich der Mann bin, der sie ein Leben lang auf Händen tragen würde. Das könnte ich.

»Muss denn ausgerechnet *der* dabei sein?«, frage ich in mein Telefon.

»Na ja, es verhält sich nicht gerade so, dass ich bei dir auf eine unbegrenzte Anzahl an Freunden zugreifen kann.« Nils dünne Stimme klingt durch den Handylautsprecher noch weiter entfernt, als er es ohnehin schon ist. »Und jetzt hör auf zu meckern. Ich weiß, dass ich dir für das Casting einen Gefallen schulde und werde mein Bestes geben, diesen einzulösen. Aber erwarte bitte keine Zauberei! Wir sehen uns gleich. Vertragt euch.«

Der Maserati kommt halb auf dem Bordstein zum Stehen. Genau vor mir. Die getönte Fensterscheibe der Beifahrertür schiebt sich wie von Geisterhand nach unten, und eine kratzige Stimme schält sich aus dem Inneren. »Wie viel?«

Als Jean merkt, dass er der Einzige ist, der über seinen schmutzigen Witz lacht, beugt er sich über den Schaltknüppel und öffnet mir die Tür.

»Mensch, ich wollte doch nur die Situation ein wenig auflockern«, entschuldigt er sich.

Wortlos nehme ich Platz, die Augen stur geradeaus gerichtet.

»Siehst gut aus«, stellt er fest.

»Danke«, sage ich knapp. Aber er hat recht. Ich sehe wirklich gut aus. Habe mich für meinen großen Tag in Schale geschmissen und beim Anzugverleih keine Kosten und Mühen gescheut. Ein wenig fühle ich mich wie George Clooney in meinem eleganten Smoking aus reiner Schurwolle. Mit Bionic Finish – was auch immer das heißen mag.

»Sollen wir nicht endlich das Kriegsbeil begraben?« Der Indianer streckt mir die beringte Hand entgegen. Ich zögere.

»Es mag ja sein, dass wir beide unsere Differenzen hatten«, räumt er ein. »Aber ich lasse mir nicht nachsagen, dass ich nicht helfe, wenn meine Hilfe gebraucht wird. Als Nils mir von deinem Plan erzählt hat, habe ich mich sofort bereiterklärt, dich zu unterstützen. Trotz unserer beruflichen Differenzen. Also, Friede?«

Ich mustere ihn von der Seite. Er hat sich ebenfalls schick gemacht. Für meinen großen Tag. Beinahe fühle ich mich geschmei-

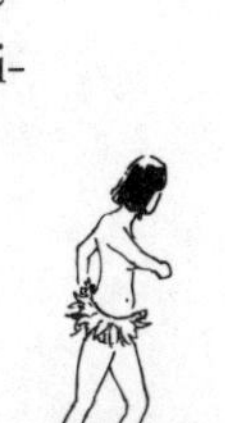

chelt. Keine Fransen, kein Wildleder, keine Kokopelli-Motive. Dafür trägt er einen kostspielig aussehenden Zweireiher, wie man ihn sonst nur auf alten Kreuzfahrtschiffen beim Captain's Dinner zu Gesicht bekommt. Jean hat eben seinen eigenen Stil.

Ich kann nicht anders als klein beizugeben und ergreife seine Hand. Doch damit gibt er sich nicht zufrieden. Wie ein Messias breitet er die Arme aus und beugt sich zu mir herüber. Auf meinen Geruchssinn rollt ein Parfümtsunami zu, der mir die Sinne zu rauben droht. In der Enge des Maseratis kann ich seiner Umarmung nicht entkommen.

»Mag ja sein, dass ich es mit meinem Karriere-Ehrgeiz etwas übertrieben habe«, dringt es an mein Ohr.

»Etwas? Und würdest du mich jetzt bitte wieder loslassen, du zerknitterst meinen Anzug.«

Sofort zieht er sich von mir zurück und streicht mein Jackett glatt. Als er mir dann auch noch die Fliege richten will, schlage ich seine Hand weg.

»Wir müssen los«, erinnere ich ihn.

Sein Blick wird weich und sentimental. »Ach, Junge ...« Dann drückt er urplötzlich aufs Gas. Unter konsequenter Missachtung aller Straßenverkehrsrichtlinien jagen wir mit dem Maserati aus der Stadt heraus, die Autobahn entlang zum Flughafen Köln/Bonn. Eine Stunde später haben wir das Ziel erreicht. Wir hinken unserem Zeitplan mörderisch hinterher, weshalb Jean den Wagen achtlos direkt am Haupteingang parkt, wo wir bereits von Nils in Empfang genommen werden.

Auch er trägt einen Anzug. Jedoch berufsbedingt. Und drei Nummern zu groß. Als einer der Sicherheitsbeauftragten des Flughafens gehört dies zu seiner Uniform. Ebenso die signalgelbe Warnweste.

»Ihr seid spät dran«, motzt er uns zur Begrüßung an.

Im nächsten Augenblick gibt das Funkgerät an seinem Gürtel ein knarzendes Geräusch von sich und spuckt eine verzerrt klingende Stimme aus: »Echo sieben, bitte melden. Echo sieben, bitte melden.«

»Wer ist das?«, frage ich.

»Ein Kollege, der uns bei der Observierung hilft.«

»Observierung?«

Doch anstatt zu antworten, hält er das Funkgerät vor den Mund und sagt: »Hier Echo sieben. Roger.«

»Das Zielobjekt hat soeben eingecheckt und ist nun auf dem Weg zu Gate … äh, Moment …« Es knarzt wieder in der Leitung. »Gate zwo. Over.«

»Echo sieben hat verstanden. Over and out.«

»Roger.«

»Roger. Roger.«

Das Funkgerät findet wieder seinen angestammten Platz in der Gürtelschnalle. »Es geht los!« Nils blinzelt mir verschwörerisch zu.

»Jetzt gibt es kein Zurück mehr, Compagno«, sagt Jean und klopft mir Mut machend auf die Schulter.

Ich lächele gequält zurück. Mir geht das alles viel zu schnell.

»Einen spitzenmäßigen Zeitpunkt haben wir uns für die Aktion ausgesucht. Hier herrscht ohnehin schon Ausnahmezustand wegen der FedCon, die heute in Düsseldorf stattfindet«, erklärt Nils. Er deutet auf vereinzelte Grüppchen in eigentümlicher Verkleidung.

Irritiert schaue ich kurz hinterher. »Sind die Jungs denn schon da?«

Nils nickt. »Sind bereits auf ihrem Posten. Aber wir haben jetzt keine Zeit zum Reden, wir müssen los«, sagt er und schwingt sich auf einen bereitstehenden Elektrowagen, der in seinem früheren Leben vermutlich seine Bahnen auf dem saftigen Grün eines Golfplatzes hat drehen dürfen. Mit einem Kopfnicken ermutigt er uns zum Aufsteigen.

Ich nehme neben ihm Platz, Jean hinter uns. Als hätte Nils

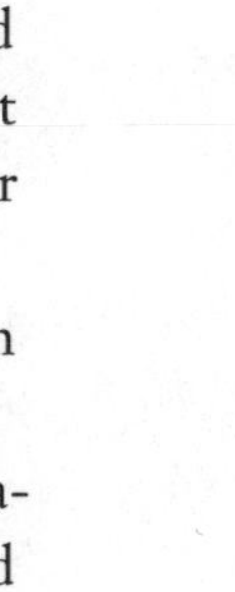

sein Leben lang nichts anderes getan, fährt er durch das Terminal, umschifft das Kofferwagen vor sich herschiebende Fußvolk und nickt jedem Flughafenbediensteten zu, als würde ihm der Flughafen gehören.

»Echo sieben, bitte kommen. Echo sieben, bitte kommen. Roger«, kommt es dumpf aus dem Funkgerät.

»Hier Echo sieben. Was gibt es denn?«

»Wir haben Sichtkontakt, over! Zielobjekt befindet sich jetzt am Gate. Over and out!«

»Das ist jetzt nicht so gut«, meint Jean, dessen Kopf sich zwischen uns geschoben hat. »Oder?«

»Shit! Shit! Shit!«, schreit mein Mitbewohner seine Wut ins Terminal hinaus, was dazu führt, dass die Passanten einen großen Bogen um das mittlerweile Schlangenlinien fahrende Golfcaddy machen.

Dem kann ich mich nur anschließen. Denn was das bedeutet, weiß ich nur zu gut. Sobald Cassandra mit ihrem Hagen die Kontrolle passiert, ist alles verloren. Ohne gültiges Flugticket werden sie mich nie und nimmer durch das Gate lassen. Daran werden auch Nils' Beziehungen nichts ändern können.

»Festhalten«, befiehlt Nils mit einer nie da gewesenen autoritären Stimme, die nach einem handfesten Plan klingt. Eine Stimme, die genau weiß, was zu tun ist.

Wie der Steuermann auf der Titanic beim Anblick des Eisbergs reißt er das Lenkrad herum und prescht mit gefühlten fünfzehn Stundenkilometern an einem Pfeiler entlang, um einen U-Turn hinzulegen, der Formel-1-tauglich gewesen wäre. »Ich kenne da 'ne Abkürzung«, erklärt er keuchend.

Die kreischend grelle Caddy-Hupe scheucht Scharen von Menschen vor uns her. Manche geben sogar ihre Trolleys und Reisetaschen auf, um ihre eigene Haut zu retten. Nils hat eine Mission zu erfüllen, und da zählt ein Menschenleben allem Anschein nach nichts.

Ich schließe die Augen und kralle mich am Sitz fest. Es ist nur noch eine Frage der Zeit, bis die Flughafenpolizei unser Himmelfahrtskommando beenden wird. Vermutlich mit Maschinenpistolengewalt und kläffenden Schäferhunden. Mir ist unerträglich heiß, und ich schwitze.

Als wir die Sicherheitskontrolle mit quietschenden Reifen erreichen, ziehen wir automatisch alle Blicke auf uns. Wir parken direkt vor einem gelben Absperrband, das von zwei Warnhinweisschildern (»Vorsicht, frisch gebohnert«) fixiert wird. Sofort springt Nils vom Wagen und geht unbeirrt auf den abgesperrten Bereich zu. Seine Hände versinken in der dort stehenden Mülltonne und bringen Mikrofonständer und kleinere Lautsprecher zum Vorschein, die er mit routinierten Handgriffen – als hätte er sein Leben lang nichts anderes getan –, aufbaut. Allmählich zieht er die Neugier der umstehenden Menschen auf sich.

»Sind sie denn schon da?« Fragend blicke ich mich um.

Jean legt seinen Arm und mich und dreht mich zu sich. »Ich glaube, du meinst diese Herren?« Er tritt einen Schritt zur Seite, und beinahe im gleichen Moment wenden sich mir drei zunächst sehr unscheinbar wirkende Gestalten zu. Zwei von ihnen sind in etwa gleich groß, der andere hingegen überragt die beiden um einen halben Kopf. Sie tragen schwarze Sonnenbrillen und abgewetzte Ledermäntel – aber auf die coole Art.

Die drei Herren aus Berlin lächeln mir milde entgegen.

»So«, sagt der mit den längsten Haaren. Mit einer lässigen Geste schiebt er seine Sonnenbrille nach oben und fixiert seine Umgebung mit dunklen, beinahe schwarzen Augen. Dann hat er mich im Visier: »Du bist also im Auftrag der Liebe unterwegs, hombre.«

Ich nicke stumm und schlucke. Ich möchte etwas sagen, doch es kommt nichts raus. Super, selbst meine Stimme ist eingeschüchtert von der Begegnung mit dem dritten Arzt. Nach einem Räuspern ist sie wieder da: »Find ich voll nett von euch«,

druckse ich kleinlaut herum, »dass ihr mir bei der Sache hier unter die Arme greift.«

»Lass mal stecken«, meint Bela trocken, »Melanies Freunde sind auch unsere Freunde. Außerdem hat es Rod ja bereits gesagt: Hier geht es um die Liebe.«

»Und, kannste deinen Text?«, fragt Farin und reicht mir eine Akustikgitarre. »Meinste, du kommst damit klar? Wir haben extra dünne Saiten draufziehen lassen, damit du es einfacher hast.« Ich halte die bauchige Gitarre in den Händen und bekomme augenblicklich weiche Knie. Habe ich wirklich genügend Eier in der Hose, um das durchzustehen?

»Schade nur, dass wir keine Zeit mehr zum Üben haben. Aber mach dir keinen Kopf, du spielst einfach nur die offenen Akkorde und rockst das Ding, den Rest übernehmen wir.« Er grinst breit. Wie kann ein Mensch nur derart weiße Zähne haben?

»Wenn du nicht mehr weiter weißt, bleib einfach beim E-Moll-Akkord, da machste nix falsch mit«, rät mir Rod fachmännisch.

Ich kann es immer noch nicht fassen, ihnen tatsächlich gegenüber zu stehen. Ob sie vielleicht noch einen zweiten Gitarristen für ihre nächste Tour … Ich breche den Gedanken ab, da das Pärchen in Rods Rücken meine Aufmerksamkeit auf sich zieht. Sie sind die nächsten, die die Sicherheitskontrolle passieren müssen.

In meinen Schläfen spüre ich den pochenden Puls. So wild und schnell, dass es beinahe wehtut.

»Cassaaaandra!« Ich versuche zu rufen, doch alles, was herauskommt, ist ein heiseres Fiepen. Ich räuspere mich und versuche es noch einmal: »CASSANDRA!«

Geht doch. Noch einmal rufe ich ihren Namen und hüpfe über die Köpfe der Menge hinweg: »CASSSAAAANDRAAAA!«

Zunächst geschieht nichts. Mich ergreift die Panik, dass sie mich nicht hören könnte. Immer mehr Köpfe drehen sich zu uns um. Leises Getuschel ertönt, das nach und nach anschwillt. Leute zeigen mit Fingern auf uns, viele zücken ihre Handys und machen Fotos. Und dann fährt auch sie herum und sucht nach der Herkunft der Stimme, die ihren Namen ruft.

Ich reiße meinen gitarrenfreien Arm nach oben und winke ihr zu. Jetzt sieht sie mich. Zunächst blinzelt sie, wohl um mich einzuordnen. Aus der Entfernung ist ihr Blick nicht zu deuten. Ist es Freude? Zumindest wirkt sie überrascht. Jetzt dreht sich auch Hagen um.

Unsere Blicke treffen sich. Ich sehe ihm sofort an, dass er mich wiedererkennt. Seine Augen ziehen sich zu Schlitzen zusammen. Sogar aus dieser Entfernung sehe ich, wie eine dicke Ader auf seiner Stirn hervortritt. Aber mir macht er damit keine Angst.

Ich setze ein triumphierendes Lächeln auf und rufe noch einmal den Namen seiner zukünftigen Ex-Verlobten: »Caaassaandraa!«

Jetzt ist es eindeutig ein Lächeln, das sich auf ihren Lippen abzeichnet. Sie lässt die Durchleuchtungseinheit links liegen und kommt auf uns zu. Hagen eilt ihr hinterher.

»Dann mal los, Jungs.« Farin schlägt einen Akkord an, um die Lautstärke der Monitore zu regulieren. Eine schrille Rückkopplung legt sich über das Gate. Damit ist uns die Aufmerksamkeit aller gewiss. Ein enger Halbkreis zieht sich um uns herum zusammen. Mittendrin Cassandra und Hagen.

»Quentin?!«, ruft sie überrascht. »Was wird das denn hier?«

In Hagens Gesicht spiegelt sich Fassungslosigkeit. Er scheint bereits Böses zu ahnen.

Ich hauche ins Mikro: »Cassandra, das ist für dich!«, und wie auf Kommando baut sich die Band um mich herum auf. Ich werde flankiert von Farin und Rod, während Bela sich etwas im Hintergrund hält.

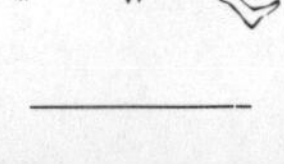

Cassandras Augen werden groß. Hagens ziehen sich noch mehr zusammen.

Hysterisches, ungläubiges Gekreische von ein paar Teenies in der Abfertigungshalle schwappt zu uns rüber. Ich weiß, dass es eigentlich nicht mir gilt, dennoch fühlt es sich fabelhaft an.

Hinter mir höre ich Bela sagen: »Ist das deine Puppe, Alter? Die mit den roten Haaren? Scharfes Gerät!« Dann schlägt er rhythmisch seine Sticks zusammen, um den Takt vorzugeben. »Also los, Jungs, eins, zwei, drei – und!«

Dann lässt Rod die ersten Akkorde seiner Zwölfsaitigen aufklingen. Sofort erstirbt jedes weitere Geräusch im gesamten Umkreis. Selbst der Nacktscanner stellt das Durchleuchten ein. Rod schaut in Cassandras Richtung und zwinkert ihr zu. Dann beginnt er zu spielen.

Es ist, als würde Rods Gitarrensolo die gesamte Szenerie einfrieren. Er spielt ein kurzes Intro, in das nach und nach Bela und Farin und dann auch ich einsteigen. Als er in die erste Strophe übergeht, kommt mein Einsatz.

Ich schließe die Augen und nehme all meinen Mut für diesen einen Moment zusammen. Ich bin kein begnadeter Gitarrist, schon gar kein Sänger. Dennoch hindert mich das nicht daran, jede einzelne Songzeile voller Inbrunst in die Welt hinauszuschmettern. Warum auch nicht? Es wird Zeit für die nötige Portion Selbstvertrauen! Hagen hat eine schäbige Arztpraxis in Dubai. Aber ich habe die *Ärzte*. Ich kann nur gewinnen. Und schließlich spricht mir jedes einzelne Wort des halben Lovesongs aus der Seele:

Ich hoff', meine Worte machen es nicht noch schlimmer
Vergiss nur einmal deinen Stolz
Ich weiß, du liebst mich noch immer …

Meine Stimme klingt dünn und nasal, und mein Gitarrenspiel

ist nicht annähernd im Takt. Es dauert nicht einmal bis zur zweiten Strophe, bis bei mir alle Dämme brechen – und nicht nur bei mir, auch Cassandras Augen schimmern tränenreich. Sie wischt sich eine Träne von der Wange. Gleichzeitig sehe ich, wie sie Hagens Hand von sich abstreift.

Und dann macht es *klick*.

Auf einmal ist alles so einfach, so klar, so naheliegend! Ich komme kurz ins Straucheln, stolpere über die Saiten und höre auf zu singen. Nach und nach beenden auch die Ärzte ihr Spiel. »Was ist los, Mann?! Text vergessen?«, flüstert mir Farin zu. »Spielen wir dir zu schnell?«

Mir schwirrt der Kopf.

Auf einmal ist es totenstill. Alle warten auf eine Reaktion von mir.

Meine Hände umklammern derart fest den Mikrofonständer, dass meine Knöchel weiß hervortreten. Ich versuche zu sprechen, doch meine Zunge fühlt sich an wie doppelseitiges Klebeband.

Verzweifelt suche ich die Blicke meiner Background-Band, die mich aufmunternd ansieht.

»Ich …«, setze ich an, breche aber wieder ab.

»Dein Herz kennt die Antwort«, flüstert Bela mir zu, und mir entgeht nicht, dass er Cassandra breit angrinst, die ihrem hochroten Kopf Luft zufächert. »Du musst nur hinhören!«

Und das tue ich dann auch.

Ich führe meinen Mund ganz nah ans Mikro.

Cassandras Augen lassen nicht von mir ab.

»Ich …«, beginne ich noch einmal, hole tief Luft und lasse meinen Gefühlen freien Lauf: »Ich bin so ein Idiot!«

Stille.

Nicht nur Cassandra schaut reichlich verdutzt, als ich mit einem Satz aus dem Kreis trete und schnurstracks an ihr vorbeilaufe. Aber das ist mir egal. Ich schiebe mich durch die Menge und reiße Jean mit mir.

30

Der Schwan gilt in vielen Kulturen als Symbol der Reinheit und Treue: Im Alter von zwei Jahren sucht er sich seinen Partner fürs Leben aus. Verstirbt einer der Partner, bleibt der andere oft lange allein und trauert ihm nach.

Ich bin noch nie gut im Deuten von übersinnlichen Zeichen gewesen. Dabei muss es von Anfang an ein Wink des Schicksals gewesen sein, der Cassandras Abflug nach Dubai ausgerechnet auf den Eröffnungstag der FedCon gelegt hat.

Ich sinke ganz tief in den Sitz des Maserati und versuche mich zu beruhigen. Die Mittagssonne knallt durch die Frontscheibe. Mein Smokinghemd klebt unangenehm am Rücken fest. Ich klappe den Sichtschutz nach unten und inspiziere mein glänzendes Spiegelbild. Die Fahrt dauert nicht lang, gerade einmal eine halbe Stunde. Genug Zeit, um mir Gedanken zu machen, was ich ihr sagen soll.

Oder auch nicht.

Denn als der Maserati im absoluten Halteverbot zum Stoppen kommt, ist alles weg. In meinem Hirn herrscht totale Leere. Dafür ist vor dem Maritim-Hotel der Klonkrieg ausgebrochen.

Jean und ich kämpfen uns durch die 501. Legion der deutschen Star-Wars-Garnison, die sich ausgerechnet jetzt und hier vor dem Eingang zu einem Erinnerungsfoto aufbauen muss. Unter Verwünschungen der übelsten Art erreichen wir das Kassierhäuschen, in dem uns eine gut gelaunte Teilzeit-Rentnerin mit dicken Wangen und einem breiten Lächeln darüber aufklärt, dass die Veranstaltung komplett ausverkauft sei.

»Aber ich muss da unbedingt rein!«, erkläre ich ihr verzweifelt. »Ich bin auch wirklich bereit, einen ganzen Batzen Geld hinzulegen. Gibt es denn wirklich keine Möglichkeit?«

Ihre glasigen Augen sehen sich an meiner Verzweiflung satt. In unseren Smokings müssen wir ein wirklich lustiges Bild abgeben. Zumal wir weit und breit die einzigen sind, die nicht kostümiert herumlaufen.

»Nun ja«, beginnt sie. »Wir hätten da noch ein streng limitiertes Kontingent an Gold-Tickets. Die sind aber wirklich nicht billig.«

»Die nehm ich!«, falle ich ihr auf der Stelle ins Wort, zücke mein Portemonnaie und fische einen druckfrischen Fünfziger hervor. »Behalten Sie den Rest. Geld spielt heute keine Rolle.«

Anscheinend doch. Ich bin mir sicher, dass noch nie zuvor ein Fünfzig-Euro-Schein mit einem derart verabscheuenden Blick gestreift wurde. »Reicht das nicht?«, frage ich vorsichtig.

Sie schüttelt den Kopf.

Ich öffne das Münzfach.

»Das Gold-Ticket kostet fünfhundertneunundneunzig Euro, junger Mann.«

Für einen kurzen Moment verschlägt es mir die Sprache, im Gegensatz zu der Teilzeit-Rentnerin: »Dafür kriegen sie aber auch einiges geboten! Ein exklusives Fan-T-Shirt, Autogramme aller anwesenden Stars, ein bedrucktes Schlüsselband, einen streng limitieren Aufkleber …«

»Interessiert mich alles einen Scheißdreck!«, unterbreche ich sie rüde. »Ich will doch nur da rein. Außerdem habe ich so viel Geld gar nicht dabei!«

»Wir akzeptieren auch Kreditkarten.«

Es ist Jean, der mich sanft beiseiteschiebt und mir ein gönnerhaftes Lächeln schenkt. »Lass mich mal machen, mein Jung.«

Ungläubig sehe ich zu, wie er seinen Wildlederbrustbeutel aus dem Hemd hervorzieht. Dann höre ich ihn fragen: »Können Sie auf zwei Fünfhunderter rausgeben?«

*

Das Gute an dem Gold-Ticket ist, das ich die nicht enden wollende Schlange am Eingangsbereich außer Acht lassen und direkt den mit rotem Teppich ausgelegten Weg zum V.I.P-Eingang beschreiten darf. Am Einlass checkt ein grobschlächtiger Typ mit Wookie-Frisur meine Eintrittskarte und gewährt mir den Zugang in das Nerd-Nirwana, in dem es nach abgestandenem Schweiß und Antischuppenshampoo müffelt.

Ich bin also auf der größten Science-Fiction-Messe Europas angelangt. Ehrfürchtig sauge ich die Umgebung in mich auf. Obgleich sich die Ehrfurcht in Anbetracht des dargebotenen Panaromas in Grenzen hält. Die sich vor mir wie ein Algenteppich ausbreitende Szenerie gleicht einer Herrenüberschuss-Party im Swingerklub. Das ganze Foyer ist mit Männern übersät. Und nahezu jeder zweite trägt eine schlecht sitzende Star-Trek-Uniform.

Weibliche Fans sehe ich kaum. Vereinzelt tauchen im Trubel ein paar Frauen auf, die sich mit fantasievollen Weltraumkostümen gegenseitig zu übertrumpfen versuchen. Hauptsächlich Klingoninnen in wilden Leder-Outfits mit hohen Stirnpartien und jede Menge Enterprise-Offiziersanwärterinnen in knappen Minikleidern – wenngleich die figürlichen Bedingungen dafür nicht überall gegeben sind. Der Aufmerksamkeit der männlichen Besucher können sie sich dennoch gewiss sein. Science-Fiction-Veranstaltungen sind eben eine Fleischbeschau ohnegleichen – beinahe wie FKK in einem Streichelzoo mit einer riesigen raschelnden Papiertüte voller Futter um die nackten Lenden.

Ich schnappe mir das nächstbeste Bürschlein, das ein »Orga-Team«-T-Shirt trägt, und rufe ihm zu: »Schnell, wo findet der Kostüm-Contest statt?«

»Na, im Hauptsaal«, erklärt er mir, als wäre es das Logischste der Welt.

Ich packe ihn am Kragen. »Und wie komme ich da hin, du Klugscheißer?«

Mein unbestimmter Weg führt mich quer durch das Foyer zu den Treppen, die direkt zum meistbesuchten Bereich der Convention führen, dem Signierflur. Mit pochendem Herzen kämpfe ich mich durch die Masse und suche den Eingang, der in den Hauptsaal führt. Dabei ist der gar nicht schwer zu finden. Genaugenommen stehe ich bereits mitten in der endlos langen Schlange, die in den Saal will. Unschlüssig bleibe ich stehen und beobachte die geduldig wartende Menschenmasse, die sich kein Stück vorwärtsbewegt. Was eventuell daran liegen könnte, dass der Eingang zur Halle geschlossen ist.

Mit dem Gold-Ticket in der Tasche laufe ich an der Schlange vorbei bis zur Absperrung, vor der mehrere Orga-Shirt tragende Personen die Menge in Schach halten.

»Ich muss da rein«, schreie ich dem nächstbesten Typen entgegen.

»Keine Chance, der Saal ist brechend voll.«

»Aber ich muss da rein!«

»Geht aber nicht. Wir können immer nur genau so viele reinlassen, wie den Saal verlassen.«

Ich warte ein paar Augenblicke. »Aber es verlässt doch niemand den Saal«, stelle ich fest.

Der Ordner entblößt ein diabolisches Grinsen. »Natürlich nicht. Der Kostüm-Contest erreicht ja auch gerade seinen Höhepunkt.«

Dann fällt mein Blick auf eine kleine Gruppe, die grobmaschige Kartoffelsäcke trägt und etwas weiter abseits durch

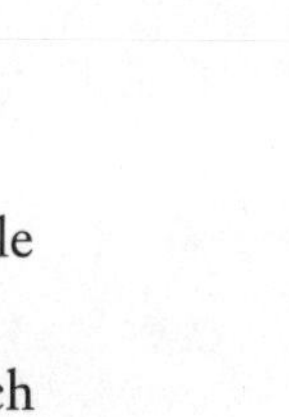

einen Seiteneingang verschwindet, ohne von den davor stehenden Ordnern aufgehalten zu werden.

Fragend schaue ich meinen Gesprächspartner an. »Wo geht denn der Jawatrupp hin?«

»Na, durch den Teilnehmer-Eingang.«

»Alles klar, vielen Dank«.

Ich mache es wie die Jawas und gehe zielsicher auf die Seitentür zu, werde aber im Gegensatz zur Gruppe nicht durchgelassen. Keine Panik, beruhige ich mich und zeige ihnen den Spock-Gruß, woraufhin der eine ihn erwidert und der andere fragt: »Wo willst du denn hin?«

»Na, rein«, sage ich mit dreister Selbstverständlichkeit. »Ich nehme am Kostümwettbewerb teil.«

Er mustert mich skeptisch und sagt das einzig Logische: »Du hast aber kein Kostüm an.«

»Ist das ein Problem?«

»Ohne Kostüm kannst du nicht mitmachen.«

Auch das entbehrt nicht einer gewissen Logik.

»Hast du ein Kostüm für mich?«

Er lacht laut los und schüttelt den Kopf. »Wo soll ich denn ein Kostüm herhaben?«

Ich greife in meine Jackett-Innentasche und ziehe mein Gold-Ticket heraus. Sein Lachen erstirbt.

»Hast du vielleicht *jetzt* ein Kostüm für mich?«

Er lässt mein Ticket nicht aus den Augen, als er sagt: »Ich hätte da vielleicht noch was in der Asservatenkammer.«

*

Ich transpiriere wie ein Mammut zur Polarschmelze. Gleichermaßen verfolgt mich das Gefühl, verarscht worden zu sein. Es gibt so viele coole Science-Fiction-Helden: Captain Future, Buck Rogers, Terminator, Starbuck, Spock. Aber ausgerechnet ich muss an jemanden geraten, der mir für den stolzen Preis von sechshundert Mäusen ein filzig-gefiedertes, müffelndes Entenkostüm andreht.

Seiner Aussage zufolge stellt dieser Plüschalbtraum Howard the Duck dar. Bleibt nur zu hoffen, dass sich niemand mehr an diese Comicverfilmung erinnert, die obendrein für den schlechtesten Film des Jahrzehnts nominiert wurde.

Außerdem sehe ich kaum etwas, da die winzigen Sehschlitze und der riesige Entenschnabel doch enorm meine Sicht einschränken. Dennoch kommen mir hier meine Erfahrungen mit dem Bananenkostüm zugute. Mit kleinen routinierten Schritten, mehr blind als sehend, taste ich mich an den kahlen Wänden des Backstagebereichs entlang und halte Ausschau nach Melanie.

Hier hinter der Bühne ist es beinahe so voll wie draußen vor dem Saal. Allerdings ist die Stimmung hier nicht ganz so tiefenentspannt. Vielmehr wird sie bestimmt von einem nervösen Treiben: aufgeregte Stimmen, hektisch gestikulierende Gestalten in wilden Kostümen und umherwuselndes Organisationspersonal.

Ich sehe eine kleine Gruppe von Sturmtruppen ihren Text üben, während die Jawas von eben ein Lied in einer mir unbekannten Sprache anstimmen. Die meisten von den Leuten sind so authentisch gekleidet, dass mir im selben Moment klar wird, dass es ein Ding der Unmöglichkeit ist, Melanie zu finden. Ich weiß ja nicht einmal, was für ein Kostüm sie trägt.

Aus Mangel an Ideen öffne ich jede Tür und lupfe jeden Vorhang, der meinen Weg kreuzt. Mit der zweiten Tür fühle ich mich schlagartig nach Schlumpfhausen versetzt. Mein getrübter Blick landet direkt in den Gesichtern zweier gänzlich in blau gehüllter Gestalten, die ungleicher nicht sein können. Der eine klein und adipös veranlagt, der andere ein wahrer Riese, der den Kopf ein wenig schräg halten muss, um sich nicht an der Raumdecke zu stoßen. Sie beide stecken in blauen und für ihre Figuren

überaus unvorteilhaften Spandex-Anzügen, die nichts mehr der Fantasie überlassen. Keine noch so kleine Ausbeulung, die sich nicht deutlich darunter abzeichnet. Allein das Fehlen der weißen Schlumpfmützen lässt mich verstehen: Vor mir stehen zwei Avatare. In mehr 3-D, als James Cameron es je gewollt hätte.

»Ja, bitte?«, sagt der Große von oben herab. Er trägt eine schwarze Langhaarperücke. Seine Ohren gleichen denen einer Fledermaus, nur sind sie indigoblau. Keine dieser billigen Plastikanklebe-Ohren, wie man sie in jedem Karnvevalsdiscount bekommt. Diese hier sehen täuschend echt aus. Er kann sogar mit ihnen wackeln.

Ich starre sie an. Dann endlich finde ich meine Manieren wieder. »Tolle Outfits, Jungs.«

»Wieso Outfit?«, entgegnet der Große trocken. »Auf Pandora laufen wir alle so herum.« Fast beiläufig spielt er mit dem blauen Schwanz in seiner Hand.

»Alles klar. Ich wollte nur nett sein.«

»Du musst meinen Kumpel entschuldigen«, sagt der Untersetzte Na'vi-Mann. Im dunkelblauen Stoff seines Lycra-Overalls sind weiße, fast durchsichtige Bereiche zu sehen – ein sicheres Indiz, dass der dehnbare Stoff an die maximale Grenze der Belastbarkeit gestoßen ist. »Er ist nervös, wir haben gleich unseren Auftritt.«

Er zeigt auf die andere Raumtür, über der ein rot leuchtendes Schild hängt: »ON AIR.«

»Geht's da etwa zur Bühne?«, frage ich.

Sie nicken mir zu. »Wir sind die nächsten.«

»Ich bin auf der Suche nach einer Frau«, sage ich. »Sie macht auch dieses Cosplay-Ding und nimmt an dem Kostümwettbewerb teil.«

»Ach die«, meint der Große verächtlich.

»Ist das nicht furchtbar heiß unter dem Gefieder?«, fragt der Untersetzte.

»Geht schon«, lüge ich und nicke, was ziemlich sicher total bescheuert aussieht, bei dem Mörderschnabel in meinem Gesicht.

»Sie gehört einem Star-Trek-Club an«, füge ich hinzu.

»Das tut hier jeder zweite«, sagt der Große. Ich höre Verachtung in seiner Stimme. »Echt, das ist sooo unoriginell ...«

Der Untersetzte nickt zustimmend.

»Irgendwas mit DSDS oder DSTF?!«, fällt es mir wieder ein.

»Die hatten schon ihren Auftritt, die findest du nicht mehr hier hinter der Bühne.«

»Aber wo denn dann?«

»Na, vermutlich davor«, entgegnet der andere. »Bei den Zuschauern!«

Ich lächele ihn dankbar an, was natürlich schwachsinnig ist, da meine Entenmaske keine Gefühlsregung erkennen lässt. In diesem Moment erlischt das On-Air-Schild über der Tür, und sie wird aufgezogen.

»Okay, ihr Na'vis seid jetzt dran«, ruft ein Mann mit Nerdbrille und Headset durch den Türspalt.

Es sind diese geistesgegenwärtigen Momente im Leben, die über Erfolg und Misserfolg entscheiden. Die entscheidende Zehntelsekunde zwischen Sieg und Niederlage.

Bevor die beiden Avatare auch nur zu einer Antwort ansetzen können, schieße ich an ihnen vorbei und renne den Mann mit dem Headset kurzerhand über den Haufen.

»He, haltet den Entenarsch auf!«, ruft jemand hinter mir, woraufhin aus dem Nichts zwei Klingonen auftauchen. Doch ich bin schneller, tauche unter ihren Armen durch und platze auf die Bühne.

Auch wenn es wieder so dunkel ist, dass ich kaum etwas sehe, bin ich wieder ein Mann mit einem Plan. Zugegeben, Senator Palpatine hatte auch einen. Aber meiner könnte funktionieren. Ich werde heute der Frau meiner Träume meine Liebe gestehen. Daran hat sich nichts geändert – bis auf die Frau.

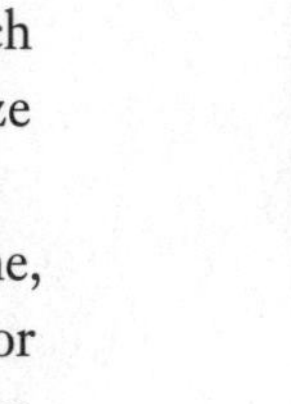

Zielstrebig gehe ich auf die Mitte des Podiums zu und sehe fünf Campingtische, hinter denen ratlose Menschen sitzen und Blätter durchwühlen. Ihre Überraschung wundert mich nicht. Schließlich haben sie Avatare erwartet, keinen Weltraum-Erpel mit buschigem Bürzel. Gott, was mache ich hier?!

Ich lasse sie links liegen, wende mich nach rechts und sehe zunächst nichts weiter als das grelle Licht blendender Scheinwerfer. Eine Lautsprecherstimme kündigt das Avatarduo »Ned & Stacy« an. Nach beidem sehe ich nicht aus. Und da ich überhaupt nichts sehe, mache ich das, was ich schon längst hätte tun sollen. Ich stülpe dieses monströs schwere Kopfteil ab.

Schon besser. Ich hole tief Luft und verschlucke mich an einer Feder. Hustend fahre ich mir durchs schweißnasse Haar, das sich unter den Federhandschuhen anfühlt wie nass gewordene Zuckerwatte. Was ich nun zur Erfüllung meines genialen Plans brauche, ist ein Mikrofon. Und das steht passenderweise nur wenige Schritte von mir entfernt. Zielstrebig gehe ich darauf zu. Durch das Publikum geht ein Raunen. Mittlerweile dürfte jeder Zuschauer mitbekommen haben, dass ich nicht das angekündigte Avatarduo bin.

Während ich den Weg zum Mikrofon hinter mich bringe, höre ich jemanden meinen Namen rufen. Aus dem Backstage-Bereich. Und dann noch einmal. Und noch einmal. Ganz kurz bin ich davon irritiert. Doch bevor ich die Information verarbeiten kann, erhaschen meine Augen etwas in den vorderen Reihen. In einem Meer aus knallbunten und schräg frisierten Haaren sticht eine blonde Hochsteckfrisur hervor. Keine Frage. Das da vorne ist Melanie.

Mein Blick wandert über ihr Outfit. Aufgrund der schlechten Lichtverhältnisse erkenne ich nicht jedes Detail ihres Kostüms. Aber was ich erkenne, verschlägt mir den Atem. Es glitzert und funkelt. Einen kurzen Moment bin ich geblendet. Ich kann meine Augen nicht von ihr lösen.

Melanie ist Seven of Nine. Das deassimilierte Crew-Mitglied des Raumschiffs Voyager. Das erotischste Science-Fiction-Babe aller Zeiten. Sie trägt einen hautengen Ganzkörperanzug, und im Gegensatz zu den beiden Avataren von gerade eben sieht sie darin einfach nur umwerfend aus. Über ihrer linken Braue blitzt sogar das Borg-Implantat.

Jetzt gibt es kein Halten mehr für mich. Da ist sie! Inmitten von Klingonen, Ferengis und Romulanern. Und sie lacht. Sie strahlt mich an.

»Melanie, ich war so ein Idiot!«, rufe ich, bin mir aber nicht sicher, ob sie mich hören kann.

Knisternde Spannung schwebt über dem Saal. Und auch ich bin voller Spannung. Noch ein schwungvoller Schritt bis zum Mikro. Doch meine Hände greifen ins Leere. Stattdessen raubt mir ein Stoß in den Rücken den Atem. Ich verliere den Halt, stürze nach vorn, über den Bühnenrand. Mit mir fliegt der Mikrofonständer von der Bühne.

Ich will noch danach greifen, entscheide mich im letzten Moment aber dagegen, um meinen Sturz wenigstens einigermaßen mit den Händen abzufangen. Es geht nicht tief nach unten. Vielleicht eineinhalb Meter. Grob geschätzt. Wenn man aus dieser Höhe aber der Länge nach auf dem Boden aufschlägt und dazu ein weiterer Körper auf einen drauffliegt, kann das schon eine atemberaubend schmerzhafte Grenzerfahrung sein.

Ich weiß gar nicht, wie mir geschieht, als ich auf dem Bauch liegend verzweifelt versuche, Luft in meine ausgepressten Lungen zu bekommen. Aus den Augenwinkeln sehe ich, wie sich eine Gestalt unmittelbar vor mir aufrappelt und sich über mir aufbaut.

Es ist ein bekanntes Gesicht.

»Du hast mir alles versaut, hörst du?! Alles versaut hast du mir!«

Es sind viele Fragen, die in diesem Moment auf mich ein-

strömen. Von wo taucht *der* denn so plötzlich auf? Wie kommt er ohne Kostüm auf die Bühne, und vor allem: Wo zum Henker hat er das klingonische Schwert her?

»Hagen!«, stammele ich überrascht und ängstlich zugleich. Schützend halte ich mir die Federhand vors Gesicht. Zum einen, weil mich die Schweinwerferspots an der Decke blenden. Zum anderen, weil ich das über mir schwingende Bathlet als sehr bedrohlich empfinde. Verstärkt wird diese Empfindung durch Hagens unentwegt blitzende Augen und den Schaum vor seinem Mund.

»Was hast du dir dabei gedacht, als du diesen Scheißsong performt hast, he?«, stößt er wütend empor. »Hast du eine Ahnung, was du damit angerichtet hast? Sie will sich von mir trennen, du Arschloch! Lässt sich von diesem Bela schöne Augen machen und will jetzt mit den Ärzten auf Tour gehen und mich in Dubai sitzen lassen! Und du allein bist schuld!«

»Aber Hagen …« Ich will ihm sagen, dass das alles ein riesengroßes Missverständnis war.

Aber so weit komme ich nicht.

Er schneidet meine Worte ab, indem er das klingonische Schwert nach unten schnellen lässt. Im letzten Moment gelingt es mir, mich zur Seite zu rollen. Ich höre, wie das Schwert im Holzboden eintaucht, und spüre gleichzeitig, dass ich von einem kleinen Splitter an der Schläfe getroffen werde. Doch dieser Schmerz ist schnell vorbei. Er wird überlagert von einem noch intensiveren Schmerz, als Hagen mir mit voller Wucht in die Seite tritt.

Dann stürzt er sich auf mich und malträtiert mich mit seinen Fäusten. Sie treffen mich überall. Im Gesicht, auf den Schläfen, der Brust, den Schultern, im Magen. Ü-b-e-r-a-l-l.

Kraftlos versuche ich, meine Hände zu heben, um einen Teil der Schläge abzufangen, aber mein Angreifer lässt mir keine Chance. Seine rechte Faust bohrt sich in meine Niere. Mir ist, als würden sich meine Eingeweide seegurkenmäßig nach außen stülpen. Meine Wahrnehmung setzt aus. Nichts um mich herum hat mehr eine Bedeutung. Da sind nur noch Hagen und ich. Als wären wir beide in ein farbenloses Paralleluniversum katapultiert worden, in dem Hagen bis in alle Ewigkeit ungehindert auf mich einprügeln darf. Immerhin scheint es in diesem Universum keine Schmerzen zu geben. Alles ist ganz weit weg und unwirklich.

Jetzt hat er es wieder auf mein Gesicht abgesehen. Ein Schlag auf den Kiefer lässt mich zusammenzucken und die Welt um mich verschwimmen. Die Deckenbeleuchtung des Saals scheint auf mich herabzustürzen. Ich schließe die Augen, um die rasante Fahrt anzuhalten.

»Du hast mein Leben ruiniert, du elender Drecksack! Hörst du? DU HAST ALLES KAPUTT GEMACHT!«

Natürlich höre ich ihn, er brüllt mir ja direkt ins Ohr. Ich versuche meinen Kopf wegzudrehen. »Ich sagte doch, dass es mir leidtut. Außerdem will ich deine Cassy doch gar nicht mehr«, flüstere ich angestrengt.

Er hält inne. Vermutlich hat er nicht damit gerechnet, dass ich noch zum Reden fähig bin. Seine Augen verfinstern sich. Auf seiner Stirn pulsiert eine dicke Ader. Er zieht seinen Arm nach hinten und spannt die Faust. Sie zielt direkt auf mein Gesicht. Jetzt wäre ich froh um die Entenmaske mit dem Latexschnabel. Sie würde den Schlag bestimmt abfedern.

»Darum geht es doch gar nicht mehr«, zischt es zwischen seinen Zähnen hervor. »Hier geht es nur noch um uns beide!«

Wie paralysiert wechselt mein Blick zwischen ihm und seiner Faust hin und her. Ein lauter Schrei entlädt sich aus seinem Mund. Dann auch aus meinem. Die Faust schießt nach unten, direkt auf mich zu. Der Reflex schließt meine Augen, während ich mich auf den Aufprall vorbereite. Auf den Schmerz, den wochenlangen Krankenhausaufenthalt. Darauf, dass meine Nase vermutlich nie wieder so aussehen wird, wie sie es jetzt tut.

Doch der befürchtete Schlag bleibt aus. Als ich die Augen

vorsichtig wieder öffne, sehe ich, dass sich ein kräftiges Paar Arme um Hagens Faust geschlossen hat, die gerade noch wenige Zentimeter von meiner Nase entfernt ist. Ein Security-Mann thront hinter ihm, hat Hagen im Würgegriff und benötigt all seine Kraft, um ihn von mir herunterzuzerren. Hagen setzt sich zur Wehr. Er kratzt, beißt und schlägt um sich wie eine tollwütige Bulldogge.

Irgendwann gelingt es den Ordnern, ihn unter Kontrolle zu bringen, und sie entfernen sich mit ihm aus meinem arg eingeschränkten Sichtfeld. Er stößt mir Flüche hinterher und schreit immer wieder meinen Namen. »Er hat es verdient, der Scheißkerl!«, höre ich seine sich langsam entfernende Stimme.

Ich liege immer noch auf dem Rücken und kämpfe mit der Aufrechterhaltung meines Bewusstseins.

»Einen Arzt, wir brauchen einen Arzt!«, schreit jemand hysterisch.

»Am Flughafen sind drei«, nuschele ich weggetreten.

Meine Augen klappen wieder zu, geblendet von den Halogenspots der Deckenbeleuchtung, die angeschaltet wurde. Allem Anschein nach ist die Party vorbei. Die Stimmen um mich herum sammeln sich zu einem reißenden Fluss, der mich mitnimmt auf eine dunkle Reise.

»Quentin«, höre ich da eine vertraute Stimme in dem Wirrwarr sagen. Und tatsächlich, als ich die Augen wieder aufschlage, sehe ich Melanie neben mir knien. Melanie!

Ich versuche mich aufzurichten, etwas zu sagen, doch sie legt ihren Finger auf meine Lippen. »Schscht, nicht bewegen«, sagt sie. »Der Krankenwagen kommt gleich.«

Trotz der Schmerzen, die sich wie glühende Lanzen in mein Bewusstsein bohren, schaffe ich es zu lächeln.

Melanie tupft mir mit einem Taschentuch das Blut von den Lippen. Auch sie lächelt.

Mein Blick verliert sich in ihrer Hochsteckfrisur. Ihre Mähne hat sich nicht gänzlich bändigen lassen. Einzelne Strähnen ihrer wilden Korkenzieherlocken haben sich gelöst und fallen ihr ins Gesicht.

Ich liebe ihre Haare. Es scheint beinahe so, als würde sich hinter jedem einzelnen Kringel ihrer Locken eine interessante Geschichte verbergen. Unzählige Kringel. Tausende von Geschichten. Ich will sie alle hören. Ich bin unendlich fasziniert von ihr. Es ist diese Art von Faszination, die einen nachts nicht ruhig schlafen lässt.

Sie hat sich über mich gebeugt und kommt ganz dicht an mein Ohr, in dem es dröhnt, als stünde ich unter einer laufenden Dusche.

»Du blutest aus dem Ohr«, sagt sie.

»Aber ich kann dich immer noch hören. Wenn du nur vielleicht ein wenig lauter sprechen könntest …«

»Was hast du dir nur dabei gedacht? Was machst du hier? Du solltest am Flughafen sein. Mit den Ärzten, bei Cassa…«

Jetzt bin ich es, der ihr den Finger auf die Lippen legt. Meine Hand zittert. Ich will ihr sagen, wie atemberaubend toll sie aussieht. Aber es sind andere Worte, die meinen Mund verlassen.
»Ich liebe doch nur dich«, gestehe ich endlich.

Unsere Blicke saugen sich ineinander fest. Der Moment scheint ewig zu dauern. Alles um uns herum versinkt in gleißendem Licht. Irgendwo spielt das Titelthema von *Star Wars* auf. Ich versuche, Melanies atemberaubenden Anblick tief in mich aufzunehmen. Jede Kleinigkeit, jede Lachfalte. Neue Begriffe für das Braun ihrer Augen zu finden. Nugatbraun. Trüffelbraun. Absolut perfektes Schokoladenbraun. Von irgendwoher höre ich ein Martinshorn.

Es gibt nur noch uns. Sie ist meine Göttin, meine Erlösung. Dann, endlich, berühren sich unsere Lippen.

Als wir uns trennen, lächelt sie glücklich. »Dein Kostüm … dass du dir das gemerkt hast!«

Ich blinzele sie angestrengt an, will sie fragen, was ich mir gemerkt haben soll, doch meine Stimme scheint sich im Hals auf dem Weg nach draußen irgendwo verhakt zu haben.

Dafür wird ihr Lächeln noch breiter. »Mein Lieblingstier!«

Sie küsst mich noch einmal. Unglaublich sanft. Ihr Parfüm singt eine süße Melodie, die mich gänzlich in ihren Bann zieht. Und bevor ich – mal wieder – vollends das Bewusstsein verliere, versinke ich noch einmal in ihren wunderschönen Augen. Und plötzlich weiß ich es: feinster dunkler Kakao mit einem kaum spürbaren Hauch Sahne und Schokoladenstreuseln. Das schönste Braun, das ich jemals gesehen habe.

Dann tauche ich ein in ein explodierendes Sternenmeer.

Danke

Ein Geißbock alleine ergibt noch keinen Streichelzoo. Deshalb möchte ich diese Seiten nutzen, um der ganzen Herde zu danken, die mich bis hierhin begleitet und tatkräftig unterstützt hat:

Mein erster Dank gilt dem grandiosen Team der Literarischen Agentur Thomas Schlück, allen voran meiner bezaubernden Agentin Julia Aumüller, die vom ersten Augenblick an an den Streichelzoo geglaubt hat und mir damit den Sprung ins Profilager überhaupt ermöglicht hat.

Dasselbe gilt für dich, Friederike Achilles. Danke, dass du einem unbekannten Autor eine Chance gegeben hast und ein derart gutes Händchen bei der Romanbetreuung bewiesen hast.

Lisa Bitzer: Du hast den Streichelzoo zu dem gemacht, was er ist. Dafür kann ich dir nicht genug danken.

Ebenfalls danken möchte ich Klaus N. Frick, von dem ich so Einiges über das Schreiben lernte.

Und du, Christoph Dittert, hast mir so Vieles über das Geschichtenerzählen beigebracht, dafür bin ich dir unendlich dankbar. Ich stehe tief in deiner Schuld, mein Freund.

Mein großer Dank gilt zudem der wundervollen Miriam Hofheinz und dem gesamten Team von *Perry Rhodan*; der Redaktion, den Autoren, Zeichnern und den Fans der Serie. Mit euch habe ich eine fantastische Zeit verbringen dürfen, die mich nachhaltig beeinflusst hat.

Von Herzen danke ich Alexandra Preis für die fränkischen Übersetzungen und das beste Lebkuchen-Rezept der Welt.

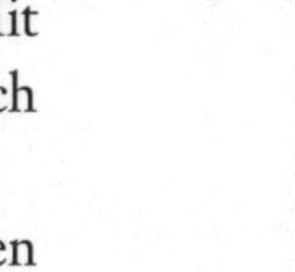

Daniel Hannappel, dir danke ich für deine Begeisterung und den Zuspruch, als ich kurz davor war aufzugeben.

Anja Hemmyoltmanns danke ich für so Vieles, zum Beispiel für die tiefgründigen Einblicke in die literarische Welt unterhalb der Ladentheke. Vor allem aber für dein treffsicheres Titelgespür und deinen grenzenlosen Optimismus.

Mario Jorge da Cunha Machado, Freund und oftmals mehr als das. Ich liebe deine Interpretation des Bananenmädchens und möchte unsere Gespräche über die Kunst und das Leben nie mehr missen. Muito obrigado, meu amigo!

Schließlich danke ich dir, Katrin. Ohne dich wäre das hier nicht möglich gewesen. Danke für deine selbstlose Unterstützung. Doch vor allem dafür, dass ich das Leben mit dir teilen darf. Du bist mein Beweggrund.